COLLECTION FOLIO

Kazuo Ishiguro

Auprès de moi toujours

Traduit de l'anglais
par Anne Rabinovitch

Gallimard

Titre original :
NEVER LET ME GO

Éditeur original : Faber and Faber Limited, Londres.
© *Kazuo Ishiguro, 2005.*

© *Éditions des Deux Terres, mars 2006,*
pour la traduction française.

Kazuo Ishiguro, né en 1954 à Nagasaki, est arrivé en Grande-Bretagne à l'âge de cinq ans. Il est l'auteur de six romans : *Lumière pâle sur les collines, Un artiste du monde flottant* (Whitbread Award 1986), *Les vestiges du jour* (Booker Prize 1989), *L'inconsolé* et *Quand nous étions orphelins. Auprès de moi toujours* prend place parmi les ouvrages déjà classiques de Ishiguro. Ses livres sont traduits en plus de trente langues. En 1995, Kazuo Ishiguro a été décoré de l'ordre de l'Empire britannique pour ses services rendus à la littérature. En 1998, la France l'a fait chevalier de l'ordre des Arts et des Lettres. Il vit à Londres avec son épouse et leur fille.

À Lorna et Naomi

L'Angleterre à la fin des années quatre-vingt-dix

PREMIÈRE PARTIE

1

Je m'appelle Kathy H. J'ai trente et un ans, et je suis accompagnante depuis maintenant plus de onze ans. Je sais que cela paraît assez long, pourtant ils me demandent de continuer huit mois encore, jusqu'à la fin de l'année. Cela fera alors presque douze ans. Si j'ai exercé aussi longtemps, ce n'est pas forcément parce qu'ils trouvent mon travail formidable. Je connais des accompagnants très compétents qui ont été priés d'arrêter au bout de deux ou trois ans à peine. Et je connais le cas d'un accompagnant au moins qui a poursuivi son activité pendant quatorze ans alors qu'il ne valait rien. Je ne cherche donc pas à me vanter. Pourtant je sais de source sûre qu'ils ont été satisfaits de mon travail, et dans l'ensemble, je le suis aussi. Mes donneurs ont toujours eu tendance à récupérer bien mieux que prévu. La rapidité de leur guérison s'est révélée impressionnante, et presque aucun d'entre eux n'a été classé « agité », même avant le quatrième don. Bon, peut-être que je me vante maintenant. Mais c'est très important pour moi d'être capable de bien faire mon travail, et en particulier de veiller à ce que mes donneurs demeurent « calmes ». À leur contact, j'ai acquis une sorte d'instinct. Je sais quand rester près d'eux pour les réconforter, et quand les laisser livrés à eux-mêmes ; quand les écouter jusqu'au bout, et quand leur dire de se ressaisir.

En tout cas, je n'ai pas de grandes prétentions. Certains soignants en exercice sont tout aussi capables, mais ne bénéficient pas d'une telle reconnaissance. Si vous êtes l'un de ceux-là, je peux comprendre que vous m'enviiez – mon studio, ma voiture et, surtout, la faculté que j'ai de choisir mes patients. Et j'ai étudié à Hailsham – ce qui suffit parfois à braquer mes collègues. Kathy H. a le droit de choisir, disent-ils, et elle sélectionne toujours des individus de son espèce : des gens de Hailsham ou de l'une des autres résidences privilégiées. Rien d'étonnant qu'elle ait un bilan hors du commun. Je l'ai assez entendu, et je suis sûre qu'on vous l'a répété maintes fois, aussi peut-être y a-t-il un fond de vérité là-dedans. Mais je ne suis pas la première à avoir mon mot à dire, et sûrement pas la dernière. Et j'ai fait ma part en m'occupant de personnes qui avaient été élevées dans toutes sortes d'endroits. Souvenez-vous qu'à la fin, j'aurai rempli ces fonctions pendant douze années, et que depuis seulement six ans ils m'accordent la liberté du choix.

Et pourquoi pas ? Les accompagnants ne sont pas des machines. On essaie de faire le maximum pour chaque donneur, et au bout du compte on s'use. On ne dispose pas d'une patience ni d'une énergie illimitées. Et, bien sûr, quand on en a l'occasion, on préfère s'occuper de ses pairs. C'est naturel. Jamais je n'aurais pu tenir tout ce temps si j'avais cessé de compatir aux souffrances de mes donneurs à chaque étape du processus. Et si je n'avais pas commencé à les sélectionner, comment serais-je devenue à nouveau proche de Ruth et de Tommy après toutes ces années ?

Bien sûr, ces jours-ci, les donneurs dont je me souviens sont de plus en plus rares, et en pratique je n'ai disposé que d'une marge très étroite. Je le répète, le travail est beaucoup plus pénible quand on n'a pas ce lien profond avec le donneur, et, bien sûr, je regretterai de ne plus être accompagnante, mais je sens qu'il est temps d'arrêter à la fin de cette année.

Ruth, soit dit en passant, n'a été que le troisième ou le quatrième donneur que j'ai eu le droit de choisir. À ce moment-là elle avait déjà son propre accompagnant, et je me souviens qu'il m'a fallu une certaine audace pour obtenir le poste. Mais j'ai fini par y arriver, et dès l'instant où je l'ai revue, dans ce centre de convalescence à Douvres, toutes nos différences – alors qu'elles ne s'étaient pas exactement dissipées – ont paru bien moins importantes que le reste : comme le fait que nous avions grandi ensemble à Hailsham, que nous savions et nous rappelions des choses ignorées de tous. Je suppose qu'à partir de ce jour-là, pour choisir mes donneurs, je me suis tournée vers les gens du passé, et, dans la mesure du possible, vers les anciens de Hailsham.

Au cours des années, il y a eu des périodes où j'essayais d'effacer Hailsham de ma mémoire, où je me disais que je ne devais plus regarder autant en arrière. À un certain moment, j'ai cessé de résister. C'est venu d'un échange avec un donneur en particulier, au cours de ma troisième année de pratique ; de sa réaction quand j'ai mentionné que j'étais de Hailsham. Il émergeait à peine de son troisième don, l'intervention s'était mal passée, et il devait savoir qu'il ne s'en remettrait pas. Il pouvait à peine respirer, mais il a regardé vers moi et il a dit : « Hailsham, je parie que c'était un endroit magnifique. » Et le lendemain matin, tandis que je faisais la conversation pour lui occuper l'esprit et que je lui demandais où *il* avait grandi, il a mentionné une ville du Dorset, et sous les marbrures de son visage s'est esquissée une grimace d'un genre tout à fait nouveau. Je me suis alors rendu compte à quel point le rappel de ses origines lui était insupportable. Au lieu de cela, il voulait entendre parler de Hailsham.

Pendant les cinq ou six jours suivants, je lui ai donc raconté ce qu'il désirait savoir ; il restait allongé là avec tous ses tuyaux, un doux sourire aux lèvres. Il m'interrogeait sur les petites et les grandes choses. Sur nos gardiens, sur les coffres à collection que chacun de nous rangeait sous son lit, sur le football, les *rounders*, le petit sentier qui contournait la maison principale, avec tous ses coins et ses recoins, l'étang des canards, la nourriture, la vue de la salle de dessin sur les champs par une matinée de brouillard. Parfois il me priait de recommencer mon récit encore et encore ; il m'interrogeait sur des choses que je lui avais racontées la veille à peine, comme si je ne les lui avais jamais dites : « Vous aviez un pavillon de sport ? », « Qui était votre gardien préféré ? ». Au début j'ai cru que c'était juste les médicaments, mais ensuite je me suis rendu compte qu'il avait les idées assez claires. Il ne voulait pas seulement entendre parler de Hailsham, mais s'en *souvenir*, comme s'il s'était agi de sa propre enfance. Il savait qu'il était proche de l'issue, et il avait entrepris la chose suivante : il me poussait à lui faire ces descriptions afin qu'elles imprègnent son cerveau et que se brouille peut-être, pendant les nuits de veille, la lisière entre mes souvenirs et les siens, avec les drogues, la souffrance et l'épuisement. C'est alors que j'ai compris, réellement compris, la chance que nous avions eue – Tommy, Ruth, moi, nous tous.

Quand je roule aujourd'hui dans la campagne, je découvre encore des détails qui me rappellent Hailsham. Je dépasse l'angle d'un champ brumeux, ou, en descendant le flanc d'une vallée, j'aperçois au loin le fragment d'une grande maison, ou même un bouquet de peupliers disposés d'une certaine façon sur un versant de colline, et je pense : « C'est sans doute ça ! Je l'ai trouvé ! C'est *vraiment* Hailsham ! » Puis je comprends que c'est impossible, je continue ma route, et mes pensées dérivent. Il y a en particulier ces pavillons. Je les repère partout, à l'extrémité de terrains de sport, petits bâtiments blancs préfabriqués avec une rangée de fenêtres étrangement placées en hauteur, blotties sous les combles. Je pense que dans les années cinquante et soixante on en a construit un grand nombre, et le nôtre date sans doute de cette époque. Si j'en dépasse un en voiture, je me retourne pour le fixer le plus longtemps possible, un jour je vais avoir un accident, mais je ne peux pas m'en empêcher. Il n'y a pas si longtemps, je traversais une partie déserte du Worcestershire et, à côté d'un terrain de cricket, j'en ai vu un qui ressemblait tant à celui de Hailsham que j'ai fait demi-tour pour l'examiner de plus près.

Nous aimions notre pavillon de sport, peut-être parce qu'il nous rappelait les charmants cottages où habitaient toujours les personnages des livres d'images de notre enfance. Je nous revois chez les Juniors, suppliant les gardiens de donner le cours suivant dans le pavillon, et non dans la salle habituelle. Ensuite – à douze ans, bientôt treize –, en Senior 2, le pavillon était devenu le lieu où se réfugier avec ses meilleurs amis quand on voulait échapper au reste de Hailsham.

L'endroit était assez spacieux pour accueillir deux groupes distincts sans qu'ils se gênent – l'été, un troisième groupe pouvait traîner dans la véranda. Mais, dans l'idéal, vous et vos amies souhaitiez avoir l'endroit pour vous, aussi vous deviez souvent louvoyer et argumenter. Les gardiens nous demandaient toujours de rester civilisés, cependant, en pratique, il fallait pouvoir compter sur des fortes personnalités dans son groupe pour avoir une chance d'obtenir le pavillon pendant une récréation ou une heure de liberté. Je n'étais pas du genre à m'effacer, mais je suppose que si nous y allions aussi souvent, c'était surtout grâce à Ruth.

D'habitude, nous nous affalions sur les chaises et les bancs – nous étions cinq, six quand Jenny B. venait –, et papotions à qui mieux mieux. Ce genre de conversation n'avait cours que si vous étiez caché dans le pavillon ; nous pouvions discuter d'un sujet qui nous préoccupait, pousser des hurlements de rire ou nous disputer âprement. C'était surtout une façon de nous détendre un moment en compagnie de nos amies les plus proches.

L'après-midi auquel je songe en particulier, nous étions perchées sur des tabourets et des bancs, nous pressant contre les hautes fenêtres. Cela nous offrait une vue plongeante sur le terrain nord où environ une douzaine de garçons de notre année et de Seniors 3 s'étaient réunis pour une partie de foot. Le soleil brillait, mais il avait dû pleuvoir plus tôt dans la journée parce que je me souviens du scintillement de la surface boueuse de l'herbe.

Quelqu'un a observé que nous avions tort d'afficher ainsi notre curiosité, mais nous avons à peine reculé. Ensuite Ruth a dit : « Il ne se doute de rien. Regardez-le. Il ne se doute vraiment de rien. »

Quand elle a prononcé ces mots, je l'ai fixée, guettant des signes de désapprobation sur ce que les garçons s'apprêtaient à faire à Tommy. Mais la seconde suivante elle s'est écriée avec un petit rire : « L'imbécile ! »

J'ai alors compris que, pour Ruth et les autres, ce que les garçons choisissaient de faire ne nous concernait guère ; notre opinion n'entrait pas en ligne de compte. En cet instant, nous nous pressions contre les fenêtres non parce que la perspective de voir Tommy humilié une fois de plus nous comblait de joie, mais simplement parce que nous avions eu vent de ce nouveau complot et étions vaguement curieuses d'assister à son dénouement. Durant cette période, je ne pense pas que ce que fomentaient les garçons allait beaucoup plus loin. C'était ce genre de détachement qu'éprouvaient Ruth et les autres, et moi aussi probablement.

Ou peut-être ma mémoire me trompe-t-elle. Même alors, quand j'ai vu Tommy courir sur ce terrain, le visage empreint d'une joie non dissimulée à l'idée d'être à nouveau accepté dans l'équipe, de pratiquer le sport dans lequel il excellait, j'ai peut-être eu une pointe d'angoisse. Je me rappelle qu'il portait le maillot bleu clair qu'il avait acheté à la Vente le mois précédent – celui dont il était si fier. Je me souviens d'avoir pensé : « Il est vraiment stupide de jouer au foot avec. Il va l'abîmer, et après, comment il va se sentir ? » J'ai dit tout haut, sans m'adresser à personne en particulier : « Tommy a son polo. Sa chemise polo préférée. »

Je pense que personne ne m'a entendue, parce qu'elles riaient toutes de Laura – le grand clown du groupe – qui mimait une à une les expressions qui se succédaient sur les traits de Tommy tandis qu'il courait, agitait les bras, poussait des cris et taclait. Les autres garçons se déplaçaient autour du terrain avec l'air délibérément langoureux qu'ils adoptent quand ils s'échauffent, mais Tommy, dans son excitation, galopait déjà à fond de train. J'ai déclaré, plus fort cette fois : « Il va en être malade s'il abîme ce polo. » Ruth m'a entendue alors, mais elle a dû penser que je disais cela en manière de plaisanterie, car elle a ri sans conviction et a lancé une raillerie de son cru.

Les garçons avaient cessé de taper dans le ballon et s'étaient rassemblés, debout dans la boue, leur poitrine se soulevant et s'abaissant doucement tandis qu'ils attendaient que la sélection de l'équipe commençât. Les deux capitaines qui émergèrent étaient des Seniors 3, pourtant tout le monde savait que Tommy était meilleur que n'importe quel garçon de cette année-là. Ils tirèrent au sort pour savoir qui allait choisir le premier groupe, puis celui qui avait gagné considéra le groupe.

« Regardez-le, dit quelqu'un derrière moi. Il est totalement convaincu d'être choisi le premier. Regardez-le donc ! »

À cet instant, il y *avait* chez Tommy quelque chose de comique, qui vous faisait penser : eh bien, oui, s'il se montre aussi bête, il mérite ce qui va lui arriver. Les autres feignaient tous d'ignorer le processus, et de ne pas se préoccuper de leur place dans la hiérarchie. Certains bavardaient tranquillement, d'autres renouaient leurs lacets ou fixaient leurs chaussures tout en piétinant la boue. Mais Tommy ne quittait pas des yeux le garçon de Senior 3, comme si son nom avait déjà été appelé.

Laura a continué sa mimique pendant toute la séance, reproduisant les expressions successives qui traversaient le visage de Tommy : au début, la vivacité ; l'inquiétude mêlée de perplexité après la nomination du quatrième joueur, qui n'était toujours pas lui ; la détresse et la panique quand il a commencé à saisir ce qui se passait en réalité. Pourtant je n'étais pas tournée vers Laura, parce que je regardais Tommy ; je savais seulement ce qu'elle faisait car les autres riaient et l'encourageaient. Ensuite, quand Tommy s'est retrouvé tout seul, et que les garçons ont tous commencé à ricaner, j'ai entendu Ruth qui disait :

« Ça vient. Ne bougez plus. Sept secondes. Sept, six, cinq... »

Elle n'est jamais arrivée au bout. Tommy s'est mis à pousser des vociférations assourdissantes, et les garçons, riant à présent ouvertement, se sont élancés vers le terrain sud. Tommy a fait quelques enjambées – il était difficile de déterminer si son instinct lui dictait de se jeter à leur poursuite ou s'il était terrifié à l'idée de rester en arrière. En tout cas il s'est aussitôt arrêté et les a regardés s'éloigner, la face écarlate. Puis il a commencé à crier et à hurler, un fatras absurde de jurons et d'insultes.

Nous avions déjà assisté à bon nombre des crises de Tommy, aussi sommes-nous descendues de nos tabourets pour nous éparpiller dans la pièce. Nous avons essayé d'entamer une conversation sur un autre sujet, mais il continuait en arrière-fond, alors au début nous avons roulé des yeux et tenté de l'ignorer, et pour finir – sans doute dix bonnes minutes après avoir quitté les fenêtres – nous avons regagné nos postes.

Les autres garçons avaient entièrement disparu de notre vue, et Tommy n'essayait plus de lancer ses commentaires dans une direction particulière. S'agitant dans tous les sens, il se contentait de fulminer, contre le ciel, le vent, le piquet de clôture le plus proche. Laura a dit qu'il était peut-être en train de « répéter son Shakespeare ». Une autre fille a fait remarquer que, chaque fois qu'il criait quelque chose, il soulevait un pied et le pointait vers l'extérieur, « comme un chien qui pisse ». J'avais moi-même remarqué ce geste, et ce qui m'avait frappée, c'était que chaque fois qu'il enfonçait à nouveau le talon dans le sol, des particules de boue giclaient sur ses mollets. Je songeai à nouveau à sa précieuse chemise, mais il se trouvait trop loin pour que je voie si elle était très tachée.

« Je suppose que c'est un peu cruel, dit Ruth, cette façon qu'ils ont toujours de le pousser à bout. Mais c'est sa faute. S'il avait appris à ne pas s'énerver, ils lui ficheraient la paix.

– Ils s'en prendraient quand même à lui, intervint Hannah. Graham K. a un caractère aussi coléreux, mais ils font d'autant plus gaffe avec lui. S'ils s'acharnent sur Tommy, c'est parce qu'il est feignant. »

Tout le monde s'est mis à parler en même temps, de Tommy qui ne cherchait jamais à se montrer créatif, qui n'avait jamais rien proposé pour l'Échange de printemps. Je suppose qu'en réalité, à ce stade, chacune de nous espérait en secret qu'un gardien allait sortir de la maison pour venir le chercher. Certes, nous n'étions pour rien dans cette dernière machination pour mettre Tommy hors de ses gonds, mais nous *avions* pris des places au premier rang et commencions à nous sentir coupables. Aucun gardien n'apparaissait, et nous avons continué d'énumérer les raisons pour lesquelles Tommy méritait tout ce qui lui arrivait. Puis, quand Ruth a consulté sa montre et déclaré que, même s'il nous restait du temps, il valait mieux rentrer, personne n'a protesté.

Tommy était encore en pleine crise quand nous sommes sorties du pavillon. La maison principale se trouvait à notre gauche, et puisqu'il se tenait dans le champ, juste devant nous, nous n'avions pas besoin de passer près de lui. De toute manière, il nous tournait le dos et ne semblait pas du tout conscient de notre présence. Néanmoins, quand mes amies se sont mises à longer la lisière du champ, j'ai obliqué dans sa direction. Je savais que cela intriguerait les autres, mais j'ai continué – même lorsque j'ai entendu Ruth qui me pressait tout bas de rebrousser chemin.

Je suppose que Tommy n'avait pas l'habitude d'être dérangé pendant ses crises de rage, car quand je me suis approchée de lui sa première réaction a été de me fixer une seconde, puis il a continué dans le même registre. Comme si j'étais montée sur scène en plein milieu de son monologue de Shakespeare. Même quand je lui ai dit : « Tommy, ton joli polo. Tu vas l'abîmer », il n'a pas eu l'air de m'entendre.

Je me suis alors penchée pour lui saisir le bras. Après, les autres ont pensé qu'il avait prémédité son geste, mais j'étais presque sûre du contraire. Il s'agitait encore dans tous les sens et ne pouvait pas savoir que j'allais le toucher. Quand il a brusquement relevé le bras, il a écarté ma main et m'a frappé la joue. Ça ne m'a pas du tout fait mal, mais j'ai poussé un cri, et derrière moi la plupart des filles m'ont imitée.

À ce moment-là Tommy a enfin semblé se ressaisir, et, prenant conscience de ma présence, de celle des autres, du fait qu'il se trouvait dans ce champ et s'était comporté de cette façon, il m'a fixée un peu bêtement.

« Tommy, ai-je dit d'un ton sévère. Ta chemise est pleine de boue.

– Et alors ? » a-t-il marmonné. Tout en prononçant ces mots, il a baissé les yeux, remarqué les taches marron et, affolé, s'est arrêté net de crier. J'ai vu sur son visage combien il était surpris que je sache à quel point il tenait à son polo.

« Ne t'inquiète pas, ce n'est rien ! me suis-je écriée avant que le silence devienne humiliant pour lui. Ça partira. Si tu n'arrives pas à le nettoyer toi-même, apporte-le à Miss Jody. »

Il a continué d'examiner sa chemise, puis a répondu en bougonnant : « De toute manière, ça ne te concerne pas. »

Il a paru regretter immédiatement cette dernière remarque et m'a regardée d'un air penaud, comme s'il espérait entendre une parole de réconfort. Mais j'en avais assez de lui, surtout avec les filles qui observaient la scène – et, j'imagine, toutes celles qui nous surveillaient depuis les fenêtres de la maison principale. Je me suis détournée avec un haussement d'épaules et j'ai rejoint mes amies.

Tandis que nous nous éloignions, Ruth a posé le bras sur mes épaules. « Au moins tu as réussi à faire taire cet animal enragé. Ça va ? »

2

Tout cela est très ancien et je peux me tromper, mais si je me souviens bien, ma démarche auprès de Tommy, cet après-midi-là, s'inscrivait dans une phase que je traversais vers cette époque – une sorte de besoin compulsif de m'imposer des défis –, et j'avais plus ou moins oublié l'incident quand Tommy m'interpella, quelques jours plus tard.

Je ne sais pas quelle était la règle là où vous étiez, mais à Hailsham nous étions tenus de passer un genre de visite médicale presque toutes les semaines – en général dans la salle 18, tout en haut du bâtiment – sous l'égide de la sévère infirmière Trisha, ou Tête de Corbeau, comme on l'appelait. Par cette matinée ensoleillée, nous nous pressions dans l'escalier central afin de subir cet examen, croisant un autre groupe qu'elle venait de libérer. Les échos se répercutaient dans la cage d'escalier, et je montais les marches tête baissée, les yeux rivés sur les talons de l'élève qui me précédait, quand une voix s'est écriée tout près : « Kath ! »

Tommy, dans le flot descendant, s'était immobilisé au milieu de l'escalier avec un large sourire épanoui qui m'agaça aussitôt. Quelques années plus tôt, peut-être, nous trouvant nez à nez avec un ami que nous avions plaisir à voir, nous aurions manifesté ainsi notre joie. Mais nous avions maintenant treize ans, et il s'agissait d'une rencontre en public entre un garçon et une fille. J'ai eu envie de dire : « Tommy, il serait temps de grandir ! » Mais je me suis retenue, et j'ai déclaré : « Tommy, tu bloques tout le monde. Et moi aussi. »

Il a levé les yeux vers la volée de marches, où le mouvement commençait déjà à ralentir. L'espace d'une seconde il a semblé paniqué, puis il s'est plaqué contre le mur à côté de moi, de sorte que les gens passaient de justesse. Il a répondu alors :

« Kath, je t'ai cherchée partout. Je voulais m'excuser. Je veux dire : je suis vraiment, vraiment désolé. Honnêtement, je n'avais pas l'intention de te frapper l'autre jour. Jamais je n'aurais l'idée de taper une fille, en tout cas je ne m'en prendrais jamais à *toi*. Je suis sincèrement désolé.

— Ça ne fait rien. C'était un accident, rien d'autre. »

Je lui ai adressé un hochement de tête et fait mine de m'éloigner. Mais Tommy s'est écrié aussitôt :

« La chemise est nickel. Tout est parti au lavage.

– Bien.

– Ça ne t'a pas fait mal, hein ? Quand je t'ai giflée ?

– Oh si. Fracture du crâne. Traumatisme crânien, tout le tremblement. Même Tête de Corbeau pourrait s'en apercevoir. Si j'arrive jusque-là, bien sûr.

– Sérieusement, Kath. Tu m'en veux pas, d'acc ? Je suis affreusement désolé. Je te jure. »

Je lui ai enfin adressé un sourire et j'ai répondu sans ironie aucune : « Écoute, Tommy, c'était un accident et c'est maintenant cent pour cent oublié. Je ne t'en veux pas le moins du monde. »

Il paraissait encore hésitant, mais derrière lui des élèves plus âgés s'impatientaient, le pressant d'avancer. Il m'a lancé un bref sourire, m'a tapoté l'épaule, comme il l'aurait fait avec un garçon plus jeune, et il s'est replongé dans le flot. Alors que je reprenais mon ascension, je l'ai entendu crier d'en bas : « À plus, Kath ! »

L'échange m'avait paru assez embarrassant, mais il ne provoqua ni taquineries, ni commérages ; et je dois admettre que, sans cette rencontre dans les escaliers, je n'aurais sûrement pas accordé le même intérêt aux problèmes de Tommy au cours des semaines suivantes.

J'ai assisté moi-même à certains des incidents. Mais j'en ai surtout entendu parler, et, à ces moments-là, j'ai questionné les gens assez longtemps pour leur soutirer un compte rendu plus ou moins exhaustif. Il y eut d'autres crises de rage, comme la fois où Tommy avait soi-disant renversé deux bureaux dans la salle 14, et répandu tout le contenu par terre, pendant que le reste de la classe, réfugié sur le palier, barricadait la porte pour bloquer la sortie. Il y eut la fois où Mr Christopher dut lui maintenir les bras pour l'empêcher d'attaquer Reggie D. pendant l'entraînement de foot. Lorsque les garçons de Senior 2 venaient faire leur course de cross, tout le monde pouvait voir que Tommy était le seul à n'avoir pas de partenaire. C'était un bon coureur, et il ne tardait pas à se trouver dix ou quinze mètres à l'avant du reste du peloton, croyant peut-être que cet exploit camouflerait le fait que personne ne voulait courir avec lui. Et puis, presque tous les jours, circulaient des rumeurs sur les tours qu'on lui avait joués. Beaucoup étaient des farces classiques – des objets bizarres dans son lit, un ver dans ses céréales –, mais certaines semblaient inutilement méchantes : comme le jour où quelqu'un avait nettoyé la cuvette des cabinets avec sa brosse à dents, dont il avait retrouvé les poils enduits de merde. À cause de sa taille et de sa force – et, sans doute, de son caractère – nul ne tentait de le brutaliser physiquement, mais, d'après mes souvenirs, ces incidents se sont enchaînés pendant deux mois au moins. Je pensais que tôt ou tard quelqu'un dirait que les choses allaient trop loin, mais cela continuait, et personne n'intervenait.

Une fois, dans le dortoir, après l'extinction des feux, j'ai essayé d'évoquer le sujet. Chez les Seniors nous étions seulement six par chambre, juste le nombre de notre petit groupe, et nous avions souvent nos conversations les plus intimes couchées dans le noir, avant de nous endormir. Nous pouvions parler de questions que nous n'aurions jamais osé aborder dans un autre lieu, pas même dans le pavillon. Un soir, j'ai donc soulevé le problème de Tommy. Je ne me suis pas étendue ; j'ai juste résumé ce qui lui était arrivé et j'ai dit que ce n'était pas vraiment juste. Après, un drôle de silence a plané dans l'obscurité, et je me suis rendu compte que tout le monde guettait la réaction de Ruth – c'était ce qui se passait habituellement chaque fois qu'un événement un peu embarrassant survenait. J'ai attendu, et au bout d'un moment j'ai entendu un soupir du côté de Ruth, et elle a dit :

« Tu as raison, Kathy. Ce n'est pas bien. Mais s'il veut que ça cesse, il doit changer d'attitude. Il n'a rien fait pour l'Échange de printemps. Et est-ce qu'il a prévu quelque chose pour le mois prochain ? Je parie que non. »

Ici, je dois fournir quelques explications sur les Échanges qui avaient lieu à Hailsham. Quatre fois par an – au printemps, en été, à l'automne, en hiver – nous organisions une grande exposition-vente de tous les objets que nous avions créés pendant le trimestre, depuis le dernier Échange. Peintures, dessins, poteries ; toutes sortes de « sculptures », fabriquées avec le matériau en vogue – boîtes de conserve cabossées, peut-être, ou capsules de bouteilles enfoncées dans du carton. Pour chaque objet que vous apportiez, vous étiez payé en « jetons » – les gardiens décidaient combien méritait votre chef-d'œuvre personnel –, et, le jour de l'Échange, vous les preniez pour « acheter » ce qui vous plaisait. La règle était que vous deviez vous limiter aux œuvres des élèves de votre année, mais ça laissait tout de même un choix assez large, car la plupart étaient capables de se montrer très prolifiques en un trimestre.

Quand je regarde aujourd'hui en arrière, je comprends pourquoi les Échanges étaient devenus si importants pour nous. En dehors des Ventes – il s'agissait encore d'autre chose, j'y viendrai plus tard –, c'était notre seul moyen d'acquérir une collection de biens personnels. Par exemple, si vous vouliez décorer les murs autour de votre lit, ou aviez envie, pour votre bureau, d'un objet que vous puissiez transporter dans votre sac d'une classe à l'autre, vous le trouviez lors de l'Échange. À présent, je vois aussi que ce système exerçait sur nous tous un effet bien plus subtil. Si on y réfléchit, dépendre de la capacité de l'autre à produire ce qui va peut-être devenir votre trésor individuel, cela influe forcément sur vos relations. Le problème de Tommy était typique. La plupart du temps, votre réputation à Hailsham, votre degré de popularité et le respect que vous inspiriez relevaient de votre talent de « créateur ».

Il y a quelques années, alors que je prenais soin de Ruth au centre de convalescence de Douvres, nous avons souvent évoqué ces souvenirs.

« C'était aussi ce qui rendait Hailsham si spécial, a-t-elle dit une fois. Cette manière de nous encourager à apprécier le travail des autres.

– C'est vrai, ai-je répondu. Mais quelquefois, quand je repense aux Échanges, ce qui s'y passait me paraît un peu curieux. La poésie, par exemple. Je me souviens que nous avions le droit de donner des poèmes à la place d'un dessin ou d'un tableau. Et ce qu'il y avait de bizarre, c'était que nous trouvions ça très bien, ça nous paraissait logique.

– Pourquoi pas ? La poésie, c'est important.

– Mais il s'agissait de textes écrits dans des cahiers par des gamins de neuf ans, des petits vers rigolos, bourrés de fautes d'orthographe. Nous dépensions nos précieux jetons pour acheter un cahier rempli de ces niaiseries au lieu d'une jolie décoration pour encadrer notre lit. Si la poésie de quelqu'un nous passionnait tant que ça, pourquoi ne pas simplement l'emprunter et la recopier nous-mêmes un après-midi ? Mais tu te souviens comment c'était. Le jour de l'Échange, nous étions là à hésiter, déchirées entre les poèmes de Susie K. et les girafes de Jackie.

– Les girafes de Jackie ! s'est écriée Ruth avec un rire. Elles étaient si belles. J'en avais une. »

Cette conversation se déroulait par une belle soirée d'été, sur le petit balcon de sa chambre de convalescence. C'était quelques mois après son premier don, elle avait surmonté la phase la plus pénible, et je planifiais toujours mes visites du soir de façon à passer une demi-heure en sa compagnie, pour regarder le soleil décliner sur les toits. On voyait des quantités d'antennes et de paraboles, et parfois, au loin, une ligne scintillante qui était la mer. J'apportais de l'eau minérale et des biscuits, et nous restions là à bavarder de tout ce qui nous passait par la tête. Le centre où se trouvait Ruth à ce moment-là est l'un de mes préférés, et je ne verrais aucun inconvénient à m'y retrouver moi-même. Les chambres de convalescence sont petites, mais bien conçues et confortables. Tout – les murs, le sol – avait été carrelé en faïences blanches étincelantes, si bien astiquées par le centre que, lorsqu'on y pénétrait la première fois, on avait l'impression d'entrer dans une galerie des glaces. Bien sûr, on ne voyait pas exactement son propre reflet reproduit des milliers de fois, mais l'illusion était presque parfaite. Quand on levait un bras, ou lorsque quelqu'un s'asseyait dans son lit, on percevait un mouvement pâle et flou autour de soi, sur les faïences. En tout cas, la chambre de Ruth dans ce centre disposait aussi de ces grandes baies coulissantes, de façon à lui permettre de voir l'extérieur depuis son lit. Même la tête sur l'oreiller, elle apercevait un grand morceau de ciel, et s'il faisait assez chaud, elle pouvait prendre le frais sur le balcon autant qu'elle le désirait. J'aimais lui rendre visite en ce lieu, j'aimais nos conversations décousues, de l'été au début de l'automne, sur ce balcon où nous étions assises, à parler de Hailsham, des Cottages, de tout ce qui se glissait dans nos pensées.

« Ce que je veux dire, ai-je continué, c'est que lorsque nous avions cet âge-là, onze ans, en gros, nous ne nous intéressions pas vraiment aux poèmes des autres. Mais tu te souviens de cette fille, Christy ? Elle était réputée pour sa poésie, et nous la respections toutes à cause de ça. Même toi, Ruth, tu n'osais pas la mener à la baguette. Tout ça parce qu'on croyait qu'elle était douée pour la poésie. Mais on n'y connaissait rien. On s'en fichait, de la poésie. C'est curieux. »

Mais Ruth n'a pas saisi où je voulais en venir – ou peut-être se refusait-elle résolument à l'entendre. Peut-être était-elle déterminée à garder de nous une image beaucoup plus sophistiquée que dans la réalité. Ou bien, sentant où l'entraînait cette conversation, ne tenait-elle pas à me suivre dans cette direction. Elle poussa un long soupir et dit :

« Nous étions tous convaincus que les poèmes de Christy étaient formidables. Je me demande bien ce que nous en penserions aujourd'hui. » Elle rit et ajouta : « J'ai encore quelques poèmes de Peter B. Mais c'était beaucoup plus tard, quand nous étions en Senior 4. Il devait me plaire. Je ne vois pas pour quelle autre raison j'aurais acheté ses poèmes. Ils sont idiots à pleurer. Il se prenait tellement au sérieux. Mais Christy, elle était douée, ça, je m'en souviens. C'est drôle, elle a laissé tomber la poésie quand elle s'est mise à peindre. Et jamais elle n'a retrouvé le même talent. »

Revenons à Tommy. Ce que Ruth a dit cette fois-là dans notre dortoir, après l'extinction des feux, sur la manière dont il s'était attiré tous ces problèmes résumait sans doute ce que pensaient la plupart des gens de Hailsham à l'époque. Mais quand elle l'a dit, j'ai pris conscience, alors que j'étais allongée là, que depuis les Juniors Tommy faisait exprès de ne pas essayer. Et je me suis rendu compte avec une sorte de frisson que Tommy avait subi ce qu'il avait subi non depuis des semaines ou des mois, mais depuis des années.

Nous en avons parlé tous les deux il n'y a pas si longtemps, et son propre récit sur la façon dont ses ennuis avaient commencé a confirmé mes conclusions de cette nuit-là. D'après lui, tout avait débuté un après-midi, pendant l'un des cours de dessin de Miss Geraldine. Jusqu'à ce moment précis, m'a raconté Tommy, il avait toujours eu beaucoup de plaisir à peindre. Mais ce jour-là, dans la classe de Miss Geraldine, il avait fait cette aquarelle d'un éléphant debout au milieu des hautes herbes et cela avait été le point de départ de toute l'histoire. Il l'avait conçue, affirmait-il, comme un genre de farce. Je l'ai beaucoup questionné à ce sujet, et je soupçonne qu'en réalité il s'était comporté comme on le fait souvent à cet âge : on agit sans raison précise, on agit, c'est tout. Parce qu'on se dit que ça peut faire rire, ou pour voir si ça produit de l'effet. Et ensuite, quand on vous demande de vous expliquer, ça semble n'avoir ni queue ni tête. Nous avons tous fait ça. Tommy ne l'a pas présenté exactement en ces termes, mais je suis sûre que cela s'était déroulé ainsi.

Il avait donc peint son éléphant, un dessin digne

d'un enfant de trois ans plus jeune. Il y avait consacré à peine vingt minutes et la classe avait ri, bien sûr, mais pas tout à fait comme il s'y était attendu. Malgré cela, les choses n'auraient pas été plus loin – et c'est le plus ironique – si Miss Geraldine n'avait pas pris la classe en charge ce jour-là.

C'était notre gardienne préférée à tous, quand nous avions cet âge. Elle était gentille, avait la voix douce et vous réconfortait toujours quand vous en aviez besoin, même si vous aviez mal agi ou été grondé par un autre enseignant. S'il lui arrivait de vous réprimander elle-même, elle vous entourait ensuite de mille attentions pendant des jours, comme si elle vous devait quelque chose. Par malchance pour Tommy, c'était elle qui était chargée du cours de dessin, au lieu de Mr Robert, par exemple, ou de Miss Emily – la gardienne en chef – qui enseignait souvent cette matière. Si l'un d'eux avait fait ce cours, Tommy aurait reçu une petite remontrance, il aurait pu afficher son sourire narquois et, au pire, les autres auraient jugé sa farce bien terne. Quelques élèves l'auraient peut-être même pris pour un vrai clown. Mais Miss Geraldine étant Miss Geraldine, cela ne s'était pas passé ainsi. Elle s'était efforcée de regarder cette peinture d'un œil aimable et compréhensif. Devinant sans doute que Tommy risquait d'être la cible des moqueries de ses camarades, elle avait exagéré dans l'autre sens et trouvé au dessin des qualités qu'elle avait signalées à la classe. C'est alors qu'ils avaient commencé à lui en vouloir.

« La première fois que je les ai entendus parler, s'est souvenu Tommy, c'est quand nous avons quitté la salle de cours. Et ils se fichaient que je sois présent. »

Lorsqu'il a dessiné cet éléphant, Tommy avait sans doute depuis quelque temps déjà l'impression qu'il n'était pas au niveau – que sa manière de peindre rappelait le travail d'élèves beaucoup plus jeunes que lui –, et je suppose qu'il se protégeait du mieux possible en se cantonnant à un style enfantin. Mais après l'épisode de l'éléphant, une fois la supercherie découverte, tout le monde guettait ce qu'il allait faire ensuite. Pendant quelque temps il parut y mettre du sien, mais dès qu'il entamait quelque chose, rires et railleries fusaient autour de lui. En réalité, plus il se donnait de mal et plus ses efforts étaient comiques. Bientôt Tommy reprit sa ligne de défense antérieure et se mit à produire des œuvres volontairement puériles, indiquant qu'il se moquait éperdument de ce qu'on pouvait penser. À partir de là, le problème était devenu inextricable.

Quelque temps il souffrit seulement pendant les cours de dessin – ce qui arrivait malgré tout assez souvent, car, chez les Juniors, nous faisions beaucoup de dessin. Ensuite la situation se détériora. Il était exclu des jeux, des garçons refusaient de s'asseoir près de lui au dîner ou feignaient de ne pas l'entendre s'il disait quelque chose dans son dortoir après l'extinction des feux. Au début, ce n'était pas si féroce. Des mois entiers se passaient sans accroc, il croyait que toutes ces histoires étaient derrière lui, puis se produisait un incident – par sa faute ou du fait de l'un de ses ennemis, comme Arthur H. – et tout redémarrait.

Je ne sais pas avec certitude quand ont commencé les grosses crises de colère. Pour ma part, je me souviens que même chez les Tout-Petits Tommy était connu pour ses accès de rage, mais il m'a affirmé qu'ils n'avaient débuté qu'avec l'aggravation du harcèlement. En tout cas, ces colères ont vraiment été le détonateur des événements, le début de l'escalade, et vers l'époque dont je parle – l'été de notre Senior 2, alors que nous avions treize ans – les persécutions étaient à leur comble.

Puis tout cela cessa, non pas du jour au lendemain, mais assez rapidement. Comme je l'ai dit, j'observais la situation de près à ce moment-là, et je vis les signes de cette évolution avant la plupart des gens. Il y eut d'abord une période – un mois, peut-être plus – où les farces continuèrent à un rythme soutenu, mais Tommy ne perdit pas le contrôle. Parfois je voyais qu'il frôlait la crise de nerfs, mais il parvenait à se maîtriser; ou bien il haussait les épaules sans rien dire, ou faisait mine de n'avoir rien remarqué. Au début, ces réactions provoquaient la déception, peut-être même les gens lui en voulaient-ils, comme s'il les avait laissés tomber. Peu à peu ils en eurent assez et les farces perdirent de leur allant, jusqu'au jour où je me rendis compte que plus d'une semaine venait de s'écouler sans incident.

Ce n'était pas nécessairement significatif en soi, mais j'avais noté d'autres changements. De petits détails – ainsi Alexander J. et Peter N. traversant la cour avec lui en direction des champs, tous les trois bavardant avec naturel ; une différence subtile mais distincte dans la voix des gens quand son nom était mentionné. Puis, une fois, vers la fin de la récréation de l'après-midi, nous étions assises sur l'herbe, tout près du terrain sud où les garçons, comme d'habitude, jouaient au foot. Je participais à la conversation, mais je gardais un œil sur Tommy qui, remarquai-je, se trouvait au cœur de la partie. À un moment donné, on lui fit un croche-pied et, en se redressant, il plaça le ballon sur le sol pour tirer un coup franc. Tandis que les autres se déployaient pour contrer l'attaque, je vis Arthur H. – l'un de ses pires persécuteurs – commencer à le singer, caricaturant la posture de Tommy au-dessus du ballon, les mains sur les hanches. J'observai la scène attentivement, mais aucun des autres ne suivit le mouvement. Ils avaient sûrement vu sa mimique, parce que tous les yeux étaient tournés vers Tommy, guettant son coup, et qu'Arthur se trouvait juste derrière lui – mais cela n'intéressait personne. Tommy envoya le ballon tournoyer sur l'herbe, la partie continua, et Arthur ne tenta rien d'autre.

J'étais heureuse de ces faits nouveaux, mais perplexe. Il n'y avait eu aucun progrès véritable dans le travail de Tommy – sa réputation en matière de « créativité » était au plus bas. Je comprenais que la fin des crises de rage était d'un grand secours, mais il était plus difficile de mettre le doigt sur ce qui paraissait être le facteur clé. Quelque chose avait changé chez Tommy – son maintien, sa façon de regarder les gens en face et de parler avec franchise et naturel –, et l'attitude de ceux qui l'entouraient s'en était trouvée transformée à son tour. Mais je ne saisissais pas d'où cela venait.

J'étais perplexe, et je décidai de le questionner la prochaine fois que nous pourrions parler en privé. L'occasion se présenta bientôt, quand je le repérai à quelques places devant moi alors que je faisais la queue pour le déjeuner.

Je suppose que cela peut paraître curieux, mais à Hailsham c'était l'un des meilleurs endroits où avoir une conversation privée. Cela avait un rapport avec l'acoustique du Grand Hall ; le brouhaha et les hauts plafonds signifiaient que si vous preniez soin de baisser la voix, de rester proche de votre interlocuteur et de vous assurer que vos voisins étaient absorbés par leurs propres bavardages, vous aviez une chance de ne pas être entendu. En tout cas, nous n'avions pas vraiment l'embarras du choix. Les lieux « calmes » étaient souvent les pires, parce que quelqu'un risquait toujours de passer à portée de voix. Et dès que vous faisiez mine de vous éclipser pour un tête-à-tête discret, en l'espace de quelques minutes tout le monde semblait l'avoir pressenti, et c'était alors impossible.

Aussi, lorsque j'aperçus Tommy à quelques places

devant moi, je lui fis signe de me rejoindre – la règle vous interdisait de passer avant votre tour, mais vous autorisait à revenir en arrière. Il s'approcha avec un sourire enchanté, et nous restâmes un moment sans dire grand-chose – non par embarras, mais parce que nous attendions que l'intérêt éveillé par son repli se dissipât. Puis j'observai :

« Tu as l'air beaucoup plus heureux ces temps-ci, Tommy. On dirait que ça va bien mieux pour toi.

– Rien ne t'échappe, hein, Kath ? » Il n'y avait pas l'ombre d'un sarcasme dans sa voix. « Ouais, tout va bien. Je m'en tire.

– Que s'est-il passé alors ? Tu as trouvé Dieu ou un truc dans ce genre ?

– Dieu ? » Tommy resta interloqué une seconde. Puis il rit et répondit : « Oh, je vois. Je ne me mets plus autant en colère… c'est de ça que tu parles.

– Pas seulement, Tommy. Tu as tourné la situation à ton avantage. Je l'ai observé. C'est pourquoi je pose la question. »

Tommy haussa les épaules. « J'ai un peu grandi, je suppose. Et tous les autres aussi, peut-être. On peut pas refaire sans arrêt les mêmes conneries. Ça devient lassant. »

Je me tus, mais je continuai de le fixer jusqu'au moment où il eut un autre petit rire et marmonna : « Kath, tu te mêles vraiment de tout. Bon, j'imagine qu'il y a quelque chose. Il s'est passé quelque chose. Si tu veux, je te le dirai.

— Vas-y, je t'écoute.

— Je vais te le dire, Kath, mais tu ne dois le raconter à personne, d'accord ? Il y a deux mois, j'ai eu une conversation avec Miss Lucy. Et je me suis senti bien mieux ensuite. C'est difficile à expliquer. Mais elle a dit quelque chose, et tout est allé beaucoup mieux.

— Elle a dit quoi ?

— Euh… Voilà, ça peut paraître bizarre. Au début ça m'a fait cette impression. Elle a dit que si je ne voulais pas être créatif, si je n'en avais vraiment pas envie, ça n'avait absolument aucune importance. Ce n'était pas un problème.

— Elle t'a dit ça ? »

Il acquiesça, mais je me détournais déjà.

« C'est des conneries, Tommy. Si tu tiens à jouer ce jeu stupide, j'en ai rien à foutre. »

J'étais sincèrement en colère, parce que je croyais qu'il me mentait, alors que je méritais d'être mise dans la confidence. Apercevant une fille que je connaissais plus loin derrière nous, j'allai vers elle, laissant Tommy en plan. Je vis combien il était déconfit, désorienté, mais, après ces mois passés à m'inquiéter à son sujet, je me sentais trahie, et peu m'importait ce qu'il éprouvait. Je bavardai avec mon amie – je crois que c'était Matilda – aussi gaiement que possible, et je regardai à peine dans sa direction le temps où nous restâmes dans la queue.

Mais tandis que je transportais mon plateau vers les tables, Tommy vint derrière moi et dit très vite :

« Kath, j'essayais pas de te faire marcher, si c'est ce que tu penses. Ça s'est passé comme ça. Je t'en parlerai en détail si seulement tu m'en donnes l'occasion.

— Arrête tes conneries, Tommy.

— Kath, je vais tout te raconter. Je serai près de l'étang après le déjeuner. Si tu m'y retrouves, je t'expliquerai. »

Je lui jetai un regard de reproche et m'éloignai sans répondre, mais je commençais déjà, je suppose, à envisager la possibilité qu'il n'eût pas inventé de toutes pièces cette histoire avec Miss Lucy. Et quand je pris place parmi mes amies, j'essayais déjà d'imaginer le moyen de m'éclipser ensuite pour descendre à l'étang sans éveiller la curiosité de tout le monde.

3

L'étang se trouvait au sud de la maison. Pour y parvenir, vous sortiez par l'entrée de derrière et vous descendiez l'étroit sentier tortueux, écartant les fougères envahissantes qui, en ce début d'automne, vous barraient encore le passage. Ou, s'il n'y avait pas de gardiens alentour, vous preniez un raccourci par le carré de rhubarbe. En tout cas, une fois arrivé à l'étang, une atmosphère paisible vous environnait, avec des canards, des joncs et des potamots. Cependant, ce n'était pas un bon endroit pour une conversation discrète – bien moins qu'une queue de déjeuner. D'abord, on vous voyait très bien depuis la maison. Et il était difficile de prévoir comment le son voyageait sur l'eau ; si les gens voulaient surprendre vos paroles, il leur suffisait de longer le sentier extérieur et de s'accroupir dans les buissons de l'autre côté de l'étang. Mais puisque c'était moi qui l'avais laissé en plan dans la queue à midi, je supposais que je devais m'en accommoder. Le mois d'octobre était bien avancé, mais le soleil brillait ce jour-là, et je décidai de faire semblant d'être venue flâner par là et d'avoir rencontré Tommy par hasard.

Peut-être parce que je tenais à donner cette impression – pourtant j'ignorais tout à fait si quelqu'un nous observait –, je ne cherchai pas à m'asseoir quand je le trouvai finalement sur un large rocher plat, non loin du bord de l'eau. Ce devait être un vendredi ou un week-end, car je me souviens que nous avions nos propres vêtements. Je ne sais plus exactement ce que portait Tommy – sans doute un de ces maillots de foot loqueteux qu'il mettait même par temps froid –, mais j'avais certainement mon blouson de survêtement marron avec une fermeture Éclair devant, que j'avais trouvé dans une Vente, en Senior 1. Je contournai Tommy de façon à me tenir dos à l'étang et face à la maison, pour voir si des gens se rassemblaient aux fenêtres. Pendant quelques minutes, nous n'avons parlé de rien en particulier, comme si l'échange dans la queue du déjeuner n'avait pas eu lieu. Je ne sais pas si c'était dans l'intérêt de Tommy, ou bien à l'intention des curieux, mais je pris un air très distrait et à un moment donné je fis mine de reprendre ma promenade. Je vis une sorte de panique traverser son visage et regrettai aussitôt de l'avoir taquiné, même sans le vouloir. Je demandai alors, comme si je m'en souvenais à l'instant :

« À propos, de quoi parlais-tu tout à l'heure ? De quelque chose que t'aurait dit Miss Lucy ?

– Oh… » Il considéra l'étang derrière moi, prétendant, lui aussi, qu'il avait tout oublié à ce sujet. « Miss Lucy. Oh, ça. »

Miss Lucy était la plus sportive des gardiens de Hailsham, pourtant on ne s'en serait pas douté, à la voir. Elle avait une silhouette trapue de bouledogue, et sa curieuse chevelure noire, en poussant, se dressait en l'air, et donc ne recouvrait jamais ses oreilles, ni son cou massif. Mais elle était réellement solide et musclée, et même en grandissant, la plupart d'entre nous – les garçons aussi – ne parvenaient pas à la suivre dans une course de cross. Elle était magnifique au hockey, et était même capable de tenir tête aux Seniors sur le terrain de foot. Je me souviens qu'une fois où elle passait devant James B. avec le ballon, il a essayé de lui faire un croche-pied et s'est retrouvé par terre à sa place. À l'époque où nous étions chez les Juniors, elle ne s'était jamais comportée comme Miss Geraldine, vers qui on se tournait quand on avait du chagrin. En fait, elle ne nous parlait en général pas beaucoup lorsque nous étions plus jeunes. Nous n'avions commencé à apprécier son style pétulant qu'après être entrés chez les Seniors.

« Tu racontais quelque chose, commençai-je. À propos de Miss Lucy qui t'aurait dit que ça ne posait pas de problème de ne pas être créatif.

– Elle a dit un truc comme ça. Elle a dit de ne pas

m'inquiéter. De ne pas me soucier de ce qu'affirmaient les gens. Ça fait maintenant deux mois. Peut-être plus. »

Dans la maison, quelques Juniors s'étaient arrêtés à l'une des fenêtres du haut et nous observaient. Mais je m'étais accroupie devant Tommy, renonçant à jouer la comédie.

« C'est vraiment une drôle de réflexion de sa part. Tu es sûr d'avoir bien compris ?

— Bien sûr que oui. » Il baissa brusquement la voix. « Elle ne l'a pas dit en passant. Nous étions dans sa classe et elle m'a fait tout un discours là-dessus. »

La première fois qu'elle lui avait demandé de venir dans son bureau après l'évaluation artistique, expliqua Tommy, il s'était attendu à un sermon de plus, l'enjoignant de redoubler d'efforts — le genre de discours qu'il avait déjà entendu dans la bouche de plusieurs gardiens, dont Miss Emily. Mais tandis qu'ils marchaient de la maison à l'Orangerie — où les gardiens avaient leurs appartements —, il avait commencé à se douter qu'il s'agissait d'autre chose. Ensuite, après l'avoir prié de prendre place sur sa bergère — elle était restée debout près de la fenêtre —, Miss Lucy l'avait invité à lui donner sa propre version de ce qui lui était arrivé. Tommy avait alors entamé son récit. Mais avant qu'il en eût dit la moitié, elle l'avait brusquement interrompu et s'était mise à parler. Elle avait connu, déclarait-elle, beaucoup d'élèves qui pendant longtemps avaient eu énormément de difficultés à être créatifs : la peinture, le dessin, la poésie, tout cela leur avait résisté durant des années. Et puis un jour ils avaient franchi un cap et s'étaient épanouis. Il se pouvait que Tommy fût de ceux-là.

Il avait déjà entendu tout cela, mais il y avait dans l'attitude de Miss Lucy quelque chose qui l'avait incité à lui prêter une oreille attentive.

« J'ai senti qu'elle avait un but précis, me confia-t-il. Un but différent. »

Bien entendu, elle n'avait pas tardé à dire des choses dont le sens lui échappait. Mais elle prenait soin de les répéter jusqu'à ce qu'il en saisît enfin la signification. S'il avait sincèrement essayé d'être créatif, disait-elle, mais ne parvenait qu'à un résultat médiocre, ça n'avait aucune importance, il n'avait pas besoin de s'en inquiéter. Quiconque – élève ou gardien – le punissait pour cela, ou exerçait sur lui des pressions, était dans son tort. Ce n'était simplement pas de sa faute. Et quand Tommy avait protesté que tout cela était bien joli, mais que tout le monde *pensait* le contraire, Miss Lucy avait soupiré et regardé par la fenêtre. Puis elle avait repris :

« Ça ne t'aidera sans doute pas beaucoup. Mais souviens-toi de ceci. Il y a au moins une personne à Hailsham qui pense autrement. Au moins une personne convaincue que tu es un excellent élève, aussi bon que tous ceux qu'elle a connus, quel que soit ton niveau de créativité. »

« Elle te faisait pas marcher ? demandai-je à Tommy. C'était pas une manière habile de t'attraper ?

– Absolument pas. En tout cas... » Pour la première fois, il parut craindre d'être entendu et jeta un coup d'œil derrière son épaule, en direction de la maison. Les Juniors s'étaient désintéressés de nous et avaient quitté la fenêtre ; des filles de notre année marchaient vers le pavillon, mais se trouvaient encore assez loin. Tommy se retourna et me dit, chuchotant presque :

« En tout cas, quand elle a dit tout ça, elle *tremblait*.

– Comment ça, elle tremblait ?

– Elle tremblait. De rage. Je la voyais. Elle était furieuse. Mais furieuse au fond d'elle-même.

– Contre qui ?

– Je n'en étais pas sûr. Pas contre moi, c'était le plus important. » Il rit, puis redevint sérieux. « Je ne sais pas après qui elle en avait. Mais elle était vraiment en colère. »

Je me relevai parce que mes mollets étaient douloureux.

« C'est drôlement bizarre, Tommy.

– Le plus curieux, c'est que cette conversation avec elle, ça m'a aidé. Ça m'a beaucoup aidé. Tu as dit tout à l'heure que ça semblait s'être arrangé pour moi. Eh bien, c'est à cause de ça. Parce que, après, en pensant à ce qu'elle avait dit, je me suis rendu compte qu'elle avait raison, que ce n'était pas de ma faute. Bon, j'avais mal géré tout ça. Mais au fond, c'était pas de ma faute. C'est ça qui a tout changé. Et chaque fois que je me sentais ébranlé par ce truc, je l'apercevais qui passait par là, ou j'assistais à un de ses cours, et elle ne disait rien de notre conversation, mais je la regardais, et quelquefois elle me voyait et m'adressait un petit hochement de tête. Je n'avais pas besoin de plus. Tu as demandé plus tôt s'il s'était passé quelque chose. Eh bien, c'était ça. Mais Kath, écoute, n'en dis rien à personne, d'accord ? »

J'acquiesçai, mais demandai : « Elle te l'a fait promettre ?

— Non, non, pas du tout. Mais tu dois te taire. Tu dois vraiment me faire cette promesse.

— D'accord. » Les filles qui se dirigeaient vers le pavillon m'avaient repérée et m'appelaient en faisant des gestes. J'agitai la main en retour et dis à Tommy : « Il vaut mieux que j'y aille. On en rediscute bientôt. »

Mais il ignora mes paroles. « Ce n'est pas tout, poursuivit-il. Elle a dit autre chose, que je ne saisis pas très bien. J'allais te demander ton avis. Elle a dit qu'on ne nous en apprenait pas assez, quelque chose dans ce goût-là.

— Pas assez ? Elle pense qu'on devrait travailler encore plus dur ?

— Non, je ne crois pas que ce soit ça. Tu sais, en fait elle voulait parler de *nous*. De ce qui va nous arriver un jour. Les dons et le reste.

— Mais on nous a *déjà* appris tout ça ! m'écriai-je. Je me demande ce qu'elle entendait par là. Elle pense qu'il y a des choses qu'on ne nous a pas encore expliquées ? »

Tommy réfléchit un moment, puis secoua la tête. « Je ne crois pas que ce soit ça. Elle pense juste qu'on n'insiste pas suffisamment là-dessus. Parce qu'elle a déclaré qu'elle a la ferme intention de nous en parler elle-même.

— Nous parler de quoi au juste ?

— Je n'en suis pas sûr. Peut-être que j'ai tout compris de travers, Kath, je ne sais pas. Peut-être qu'elle parlait de tout autre chose, en rapport avec mon absence de créativité. Je ne le comprends pas vraiment. »

Il me fixait comme s'il attendait que je lui fournisse une réponse. Je réfléchis quelques secondes, puis je répliquai :

« Tommy, fais un effort de mémoire. Tu as dit qu'elle s'était mise en colère...

— Ça y ressemblait. Elle se taisait, et elle tremblait.

— Bon, peu importe. Mettons qu'elle était en colère. C'est à ce moment-là qu'elle a changé de sujet ? Qu'elle a dit qu'on ne nous en apprenait pas assez sur les dons et le reste ?

— Je suppose...

— Réfléchis bien, Tommy. Pourquoi a-t-elle soulevé ce problème ? Elle parle de toi et du fait que tu n'es pas créatif. Et puis, brusquement, elle démarre sur l'autre sujet. Quel est le lien ? Pourquoi a-t-elle mis les dons sur le tapis ? Quel rapport avec ta créativité ?

— Je l'ignore. Il devait y avoir une raison, j'imagine.

Peut-être qu'une idée a conduit à l'autre. Kath, c'est toi qui te mets dans tous tes états à présent. »

Je ris, parce qu'il avait raison. Je fronçais le front, entièrement absorbée par mes pensées. En réalité, mon esprit partait dans plusieurs directions à la fois. Et le récit de Tommy sur sa conversation avec Miss Lucy m'avait rappelé quelque chose, peut-être une série de faits, de petits incidents du passé en rapport avec Miss Lucy, qui m'avaient intriguée à l'époque.

« C'est juste que… » Je m'interrompis et soupirai. « Je n'arrive pas à le formuler, même pour moi. Mais tout cela, ce que tu racontes, ça cadre avec un tas d'autres détails intrigants. Je n'arrête pas d'y penser. Par exemple, quand Madame vient et repart avec nos plus belles peintures. C'est pour quoi exactement ? »

— Pour la Galerie

— Mais c'est *quoi*, sa galerie ? Elle vient sans arrêt et elle emporte nos meilleures œuvres. Elle doit en avoir des piles à présent. Une fois j'ai demandé à Miss Geraldine depuis combien de temps Madame venait ici, et elle a répondu depuis que Hailsham existe. C'est *quoi*, cette galerie ? Pourquoi aurait-elle une galerie remplie de nos œuvres ?

— Peut-être qu'elle les vend. Dehors, tout se vend. »

Je secouai la tête. « C'est sûrement pas ça. Ç'a à voir avec ce que Miss Lucy t'a dit. À propos de nous, et des dons que nous allons commencer à faire un jour. Je ne sais pas pourquoi, depuis un certain temps, j'ai le sentiment que tout est lié, bien que je ne voie pas comment. Il faut que j'y aille maintenant, Tommy. Pour l'instant, on ne raconte rien à personne sur cette conversation.

— Non. Et pas un mot sur Miss Lucy.

— Mais si elle te reparle de ce genre de choses, tu n'oublies pas de me le dire ? »

Tommy acquiesça, puis jeta un coup d'œil autour de lui. « Tu as raison, Kath, il vaut mieux t'en aller. Quelqu'un ne va pas tarder à nous entendre. »

La Galerie dont Tommy et moi discutions était un thème avec lequel nous avions tous grandi. Tout le monde en parlait comme si elle existait, mais en réalité aucun de nous n'en avait une preuve tangible. Je suis incapable de me souvenir des circonstances ni du moment où je l'ai entendue mentionner la première fois, mais mon cas n'avait sûrement rien d'exceptionnel. Elle ne l'avait certainement pas été par les gardiens : jamais ils n'évoquaient la Galerie et, selon une règle tacite, nous ne devions sous aucun prétexte soulever le sujet en leur présence.

Je suppose à présent que cet interdit s'était transmis à travers les différentes générations d'élèves de Hailsham. Je me souviens d'un jour où, sans doute âgée de cinq ou six ans à peine, j'étais assise à une table basse à côté d'Amanda C., les mains gluantes de pâte à modeler. Je n'arrive pas à me rappeler s'il y avait d'autres enfants avec nous, ni quel gardien était responsable. Je me souviens seulement d'Amanda C. – qui avait un an de plus que moi – regardant ce que je faisais et s'exclamant : « C'est vraiment, vraiment bien, Kathy ! C'est *drôlement* bien ! Je parie que ça ira à la Galerie ! »

À l'époque j'en avais sûrement déjà entendu parler, car je me souviens de son excitation et de sa fierté quand elle avait prononcé ces mots – et l'instant d'après d'avoir pensé : « C'est ridicule. Aucun de nous n'est encore assez bon pour la Galerie. »

En grandissant, nous avons continué d'en parler. Si on voulait faire l'éloge du travail de quelqu'un, on disait : « C'est assez bien pour la Galerie. » Et après que nous eûmes découvert l'ironie, chaque fois que nous trouvions une œuvre ridiculement mauvaise, nous nous exclamions : « Ah oui ! On envoie ça direct à la Galerie ! »

Y croyions-nous vraiment ? Aujourd'hui, je n'en suis plus aussi sûre. Comme je l'ai dit, nous n'en parlions jamais aux gardiens, et quand j'y repense, il me semble que c'était une règle que nous nous imposions à nous-mêmes, comme pour tout ce que les gardiens avaient décidé. Je me souviens d'une scène identique qui s'était produite alors que nous avions environ onze ans. Nous nous trouvions dans la salle 7 par une matinée d'hiver ensoleillée. Le cours de Mr Roger venait juste de se terminer, et quelques-uns d'entre nous étaient restés pour bavarder avec lui. Nous étions assis sur nos bureaux, et je ne parviens pas à me rappeler précisément le sujet de notre conversation, mais Mr Roger, comme d'habitude, nous faisait rire aux larmes. Carol H. s'était alors écriée, au milieu de ses hoquets : « On pourrait même le sélectionner pour la Galerie ! » Elle avait aussitôt plaqué une main sur sa bouche avec un « Oops ! », et l'atmosphère était restée légère ; mais nous savions tous, y compris Mr Roger, qu'elle avait commis une erreur. Pas exactement une catastrophe : le résultat eût été assez similaire si l'un de nous avait laissé échapper un gros mot, ou utilisé le surnom d'un gardien devant lui. Mr Roger avait souri avec indulgence, comme pour signifier : « Oublions cela, nous ferons comme si tu n'avais rien dit », et nous avions continué de plus belle.

Si pour nous la Galerie résidait dans un royaume nébuleux, la visite de Madame, qui, tous les six mois – et parfois trois ou quatre fois par an –, venait choisir nos meilleures œuvres, était un fait bien concret. « Madame » parce qu'elle était française, ou belge – il y avait un débat à ce sujet –, et que les gardiens l'appelaient toujours ainsi. C'était une grande femme étroite avec des cheveux courts, sans doute encore assez jeune, bien qu'elle nous apparût autrement à l'époque. Elle portait invariablement un tailleur gris élégant et, au contraire des jardiniers, des chauffeurs qui livraient nos fournitures – et de presque toutes les autres personnes qui venaient du dehors –, elle ne nous adressait pas la parole et nous tenait à distance avec son regard glacial. Nous l'avions jugée « hautaine » pendant des années, mais un soir, alors que nous avions environ huit ans, Ruth formula une autre théorie.

« Elle a peur de nous », déclara-t-elle.

Nous étions allongées dans l'obscurité de notre dortoir. Chez les Juniors nous étions quinze par chambrée, aussi nous ne tendions pas à entretenir les longues conversations intimes qui nous sont devenues coutumières par la suite, dans les dortoirs des Seniors. Mais la plupart des filles qui devaient former notre « groupe » avaient rapproché leurs lits, et nous avions déjà l'habitude de bavarder dans la nuit.

« Comment ça, elle a peur de nous ? demanda quelqu'un. Pour quelle raison elle aurait peur ? Qu'est-ce qu'on pourrait bien lui faire ?

– Je ne sais pas, répondit Ruth. Je ne sais pas, mais je suis sûre qu'elle a peur. Je croyais qu'elle était simplement hautaine, mais c'est autre chose, j'en suis certaine maintenant. Madame est terrorisée par nous. »

Les jours suivants nous en discutâmes à bâtons rompus. Pour la plupart, nous n'étions pas d'accord avec Ruth, mais cela la rendit plus déterminée encore à démontrer qu'elle avait raison. À la fin, nous avons établi un plan destiné à éprouver sa théorie lors de la prochaine venue de Madame à Hailsham.

Ses visites n'étaient jamais annoncées, pourtant la date de son arrivée était toujours facile à prévoir. Les préparatifs commençaient des semaines plus tôt, quand les gardiens passaient en revue tout notre travail – tableaux, sketches, poteries, rédactions et poèmes.

D'ordinaire cela durait au moins une quinzaine de jours, après quoi quatre ou cinq échantillons du travail de chaque année des Juniors et Seniors se retrouvaient dans la salle de billard. Elle restait fermée pendant cette période, mais si on se tenait sur le mur bas de la terrasse à l'extérieur, on apercevait par les fenêtres la masse d'objets grossir encore et encore. Quand les gardiens commençaient à les disposer joliment, sur des tables et des chevalets, en une version miniature de l'un de nos Échanges, nous savions que Madame était attendue un ou deux jours plus tard.

L'automne dont je parle maintenant, nous avions besoin de connaître non seulement le jour, mais le moment précis de son arrivée, car souvent elle restait à peine une heure ou deux. Aussi, dès que nous vîmes qu'on s'activait dans la salle de billard, nous décidâmes de faire le guet à tour de rôle.

Cette tâche était amplement facilitée par la disposition du terrain. Hailsham se trouvait au fond d'une cuvette lisse, environnée de prés en pente. Donc, de presque toutes les fenêtres de classe de la maison principale – et même depuis le pavillon – on voyait la longue route étroite qui descendait à travers les prairies et conduisait au portail principal. Le portail même se trouvait encore à une bonne distance, et la voiture devrait alors emprunter l'allée de gravier bordée de buissons et de plates-bandes, avant d'atteindre enfin la cour. Des journées s'écoulaient parfois sans que le moindre véhicule apparût sur cette route étroite, et

ceux que nous voyions étaient habituellement des four-
gonnettes ou des camions transportant du ravitaille-
ment, des jardiniers ou des ouvriers. Une voiture était
une rareté, et le fait d'en apercevoir une dans le lointain
suffisait quelquefois à provoquer un chahut pendant
un cours.

L'après-midi où fut repérée la voiture de Madame
sur la route, au milieu des champs, le temps était
venteux et ensoleillé, avec quelques nuages d'orage
qui se rassemblaient. Nous étions dans la salle 9 – au
premier étage de la partie avant de la maison –, et
quand le chuchotement s'amplifia, le pauvre Mr Frank,
qui essayait de nous enseigner l'orthographe, ne par-
vint pas à comprendre la raison de notre soudaine
agitation.

Le plan que nous avions mis au point pour tester
la théorie de Ruth était très simple : toutes les six,
nous guetterions Madame quelque part, puis nous
nous « agglutinerions » autour d'elle, comme un seul
homme. Nous resterions parfaitement civilisées et
poursuivrions notre chemin, mais si le moment était
bien calculé, elle serait prise au dépourvu, et nous verrions – insistait Ruth – qu'elle avait réellement peur
de nous.

Notre crainte essentielle était de ne pas trouver
l'occasion d'agir pendant le court laps de temps de
son passage à Hailsham. Mais alors que le cours de
Mr Frank touchait à sa fin, nous aperçûmes Madame
qui garait sa voiture juste au-dessous, dans la cour.

Nous tînmes un rapide conciliabule sur le palier, puis suivîmes le reste de la classe au bas de l'escalier, pour nous attarder dans l'embrasure de la porte principale. Nous avions vue sur la cour lumineuse, où Madame, encore assise au volant, fouillait dans son attaché-case. Elle émergea finalement du véhicule et vint dans notre direction, vêtue de son tailleur gris habituel, serrant des deux bras sa serviette contre elle. Sur le signal de Ruth, nous nous élançâmes au-dehors, avançant droit sur elle, comme si nous avions marché en rêve. Lorsqu'elle se figea sur place, et seulement alors, chacune de nous murmura : « Excusez-moi, Miss », puis se détacha du groupe.

Je n'oublierai jamais l'étrange changement qui se produisit en nous l'instant suivant. Jusqu'à ce moment, cette mise en scène autour de Madame avait été sinon une farce à proprement parler, du moins une affaire très privée que nous avions souhaité régler entre nous. Nous n'avions pas beaucoup pensé à la façon dont Madame elle-même, ou quelqu'un d'autre, pourrait s'y insérer. Je veux dire que jusqu'alors l'incident était resté sur une note enjouée, avec une pointe d'audace. Et ce n'était même pas comme si Madame avait fait autre chose que ce que nous avions prévu : elle s'immobilisa simplement et attendit que nous soyons passées. Elle ne cria pas et ne laissa pas même échapper un souffle. Mais nous étions toutes concentrées pour capter sa réaction, ce qui explique sans doute l'effet qu'elle produisit sur nous. Lorsqu'elle se pétrifia sur place, je jetai un bref coup d'œil à son visage – et les autres aussi, j'en suis sûre. Aujourd'hui encore je vois son expression, le frisson qu'elle semblait réprimer, la réelle terreur d'être frôlée accidentellement par l'une de nous. Nous poursuivîmes notre chemin, mais nous eûmes toutes cette sensation ; c'était comme si nous étions passées du soleil à l'ombre glacée. Ruth avait raison : Madame avait peur de nous. Mais elle avait peur de nous comme d'autres avaient peur des araignées. Nous n'avions pas été préparées à cela. Nous n'avions jamais eu l'idée de nous demander ce que *nous* éprouverions si on nous voyait ainsi, si les araignées, c'était nous.

Quand nous eûmes traversé la cour et gagné la pelouse, nous formions un groupe différent de la bande excitée qui était restée à attendre que Madame sortît de sa voiture. Hannah semblait prête à éclater en sanglots. Même Ruth paraissait vraiment ébranlée. Puis l'une de nous – Laura, je crois – observa :

« Si elle ne nous aime pas, pourquoi veut-elle notre travail ? Pourquoi ne nous laisse-t-elle pas tranquilles ? De toute façon, qui lui demande de venir ici ? »

Personne ne répondit, et nous nous dirigeâmes vers le pavillon, sans rien dire de plus sur ce qui était arrivé.

En y repensant aujourd'hui, je comprends que nous étions précisément à l'âge où nous savions deux ou trois choses sur nous-mêmes – sur qui nous étions, en quoi nous étions différentes de nos gardiens, des gens du dehors –, mais n'avions pas encore saisi ce que cela signifiait. Je suis sûre qu'à un moment donné de votre enfance vous avez aussi connu une expérience du genre de la nôtre ce jour-là ; similaire sinon dans les détails factuels, du moins de l'intérieur, par les sentiments. Car peu importe au fond le mal que vos gardiens se donnent pour vous préparer : exposés, vidéos, discussions, mises en garde, rien de tout cela ne peut vous en faire réellement prendre conscience. Pas quand vous avez huit ans, et que vous êtes tous ensemble dans un endroit tel que Hailsham ; quand vous avez des gardiens comme ceux que nous avions, quand les jardiniers et les livreurs plaisantent et rient avec vous, et vous appellent « mon cœur ».

Pourtant, un peu de ça doit s'inscrire quelque part. Ça doit s'inscrire, car quand un tel moment survient, une partie de vous attend déjà. Depuis le très jeune âge, cinq ou six ans peut-être, résonne au fond de votre tête un murmure qui vous dit : « Un jour qui n'est peut-être pas si lointain, tu vas savoir l'impression que ça fait. » Alors vous attendez, même si vous ne le savez pas vraiment, vous attendez le moment où vous vous rendrez compte que vous êtes réellement différent d'eux ; que, dehors, il y a des gens comme Madame, qui ne vous détestent pas et ne vous souhaitent aucun mal, mais qui frissonnent néanmoins à la seule pensée de votre existence – de la manière dont vous avez été amené dans ce monde et pourquoi – et qui redoutent l'idée de votre main frôlant la leur. La première fois que vous vous apercevez à travers les yeux d'une personne comme celle-là, c'est un instant terrifiant. C'est comme vous entrevoir dans un miroir devant lequel vous passez chaque jour de votre vie, et soudain il vous renvoie autre chose, une image troublante et étrange.

4

À la fin de l'année je ne serai plus accompagnante,
et bien que cela m'ait beaucoup apporté, je dois
admettre que je serai heureuse de pouvoir me reposer
– de m'arrêter, de penser et de me rappeler. Je suis
sûre que ce besoin impérieux d'ordonner tous ces
vieux souvenirs est en partie lié à ça, à la préparation
au changement de rythme. Ce que je voulais vraiment, je suppose, c'était mettre au clair tout ce qui
s'était passé entre moi, Tommy et Ruth après que
nous avions grandi et quitté Hailsham. Mais je me
rends compte à présent qu'une part importante de ce
qui s'est produit par la suite a découlé de notre vie à
Hailsham, et c'est pourquoi je veux d'abord passer en
revue très attentivement ces souvenirs de jeunesse.
Prenons toute cette curiosité à propos de Madame,
par exemple. À un certain niveau, nous n'étions que

des gosses faisant une farce. Mais sur un autre plan, comme vous le verrez, c'était le début d'un processus qui n'a cessé de prendre de l'ampleur au cours des années jusqu'au moment où il a dominé nos vies.

Après ce jour-là, mentionner Madame, sans être exactement tabou, est devenu très rare parmi nous. Et bientôt cette habitude s'est propagée en dehors de notre petit groupe, gagnant presque tous les élèves de notre année. Nous étions, dirais-je, plus curieux que jamais à son sujet, mais nous sentions tous que fouiller plus avant – sur ce qu'elle faisait de notre travail, s'il existait réellement une galerie – nous conduirait en un territoire pour lequel nous n'étions pas encore prêts.

Le thème de la Galerie, cependant, resurgissait de temps à autre, de telle sorte que quelques années plus tard, quand, au bord de l'étang, Tommy a commencé à me raconter son étrange conversation avec Miss Lucy, j'ai senti un tiraillement dans ma mémoire. Ce n'est qu'après l'avoir laissé assis sur son rocher pour me hâter vers les champs afin de rattraper mes amies que ça m'est revenu.

C'était quelque chose que Miss Lucy avait dit une fois pendant un cours. Je m'en souvenais parce que cela m'avait intriguée à l'époque, et aussi parce que c'était l'une des rares occasions où la Galerie avait été mentionnée aussi délibérément devant un gardien.

Nous étions au milieu de ce que nous avons appelé par la suite la «controverse des jetons». Tommy et moi en avons discuté il y a quelques années, et au début nous n'avons pas réussi à nous mettre d'accord sur le moment où elle avait eu lieu. Je disais que nous étions âgés alors d'une dizaine d'années ; il pensait que ça s'était passé plus tard, mais à la fin il s'est rangé à mon avis. Je suis pratiquement sûre d'avoir raison : nous étions en Junior 4 – quelque temps après cet incident avec Madame, mais encore trois ans avant notre conversation près de l'étang.

La controverse des jetons relevait, je suppose, d'un goût pour la propriété qui s'affirmait à mesure que nous grandissions. Pendant des années – je pense que je l'ai déjà dit – nous avions pensé que si notre travail était sélectionné pour la salle de billard, ou même emporté par Madame, c'était un triomphe énorme. Mais, à l'âge de dix ans, nous étions devenus plus ambivalents à ce sujet. Les Échanges, avec leur système de jetons en guise de monnaie, avaient aiguisé notre sens de la valeur de tout ce que nous produisions. Nous nous préoccupions désormais de T-shirts, de la décoration autour de nos lits, de la personnalisation de nos bureaux. Et, bien sûr, nous devions penser à nos « collections ».

Je ne sais pas si vous en aviez là où vous étiez. Quand on rencontre des anciens élèves de Hailsham, on découvre toujours tôt ou tard qu'ils ont la nostalgie de leurs collections. À l'époque, évidemment, nous considérions tout cela comme allant de soi. Chacun possédait un coffre en bois avec son nom qu'il rangeait sous son lit et remplissait de ses acquisitions – les choses qu'il obtenait lors des Ventes ou des Échanges. Je me souviens d'un ou deux élèves qui ne se souciaient guère de leurs collections, mais la plupart d'entre nous en prenions un soin immense, sortant des choses pour les exposer, en rangeant d'autres avec précaution.

Mais, à dix ans, l'idée que c'était un grand honneur de voir l'une de nos œuvres emportée par Madame se heurtait au sentiment que nous avions de perdre notre bien le plus négociable. Tout cela atteignit un point critique lors de la controverse des jetons.

Ça commença avec plusieurs élèves, surtout des garçons, marmonnant que nous devrions recevoir des jetons en compensation quand Madame prenait quelque chose. Beaucoup d'élèves approuvaient, mais d'autres étaient scandalisés par ce point de vue. Pendant quelque temps, les discussions allèrent bon train, et un jour Roy J. – qui était dans la classe au-dessus, et dont beaucoup d'œuvres avaient été emportées par Madame – décida d'aller en parler à Miss Emily.

Miss Emily, notre gardien en chef, était plus âgée que les autres. Elle n'était pas particulièrement grande, mais quelque chose dans sa façon de se tenir, toujours très droite avec la tête haute, vous faisait croire que si. Elle portait ses cheveux argentés attachés en arrière, pourtant des mèches s'échappaient toujours et flottaient autour d'elle. Cela m'aurait rendue folle, mais Miss Emily les ignorait, comme si elles n'étaient dignes que de son mépris. Le soir elle offrait un spectacle plutôt étrange, avec des fils de cheveux épars qu'elle ne prenait pas la peine de repousser de son visage quand elle vous parlait de sa voix calme, délibérée. Nous avions tous assez peur d'elle, et nous ne pensions pas à elle de la même manière qu'aux autres gardiens. Mais nous considérions qu'elle était juste et respections ses décisions ; et même chez les Juniors, nous reconnaissions sans doute que c'était sa présence, si intimidante fût-elle, qui nous inspirait à tous un tel sentiment de sécurité à Hailsham.

Il fallait une certaine audace pour aller la voir sans être convoqué ; se présenter avec le genre d'exigences que formulait Roy semblait suicidaire. Mais Roy ne reçut pas le terrible savon que nous attendions, et les jours suivants le bruit courut que des gardiens parlaient – discutaient même – de la question des jetons. À la fin, on annonça que nous *obtiendrions* des jetons, mais en quantité restreinte, car c'était un « honneur insigne » que d'avoir des œuvres sélectionnées par Madame. Ce fut assez mal accepté par les deux camps, et les discussions continuèrent de se déchaîner.

Ce fut dans ce contexte que Polly T. posa sa question à Miss Lucy, ce matin-là. Nous étions dans la bibliothèque, assis autour de la grande table en chêne. Je me souviens qu'une bûche brûlait dans la cheminée, et que nous étions en train de lire une pièce de théâtre. À un moment donné, une réplique avait inspiré à Laura une boutade sur l'affaire des jetons, et nous avions tous éclaté de rire, Miss Lucy comprise. Ensuite, Miss Lucy avait dit que, puisque tout le monde ne parlait que de ça à Hailsham, nous devions oublier la lecture de la pièce et consacrer le reste du cours à échanger nos points de vue sur les jetons. Et c'est ce que nous faisions quand Polly a demandé subitement : « À propos, Miss, pourquoi Madame emporte-t-elle notre travail ? »

Tout le monde s'est tu. Miss Lucy ne se mettait pas souvent en colère, mais quand ça arrivait, on en prenait pour son grade, et nous avons cru un instant que Polly y aurait droit. Nous avons vu alors que Miss Lucy n'était pas en colère, mais simplement plongée dans ses pensées. Je me souviens d'avoir été furieuse contre Polly qui avait enfreint si stupidement la règle tacite, mais en même temps d'avoir ressenti une terrible excitation à l'idée de la réponse que donnerait Miss Lucy. Et, manifestement, je n'étais pas la seule à éprouver ces émotions mélangées : presque tous foudroyèrent Polly du regard, avant de se tourner vers Miss Lucy avec empressement – ce qui était, je suppose, assez injuste envers la pauvre fille. Après ce qui parut être un très long moment, Miss Lucy déclara :

« Je peux juste vous dire aujourd'hui que c'est pour une bonne raison. Une raison très importante. Mais si j'essayais de vous l'expliquer maintenant, je ne pense pas que vous comprendriez. Un jour, je l'espère, on vous l'expliquera. »

Nous n'avons pas insisté. Autour de la table une gêne intense imprégnait l'atmosphère, et nous avions beau être curieux d'en apprendre plus, nous désirions surtout que la conversation s'éloignât de ce terrain épineux. L'instant d'après, nous avons donc tous été soulagés de discuter à nouveau des jetons – peut-être un peu artificiellement. Mais les paroles de Miss Lucy m'avaient intriguée et je continuai d'y songer par moments au cours des jours suivants. C'est pourquoi, cet après-midi au bord de l'étang, quand Tommy a mentionné sa conversation avec Miss Lucy, rapportant qu'elle lui avait dit qu'on « ne nous en apprenait pas assez » sur certaines choses, le souvenir de cette fois dans la bibliothèque – ainsi que, peut-être, un ou deux épisodes du même genre – a commencé à me travailler.

Puisque nous en sommes au sujet des jetons, je veux juste parler un peu des Ventes, que j'ai mentionnées déjà plusieurs fois. Les Ventes étaient importantes pour nous parce que cela nous procurait un moyen de nous approprier les choses du dehors. Par exemple, le polo de Tommy venait d'une Vente. C'était là que nous trouvions nos vêtements, nos jouets, les objets particuliers qui n'avaient pas été fabriqués par un autre élève.

Une fois par mois, une grande camionnette blanche descendait cette longue route et on sentait l'effervescence gagner la maison et les terrains. Quand le véhicule se garait dans la cour, une foule l'attendait – surtout des Juniors, car, passé douze ou treize ans, ça ne se faisait plus de montrer autant son excitation. Mais, en vérité, nous étions tous excités.

Quand je me le rappelle aujourd'hui, c'est drôle de penser que nous nous mettions dans un état pareil, car d'habitude les Ventes étaient une grosse déception. Il n'y avait absolument rien de spécial et nous dépensions nos jetons pour remplacer des affaires usées ou abîmées par d'autres du même genre. En fait, nous avions tous, je suppose, trouvé autrefois quelque chose dans une Vente, quelque chose qui était devenu spécial : une veste, une montre, une paire de ciseaux de découpage jamais utilisée mais conservée fièrement près d'un lit. Nous avions tous déniché un jour un objet du même genre ; aussi, malgré tous nos efforts pour prétendre le contraire, nous ne pouvions jamais nous défaire de l'espoir et de l'excitation d'avant.

En réalité, il y avait une raison de traîner autour de la camionnette pendant qu'on la déchargeait. Si on était l'un de ces Juniors, on emboîtait le pas aux deux hommes en combinaison qui transportaient les gros cartons dans la réserve, en leur demandant ce qu'il y avait à l'intérieur. «Un tas de bonnes choses, mon cœur », telle était la réponse habituelle. Puis, si on insistait : «Mais est-ce que c'est une *récolte exception-nelle* ? », ils finissaient tôt ou tard par sourire et par dire : «Oh, ça, c'est sûr, mon cœur. Une récolte vraiment exceptionnelle », provoquant des applaudissements enthousiastes.

Le haut des cartons était souvent ouvert, de sorte qu'on pouvait apercevoir toutes sortes de choses, et quelquefois, bien qu'ils ne fussent pas censés le faire, les hommes vous laissaient déplacer quelques objets pour mieux voir. C'est pourquoi, lors de la vraie Vente, environ une semaine plus tard, différents bruits couraient, peut-être à propos d'un survêtement particulier ou d'une cassette de musique, et s'il y avait des problèmes, c'était presque toujours parce que quelques élèves avaient jeté leur dévolu sur le même article.

Les Ventes offraient un contraste absolu avec l'atmosphère feutrée des Échanges. Elles avaient lieu dans la salle à manger, et une foule bruyante s'y pressait. En fait, bousculades et cris faisaient partie du jeu, et le plus souvent il y régnait de la bonne humeur. Sauf de temps à autre, où, comme je l'ai dit, les choses dérapaient, et où les élèves s'emparaient des objets et se les arrachaient, en venant quelquefois aux mains. Alors les surveillants menaçaient de tout boucler, et lors de l'assemblée du lendemain matin nous avions droit à un laïus de Miss Emily.

Notre journée à Hailsham commençait toujours par une assemblée, qui était d'ordinaire assez brève – quelques annonces, peut-être un poème lu par un élève. Miss Emily était souvent avare de paroles; elle restait assise très droite sur la scène, acquiesçant à ce qui se disait, tournant parfois un œil glacial vers un chuchotement dans la foule. Mais un lendemain de

Vente houleuse, tout était différent. Elle nous ordonnait de nous asseoir par terre – d'habitude, nous restions debout pendant les assemblées –, et il n'y avait ni annonces, ni auditions, seulement Miss Emily qui nous parlait pendant vingt, trente minutes, parfois plus. Elle élevait rarement la voix, mais à ces moments-là elle semblait d'acier, et aucun de nous, même les Seniors 5, n'osait émettre un son.

Nous éprouvions un réel sentiment de mauvaise conscience à l'idée d'avoir lâché collectivement Miss Emily, mais nous avions beau essayer, nous ne parvenions pas vraiment à suivre ces sermons. C'était en partie son langage. «Indigne de privilège» et «usage impropre de vos chances»: voici deux expressions récurrentes que Ruth et moi avons retrouvées quand nous avons évoqué nos souvenirs dans sa chambre, au centre de Douvres. Le sens général était assez clair: en tant qu'élèves de Hailsham, nous étions tous très spéciaux, et notre mauvais comportement était d'autant plus décevant. Au-delà, cependant, c'était le brouillard. Parfois elle poursuivait très intensément, puis s'interrompait soudain avec des phrases du genre: «Qu'est-ce que c'est? Qu'est-ce que c'est? Qu'est-ce qui peut bien nous contrarier?» Puis elle se tenait là, les yeux fermés, le visage plissé, comme si elle essayait de décoder la réponse. Nous étions perplexes et embarrassés, mais nous restions assis, lui souhaitant de faire la découverte dont elle avait besoin dans sa tête. Peut-être reprenait-elle ensuite avec un léger soupir – signe que nous allions être pardonnés – ou brisait-elle aussi bien son silence par : « Mais on ne me fera pas céder ! Ah non ! Et Hailsham non plus ! »

Alors que nous évoquions ces longs discours, Ruth a remarqué combien il était curieux qu'ils soient aussi énigmatiques, alors que Miss Emily, dans une salle de classe, pouvait être claire comme de l'eau de roche. Lorsque j'ai mentionné que j'avais quelquefois vu la chef errer à travers Hailsham dans un rêve, parlant toute seule, Ruth s'est vexée :

« Elle n'a jamais été comme ça ! Comment Hailsham aurait-il pu être ce qu'il était si la responsable avait été givrée ? Miss Emily avait un intellect si affûté qu'on aurait pu scier des bûches avec. »

Je ne discutai pas. Miss Emily était tout à fait capable de se montrer étrangement cassante. Par exemple, si vous vous trouviez dans un endroit de la maison principale ou des terrains où vous n'auriez pas dû être, et que vous entendiez venir un gardien, vous pouviez souvent vous cacher quelque part. Hailsham regorgeait de cachettes, à l'intérieur et au-dehors : placards, recoins, buissons, haies. Mais si vous voyiez approcher Miss Emily, votre cœur chavirait parce qu'elle savait toujours que vous étiez caché là. On aurait cru qu'elle avait un sixième sens. Vous entriez dans un placard, refermiez bien la porte et restiez parfaitement immobile, mais vous saviez que les pas de Miss Emily allaient s'arrêter devant et que sa voix dirait : « Bon. Sors de là. »

C'était arrivé une fois à Sylvie C. sur le palier du deuxième étage, et à cette occasion Miss Emily avait eu une de ses crises de rage. Jamais elle ne criait comme Miss Lucy, par exemple quand elle s'énervait contre vous, mais une colère de Miss Emily avait quelque chose d'encore plus terrifiant. Ses yeux se plissaient et elle chuchotait furieusement, comme si elle discutait avec un collègue invisible pour décider quelle punition serait assez terrible pour vous. Sa manière d'agir faisait qu'une partie de vous mourait d'envie de l'entendre tandis que l'autre s'y refusait absolument. Mais d'ordinaire, avec Miss Emily, il n'en ressortait rien de vraiment terrible. Il était rare qu'elle vous envoie en retenue, vous impose des corvées ou vous retire des privilèges. Quand même, vous vous sentiez très mal de savoir que vous aviez baissé dans son estime, et vous vouliez faire immédiatement quelque chose pour vous racheter.

Mais le problème était qu'on ne pouvait rien prévoir avec Miss Emily. Sylvie en a certainement pris pour son grade cette fois-là, mais quand Laura a été surprise en train de traverser en courant le carré de rhubarbe, Miss Emily a juste aboyé : « Ta place n'est pas ici, petite. File ! », avant de s'éloigner.

Et puis il y a eu la fois où j'ai cru que j'allais avoir des ennuis avec elle. Le sentier qui contournait l'arrière de la maison principale était mon préféré. Il suivait chaque recoin, chaque saillie ; on devait se glisser contre les buissons, on passait sous deux voûtes tapissées de lierre et on franchissait un portail rouillé. Et tout le long, on pouvait scruter les fenêtres, l'une après l'autre. Je suppose que si j'aimais autant ce chemin, c'était en partie parce que je ne savais jamais vraiment si son accès était interdit. Bien sûr, quand il y avait des cours, on n'était pas censé passer par là. Mais le week-end ou le soir ce n'était jamais clair. La plupart des élèves l'évitaient de toute manière, et peut-être que l'impression d'échapper à tous les autres faisait aussi partie du charme.

Bref, par une soirée ensoleillée, je faisais cette petite promenade. Je crois que j'étais en Senior 3. Comme d'habitude, je regardais à l'intérieur des salles vides en passant, et brusquement j'ai aperçu Miss Emily dans une classe. Elle était seule, marchant lentement de long en large, parlant à mi-voix, le doigt tendu, adressant des remarques à un public invisible. Je supposai qu'elle répétait un cours, ou peut-être l'un de ses discours d'assemblée, et j'étais sur le point d'accélérer le pas avant d'être repérée quand, à cet instant précis, elle se retourna et pointa son regard sur moi. Je me figeai sur place, pensant que j'y avais droit, mais je notai alors qu'elle continuait comme avant, sauf qu'à présent son discours silencieux s'adressait à moi. Puis, le plus naturellement du monde, elle se détourna pour poser le regard sur un autre élève imaginaire dans une autre partie de la salle. Je m'éloignai à pas de loup sur le sentier, et pendant un jour ou deux je redoutai ce que

Miss Emily allait dire quand elle me verrait. Mais elle ne mentionna jamais l'incident.

Ce n'est pas vraiment ce dont je veux parler maintenant. Ce que je veux faire pour l'instant, c'est raconter deux ou trois choses sur Ruth, sur notre rencontre et la façon dont nous sommes devenues amies, sur les débuts de notre relation. Car de plus en plus, ces jours-ci, il m'arrive de longer des champs en voiture par un long après-midi, ou peut-être de boire mon café devant une immense fenêtre dans une station-service d'auto-route, et je me surprends à repenser à elle.

Ce n'est pas quelqu'un avec qui je me suis liée dès le départ. Je me rappelle avoir fait des choses avec Hannah et avec Laura à cinq ou six ans, mais pas avec Ruth. Je n'ai qu'un seul souvenir de Ruth à cette époque de notre vie.

Je joue dans un bac à sable. Il y a beaucoup d'autres enfants avec moi dans le sable, il y a trop de monde et nous nous énervons les uns contre les autres. Nous sommes en plein air, sous un chaud soleil, il s'agit sans doute du bac à sable de l'espace de jeux des Tout-Petits, peut-être même du sable au bout de la longue piste de saut du terrain nord. En tout cas il fait chaud, j'ai soif, et je ne suis pas contente que nous soyons si nombreux. Puis Ruth se tient debout, pas dans le sable, avec nous tous, mais quelques mètres plus loin. Elle est très en colère après deux filles quelque part derrière moi, à propos de quelque chose qui a dû se produire auparavant, et elle les foudroie du regard. Je suppose que je la connais très peu à ce moment-là. Mais elle a dû déjà faire impression sur moi, parce que je me souviens d'avoir poursuivi avec ardeur mon activité dans le sable, absolument terrorisée à l'idée qu'elle pourrait se tourner vers moi. Je ne prononçai pas un mot, mais je souhaitais à tout prix lui faire comprendre que je n'étais pas avec les filles derrière moi, et que je n'avais en rien participé à ce qui l'avait mise en colère.

C'est tout ce que je me rappelle à propos de Ruth à cette période. Nous étions de la même année, aussi avons-nous dû nous croiser fréquemment, mais, en dehors de l'incident du bac à sable, je ne me souviens pas d'avoir eu le moindre rapport avec elle avant les Juniors, deux ans plus tard, quand nous avions sept ans, bientôt huit.

Le terrain sud était le plus utilisé par les Juniors, et ce fut là, dans l'angle près des peupliers, que Ruth vint vers moi un jour à l'heure du déjeuner, m'examina des pieds à la tête, puis demanda :

« Tu veux monter mon cheval ? »

J'étais en train de jouer avec deux ou trois autres enfants à ce moment, mais il était clair qu'elle s'adressait seulement à moi. Cela me ravit absolument, cependant je fis mine de l'examiner avant de donner ma réponse :

« Bon, comment s'appelle ton cheval ? »

Ruth s'approcha d'un pas. « Mon *meilleur* cheval,

dit-elle, est Tonnerre. Je ne peux pas te laisser le monter. Il est beaucoup trop dangereux. Mais tu peux monter Ronce, tant que tu n'utilises pas ta cravache avec lui. Ou, si tu veux, tu peux avoir n'importe lequel des autres. » Elle débita plusieurs noms que j'ai oubliés maintenant. Puis elle demanda : « Tu as des chevaux à toi ? »

Je la regardai et je réfléchis prudemment avant de répondre : « Non. Je n'en ai pas.

– Pas même un seul ?

– Non.

– Très bien. Tu peux monter Ronce, et s'il te plaît, tu peux le garder. Mais tu ne dois pas te servir de ta cravache avec lui. Et tu dois venir *maintenant*. »

De toute façon, mes amies avaient tourné le dos et continuaient ce qu'elles avaient commencé. Aussi je haussai les épaules et je partis avec Ruth.

Le champ était plein d'enfants en train de jouer, parfois beaucoup plus grands que nous, et Ruth se fraya un chemin parmi eux avec une grande détermination, toujours un pas ou deux devant moi. Quand nous fûmes presque au grillage délimitant le jardin, elle se retourna et dit :

« Bon, on va les monter ici. Tu prends Ronce. »

J'acceptai les rênes invisibles qu'elle me tendait, puis nous partîmes, sautant par-dessus la barrière, tantôt au trot, tantôt au galop. J'avais été bien avisée de dire à Ruth que je ne possédais aucune monture car, au bout d'un moment avec Ronce, elle me laissa essayer divers autres chevaux, un par un, criant toutes sortes d'instructions sur la manière de gérer les petites manies de chaque animal :

« Je te l'ai dit ! Tu dois vraiment te pencher en arrière sur Jonquille ! Beaucoup plus que ça ! Elle n'aime pas ça si tu n'es pas *vraiment en arrière* ! »

Je dus me débrouiller assez bien, parce que finalement elle me permit d'essayer Tonnerre, son préféré. Je ne sais pas combien de temps nous passâmes avec ses chevaux ce jour-là : un temps considérable, sembla-t-il, et je pense que toutes les deux, nous nous laissâmes totalement emporter par notre jeu. Mais soudain, pour une raison qui m'échappa, Ruth y mit un terme, prétendant que je fatiguais ses chevaux de manière délibérée, et que je devrais les ramener chacun dans son box. Elle indiqua une section de la clôture, et je commençai à y conduire les bêtes, tandis que Ruth paraissait de plus en plus en colère contre moi, disant que je faisais tout de travers. Puis elle demanda :

« Tu aimes Miss Geraldine ? »

C'était peut-être la première fois que je me posais réellement la question de savoir si j'aimais un gardien. Je répondis enfin : « Bien sûr que je l'aime.

— Mais est-ce que tu l'aimes *vraiment* ? Comme si elle était spéciale ? Comme si elle était ta préférée ?

— Oui, tout à fait. C'est ma préférée. »

Ruth continua de me fixer pendant un long moment. Puis elle finit par dire : « Très bien. Dans ce cas, je te permettrai d'être l'un de ses gardes secrets. »

Nous reprîmes alors le chemin de la maison principale et j'attendis qu'elle expliquât ce qu'elle voulait
dire, mais elle ne le fit pas. Je le découvris pourtant
au cours des jours suivants.

5

Je ne sais pas exactement combien de temps avait duré l'affaire de la «garde secrète». Quand j'en ai discuté avec Ruth alors que je m'occupais d'elle à Douvres, elle a affirmé que cela n'avait été qu'une question de deux ou trois semaines – mais c'était presque certainement une erreur. Elle était sans doute embarrassée par le sujet et toute l'histoire avait donc rétréci dans sa mémoire. Je suppose que cela avait continué environ neuf mois, et même un an, vers l'époque où nous avions sept ans, bientôt huit.

Je n'ai jamais su si Ruth avait réellement inventé elle-même la garde secrète, mais il ne faisait aucun doute qu'elle était le chef. Nous étions entre six et dix, le chiffre changeant chaque fois que Ruth admettait un nouveau membre ou expulsait quelqu'un. Nous pensions que Miss Geraldine était le meilleur gardien de Hailsham, et nous fabriquions des cadeaux à lui offrir – un grand drap avec des fleurs séchées collées dessus me revient à l'esprit. Mais la raison essentielle de notre existence, bien sûr, était de la protéger.

Quand j'entrai dans la garde, Ruth et les autres étaient déjà au courant depuis une éternité du complot d'enlèvement de Miss Geraldine. Nous ne sûmes jamais avec certitude qui était derrière. Nous soupçonnions parfois certains des garçons des Seniors, et parfois des garçons de notre année. Il y avait une gardienne que nous n'aimions pas beaucoup – une certaine Miss Eileen –, qui, nous le crûmes quelque temps, pouvait en être le cerveau. Nous ignorions quand aurait lieu le rapt, mais nous étions convaincues d'une chose, c'est que les bois y joueraient un rôle.

Les bois étaient situés au sommet d'une colline qui s'élevait derrière la maison de Hailsham. En réalité on ne distinguait qu'une frange sombre d'arbres, mais je n'étais certainement pas la seule de mon âge à sentir jour et nuit leur présence. Quand ça allait mal, on avait l'impression qu'ils projetaient une ombre sur l'ensemble de Hailsham ; il suffisait de tourner la tête et de s'approcher d'une fenêtre, et ils se dressaient là-haut, dans le lointain. Le devant de la maison principale était l'endroit le plus sûr, parce qu'on ne les voyait d'aucune des fenêtres. Même ainsi, on ne leur échappait jamais vraiment.

On racontait toutes sortes d'histoires horribles sur les bois. Une fois, pas très longtemps avant que nous arrivions tous à Hailsham, un garçon avait eu une grosse bagarre avec ses amis et s'était enfui au-delà des limites du domaine. Son corps avait été retrouvé deux jours plus tard, dans ces bois, attaché à un arbre, les mains et les pieds coupés. Selon une autre rumeur, le fantôme d'une fille errait à travers ces arbres. Elle avait été élève à Hailsham jusqu'au jour où elle avait escaladé une clôture, juste pour voir comment c'était au-dehors. Ça s'était passé longtemps avant nous, quand les gardiens étaient beaucoup plus stricts, cruels même, et lorsqu'elle avait essayé de revenir, on ne l'y avait pas autorisée. Elle avait continué de rôder à l'extérieur des barrières, suppliant pour qu'on la laissât rentrer, mais personne n'avait cédé. Finalement, elle était partie quelque part par là-bas, il lui était arrivé malheur, et elle était morte. Mais son fantôme errait toujours dans les bois, contemplant Hailsham, aspirant à y être admis de nouveau.

Les gardiens maintenaient toujours que ces histoires étaient absurdes. Mais alors les élèves plus âgés nous disaient que c'était exactement ce que leur avaient affirmé les gardiens quand ils étaient plus jeunes, et qu'on nous apprendrait assez tôt l'atroce vérité, comme à eux.

Les bois influaient le plus sur notre imagination après la tombée de la nuit, dans nos dortoirs, quand nous essayions de nous endormir. Vous croyiez presque, alors, entendre le bruissement du vent dans les branches, et en parler semblait seulement empirer les choses. Je me souviens qu'un soir où nous étions furieuses contre Marge K. – elle nous avait fait quelque chose de vraiment embarrassant pendant la journée –, nous avions choisi de la punir en la tirant hors de son lit, en lui plaquant le visage contre la vitre et en lui ordonnant de lever les yeux vers les bois. Au début elle avait gardé les yeux hermétiquement fermés, mais nous lui avions tordu les bras et ouvert les paupières de force jusqu'à ce qu'elle aperçût la courbe lointaine contre le ciel illuminé par le clair de lune, et cela avait suffi à lui assurer une nuit de terreur et de sanglots.

Je ne dis pas qu'à cet âge nous consacrions nécessairement tout notre temps à nous soucier des bois. Pour ma part, je pouvais passer des semaines presque sans y penser, et il y avait même des jours où, sur un élan de courage rebelle, je pensais : « Comment avons-nous pu croire à de telles sottises ? » Mais ensuite il suffisait d'un infime détail – quelqu'un répétant une de ces histoires, un passage effrayant dans un livre ou même une remarque accidentelle qui vous rappelait les bois – et une nouvelle période se profilait sous cette ombre. Il n'était donc guère surprenant que nous ayons attribué aux bois une place centrale dans le complot d'enlèvement de Miss Geraldine.

Quand la situation devint critique, cependant, je ne me souviens pas que nous ayons pris beaucoup de mesures concrètes pour défendre Miss Geraldine ; nos activités tournaient toujours autour de l'accumulation de preuves concernant le complot lui-même. Pour quelque raison, nous étions persuadées que cela mettrait en échec tout danger immédiat.

La plupart de nos « preuves » provenaient de l'observation des conspirateurs à l'œuvre. Un matin, par exemple, nous vîmes, depuis une classe du deuxième étage, Miss Eileen et Mr Roger en train de parler à Miss Geraldine dans la cour. Au bout d'un moment, elle dit au revoir et s'éloigna en direction de l'Orangerie, mais nous continuâmes de regarder et vîmes les deux autres rapprocher leurs têtes pour un échange furtif, le regard fixé sur la silhouette de Miss Geraldine qui disparaissait.

« Mr Roger, soupira Ruth cette fois-là, secouant la tête. Qui aurait cru qu'il en faisait partie, lui aussi ? »

De cette façon, nous établîmes une liste de gens dont nous savions qu'ils participaient au complot – des gardiens et des élèves que nous déclarions être nos ennemis jurés. Et pourtant, tout ce temps, je pense que nous devions avoir une idée de la nature précaire des fondements de notre fantasme, car nous évitions toujours une confrontation. Nous pouvions décider, après d'intenses discussions, qu'un élève particulier était un comploteur, mais ensuite nous trouvions toujours une raison de ne pas le mettre immédiatement au pied du mur – d'attendre d'avoir « réuni toutes les preuves ». De même, nous étions convenues que Miss Geraldine ne devait pas apprendre un mot sur ce que nous avions découvert, car elle s'affolerait inutilement.

Il serait trop facile d'affirmer que Ruth fut la seule à maintenir la garde secrète bien après que nous eûmes naturellement dépassé ce stade. Bien sûr, la garde comptait pour elle. Elle avait été au courant du complot depuis beaucoup plus longtemps que le reste d'entre nous, et cela lui conférait une énorme autorité; en laissant entendre que les *vraies* preuves dataient d'une période antérieure à la venue de gens comme moi – qu'il y avait des choses qu'elle devait encore révéler, même à nous –, elle pouvait justifier de presque chaque décision qu'elle prenait au nom du groupe. Si elle décidait que quelqu'un devait être exclu, par exemple, et qu'elle sentait une opposition, elle se contentait de faire sombrement allusion à des choses qu'elle savait « d'avant ». Il ne fait aucun doute que Ruth était désireuse d'entretenir tout ce mystère. Mais la vérité était que celles d'entre nous qui étaient devenues proches d'elle jouaient chacune un rôle dans la préservation de ce fantasme et le faisaient perdurer aussi longtemps que possible. Ce qui s'est passé après cette dispute à propos des échecs illustre très bien mon argument.

J'avais supposé que Ruth s'y connaissait assez bien en échecs et qu'elle serait capable de m'enseigner ce jeu. Ce n'était pas si idiot: nous passions devant des élèves plus âgés penchés sur des échiquiers, sur des banquettes de fenêtre ou sur les pentes herbues, et Ruth s'arrêtait souvent pour étudier une partie. Et quand nous repartions, elle me parlait d'un coup qui, à ce qu'elle avait remarqué, avait échappé aux deux joueurs. « Incroyablement stupide », murmurait-elle en secouant la tête. Tout cela avait contribué à me fasciner, et je ne tardai pas à avoir très envie de m'absorber dans l'examen de ces pièces ornées. Aussi, quand je trouvai un jeu d'échecs lors d'une Vente et que je décidai de l'acheter – bien qu'il coûtât un nombre effroyable de jetons –, je comptais sur l'aide de Ruth.

Les jours suivants, cependant, elle soupira chaque fois que j'évoquais ce sujet, ou prétendait avoir quelque chose de vraiment urgent à faire. Quand je finis par la coincer un après-midi pluvieux et que nous installâmes le plateau dans la salle de billard, elle entreprit de me montrer un jeu qui était une vague variante des dames. La caractéristique particulière des échecs, selon elle, était que chaque pièce se déplaçait en décrivant un L – je suppose qu'elle avait trouvé ça en observant le cavalier – et non à saute-mouton, comme les pions du jeu de dames. Je ne le crus pas, et j'étais vraiment déçue, mais je pris soin de ne rien dire et continuai un moment avec elle. Nous passâmes plusieurs minutes à renverser les pièces de l'adversaire de l'échiquier, glissant toujours la pièce attaquante le long d'un L. Cela continua jusqu'au moment où j'essayai de la prendre et où elle affirma que ça ne comptait pas parce que j'avais glissé ma pièce vers la sienne suivant une ligne trop droite.

Là-dessus, je me levai, emballai le jeu et m'en allai.

Je ne déclarai jamais tout haut qu'elle ne savait pas jouer – en dépit de ma déception. Je savais où m'arrêter – mais mon départ brutal, je suppose, avait été un constat suffisant à ses yeux.

Un jour plus tard, peut-être, j'entrai dans la salle 20 en haut de la maison, où Mr George donnait son cours de poésie. Je ne me souviens pas si cela se passait avant ou après le cours, ni s'il y avait beaucoup d'élèves à l'intérieur. Je me rappelle que je portais des livres dans les mains, et que lorsque je me dirigeai vers l'endroit où Ruth et les autres parlaient, une belle tache de soleil baignait les pupitres sur lesquels elles étaient assises.

Je voyais à la façon dont elles rapprochaient leurs têtes qu'elles discutaient d'une affaire concernant la garde secrète, et malgré la dispute avec Ruth qui avait eu lieu la veille à peine, pour une raison quelconque, j'allai vers elles sans arrière-pensée. Ce fut seulement quand je me retrouvai pratiquement à côté d'elles – peut-être y eut-il un échange de regards – que je saisis soudain ce qui allait se produire. C'était comme le quart de seconde qui précède l'instant où on met le pied dans une flaque d'eau, on se rend compte qu'elle est là, mais il est trop tard. Je sentis la blessure avant même qu'elles se taisent et me fixent, avant que Ruth s'écrie : « Oh, Kathy, comment vas-tu ? Si tu veux bien, on a quelque chose à régler tout de suite. On en a pour une minute. Désolée. »

À peine avait-elle achevé sa phrase que je tournais les talons et quittais la salle, plus furieuse contre moi-même de m'être jetée dans la gueule du loup que contre Ruth et les autres. J'étais perturbée, sans aucun doute, mais je ne sais pas si j'ai réellement pleuré. Et les jours suivants, chaque fois que je voyais la garde secrète s'entretenir dans un coin ou traverser un champ, je sentais le rouge me monter aux joues.

Puis, environ deux jours après cette rebuffade dans la salle 20, je descendais l'escalier de la maison principale quand j'ai trouvé Moira B. juste derrière moi. Nous avons commencé à parler – d'aucun sujet en particulier – et nous sommes sorties ensemble d'un pas nonchalant. Ce devait être la pause du déjeuner parce que, quand nous sommes arrivées dans la cour, il y avait une vingtaine d'élèves qui s'attardaient par petits groupes en bavardant. Mes yeux se tournèrent aussitôt vers le côté opposé de la cour, où Ruth et trois des gardes secrets se tenaient ensemble, nous tournant le dos, fixant intensément le terrain sud. J'essayais de voir à quoi elles s'intéressaient à ce point, quand je me rendis compte qu'à côté de moi Moira les observait aussi. Il me vint alors à l'esprit qu'à peine un mois plus tôt elle avait également été membre de la garde secrète, et avait été exclue. Pendant quelques secondes j'éprouvai un sentiment d'embarras aigu du fait que nous étions debout côte à côte, liées par nos récentes humiliations, regardant notre rejet droit dans les yeux, pour ainsi dire. Peut-être Moira ressentait-elle quelque chose de similaire ; en tout cas, ce fut elle qui rompit le silence :

« C'est si stupide, toute cette histoire de garde secrète. Comment peuvent-elles encore croire à une bêtise pareille ? C'est comme si elles étaient encore chez les Tout-Petits. »

Même aujourd'hui, je suis intriguée par la force pure de l'émotion qui me submergea quand j'entendis Moira prononcer ces mots. Je me tournai vers elle, totalement furieuse :

« Qu'est-ce que *tu* en sais ? Tu ne sais rien du tout, parce que ça fait maintenant une éternité que tu n'y es plus ! Si tu savais tout ce qu'on a découvert, tu n'oserais pas dire une chose aussi stupide !

– Arrête tes sottises. » Moira n'était pas du genre à céder facilement. « C'est encore une des inventions de Ruth, rien de plus.

– Alors comment se fait-il que je les ai *personnellement* entendus en parler ? Racontant qu'ils vont emmener Miss Geraldine dans les bois dans la camionnette du laitier ? Comment se fait-il que je les ai moi-même entendus le planifier, sans rien à voir avec Ruth ni personne d'autre ? »

Moira me regarda, maintenant ébranlée. « Tu l'as entendu toi-même ? Comment ? Où ?

– Je les ai entendus parler, distinctement, j'ai entendu chaque mot, ils ne savaient pas que j'étais là. Près de l'étang, ils ne savaient pas que je pouvais entendre. Ça montre comme tu es bien informée ! »

Je la bousculai pour repartir et, tandis que je me frayais un chemin dans la cour pleine de monde, je jetai un coup d'œil derrière moi, vers les silhouettes de Ruth et des autres qui regardaient toujours en direction du terrain sud, ignorant ce qui venait de se produire entre Moira et moi. Et je remarquai que je n'étais plus du tout en colère contre elles ; seulement irritée par Moira à un point extrême.

Même aujourd'hui, si je roule sur une longue route grise et que mes pensées errent sans but, je peux me retrouver en train de remuer tout cela. Pourquoi étais-je si hostile à Moira B. ce jour-là alors qu'elle était en réalité une alliée naturelle ? Je suppose, en fait, que Moira me proposait de franchir avec elle une ligne donnée, et que je n'y étais pas encore préparée. Je pense que j'avais perçu qu'au-delà de cette ligne il y avait quelque chose de plus dur et de plus sombre, et que je ne le voulais pas. Ni pour moi, ni pour aucun de nous.

Mais, à d'autres moments, je pense que c'est une erreur – que cela avait seulement à voir avec moi et Ruth, et le genre de loyauté qu'elle m'inspirait à cette époque. Et c'est peut-être pourquoi, bien qu'en certaines occasions j'en aie vraiment eu envie, je ne l'ai jamais évoqué – ce qui s'était passé ce jour-là avec Moira – durant tout le temps où je me suis occupée de Ruth au centre de Douvres.

Toute cette histoire au sujet de Miss Geraldine me rappelle quelque chose qui s'est passé environ trois ans plus tard, longtemps après que l'idée de la garde secrète se fut dissipée.

Nous étions dans la salle 5 au rez-de-chaussée, à l'arrière de la maison, attendant le début d'un cours. La salle 5 était la plus petite, et spécialement un matin d'hiver comme celui-là, quand les gros radiateurs se mettaient en marche et recouvraient les vitres de buée, elle devenait vraiment étouffante. Peut-être que j'exagère, mais j'ai le souvenir que pour faire rentrer une classe entière dans cette salle, les élèves devaient littéralement s'entasser les uns sur les autres.

Ce matin-là, Ruth avait trouvé une chaise derrière un bureau, et j'étais assise sur le pupitre, et deux ou trois autres filles de notre groupe se perchaient ou s'appuyaient à côté. En fait, je crois que c'est quand je me suis serrée pour permettre à quelqu'un d'autre de s'asseoir près de moi que j'ai remarqué la trousse pour la première fois.

Je revois l'objet comme s'il se trouvait sous mes yeux. Il brillait comme un soulier verni ; d'un brun foncé avec des points rouges dans des cercles qui le recouvraient entièrement. La fermeture Éclair qui longeait le bord supérieur était garnie d'un pompon peluché permettant de la tirer. J'avais failli m'asseoir sur la trousse quand je m'étais déplacée et Ruth l'avait aussitôt retirée. Mais je l'avais vue, ce qui avait été dans son intention, et je dis :

« Oh ! Tu as trouvé ça où ? Dans une Vente ? »

Il y avait du bruit dans la salle, mais les filles près de

nous avaient entendu, et bientôt nous fûmes quatre ou cinq à regarder admirativement la trousse. Ruth resta silencieuse quelques secondes, tout en examinant avec soin les visages autour d'elle. Enfin elle déclara d'un ton délibéré :

« Admettons. *Admettons* que je l'aie trouvée dans une Vente. » Puis elle nous adressa à toutes un sourire entendu.

Ce genre de réponse pouvait paraître tout à fait inoffensif, mais en réalité j'eus l'impression qu'elle s'était brusquement levée pour me gifler, et les instants suivants j'eus froid et chaud tout à la fois. Je savais exactement ce qu'elle avait voulu transmettre par sa réponse et son sourire : elle prétendait que la trousse était un cadeau de Miss Geraldine.

Il ne pouvait y avoir aucune erreur à ce sujet parce que cela couvait depuis des semaines. Il y avait un certain sourire, une certaine voix que prenait Ruth – parfois accompagnés d'un doigt posé sur les lèvres ou d'une main levée en manière d'aparté – chaque fois qu'elle voulait faire allusion à une petite marque de faveur accordée par Miss Geraldine. Miss Geraldine avait permis à Ruth de passer une cassette de musique dans la salle de billard avant quatre heures de l'après-midi, un jour de semaine ; Miss Geraldine avait exigé le silence lors d'une promenade botanique, mais quand Ruth l'avait rejointe, elle avait commencé à lui parler, puis avait permis aux autres de parler aussi. C'étaient toujours des détails de ce genre, jamais revendiqués de manière explicite, juste sous-entendus par son sourire et son expression – « N'en disons pas plus ».

Bien sûr, officiellement, les gardiens n'étaient pas censés faire preuve de favoritisme, mais il y avait tout le temps des petites démonstrations d'affection, dans la limite de certains paramètres ; et le plus souvent, ce que suggérait Ruth entrait aisément dans ce cadre. Pourtant, je détestais quand elle y faisait allusion de cette façon. Bien sûr, je ne savais jamais avec certitude si elle disait la vérité, mais puisqu'elle ne « disait » pas réellement les choses et se contentait d'allusions, il n'était jamais possible de la mettre au défi. Ainsi, chaque fois que cela se produisait, je devais laisser faire, me mordant les lèvres et espérant que le moment passerait très vite.

Quelquefois je voyais, à l'orientation que prenait une conversation, que l'un de ces moments approchait, et je m'armais de courage. Même alors le choc était toujours rude, de telle sorte que pendant plusieurs minutes j'étais incapable de me concentrer sur ce qui se passait autour de moi. Mais ce matin d'hiver dans la salle 5, le choc était venu par surprise. Même après avoir vu la trousse, l'idée d'un gardien offrant un pareil cadeau dépassait à tel point les bornes que je n'avais rien vu venir. Aussi, quand Ruth eut dit ce qu'elle avait dit, je n'avais pas été capable, à ma manière habituelle, d'évacuer la bouffée d'émotion. Je me contentai de la fixer, sans faire le moindre effort pour dissimuler ma colère. Ruth, voyant peut-être le danger, me lança aussitôt en aparté : « Pas un mot ! », et sourit de nouveau. Mais je ne parvins pas à lui rendre son sourire et continuai de la fixer d'un œil furieux. Puis, heureusement, le gardien arriva et le cours commença.

Je n'ai jamais été le genre de gosse à ressasser les choses des heures d'affilée. Je suis devenue un peu comme ça ces temps-ci, mais c'est le travail que je fais et les longues heures de silence quand je roule à travers ces champs déserts. Je n'étais pas, disons, comme Laura, qui malgré toutes ses clowneries était capable de s'angoisser pendant des jours, des semaines, même, à propos d'une petite phrase que quelqu'un lui avait dite. Mais après ce matin-là dans la salle 5, j'ai vécu dans une sorte de transe. Je me laissais gagner par la rêverie au milieu des conversations ; des cours entiers se déroulaient sans que je sache ce qui s'y passait. J'étais déterminée à empêcher Ruth de s'en tirer cette fois-ci, mais pendant une longue période je ne fis rien de constructif dans ce sens ; j'élaborais simplement dans ma tête des scènes invraisemblables où je la démasquais et la forçais à reconnaître qu'elle avait inventé cette histoire. J'avais même un fantasme confus où Miss Geraldine elle-même l'apprenait et passait à Ruth un savon en bonne et due forme devant tout le monde.

Après avoir ainsi ruminé des jours et des jours, je commençai à réfléchir plus concrètement. Si la trousse n'était pas un cadeau de Miss Geraldine, d'où sortait-elle ? Ruth avait pu la recevoir d'un autre élève, mais c'était peu probable. S'il avait appartenu à quelqu'un d'autre, même des années avant nous, un magnifique objet comme celui-là ne serait jamais passé inaperçu. Ruth ne se serait jamais risquée à raconter une pareille histoire sachant que la trousse avait déjà bourlingué dans Hailsham. Elle l'avait presque certainement trouvée à une Vente. Ici aussi, Ruth courait le risque que d'autres l'aient vue avant qu'elle ne l'achète. Mais si — comme cela se produisait parfois, bien que cela ne fût pas vraiment autorisé — elle avait appris l'arrivée de la trousse et l'avait réservée auprès d'un des surveillants avant l'ouverture de la Vente, elle pouvait alors être raisonnablement sûre que presque personne ne l'avait vue.

Malheureusement pour Ruth, cependant, il existait des registres de tous les objets achetés aux Ventes, avec la mention de la personne qui avait procédé à l'achat. Ces registres n'étaient certes pas faciles à obtenir — les surveillants les remportaient dans le bureau de Miss Emily après chaque Vente —, mais ils n'étaient pas non plus *top secret*. Si je traînais autour d'un surveillant lors de la prochaine Vente, il ne serait pas difficile d'en parcourir les pages.

J'avais donc les grandes lignes de mon plan, et je pense que je continuai de le peaufiner pendant plusieurs jours avant de me rendre compte qu'il n'était pas réellement nécessaire de passer par toutes ces étapes. Si la trousse provenait effectivement d'une Vente, il me suffisait de bluffer.

Ce fut ainsi que Ruth et moi en vînmes à avoir cette conversation sous l'auvent. Il y avait du brouillard et de la bruine ce jour-là. Nous arrivions toutes les deux des dortoirs, peut-être en direction du pavillon, je ne sais plus. En tout cas, tandis que nous traversions la cour, la pluie redoubla brusquement, et comme nous n'étions pas pressées, nous nous réfugiâmes sous l'auvent de la maison principale, un peu à l'écart de l'entrée de devant.

Nous nous abritâmes là un moment, et de temps à autre un élève sortait du brouillard en courant et franchissait les portes de la maison, mais la pluie ne diminuait pas. Et plus nous restions là, plus j'étais tendue, car je voyais que c'était l'occasion que j'attendais. Ruth aussi, j'en suis sûre, sentit qu'il allait se passer quelque chose. À la fin, je décidai d'aller droit au but :

« À la Vente mardi dernier, dis-je, j'ai jeté un coup d'œil au livre. Tu sais, ce registre.

— Pourquoi as-tu regardé ce registre ? demanda aussitôt Ruth. Pourquoi as-tu fait une chose pareille ?

— Oh, sans raison. Christopher C. était l'un des surveillants, aussi je lui ai parlé, c'est tout. C'est le meilleur garçon des Seniors, ça, c'est sûr. Et je tournais les pages du registre juste pour faire quelque chose. »

L'esprit de Ruth, je le voyais, galopait à toute allure, et elle savait à présent exactement de quoi il retournait. Mais elle dit d'une voix calme : « Ça doit être bien ennuyeux comme lecture.

— Non, au contraire, c'était très intéressant. Tu peux voir toutes les choses que les gens ont achetées. »

J'avais dit cela en regardant la pluie. Puis je lançai un coup d'œil à Ruth et j'eus un véritable choc. Je ne sais pas à quoi je m'étais attendue ; en dépit de toutes mes divagations du mois précédent, je n'avais jamais vraiment envisagé la scène dans une situation réelle comme celle qui se dénouait en cet instant. Je voyais à présent combien Ruth était perturbée ; comment, pour une fois, elle ne trouvait plus ses mots et s'était détournée, au bord des larmes. Et soudain, mon comportement me parut absolument hors de propos. Tous ces efforts, toute cette préparation, juste pour perturber mon amie la plus chère. Quelle importance si elle avait un peu fabulé au sujet de sa trousse ? Ne rêvions-nous pas tous de temps en temps qu'un gardien ou un autre brisât les règles et fît quelque chose de spécial pour nous ? Une étreinte spontanée, une lettre secrète, un cadeau ? Tout ce que Ruth avait fait, c'était pousser un cran plus loin l'une de ces rêveries inoffensives ; elle n'avait pas même mentionné le nom de Miss Geraldine.

Je me sentais maintenant affreusement mal, et j'étais désorientée. Mais tandis que nous nous tenions là toutes les deux, fixant le brouillard et la pluie, je ne pus trouver aucun moyen de réparer les dégâts que j'avais causés. Je pense que je prononçai une phrase pathétique du genre : « Peu importe, je n'ai pas vu grand-chose », qui plana stupidement dans l'air. Puis, après quelques secondes supplémentaires de silence, Ruth s'éloigna sous la pluie.

6

Je pense que je me serais sentie mieux à propos de ce qui s'était passé si Ruth m'en avait voulu d'une manière plus évidente. Mais dans ce cas elle parut simplement lâcher prise. C'était comme si elle était trop honteuse de cette histoire – trop *meurtrie* par elle – pour être même en colère contre moi ou vouloir me récupérer. Les premières fois où je la vis après la conversation sous l'auvent, j'étais préparée au moins à un peu de mauvaise humeur, mais non, elle se montra tout à fait civile, quoique un peu froide. Il me vint à l'esprit qu'elle redoutait que je ne la dénonce – de fait, la trousse avait disparu –, et je voulus lui dire qu'elle n'avait rien à craindre de ma part. Mais puisque tout cela n'avait pas été évoqué ouvertement, le problème était que je ne savais pas comment aborder le sujet avec elle.

En attendant, je fis de mon mieux pour saisir chaque

occasion de laisser entendre à Ruth qu'elle occupait une place spéciale dans le cœur de Miss Geraldine. Il y eut la fois, par exemple, où nous étions toute une bande à mourir d'envie de sortir pour pratiquer les *rounders* pendant la pause, et où il paraissait peu probable qu'on nous autorisât à aller dehors. Je remarquai cependant que Miss Geraldine était l'un des gardiens en service, et je dis alors :

« Si *Ruth* va le demander à Miss Geraldine, nous aurons une chance. »

Autant que je me souvienne, la suggestion ne fut pas retenue ; peut-être que presque personne ne l'avait entendue, car beaucoup d'entre nous parlaient en même temps. Mais le fait est que je l'avais proposé alors que je me tenais juste derrière Ruth, et je pus voir qu'elle était contente.

Puis, une autre fois, nous étions quelques-uns à quitter une salle de classe en compagnie de Miss Geraldine, et je me trouvai sur le point de franchir le seuil juste derrière elle. Je fis donc en sorte de ralentir afin que Ruth, qui me suivait, passe la porte à côté de Miss Geraldine. Je le fis sans la moindre ostentation, comme si c'était une chose naturelle et convenable, qui plaisait à Miss Geraldine – exactement ce que j'aurais fait si je m'étais trouvée par hasard entre deux meilleures amies. À cette occasion, autant que je me souvienne, Ruth parut intriguée et surprise un quart de seconde, puis elle m'adressa un bref hochement de tête et me dépassa.

Des petites choses comme celles-ci pouvaient bien lui avoir fait plaisir, mais elles étaient encore très éloignées de ce qui s'était réellement produit entre nous sous l'auvent par cette journée de brouillard, et le sentiment que je ne serais jamais capable de régler le problème continua de grandir. J'ai le souvenir particulier d'être restée assise toute seule un soir sur l'un des bancs devant le pavillon, à essayer encore et encore de trouver une issue, alors qu'un mélange pesant de remords et de frustration m'avait presque conduite aux larmes. Si les choses en étaient restées là, je ne sais pas ce qui se serait passé. Peut-être tout aurait-il été oublié en fin de compte ; ou peut-être que Ruth et moi nous serions éloignées l'une de l'autre. En tout état de cause, l'occasion pour moi de rétablir la situation surgit de façon totalement inattendue.

Nous étions au milieu de l'un des cours de dessin de Mr Roger, sauf que, pour quelque raison, il était sorti avant la fin. Nous étions donc toutes en train de nous promener parmi les chevalets, bavardant et regardant le travail des autres. Puis, à un moment donné, une fille du nom de Midge A. s'approcha de l'endroit où nous étions et dit à Ruth, de façon tout à fait amicale :

« Où est ta trousse ? Elle est si mignonne. »

Ruth se crispa et lança un rapide coup d'œil autour d'elle pour voir qui était présent. C'était notre bande habituelle, avec peut-être deux intruses qui traînaient dans le coin. Je n'avais soufflé mot à personne de l'affaire du registre des Ventes, mais je suppose que Ruth l'ignorait. Sa voix était plus douce que d'habitude quand elle répondit à Midge :

« Je ne l'ai pas ici. Je la garde dans mon coffre à collection.

– Elle est si mignonne. Tu l'as trouvée où ? »

Midge l'interrogeait tout à fait innocemment, c'était à présent évident. Mais presque toutes celles d'entre nous qui s'étaient trouvées dans la salle 5 quand Ruth avait apporté la trousse la première fois étaient ici maintenant, et regardaient, et je vis Ruth hésiter. Ce ne fut que plus tard, lorsque je repassai toute la scène, que j'appréciai l'opportunité sur mesure qui m'avait été offerte. Sur le moment je ne réfléchis pas vraiment. J'intervins juste avant que Midge ou quelqu'un d'autre n'eût l'occasion de remarquer que Ruth était curieusement embarrassée :

« Nous ne pouvons pas dire d'où elle vient. »

Ruth, Midge, le reste des filles, toutes me regardèrent, peut-être un peu surprises. Mais je gardai mon sang-froid et je continuai, m'adressant seulement à Midge :

« Il y a de très bonnes raisons pour lesquelles je ne peux pas te dire d'où elle vient. »

Midge haussa les épaules. « Alors c'est un mystère.

– Un *grand* mystère », dis-je, et je lui fis un sourire pour lui montrer que je n'essayais pas d'être désagréable avec elle.

Les autres acquiesçaient pour me soutenir, bien que Ruth elle-même eût une expression distraite, comme si elle était brusquement préoccupée par tout à fait autre chose. Midge haussa de nouveau les épaules et, autant que je me souvienne, cela se termina ainsi. Soit elle s'en alla, soit elle changea de sujet.

En grande partie pour les mêmes raisons, je n'ai pas pu parler ouvertement à Ruth de ce que je lui avais fait à propos de l'histoire du registre des Ventes, et, bien sûr, elle n'a pas été en mesure de me remercier pour la façon dont j'étais intervenue auprès de Midge. Pourtant il était visible, à son attitude à mon égard, pas seulement au cours des jours suivants mais les semaines d'après, qu'elle était très contente de moi. Et m'étant récemment trouvée dans une position très similaire, je reconnaissais sans peine les signes indiquant qu'elle cherchait une occasion de faire pour moi quelque chose de gentil, quelque chose de vraiment spécial. C'était un sentiment agréable, et je me souviens même d'avoir pensé une ou deux fois qu'il vaudrait mieux qu'elle ne trouve pas d'opportunité avant un temps infini, afin que ce sentiment perdure entre nous. En tout état de cause, l'occasion se présenta, environ un mois après l'épisode avec Midge, la fois où je perdis ma cassette préférée.

J'ai encore une copie de cette bande, et jusqu'à ces derniers temps je l'écoutais parfois en roulant dans la campagne par une journée de bruine. Mais maintenant le lecteur de cassettes de ma voiture est si peu fiable que je n'ose plus la passer. Et le temps semble toujours me manquer quand je suis de retour dans mon studio. Même ainsi, c'est l'un de mes biens les plus précieux. Peut-être qu'à la fin de l'année, quand je ne serai plus accompagnante, je pourrai l'écouter plus souvent.

L'album s'appelle *Chansons après la tombée de la nuit*, et il est de Judy Bridgewater. Ce que j'ai aujourd'hui n'est pas la vraie cassette, celle que j'avais à l'époque à Hailsham, celle que j'ai perdue. Il s'agit de celle que Tommy et moi avons trouvée à Norfolk des années après – mais c'est une autre histoire à laquelle je viendrai plus tard. Ce dont je veux parler, c'est de la première cassette, celle qui a disparu.

Avant d'aller plus loin, je devrais expliquer toute l'affaire autour de Norfolk. Nous l'avons fait durer des années et des années – c'est devenu une sorte de plaisanterie pour initiés, je suppose –, et tout est parti d'un certain cours auquel nous avons assisté quand nous étions assez jeunes.

Miss Emily en personne nous enseignait les différents comtés d'Angleterre. Elle punaisait une grande carte au tableau et, à côté, installait un chevalet. Et si elle parlait, par exemple, d'Oxfordshire, elle plaçait sur le chevalet un grand calendrier avec des photos du comté. Elle avait toute une collection de ces calendriers illustrés, et nous étudiâmes la majorité des comtés de cette façon. Elle tapotait un point de la carte avec sa baguette, se tournait vers le chevalet et présentait une autre image. Il y avait des petits villages avec des torrents qui les traversaient, des monuments blancs sur des flancs de colline, de vieilles églises à côté des champs ; si elle nous parlait d'un endroit sur la côte, il y avait des plages pleines de monde, des falaises avec des mouettes. Je suppose qu'elle voulait nous inculquer une notion de ce qui nous entourait, et il est stupéfiant, même aujourd'hui, après tous les kilomètres que j'ai parcourus comme accompagnante, de constater à quel point mon idée des divers comtés est encore influencée par les illustrations que Miss Emily posait sur son chevalet. Je traversais Derbyshire, par exemple, et je me surprenais à chercher un certain pré communal avec un pub en faux Tudor et un monument aux morts – et je me rends compte que c'est l'image que Miss Emily nous avait montrée la première fois où j'avais entendu parler de Derbyshire.

En tout cas une chose est sûre, il y avait une lacune dans la collection de calendriers de Miss Emily : aucun d'entre eux ne comportait une seule photographie de Norfolk. Ces mêmes cours nous étaient donnés à de nombreuses reprises, et je me demandais toujours si cette fois elle avait trouvé une photo de Norfolk, mais c'était toujours pareil. Elle agitait sa baguette au-dessus de la carte et disait, comme après coup : « Et par ici, nous avons Norfolk. C'est très joli là-bas. »

Ensuite, cette fois-là en particulier, je me souviens qu'elle s'interrompit et se plongea dans ses pensées, peut-être parce qu'elle n'avait pas prévu ce qui devait se passer ensuite, à la place d'une photographie. Elle sortit enfin de sa rêverie et tapota de nouveau la carte.

« Vous voyez, comme ça se trouve tout là-bas, à l'est, sur cette bosse qui avance dans la mer, ça ne conduit nulle part. Les gens qui vont au nord et au sud (elle déplaça la baguette vers le haut et le bas), ils l'évitent entièrement. Pour cette raison, c'est un coin paisible d'Angleterre, plutôt agréable. Mais c'est aussi une sorte de coin perdu. »

Un *coin perdu*. C'est comme ça qu'elle l'a appelé, et c'est comme ça que tout a commencé. Parce que, à Hailsham, nous avions au troisième étage notre propre « Coin perdu », où on gardait les objets trouvés ; si vous perdiez ou trouviez quelque chose, c'était là que vous alliez. Quelqu'un – je ne me rappelle pas qui – a affirmé après le cours que Miss Emily avait voulu dire que Norfolk était le « coin perdu » de l'Angleterre. L'idée prit pour une raison ou pour une autre, et bientôt ce fut un fait acquis pour quasiment toute notre année.

Il n'y a pas longtemps, alors que Tommy et moi évoquions tout cela, il a conclu que nous n'avions jamais vraiment cru à cette idée, que depuis le début cela avait été une plaisanterie. Mais je suis presque sûre qu'il se trompait sur ce point. Certes, quand nous avions douze ou treize ans, l'histoire de Norfolk était *devenue* une grosse plaisanterie. Mais le souvenir que j'en ai – et Ruth se le rappelait comme moi –, c'est qu'au début nous croyions à Norfolk dans le sens le plus littéral ; ainsi, de la même façon que des camions venaient livrer à Hailsham notre nourriture et les marchandises pour nos Ventes, une opération d'un genre similaire se déroulait, à plus grande échelle, avec des véhicules circulant dans toute l'Angleterre, qui déposaient dans cet endroit du nom de Norfolk tout ce qui avait été abandonné dans les champs et les trains. Le fait que nous n'avions jamais vu de photographie du lieu ajoutait à sa mystique.

Ça peut paraître bête, mais vous devez vous souvenir que pour nous, à ce stade de nos vies, tout lieu situé au-delà de Hailsham était comme un pays imaginaire ; nous n'avions que les notions les plus vagues du monde du dehors et de ce qui y était ou non possible. D'ailleurs, nous ne prîmes jamais la peine d'examiner en détail notre théorie sur Norfolk. Ce qui était important pour nous, comme le dit Ruth un soir où nous étions assises dans cette chambre carrelée à Douvres, contemplant le coucher de soleil, c'était que « quand nous perdions quelque chose de précieux, et le cherchions sans relâche, et ne le retrouvions toujours pas, notre cœur n'en était pas totalement brisé. Il nous restait encore cette dernière bribe de consolation, l'idée qu'un jour, lorsque nous serions grands, et libres de voyager dans le pays, nous pourrions toujours aller le récupérer à Norfolk ».

Je suis sûre que Ruth avait raison. Norfolk finit par devenir une véritable source de réconfort pour nous, probablement beaucoup plus que nous ne l'admettions à l'époque, et c'était pourquoi nous en parlions encore — même comme d'une sorte de plaisanterie — alors que nous étions beaucoup plus âgées. Et c'est pourquoi, des années et des années plus tard, le jour où Tommy et moi avons trouvé une autre copie de ma cassette perdue dans une ville de la côte de Norfolk, nous n'avons pas simplement jugé ça plutôt drôle : nous avons ressenti tous les deux un déchirement, un vieux désir de croire à nouveau en quelque chose qui autrefois était proche de nos cœurs.

Mais je voulais parler de ma bande, *Chansons après la tombée de la nuit* par Judy Bridgewater. Je suppose que c'était à l'origine un 33-tours — la date d'enregistrement est 1956 —, mais c'était la cassette que j'avais, et la photo du boîtier devait être une version réduite de la pochette du disque. Judy Bridgewater porte une robe en satin violet décolletée sur les épaules, une mode populaire à l'époque, et on la voit juste à partir de la taille parce qu'elle est assise sur un tabouret de bar. Je pense que c'est censé se passer en Amérique du Sud, parce qu'il y a des palmiers dans le fond et des serveurs basanés en smoking blanc. Vous regardez Judy depuis l'endroit exact où se trouve le barman quand il lui sert à boire. Elle jette un coup d'œil derrière elle, l'air aimable, pas trop sexy, comme si elle flirtait un tout petit peu, mais vous êtes une vieille connaissance. L'autre détail de l'illustration, c'est que Judy pose les coudes sur le bar et qu'une cigarette brûle entre ses doigts. Et c'est à cause de cette cigarette que j'ai fait tant de mystère à propos de la cassette, dès le moment où je l'ai trouvée à la Vente.

Je ne sais pas comment c'était là où vous étiez, mais à Hailsham les gardiens se montraient vraiment stricts au sujet du tabac. Je suis sûre qu'ils auraient préféré que nous ne découvrions jamais que le tabac existait ; mais puisque ce n'était pas possible, ils faisaient en sorte de nous donner une leçon de morale dès la moindre allusion à la cigarette. Même si on nous montrait une photographie d'un écrivain célèbre ou d'un dirigeant du monde, si par hasard ils avaient une cigarette à la main, le cours tout entier se bloquait peu à peu. Le bruit courait même que si certains classiques – comme les livres de Sherlock Holmes – étaient absents de notre bibliothèque, c'était parce que les personnages principaux fumaient trop, et quand vous découvriez une page arrachée dans un ouvrage illustré ou un magazine, c'était parce que la photographie d'un fumeur y avait figuré. Et puis il y avait les vrais cours où ils nous montraient d'horribles images de ce que la fumée produisait à l'intérieur de votre corps. C'est pourquoi ce fut un tel choc la fois où Marge K. posa à Miss Lucy sa question.

Nous étions assis sur l'herbe après un match de *rounders* et Miss Lucy venait de nous faire un discours classique sur le tabac quand Marge lui demanda soudain si elle avait jamais fumé. Miss Lucy se tut quelques secondes. Puis elle déclara :

« J'aimerais pouvoir dire que non. Mais, pour être honnête, j'ai fumé quelque temps. Pendant environ deux ans, quand j'étais jeune. »

Vous imaginez quel choc ce fut. Avant la réponse de Miss Lucy, nous avions foudroyé Marge du regard, vraiment furieux qu'elle eût posé une question aussi impolie – pour nous, elle aurait aussi bien pu demander à Miss Lucy si elle avait jamais attaqué quelqu'un à coups de hache. Et je me souviens qu'ensuite, pendant des jours, nous avons transformé la vie de Marge en un véritable calvaire ; en fait, l'incident que j'ai mentionné plus tôt, le soir où nous avons plaqué le visage de Marge contre la fenêtre du dortoir pour l'obliger à regarder les bois, tout cela faisait partie de ce qui est arrivé ensuite. Mais à ce moment-là, l'instant où Miss Lucy a dit ce qu'elle a dit, nous étions encore trop bouleversés pour penser à Marge. Je crois que nous nous sommes tous contentés de fixer Miss Lucy avec horreur, attendant ce qu'elle allait dire ensuite.

Quand elle se mit à parler, Miss Lucy sembla peser chaque mot avec soin : « Ce n'est pas bien que j'aie fumé. Ce n'était pas bon pour moi, alors j'ai arrêté. Mais ce que vous devez comprendre, c'est que pour vous, pour vous tous, fumer est beaucoup, beaucoup plus grave que ça l'a jamais été pour moi. »

Puis elle s'interrompit et resta silencieuse. Quelqu'un suggéra après coup qu'elle avait plongé dans une rêverie, mais j'étais presque sûre, comme Ruth, qu'elle réfléchissait intensément à ce qu'elle allait dire ensuite. Elle prononça enfin :

« On vous en a parlé. Vous êtes des élèves. Vous êtes… *spéciaux*. Alors vous maintenir en forme, vous maintenir en très bonne santé physique, c'est beaucoup plus important pour chacun de vous que pour moi. »

Elle s'arrêta de nouveau et nous regarda d'une étrange façon. Après, quand nous en avons discuté, certains étaient sûrs qu'elle mourait d'envie que quelqu'un demande : « Pourquoi ? Pourquoi est-ce que c'est beaucoup plus grave pour nous ? » Mais personne ne le fit. J'ai souvent pensé à ce jour-là, et je suis certaine maintenant, à la lumière de ce qui s'est passé par la suite, qu'il nous suffisait de demander et que Miss Lucy nous aurait dit toutes sortes de choses. Il aurait simplement fallu poser une question de plus sur le tabac.

Alors pourquoi avons-nous gardé le silence ce jour-là ? Je suppose que c'était parce que même à cet âge – nous avions neuf ou dix ans – nous en savions juste assez pour nous méfier de tout ce territoire. C'est difficile aujourd'hui de se souvenir de l'étendue exacte de ce que nous savions alors. Nous savions certainement – mais pas de manière approfondie – que nous étions différents de nos gardiens, et aussi des gens normaux du dehors ; peut-être même savions-nous que dans un avenir lointain il y avait des dons qui nous attendaient. Mais nous ne savions pas vraiment ce que cela signifiait. Si nous étions désireux d'éviter certains sujets, c'était sans doute plus parce que cela nous *embarrassait*. Nous détestions la façon dont nos gardiens, d'habitude si maîtres d'eux-mêmes, s'embrouillaient chaque fois que nous approchions de ce territoire. Cela nous troublait de les voir changer de la sorte. Je pense que c'est pour cette raison que nous n'avons jamais posé cette question-là, et que nous avons puni Marge K. si cruellement pour avoir évoqué le sujet, après le match de *rounders*.

En tout cas, c'est pourquoi je faisais tant de mystère de ma cassette. J'avais même retourné l'illustration, de telle sorte qu'on ne voyait Judy et sa cigarette que si on ouvrait le boîtier en plastique. Mais la raison pour laquelle la cassette m'importait autant n'avait rien à voir avec la cigarette, ni même avec le style de Judy Bridgewater — c'est une de ces chanteuses de l'époque, style musique de bar, pas le truc que nous aimions à Hailsham. Ce qui rendait la cassette si spéciale pour moi, c'était cette chanson en particulier : plage numéro 3, *Auprès de moi toujours*.

Elle est lente, fin de soirée et américaine, et il y a un passage qui revient sans arrêt, Judy chante : « Auprès de moi toujours… Oh, bébé, mon bébé, auprès de moi toujours… » J'avais alors onze ans, et je n'avais pas écouté beaucoup de musique, mais cette chanson-là, elle me prenait vraiment aux tripes. J'essayais toujours de laisser la bande à cet endroit précis pour pouvoir la mettre chaque fois que l'occasion s'en présentait.

Je n'avais pas tellement de possibilités, vous voyez, car cela se passait quelques années avant l'apparition des baladeurs dans les Ventes. Il y avait un gros appareil dans la salle de billard, mais elle était toujours pleine de monde, aussi je ne m'en servais presque jamais. La salle de dessin avait aussi un lecteur, mais l'endroit était généralement aussi bruyant. Notre dortoir était le seul lieu où je pouvais écouter convenablement.

Nous avions maintenant emménagé dans les petits dortoirs à six lits des baraques séparées, et le nôtre était doté d'un lecteur de cassettes portatif posé sur l'étagère au-dessus du radiateur. C'est donc là que j'allais dans la journée, quand personne d'autre ne risquait de s'y trouver, pour passer ma chanson encore et encore.

Qu'avait cette chanson de si spécial ? Eh bien, en réalité, je n'écoutais pas les paroles comme il faut en ce temps-là ; j'attendais juste le passage « Bébé, mon bébé, auprès de moi toujours... ». Et ce que j'imaginais, c'était une femme à qui on a dit qu'elle ne pourrait pas avoir de bébé, et qui toute sa vie a vraiment, vraiment voulu en avoir. Et puis se produit une sorte de miracle et elle a un bébé, et elle le tient tout contre elle et se promène en chantant « Bébé, auprès de moi toujours... », en partie parce qu'elle est si heureuse, mais aussi parce qu'elle a si peur qu'il arrive quelque chose, que le bébé tombe malade ou lui soit enlevé. Même à l'époque, je me rendais compte que ce n'était pas juste, que cette interprétation ne cadrait pas avec le reste des paroles. Mais ce n'était pas un problème pour moi. La chanson évoquait ce que j'ai décrit, et je l'écoutais encore et encore, toute seule, chaque fois que j'en avais l'occasion.

À cette période s'est produit un curieux incident dont je devrais vous parler ici. Ça m'a vraiment désta- bilisée, et bien que j'aie découvert son véritable sens seulement des années plus tard, je pense que, même alors, j'ai perçu sa signification profonde.

C'était un après-midi ensoleillé et j'étais allée cher- cher quelque chose dans notre dortoir. Je me souviens combien il était lumineux parce que les rideaux de notre chambre n'avaient pas été tirés correctement, et on voyait le soleil pénétrer par grands faisceaux, et toute la poussière dans l'air. Je n'avais pas eu l'inten- tion de passer ma cassette, mais puisque j'étais là toute seule, sur une impulsion je l'ai prise dans mon coffre à collection et l'ai glissée dans le lecteur.

Peut-être le volume avait-il été monté au maximum par la personne qui s'en était servie la dernière, je n'en sais rien. Mais d'habitude je ne le mettais jamais aussi fort, et ce fut sans doute pourquoi je ne l'entendis pas plus tôt. Ou peut-être me laissais-je simplement ber- cer par mon contentement. J'oscillais lentement au rythme de la chanson, serrant un bébé imaginaire contre ma poitrine. Plus embarrassant encore, je m'étais emparée, comme cela m'arrivait parfois, d'un coussin en guise de bébé, et je décrivais cette danse lente, les yeux fermés, chantant doucement chaque fois que ces mots revenaient :

« Oh, bébé, mon *bébé*, auprès de moi toujours… »

La chanson était presque terminée quand quelque chose me fit prendre conscience que je n'étais plus seule, et j'ouvris les yeux pour découvrir Madame dans l'encadrement de la porte.

Je me pétrifiai sous le choc. Puis, au bout d'une ou deux secondes, je commençai à éprouver un nouveau genre de panique, parce que je voyais qu'il y avait quelque chose d'étrange dans la situation. La porte était presque à moitié ouverte – il existait une sorte de règle selon laquelle nous ne pouvions pas fermer complètement les portes des dortoirs, sauf quand nous dormions –, mais Madame se tenait en retrait du seuil. Elle était debout dans le couloir, tout à fait immobile, la tête penchée d'un côté pour apercevoir ce que je faisais à l'intérieur. Et le plus bizarre, c'était qu'elle pleurait. Peut-être l'un de ses sanglots avait-il filtré dans la chanson pour m'arracher à ma rêverie.

Quand j'y pense à présent, il me semble que même si elle n'était pas un gardien, elle était l'adulte, et elle aurait dû dire ou faire quelque chose, au moins me gronder. J'aurais su alors comment me comporter. Mais elle restait là à sangloter, me fixant depuis le seuil avec dans les yeux l'expression qu'elle avait toujours quand elle nous regardait, comme si ce qu'elle voyait lui donnait la chair de poule. Sauf que cette fois il y avait autre chose, une expression insolite dans ce regard, que je ne saisissais pas.

Je ne savais pas comment réagir, ni à quoi m'attendre ensuite. Peut-être allait-elle entrer dans la chambre, crier après moi, me frapper même, je n'en avais pas la moindre idée. En l'occurrence elle fit demi-tour, et l'instant d'après j'entendis ses pas quitter le bâtiment. Je me rendis compte que la bande était passée à la plage suivante, aussi j'éteignis l'appareil et je m'assis sur le lit le plus proche. À cet instant, je vis par la fenêtre sa silhouette qui se hâtait vers la maison principale. Elle ne regarda pas derrière elle, mais je voyais à la position de son dos qu'elle sanglotait encore.

Lorsque je rejoignis mes amies quelques minutes plus tard, je ne leur dis rien de ce qui s'était passé. Quelqu'un remarqua que je n'étais pas dans mon assiette, mais je me contentai de hausser les épaules et gardai le silence. Je n'avais pas exactement honte : c'était un peu comme cette autre fois, où nous avions toutes assailli Madame dans la cour à sa descente de voiture. Je désirais plus que tout que l'incident ne se fût jamais produit, et je me dis qu'en n'en faisant pas mention je me rendais autant service à moi-même qu'aux autres.

J'en parlai cependant à Tommy deux ans plus tard. C'était après la conversation au bord de l'étang où il s'était confié à moi pour la première fois au sujet de

Miss Lucy; une période où – selon moi – nous avons entrepris de nous interroger et de nous poser des questions sur nous-mêmes, une aventure que nous avons poursuivie ensemble au cours des années. Quand j'ai raconté à Tommy ce qui s'était produit avec Madame dans le dortoir, il a proposé une explication assez simple. Bien sûr, nous savions désormais quelque chose que j'ignorais alors, c'est-à-dire qu'aucun d'entre nous ne pouvait avoir de bébés. Il est possible que j'aie retenu l'idée quand j'étais plus jeune, sans l'enregistrer tout à fait, et c'est pourquoi j'entendais cette histoire-là quand j'écoutais cette chanson. Mais à l'époque je n'avais aucun moyen de le savoir vraiment. En effet, quand Tommy et moi en discutions, on nous en avait informés assez clairement. Aucun d'entre nous, soit dit en passant, ne s'en montrait très soucieux; en fait, je me souviens que certains étaient heureux que nous puissions avoir des rapports sexuels sans nous inquiéter de tout ça – quoique la sexualité à proprement parler fût encore assez lointaine pour la plupart d'entre nous, à ce stade. En tout cas, lorsque je racontai à Tommy ce qui était arrivé, il observa:

« Madame n'est sans doute pas une mauvaise personne, même si elle donne la chair de poule. Donc, quand elle t'a vue danser comme ça, avec ton bébé dans les bras, elle a pensé que c'était vraiment tragique que tu ne puisses pas en avoir. C'est pourquoi elle s'est mise à pleurer.

— Mais, Tommy, fis-je remarquer, comment aurait-elle pu savoir que la chanson avait quelque chose à voir avec les gens qui ont des bébés ? Comment aurait-elle pu savoir que l'oreiller que je tenais était censé être un bébé ? Ça se passait seulement dans ma tête. »

Tommy y réfléchit, puis il dit, ne plaisantant qu'à moitié : « Peut-être que Madame sait lire dans les pensées. Elle est bizarre. Peut-être qu'elle peut voir au fond de toi. Ça ne me surprendrait pas. »

Cela nous inspira un petit frisson à tous les deux, et nous eûmes beau en rire, nous ne dîmes rien de plus là-dessus.

La cassette disparut deux mois après l'incident avec Madame. Je ne reliai jamais les deux événements à l'époque et je n'ai aucune raison de le faire aujourd'hui. J'étais dans le dortoir un soir, juste avant l'extinction des feux, et je fouillais dans mon coffre de collection pour passer le temps en attendant que les autres reviennent de la salle de bains. C'est curieux, mais quand il me vint à l'esprit que la cassette n'était plus là, ma première pensée fut que je ne devais pas laisser paraître mon état de panique. En fait, je me souviens d'avoir pris soin de fredonner distraitement pendant que je poursuivais mes recherches. J'y ai beaucoup réfléchi et je ne sais toujours pas comment l'expliquer : les filles qui partageaient cette chambre avec moi étaient mes meilleures amies et pourtant je ne voulais pas qu'elles sachent combien j'étais perturbée par la perte de ma cassette.

Cela avait, je suppose, un rapport avec le fait que ce qu'elle représentait pour moi était un secret. Peut-être qu'à Hailsham nous avions tous des secrets comme celui-ci – des petits recoins intimes créés comme par magie, où nous pouvions nous réfugier seuls avec nos peurs et nos nostalgies. Mais reconnaître que nous avions de tels besoins nous aurait paru déplacé à l'époque – comme si nous n'étions pas à la hauteur, en quelque sorte.

En tout cas, une fois que j'ai été vraiment sûre que la cassette avait disparu, j'ai demandé à chacune des autres filles du dortoir, sans insister, si elles l'avaient vue. Je n'étais pas encore complètement affolée parce que je pouvais l'avoir laissée dans la salle de billard ; sinon, j'espérais que quelqu'un l'avait empruntée et la rendrait au matin.

Eh bien, la cassette ne reparut pas le lendemain et je n'ai toujours pas la moindre idée de ce qui lui est arrivé. La vérité, je suppose, c'est qu'il y avait beaucoup plus de vols à Hailsham que nous (ou les gardiens) voulions l'admettre. Mais si j'entre maintenant dans tous ces détails, c'est pour expliquer ce qui s'est passé avec Ruth et comment elle a réagi. Vous devez vous souvenir que j'ai perdu ma cassette moins d'un mois après la fois où, dans la classe de dessin, Midge avait interrogé Ruth à propos de sa trousse, et où j'étais venue à son secours. Depuis, comme je vous l'ai raconté, Ruth cherchait quelque chose de gentil à faire pour moi en échange, et la disparition de la cassette lui a fourni une occasion en or. On pourrait même dire que c'est seulement après cette disparition que notre relation est redevenue normale – peut-être pour la première fois depuis la matinée pluvieuse où j'avais mentionné le registre des Ventes sous l'auvent de la maison principale.

Le soir où j'avais remarqué la disparition de la cassette, j'avais pris soin d'interroger tout le monde à ce sujet, et, bien sûr, Ruth avait fait partie du lot. En regardant en arrière, je m'aperçois qu'elle dut saisir alors ce que représentait exactement pour moi la perte de la cassette, et en même temps combien il était important pour moi qu'on n'en fît pas une histoire. Elle avait donc répondu ce soir-là avec un haussement d'épaules distrait et poursuivi ce qu'elle était en train de faire. Mais le lendemain matin, alors que je revenais de la salle de bains, je l'entendis demander à Hannah – d'un ton naturel, comme si ça ne comptait guère – si elle était sûre de n'avoir pas vu ma cassette.

Ensuite, peut-être une quinzaine de jours après, alors que je m'étais depuis longtemps faite à l'idée d'avoir réellement perdu ma cassette, elle vint me trouver pendant la pause du déjeuner. C'était l'une des premières vraies belles journées de printemps cette année-là, et j'étais assise sur l'herbe en train de bavarder avec deux filles plus âgées. Quand Ruth arriva et demanda si je voulais faire une petite promenade, il était évident qu'elle avait quelque chose de particulier en tête. Aussi je quittai les filles et la suivis jusqu'à la lisière du terrain nord, puis en haut de la colline nord, où nous nous arrêtâmes près de la palissade en bois, dominant l'étendue verdoyante parsemée de grappes d'élèves. Une forte brise soufflait au sommet de la colline, et je me souviens d'avoir été surprise parce que je ne l'avais pas remarquée en bas, sur l'herbe. Nous restâmes là un moment à regarder les terrains, puis elle me tendit un petit sachet. Quand je le pris, je vis qu'il y avait une cassette à l'intérieur et mon cœur bondit. Mais Ruth dit aussitôt :

« Kathy, ce n'est pas la tienne. Celle que tu as perdue. J'ai essayé de la trouver pour toi, mais elle s'est vraiment envolée.

– Ouais, répondis-je. Envolée à Norfolk. »

Nous rîmes toutes les deux. Puis je retirai la cassette du sachet d'un air déçu, et sans doute la déception se lisait-elle encore sur mon visage quand je l'examinai.

Je tenais quelque chose qui s'appelait *Vingt Mélodies de danse classique*. Quand je l'écoutai plus tard, je découvris que c'était de la musique d'orchestre pour danses de salon. Bien sûr, au moment où elle me la donna, j'ignorais quel genre de musique c'était, mais j'étais sûre que ça ne ressemblait en rien à Judy Bridgewater. Puis, presque immédiatement, je vis que Ruth n'avait aucun moyen de le savoir – que pour elle, qui ne connaissait rien du tout à la musique, cette cassette compenserait aisément celle que j'avais perdue. Et soudain j'ai senti la déception diminuer, remplacée par un véritable bonheur. À Hailsham nous n'avions pas coutume de nous étreindre. Mais j'ai pressé l'une de ses mains dans les miennes quand je l'ai remerciée. Elle a dit : « Je l'ai trouvée à la dernière Vente. J'ai juste pensé que c'était le genre de chose qui te plairait. » Et j'ai dit qu'en effet c'était exactement ça.

Je l'ai encore aujourd'hui. Je ne la passe pas souvent parce que la musique n'a aucun sens. C'est un objet, comme une broche ou une bague, et surtout maintenant que Ruth est partie, il est devenu l'un de mes biens les plus précieux.

7

Je veux maintenant passer à nos dernières années à Hailsham. Je parle de la période débutant à nos treize ans jusqu'à notre départ, à seize ans. Dans mon souvenir ma vie à Hailsham se divise en deux tranches distinctes : cette dernière période, et tout ce qui est arrivé auparavant. Les premières années – celles dont je viens de vous parler – tendent à se fondre en une sorte d'âge d'or, et quand j'y pense un tant soit peu, même aux choses pas-si-formidables, je ne peux pas m'empêcher de ressentir une douce chaleur. Pourtant ces dernières années semblent différentes. Elles n'étaient pas exactement malheureuses – j'en ai gardé énormément de souvenirs auxquels je tiens –, mais elles étaient plus graves, et plus sombres sous certains aspects. Peut-être que je l'ai exagéré dans mon esprit, mais j'ai l'impression que les choses changeaient rapidement à ce moment-là, comme le jour qui décline vers la nuit.

Cette conversation avec Tommy au bord de l'étang : j'y vois maintenant une sorte de jalon entre les deux époques. Non qu'un fait significatif se soit produit aussitôt après ; mais pour moi, du moins, cette conversation marqua un tournant. Je me mis résolument à considérer chaque chose sous un autre angle. Là où, auparavant, j'avais évité les sujets embarrassants, je commençai, de plus en plus, à poser des questions, sinon à voix haute, du moins à part moi.

En particulier, cette conversation me fit considérer Miss Lucy sous un nouveau jour. Je l'observais avec soin chaque fois que je le pouvais, pas seulement par curiosité, mais parce que je la voyais désormais comme la source la plus vraisemblable de renseignements importants. Et c'est ainsi qu'ensuite, au cours d'une ou deux années, j'en vins à remarquer diverses curieuses petites choses qu'elle disait ou faisait, et qui échappaient entièrement à mes amies.

Il y eut la fois, par exemple, quelques semaines peut-être après la conversation au bord de l'étang, où Miss Lucy nous donnait notre cours d'anglais. Nous venions d'étudier de la poésie, mais pour une raison quelconque nous nous étions mis à parler des soldats enfermés dans des camps de prisonniers pendant la Seconde Guerre mondiale. L'un des garçons demanda si les barrières autour des camps étaient électrifiées, puis quelqu'un d'autre dit que cela avait dû être vraiment étrange de vivre dans un endroit comme celui-là, où on pouvait se suicider quand on voulait, simplement en touchant une clôture. La remarque se voulait peut-être sérieuse, mais le reste de la classe la trouva très drôle. Nous étions tous en train de rire et de parler à la fois, et Laura – c'était bien d'elle – se leva de sa chaise et fit une imitation hystérique de quelqu'un qui tendait la main et s'électrocutait. Pendant un moment il y eut un chahut monstre, avec tout le monde qui criait et faisait semblant de toucher des clôtures électrifiées.

Je continuai d'observer Miss Lucy pendant l'incident et je vis, l'espace d'une seconde, une expression fantomatique traverser son visage tandis qu'elle regardait la classe. Puis – je l'observais toujours avec attention – elle se ressaisit, sourit et dit : « C'est aussi bien que les clôtures de Hailsham ne soient pas électrifiées. Il arrive de terribles accidents quelquefois. »

Elle prononça ces mots tout bas, et parce que les gens criaient encore, sa voix fut plus ou moins noyée par le bruit. Cependant je l'entendis assez distinctement : « Il arrive de terribles accidents quelquefois. » Quels accidents ? Où ? Mais personne ne releva sa réflexion, et nous reprîmes notre discussion sur le poème.

Il y eut d'autres petits incidents comme celui-ci, et avant longtemps j'en vins à voir Miss Lucy comme un être un peu différent des autres gardiens. Il est même possible que j'aie commencé à saisir, dès ce moment-là, la nature de ses inquiétudes et de ses frustrations. Mais c'est sans doute aller trop loin ; il se peut qu'à l'époque j'aie remarqué toutes ces choses sans savoir comment les interpréter. Et si ces incidents paraissent aujourd'hui chargés de sens et faits tout d'une pièce, c'est probablement parce que je les considère à la lumière de ce qui s'est passé plus tard – en particulier ce qui est arrivé ce jour-là au pavillon, tandis que nous nous abritions de l'averse.

Nous avions alors quinze ans, c'était déjà notre dernière année à Hailsham. Nous étions dans le pavillon, nous préparant à une partie de *rounders*. Les garçons traversaient une phase où ils « appréciaient » les *rounders* afin de flirter avec nous, aussi étions-nous plus de trente cet après-midi-là. L'averse avait commencé pendant que nous nous changions, et nous nous trouvâmes réunis dans la véranda – abritée par le toit du pavillon – à attendre qu'elle cessât. Mais la pluie continuait, et quand les derniers d'entre nous eurent émergé, l'endroit était plein à craquer, avec tout le monde qui tournait en rond nerveusement. Je me souviens que Laura me montrait comment se moucher d'une manière particulièrement répugnante quand on voulait vraiment dégoûter un garçon.

Miss Lucy était le seul gardien présent. Elle s'appuyait contre la balustrade, scrutant la pluie comme si elle essayait de voir de l'autre côté du terrain. Je l'observais plus attentivement que jamais à cette période et, tout en riant de la mimique de Laura, je lançais des regards furtifs en direction du dos de Miss Lucy. Je me rappelle m'être demandé s'il n'y avait pas quelque chose d'un peu étrange dans sa posture, dans sa façon de baisser un peu trop la tête, de telle sorte qu'elle ressemblait à un animal accroupi, prêt à bondir. Et elle se penchait par-dessus la balustrade de telle manière que les gouttelettes du chéneau en surplomb la manquaient de justesse – mais elle ne semblait nullement s'en préoccuper. Je me souviens de m'être réellement persuadée que cela n'avait rien d'inhabituel – qu'elle était simplement impatiente de voir la pluie s'arrêter – et d'avoir de nouveau prêté une oreille attentive à ce que disait Laura. Puis, quelques minutes plus tard, alors que j'avais tout à fait oublié Miss Lucy et que je riais à gorge déployée à propos de quelque chose, je me rendis brusquement compte que le silence s'était installé autour de nous et qu'elle parlait.

Elle se tenait au même endroit qu'auparavant, mais s'était retournée pour nous faire face, aussi appuyait-elle le dos contre la rampe, sur fond de ciel pluvieux.

« Non, non, je suis désolée, je vais devoir vous interrompre », disait-elle, et je vis qu'elle s'adressait aux deux garçons assis sur les bancs juste devant elle. Sa voix n'était pas exactement bizarre, mais elle parlait très fort, avec le genre d'intonation qu'elle prenait pour nous faire une annonce à tous, et c'était pourquoi nous nous étions tus. « Non, Peter, je vais devoir vous interrompre. Je ne peux pas continuer à vous écouter et garder le silence. »

Puis elle leva le regard pour inclure le reste de l'assemblée et elle prit une profonde inspiration. « Très bien, vous pouvez entendre ces paroles, elles vous sont destinées, à tous. Il est temps que quelqu'un mette les points sur les *i*. »

Nous attendîmes pendant qu'elle continuait de nous fixer. Plus tard, certains ont dit avoir cru qu'elle s'apprêtait à nous donner un sérieux avertissement ; d'autres, qu'elle était sur le point d'énoncer une nouvelle règle sur la manière de jouer aux *rounders*. Mais avant qu'elle eût prononcé un seul mot, je sus que c'était plus grave.

« Les garçons, pardonnez-moi d'avoir écouté. Mais vous étiez juste derrière moi, aussi je n'ai pas pu l'éviter. Peter, veux-tu raconter aux autres ce que tu disais à Gordon à l'instant ? »

Peter J. eut l'air déconcerté et je vis qu'il se composait un visage d'innocence blessée. Mais Miss Lucy reprit, cette fois avec beaucoup plus de douceur :

« Allons, Peter. S'il te plaît, raconte aux autres ce que tu disais à l'instant.

Peter haussa les épaules. « Nous parlions juste de l'effet que ça ferait si nous devenions acteurs. Du genre de vie que ce serait.

— Oui, continua Miss Lucy, et tu expliquais à Gordon que tu devrais partir en Amérique pour avoir les meilleures chances de réussir. »

Peter J. haussa de nouveau les épaules et marmonna tout bas : « Oui, Miss Lucy. »

Mais Miss Lucy tournait maintenant son regard vers nous tous. « Je sais que vous n'avez pas de mauvaises intentions. Mais il y a trop de conversations de ce genre. Je les entends tout le temps, on a laissé faire, et ce n'est pas bien. » Je voyais des gouttes tomber du chéneau et atterrir sur son épaule, mais elle ne paraissait pas le remarquer. « Si personne d'autre ne vous parle, poursuivit-elle, c'est moi qui m'en chargerai. Le problème, d'après ce que je vois, c'est qu'on vous a informés sans vous informer. On vous a informés, mais aucun de vous ne comprend vraiment, et j'ose dire que certaines personnes sont très heureuses de s'en tenir là. Ce n'est pas mon cas. Si vous voulez mener une vie décente, alors vous devez être mis au courant, et comme il faut. Aucun de vous n'ira en Amérique, aucun de vous ne sera star de cinéma. Et aucun de vous ne travaillera dans des supermarchés, comme j'ai entendu certains d'entre vous l'envisager l'autre jour. Vos vies sont toutes tracées. Vous allez devenir des adultes, et avant de devenir vieux, avant même d'atteindre un âge moyen, vous allez commencer à donner vos organes vitaux. C'est pour cela que chacun de vous a été créé. Vous n'êtes pas comme les acteurs que vous regardez sur vos vidéos, vous n'êtes pas même comme moi. Vous avez été introduits dans ce monde dans un but précis, et votre avenir à tous, sans exception, a été déterminé à l'avance. Donc vous ne devez plus parler ainsi. Vous allez quitter Hailsham avant longtemps, et il n'est pas si éloigné, le jour où vous vous préparerez à vos premiers dons. Il faut que vous vous en souveniez. Si vous voulez mener une vie décente, vous devez savoir qui vous êtes et ce qui vous attend, chacun d'entre vous. »

Elle se tut, mais j'eus l'impression qu'elle continuait de dire des choses dans sa tête, car pendant un moment elle laissa errer son regard parmi nous, passant d'un visage à l'autre comme si elle nous parlait encore. Nous fûmes très soulagés quand elle se tourna pour scruter de nouveau le terrain.

« Il ne fait pas si mauvais à présent, dit-elle, bien que la pluie fût plus dense que jamais. Allons-y. Alors peut-être que le soleil se montrera, lui aussi. »

Je pense que c'est tout ce qu'elle a dit. Quand j'en ai discuté avec Ruth au centre de Douvres, il y a quelques années, elle a affirmé que Miss Lucy nous en avait dit beaucoup plus ; qu'elle avait expliqué comment, avant les dons, nous serions tous d'abord accompagnants pendant un temps, qu'elle avait parlé de l'enchaînement habituel des dons, des centres de convalescence et du reste – mais je suis presque sûre du contraire. D'accord, elle en avait probablement l'intention quand elle a commencé à parler. Mais je suppose qu'une fois qu'elle était lancée, et qu'elle a vu devant elle les visages troublés, mal à l'aise, elle s'est rendu compte de l'impossibilité d'achever ce qu'elle avait entamé.

Il est difficile de dire clairement quel genre d'impact a eu l'éclat de Miss Lucy au pavillon. La nouvelle circula assez vite, mais les conversations portèrent surtout sur Miss Lucy elle-même, plutôt que sur ce qu'elle avait tenté de nous dire. Certains élèves pensèrent qu'elle avait perdu un moment la boule ; d'autres, que Miss Emily et les autres gardiens l'avaient priée de nous faire ces déclarations ; des élèves présents ce jour-là crurent même que Miss Lucy nous avait réprimandés pour avoir trop chahuté dans la véranda. Mais comme je l'indique ici, il y eut étonnamment peu de discussions à propos de ce qu'elle avait dit. Si on abordait le sujet, les gens répliquaient : « Et alors ? On savait déjà tout ça. »

Mais c'était exactement l'argument de Miss Lucy. Nous avions été « informés sans l'être », elle s'était exprimée ainsi. Il y a quelques années, alors que Tommy et moi reprenions de nouveau toute l'histoire, et que je lui rappelais la formulation de Miss Lucy — « informés sans l'être » —, il a proposé une théorie.

Tommy jugeait possible que, pendant toutes nos années à Hailsham, les gardiens aient choisi avec beaucoup de soin, et de propos délibéré, le moment de nous dire chaque chose, de telle sorte que nous étions toujours un peu trop jeunes pour comprendre correctement l'information la plus récente. Mais, bien sûr, nous la saisissions à un certain niveau, et avant longtemps toutes ces données étaient rentrées dans notre tête sans que nous les ayons jamais vraiment examinées.

Ça ressemble un peu trop à une théorie du complot à mes yeux — je ne pense pas que nos gardiens étaient rusés à ce point —, mais il y a probablement du vrai là-dedans. J'ai effectivement l'impression d'avoir *toujours* été vaguement au courant des dons, même dès l'âge de six ou sept ans. Et c'est curieux, quand nous fûmes plus vieux et que les gardiens nous faisaient ces exposés, rien n'apparaissait comme une entière surprise. C'était comme si nous avions tout entendu avant, quelque part.

Il me vient maintenant à l'esprit que, lorsque les gardiens ont commencé à nous donner des cours sérieux sur le sexe, ils avaient tendance à les compléter par des exposés sur les dons. À cet âge — ici encore, je parle de l'époque de nos treize ans —, nous étions tous très préoccupés et excités par le sexe, et notre penchant naturel eût été de faire passer l'autre sujet au second plan. En d'autres termes, il est possible que les gardiens aient réussi à introduire en douce dans notre tête beaucoup de faits essentiels sur notre avenir.

Rendons-leur cette justice : il était sans doute naturel de traiter ensemble les deux sujets. Si par exemple ils nous disaient que nous devions faire très attention d'éviter les maladies quand nous avions des rapports sexuels, il aurait été bizarre de ne pas mentionner combien c'était plus important pour nous que pour les gens normaux, dehors. Et, bien sûr, cela nous conduisait à la question des dons.

Ensuite il y avait toute cette histoire sur le fait que nous ne pouvions pas avoir d'enfants. Miss Emily se chargeait elle-même d'une bonne partie des cours sur le sexe, et je me souviens qu'une fois elle a apporté un squelette grandeur nature de la classe de biologie pour montrer comment on s'y prenait. Avec une entière stupéfaction, nous l'avons regardée imposer diverses contorsions au squelette, plantant sa baguette ici et là sans la moindre gêne. Elle énumérait tous les détails sur la manière de pratiquer la chose, sur ce qui rentrait où, les différentes variantes, comme s'il s'agissait toujours de géographie. Soudain, le squelette posé en un tas obscène sur le bureau, elle se détourna et se mit à nous dire que nous devions faire attention avec *qui* nous couchions. Pas seulement à cause des maladies, mais parce que, expliqua-t-elle, « le sexe affecte les émotions d'une manière toujours imprévisible ». Nous devions faire extrêmement attention aux rapports sexuels dans le monde du dehors, surtout avec des gens qui n'étaient pas des élèves, parce que là-bas le sexe signifiait toutes sortes de choses. Là-bas les gens se battaient et s'entre tuaient même à propos de qui couchait avec qui. Et la raison pour laquelle cela comptait autant – beaucoup plus que la danse ou le tennis de table, par exemple –, c'était que les gens du dehors étaient différents de nous, les élèves: ils pouvaient avoir des bébés grâce au sexe. Voilà pourquoi c'était si important pour eux, cette question de qui le faisait avec qui. Et bien qu'il nous fût totalement impossible d'avoir des bébés, comme nous le savions, dehors nous devions nous comporter comme eux. Nous devions respecter les règles et traiter le sexe comme quelque chose de très spécial.

Le cours de Miss Emily ce jour-là était typique de ce dont je parle. Nous nous concentrions sur le sexe, et puis l'autre chose venait s'y insinuer. Je suppose que c'est ainsi que nous en sommes arrivés à être « informés sans l'être ».

Je pense qu'à la fin nous avons dû absorber pas mal d'informations, parce que je me souviens, vers cet âge-là, d'un changement marqué dans notre manière d'approcher la question des dons. Jusqu'à ce moment-là, nous avions tout fait pour éviter le sujet ; nous nous étions dérobés au moindre signe indiquant que nous abordions ce terrain, et le châtiment avait été sévère pour l'imbécile – comme Marge, cette fois-là – qui se montrait imprudent. Mais à partir de treize ans les choses ont commencé à changer. Nous ne discutions pas encore des dons ni de tout ce qui allait avec ; nous jugions toujours ce domaine assez embarrassant. Mais c'est devenu un sujet dont nous plaisantions, de la même manière que nous tournions le sexe en plaisanterie. Regardant aujourd'hui en arrière, je dirais que la règle qui imposait de ne pas discuter ouvertement des dons était encore en vigueur, plus puissante que jamais. Mais il était désormais accepté, et presque obligatoire, de faire de temps en temps une allusion rigolote à ces choses qui nous attendaient.

La fois où Tommy s'est entaillé le coude en est un bon exemple. Ce devait être juste avant ma conversation avec lui au bord de l'étang ; une période, je suppose, où il émergeait de cette phase durant laquelle il avait été en butte aux taquineries et aux railleries.

Ce n'était pas une entaille si grave, et bien qu'on l'eût envoyé chez Tête de Corbeau pour le soigner, il revint presque tout de suite avec un carré de pansement plaqué sur le coude. Personne n'y accorda beaucoup d'attention jusqu'au surlendemain, quand Tommy retira le bandage pour révéler une lésion à mi-chemin entre la cicatrisation et la plaie ouverte. On voyait des morceaux de peau qui commençaient à se recoller, et des bouts rouges et mous qui saillaient par-dessous. Nous étions en plein déjeuner, aussi tout le monde se pressa autour, poussant un « Berk ! ». Puis Christopher H., de l'année au-dessus, déclara, le visage parfaitement sérieux : « Dommage que ça soit à cet endroit du coude. N'importe où ailleurs, ça n'aurait pas eu d'importance. »

Tommy eut l'air inquiet – Christopher étant quelqu'un qu'il respectait à cette époque – et demanda ce qu'il voulait dire. Christopher continua de manger, puis répondit nonchalamment :

« Tu ne sais pas ? Si c'est juste sur le coude, comme là, ça peut *dézipper*. Tout ce que tu dois faire, c'est vite plier le bras. Pas seulement ce bout-là, mais le coude tout entier, il peut dézipper comme un sac. Je croyais que tu savais ça. »

J'entendis Tommy se plaindre de ce que Tête de Corbeau ne l'eût pas averti de ce genre de problèmes, mais Christopher haussa les épaules et dit : « Elle a pensé que tu étais au courant, bien sûr. Tout le monde le sait. »

Tout près, il y eut plusieurs murmures d'approbation. « Il faut que tu gardes ton bras entièrement raide, dit quelqu'un. Le plier, c'est vraiment dangereux. »

Le lendemain je vis Tommy se promener le bras tendu, très raide, et l'air inquiet. Tout le monde riait de lui, et j'en fus fâchée, mais je devais admettre qu'il y avait un aspect comique dans l'histoire. Puis, vers la fin de l'après-midi, comme nous quittions la salle de dessin, il s'approcha de moi dans le couloir et dit : « Kath, je peux te dire deux mots ? »

Ça se passait peut-être deux semaines après la fois où je l'avais rejoint sur le terrain pour lui faire penser à son polo, et nous étions donc devenus en quelque sorte des amis spéciaux. Néanmoins, cette façon de m'approcher pour me demander un entretien privé était très embarrassante et me déstabilisa. Peut-être cela explique-t-il en partie pourquoi je ne me montrai pas plus serviable.

« Je ne suis pas trop inquiet, ni rien de tout ça, commença-t-il une fois qu'il m'eut entraînée à l'écart. Mais j'ai voulu ne prendre aucun risque, c'est tout. Nous ne devrions jamais jouer avec notre santé. Kath, j'ai besoin que quelqu'un m'aide. » Il était soucieux, expliqua-t-il, de ce qu'il pouvait faire dans son sommeil. Il pouvait aisément plier le coude la nuit. « Je rêve tout le temps que je combats des foules de soldats romains. »

Quand je le questionnai un peu, il devint évident que toutes sortes de gens – des gens qui ne s'étaient pas trouvés là au moment du déjeuner – étaient venus le voir pour répéter l'avertissement de Christopher H. En fait, il semblait que quelques-uns aient poussé plus loin la plaisanterie : on avait raconté à Tommy qu'un élève qui s'était endormi avec une coupure au coude exactement comme la sienne avait découvert à son réveil le squelette de son bras et de sa main entièrement décharné, la peau déployée « comme un des longs gants dans *My Fair Lady* ».

Ce que Tommy me demandait maintenant, c'était de l'aider à poser une attelle sur le bras pour le maintenir droit la nuit.

« Je n'ai confiance en personne d'autre, dit-il, brandissant une épaisse règle dont il voulait se servir. Ils seraient capables de la fixer de façon à ce qu'elle se détache pendant la nuit. »

Il me regardait avec une totale innocence et je ne sus pas quoi dire. Une partie de moi désirait fortement lui révéler ce qui se passait, et je savais sans doute que réagir autrement serait trahir la confiance que nous avions bâtie depuis le moment où je lui avais fait penser à son polo. Et pour moi, fixer une attelle à son bras aurait signifié que je devenais l'un des principaux auteurs de la farce. J'ai toujours honte de ne pas le lui avoir dit alors. Mais vous devez vous souvenir que j'étais encore jeune, et que je ne disposais que de quelques secondes pour décider. Et lorsque quelqu'un vous implore ainsi de faire quelque chose, tout s'oppose à ce que vous refusiez.

Je suppose qu'avant tout je ne voulais pas le perturber. Car je voyais que, malgré son inquiétude au sujet de son coude, Tommy était touché par toute la sollicitude qu'on lui avait, croyait-il, témoignée. Bien sûr, je savais qu'il découvrirait tôt ou tard la vérité, mais sur le moment je ne pouvais simplement pas la lui dire. Le mieux que je pus faire fut de demander :

« Tête de Corbeau t'a dit que tu devais procéder comme ça ?

— Non. Mais imagine comme elle serait en colère si mon coude disparaissait. »

Je m'en veux encore pour cela, mais je lui promis de lui attacher le bras — dans la salle 14, une demi-heure avant la sonnerie du soir —, et je le regardai partir reconnaissant et rassuré.

En fait, je n'eus pas besoin d'aller jusqu'au bout car Tommy l'apprit avant. Il était environ huit heures du soir, je descendais l'escalier principal, et j'entendis un éclat de rire s'élevant du rez-de-chaussée. Mon cœur se serra parce que je sus immédiatement que cela avait un rapport avec Tommy. Je m'arrêtai sur le palier du premier étage et je regardai par-dessus la rampe à l'instant même où il sortait d'un pas rageur de la salle de billard. Je me rappelle avoir pensé : « Au moins, il ne crie pas. » Et il se contint, pendant qu'il allait au vestiaire, prenait ses affaires et quittait la maison principale. Et tout ce temps, les rires continuèrent de fuser par la porte ouverte de la salle de billard, et les voix hurlaient des phrases du genre : « Si tu te mets en colère, ton coude va sauter *définitivement* ! »

J'ai songé à le suivre dans le soir et à le rattraper avant qu'il n'atteigne la baraque de son dortoir, mais je me souvins alors que j'avais promis de poser une attelle à son bras pour la nuit, et je ne bougeai pas. Je me répétais sans arrêt : « Au moins, il n'a pas piqué de crise. Au moins, il a contrôlé sa rage. »

Mais je m'éloigne un peu. Si j'ai parlé de tout cela, c'est parce que l'idée de choses se *dézippant*, partie du coude de Tommy, était devenue une plaisanterie courante parmi nous à propos des dons. L'idée était que, le moment venu, vous seriez capable de dézipper un petit bout de vous-même, qu'un rein ou autre chose glisserait au-dehors, et que vous le tendriez. Ce n'était pas quelque chose que nous trouvions drôle en soi ; c'était plus une manière de nous dégoûter mutuellement de notre nourriture. Vous dézippiez votre foie, par exemple, et vous le déposiez sur l'assiette de quelqu'un, ce genre de choses. Je me souviens une fois de Gary B., qui avait cet incroyable appétit, revenant avec une troisième portion de pudding, et de tous les gens à table dézippant des morceaux d'eux-mêmes pour les empiler dans le bol de Gary, tandis qu'il continuait de s'empiffrer.

Tommy n'a jamais beaucoup aimé quand ces histoires de dézippage revenaient sur le tapis, mais à ce moment-là l'époque de ses tracasseries était passée et personne ne faisait plus le rapprochement avec lui. C'était juste une farce pour rire, pour dégoûter quelqu'un de son dîner – et, je suppose, une manière d'admettre ce qui nous attendait. Et c'est là où je voulais en venir. À ce stade de notre existence, nous n'éludions plus le sujet des dons comme un ou deux ans auparavant, mais nous n'y pensions pas non plus très sérieusement, et n'en discutions pas. Toute cette affaire de dézippage était typique de la façon dont le sujet tout entier nous affectait quand nous avions treize ans.

Je dirais donc que Miss Lucy avait raison quand elle affirma, deux ans plus tard, que nous avions été «informés sans l'être». Et qui plus est, maintenant que j'y pense, je dirais que ce que Miss Lucy nous a déclaré cet après-midi-là a conduit à un réel changement d'attitude de notre part. Après ce jour, les plaisanteries sur les dons cessèrent, et nous commençâmes vraiment à réfléchir. À défaut d'autre chose, les dons redevinrent un sujet à éviter, mais pas comme lorsque nous étions plus jeunes. Cette fois ce n'était plus ennuyeux ni embarrassant; juste sombre et grave.

«C'est drôle, me dit Tommy alors que nous évoquions tout cela de nouveau il y a quelques années.

Aucun de nous ne s'est demandé comment Miss Lucy se sentait, elle. Nous ne nous sommes jamais inquiétés de savoir si elle avait eu des problèmes pour nous avoir dit ce qu'elle nous avait dit. Nous étions si égoïstes à l'époque.

— Mais tu ne peux pas nous le reprocher, répondis-je. On nous avait appris à penser les uns aux autres, mais jamais aux gardiens. L'idée qu'il y avait des divergences entre les gardiens, ça ne nous est jamais venu à l'esprit.

— Mais nous étions assez grands, dit Tommy. À cet âge, ç'aurait *dû* nous venir à l'esprit. Mais non. Nous n'avons pas du tout pensé à la pauvre Miss Lucy. Pas même après cette fois, tu sais, où tu l'as vue. »

Je sus immédiatement ce qu'il entendait par là. Il parlait du matin, au début de notre dernier été à Hailsham, où j'étais tombée sur elle dans la salle 22. Quand j'y pense maintenant, je dirais que Tommy avait raison. Après ce moment il aurait dû être clair, même pour nous, que Miss Lucy était très perturbée. Mais, comme il l'a rappelé, nous n'avons jamais rien considéré de son point de vue, et l'idée ne nous est jamais venue de dire ou de faire quoi que ce fût pour la soutenir.

8

Beaucoup d'entre nous venaient alors d'avoir seize ans. C'était un matin de soleil éclatant et nous étions tous descendus dehors après un cours dans la maison principale, quand je me souvins de quelque chose que j'avais laissé en classe. Je remontai donc au troisième étage et c'est ainsi que se produisit l'incident avec Miss Lucy.

À cette époque, j'avais ce jeu secret. Quand je me trouvais seule, je m'arrêtais pour chercher une vue – par une fenêtre, ou par l'embrasure d'une porte, à l'intérieur d'une pièce –, n'importe quelle vue, tant qu'il n'y avait pas de gens dedans. Je le faisais afin de pouvoir, au moins quelques secondes, créer l'illusion que l'endroit ne fourmillait pas d'élèves, mais qu'au lieu de cela Hailsham était cette maison silencieuse et tranquille où je vivais avec cinq ou six autres filles.

Pour que ça marche, il fallait se plonger dans une sorte de rêve, et s'abstraire de tous les bruits et voix inopinés. D'habitude, il fallait aussi être assez patient : si, par exemple, vous vous concentriez, depuis une fenêtre, sur telle parcelle du terrain de sport, vous pouviez attendre une éternité ces deux secondes où il n'y aurait absolument personne dans votre champ de vision. En tout cas, c'était ce que je faisais ce matin-là après avoir récupéré ce que j'avais laissé dans la classe et être revenue sur le palier du troisième étage.

Je me tenais très près d'une fenêtre, regardant un endroit de la cour où je m'étais trouvée à peine quelques instants plus tôt. Mes amis étaient partis, et la cour se vidait progressivement, aussi j'attendais que ma ruse opère, quand j'entendis derrière moi ce qui ressemblait à des jets de gaz ou de vapeur qui s'échappaient.

C'était un sifflement qui durait environ dix secondes, s'interrompait, puis recommençait. Je n'étais pas précisément affolée, mais comme je semblais être la seule personne présente, je me dis que je ferais mieux d'aller enquêter.

Je franchis le palier en direction du son, longeai le couloir, repassant devant la salle où je venais d'entrer, et gagnai la salle 22, la seconde à partir du fond. La porte était entrouverte, et, à l'instant où j'approchais, le sifflement recommença avec une nouvelle intensité. Je ne sais pas ce que je m'attendais à découvrir quand je poussai prudemment la porte, mais je fus vraiment surprise de trouver Miss Lucy.

La salle 22 n'était guère utilisée pour les cours parce qu'elle était trop petite et, même un jour comme celui-là, la lumière y pénétrait à peine. Les gardiens y allaient quelquefois pour noter notre travail ou avancer dans leurs lectures. Ce matin-là, la salle était plus sombre que jamais parce que les stores avaient été baissés presque jusqu'en bas. Deux tables avaient été rapprochées pour permettre à un groupe de s'asseoir autour, mais Miss Lucy s'y trouvait seule vers le fond. Je distinguais plusieurs feuilles volantes de papier sombre et brillant éparpillées sur la table devant elle. Elle-même se penchait dans sa concentration, le front très bas, les bras posés à plat, griffonnant des lignes furieuses sur une page avec un crayon. Sous les lignes noires appuyées je voyais une écriture bleue soignée. Tandis que je regardais, elle continua de frotter la pointe du crayon sur le papier, presque de la manière dont nous faisions des ombres en cours de dessin, sauf que ses mouvements étaient courroucés, comme si elle se moquait de transpercer la feuille. Je me rendis compte alors, au même instant, que c'était l'origine du bruit étrange, et que ce que j'avais pris pour du papier sombre et brillant sur la table avait aussi été, pas très longtemps auparavant, des pages d'une écriture soignée.

Elle était si absorbée par ce qu'elle faisait qu'il lui fallut un moment pour se rendre compte de ma présence. Quand elle leva les yeux en sursautant, je vis qu'elle avait le visage en feu, mais il n'y avait aucune trace de larmes. Elle me fixa, puis posa son crayon.

« Bonjour, jeune fille, dit-elle, et elle inspira profondément. Que puis-je pour vous ? »

Je pense que je me détournai pour ne pas avoir à la regarder, elle, ni les papiers sur le bureau. Je ne me souviens pas d'avoir dit grand-chose – si j'expliquai l'histoire du bruit, et que j'avais craint que ce ne fût du gaz. En tout cas, il n'y eut pas de vraie conversation : elle ne voulait pas que je sois là et moi non plus. Je pense que je me suis excusée et que je suis sortie, espérant à moitié qu'elle me rappellerait. Mais elle ne le fit pas, et ce dont je me souviens aujourd'hui, c'est d'avoir descendu l'escalier, brûlante de honte et de ressentiment. À ce moment je souhaitais plus que tout ne pas avoir vu ce que j'avais vu, pourtant, si vous m'aviez demandé de définir précisément ce qui me perturbait autant, je n'aurais pas été capable de l'expliquer. La honte, en effet, avait beaucoup à voir avec mon état, et aussi la fureur, qui n'était pourtant pas dirigée précisément contre Miss Lucy. J'étais très troublée, et c'est sans doute pourquoi je n'en ai parlé à mes amis que bien plus tard.

Après ce matin-là j'ai été convaincue qu'autre chose – peut-être quelque chose d'horrible – risquait de se produire concernant Miss Lucy, et j'ai gardé ouverts mes yeux et mes oreilles. Mais les jours passaient et je n'entendais rien. J'ignorais alors qu'un événement très significatif était survenu à peine quelques jours après l'épisode de la salle 22 – un incident entre Miss Lucy et Tommy qui l'avait laissé contrarié et désorienté. À une époque pas très ancienne, Tommy et moi nous serions immédiatement rapporté une nouvelle de ce genre ; mais, cet été-là, différentes choses s'étaient passées, ce qui impliquait que nous ne parlions plus aussi librement.

C'est pourquoi je l'appris si tard. Après, j'aurais pu me flanquer des coups pour ne pas l'avoir deviné, pour ne pas être allée trouver Tommy afin de le faire parler. Mais, comme je l'ai dit, des tas de choses se passaient alors, entre Tommy et Ruth, une foule d'autres trucs, et je mettais sur ce compte tous les changements que j'avais remarqués chez lui.

C'est probablement aller trop loin que de dire que le numéro de Tommy se décomposa cet été-là, mais certaines fois je craignais sérieusement qu'il ne redevînt le personnage empoté et versatile qu'il avait été plusieurs années auparavant. Un jour, par exemple, nous étions plusieurs à revenir du pavillon en direction des dortoirs, et nous nous sommes trouvées en train de marcher derrière Tommy et deux autres garçons. Ils étaient juste à quelques pas devant nous, et tous – y compris Tommy – semblaient en bonne forme, riant et se lançant des coups de coude. En fait, je dirais que Laura, qui marchait à côté de moi, prit exemple sur la manière dont les garçons faisaient les fous. Tommy avait dû s'asseoir par terre, parce qu'il y avait une assez grosse motte de boue collée à sa chemise de rugby, près du creux des reins. Il ne s'en rendait manifestement pas compte, et je ne crois pas que ses amis l'aient vu non plus, sinon ils en auraient sans aucun doute tiré parti. En tout cas, Laura, étant Laura, cria une phrase comme : « Tommy ! T'as du caca dans le dos ! Qu'est-ce que t'as fabriqué ? »

Elle avait dit cela d'une manière tout à fait amicale, et si certaines d'entre nous avaient émis aussi quelques bruits, ce n'était rien de plus que ce que faisaient constamment les élèves. Ce fut donc un véritable choc quand Tommy s'immobilisa soudain, fit volte-face et fixa Laura d'un regard noir de colère. Nous nous arrêtâmes aussi – les garçons avec l'air aussi abasourdi que nous –, et quelques secondes je crus que Tommy allait exploser pour la première fois depuis des années. Mais il s'éloigna tout d'un coup avec raideur, tandis que nous échangions des regards en haussant les épaules.

Cela se passa presque aussi mal la fois où je lui montrai le calendrier de Patricia C. Patricia était deux années au-dessous de nous, mais tout le monde était impressionné par ses talents en dessin, et ses œuvres étaient toujours recherchées lors des Échanges. J'avais été particulièrement satisfaite du calendrier que j'avais réussi à obtenir lors du dernier Échange, car on en parlait depuis des semaines. Ça n'avait rien à voir avec, par exemple, les calendriers en couleurs mollassons des comtés anglais de Miss Emily. Celui de Patricia était minuscule et grassouillet, et pour chaque

mois il y avait un étourdissant croquis d'une scène de
la vie à Hailsham. Je regrette de ne plus l'avoir aujour-
d'hui, surtout parce que sur ces images – comme pour
juin et septembre – on peut parfois reconnaître les
visages de certains élèves et gardiens en particulier.
C'est l'une des choses que j'ai perdues quand j'ai
quitté les Cottages, car j'avais l'esprit ailleurs et ne
prêtais guère attention à ce que j'emportais – mais j'y
viendrai en temps voulu. Pour l'instant, je veux dire
que le calendrier de Patricia était une vraie trouvaille,
que j'en étais fière et que c'est pourquoi je voulais le
montrer à Tommy.

Je l'avais repéré, debout sous le soleil de la fin
d'après-midi, à côté du gros sycomore près du terrain
sud, et comme mon calendrier se trouvait dans mon
sac – je l'avais fait admirer pendant notre cours de
musique –, j'étais allée le trouver.

Il était absorbé par un match de football opposant
des garçons plus jeunes sur le terrain voisin, et à ce
stade son humeur semblait bonne, tranquille même.
Il sourit quand je m'approchai de lui et nous bavardâmes un instant, de rien en particulier. Puis je dis :
« Tommy, regarde ce que j'ai réussi à avoir. » Je
n'ai pas essayé de cacher le triomphe dans ma voix, et
j'ai peut-être même lancé un « Tagada ! » quand je l'ai
sorti pour le lui tendre. Lorsqu'il a pris le calendrier,
un sourire éclairait encore ses traits, mais tandis qu'il
le feuilletait j'ai vu que quelque chose se bloquait
en lui.

« Cette Patricia, ai-je commencé à dire, mais j'entendais ma propre voix s'altérer. Elle est si brillante… » Mais déjà il me le rendait. Puis, sans un mot de plus, il partit à grands pas vers la maison principale.

Ce dernier incident aurait dû me donner une indication. Si j'y avais réfléchi un tant soit peu, j'aurais dû deviner que les récentes humeurs de Tommy avaient quelque chose à voir avec Miss Lucy et ses vieux problèmes de « créativité ». Mais avec tout ce qui se passait par ailleurs à ce moment précis, je ne pensais pas du tout en ces termes. Je considérais sans doute que ces vieux problèmes étaient relégués dans le passé, avec le début de l'adolescence, et que seules les grandes questions qui semblaient dangereusement proches aujourd'hui pouvaient vraiment préoccuper chacun d'entre nous.

Alors que s'était-il passé ? Eh bien, pour commencer, Ruth et Tommy avaient eu une sérieuse engueulade. Ils formaient alors un couple depuis environ six mois ; du moins, ils le montraient « en public » depuis ce moment-là – se promenant enlacés, ce genre de trucs. Ils étaient respectés en tant que couple parce qu'ils n'étaient pas m'as tu vu. Certains autres, Sylvia B. et Roger D., par exemple, pouvaient vous retourner l'estomac, et vous deviez leur offrir un chœur de vomissements pour leur imposer un peu de discipline. Mais Ruth et Tommy ne faisaient jamais rien de vulgaire devant les gens, et s'il leur arrivait de s'embrasser ou autre chose, on avait l'impression que c'était sur un élan sincère, pas pour la galerie.

En regardant en arrière aujourd'hui, je vois que nous étions assez désorientés par tout ce qui entourait le sexe. Ce n'est guère surprenant, je suppose, car nous avions à peine seize ans. Mais ce qui ajoutait à la confusion – je le saisis plus clairement maintenant –, c'était le fait que les gardiens eux-mêmes étaient désorientés. D'un côté, nous avions donc les exposés de Miss Emily, nous expliquant combien il était important de ne pas avoir honte de notre corps, de « respecter nos besoins physiques », que le sexe était un « très beau cadeau » tant que les deux personnes le voulaient vraiment. Mais quand on entrait dans le vif du sujet, les gardiens nous imposaient des règles qui nous empêchaient pratiquement de faire quoi que ce fût. Nous ne pouvions pas nous rendre dans les dortoirs des garçons après neuf heures, et ils n'avaient pas le droit de venir dans les nôtres. Les salles de classe étaient officiellement « interdites » le soir, comme les zones derrière les hangars et le pavillon. Et on ne voulait pas le faire dans les champs même quand le temps était assez chaud, parce qu'on était presque sûr de découvrir ensuite qu'un public avait tout observé à la jumelle depuis la maison. En d'autres termes, malgré tous les discours sur la beauté du sexe, nous avions la nette impression que nous aurions des problèmes si les gardiens nous prenaient sur le fait.

Je dis cela, mais le seul cas concret de ce genre dont j'ai moi-même eu connaissance s'est produit quand Jenny C. et Rob D. avaient été interrompus dans la salle 14. Ils le faisaient après le déjeuner, juste là, sur un des bureaux, et Mr Jack était entré pour prendre quelque chose. D'après Jenny, Mr Jack avait rougi et était ressorti aussitôt, mais, troublés, ils avaient arrêté. Ils s'étaient plus ou moins rhabillés quand Mr Jack était revenu, comme si c'était la première fois, et avait feint d'être surpris et choqué.

« Ce que vous étiez en train de faire est très clair à mes yeux, et ce n'est pas convenable », avait-il dit, leur ordonnant à tous les deux d'aller voir Miss Emily. Mais quand ils étaient arrivés dans le bureau de Miss Emily, elle leur avait dit qu'elle se rendait à une importante réunion et n'avait pas le temps de leur parler.

« Mais vous savez que vous n'auriez pas dû faire ce que vous faisiez, et je compte sur vous pour ne pas recommencer », avait-elle déclaré, avant de se précipiter dehors avec ses dossiers.

Le sexe gay, entre parenthèses, était un sujet qui nous rendait encore plus perplexes. Pour quelque raison, nous appelions ça le « sexe parapluie » ; si vous étiez attiré par une personne de votre sexe, vous étiez un « parapluie ». Je ne sais pas comment c'était là où vous étiez, mais à Hailsham nous acceptions très mal tout signe d'une tendance gay. Les garçons spécialement pouvaient agir avec beaucoup de cruauté. D'après Ruth, c'était parce que quelques-uns d'entre eux avaient fait des choses ensemble quand ils étaient plus jeunes, avant de se rendre compte de ce qu'ils faisaient. Alors ils étaient à présent ridiculement crispés sur le sujet. J'ignore si elle avait raison, mais si on accusait quelqu'un de « devenir très parapluie », ça pouvait aisément dégénérer en bagarre.

Quand nous discutions de toutes ces choses – et à l'époque nous ne nous lassions pas d'en parler –, nous ne pouvions décider si les gardiens voulaient ou non que nous ayons des rapports sexuels. Certains pensaient que oui, mais que nous nous obstinions à choisir le mauvais moment pour nous y essayer. Selon la théorie de Hannah, ils avaient le devoir de nous encourager à pratiquer le sexe, car autrement nous ne deviendrions pas de bons donneurs. D'après elle, des organes comme les reins et le pancréas ne fonctionnaient correctement que si vous aviez constamment des rapports sexuels. Pour quelqu'un d'autre, nous devions nous souvenir que les gardiens étaient des gens « normaux ». C'était pourquoi ils avaient une attitude si bizarre à ce propos ; pour eux le sexe servait à avoir des bébés, et même s'ils savaient, sur le plan intellectuel, que *nous* ne pouvions pas en avoir, cela les gênait que nous le pratiquions parce que, au fond d'eux-mêmes, ils ne croyaient pas vraiment que nous ne finirions pas par en faire.

Annette B. avait une autre théorie : les gardiens étaient mal à l'aise si nous couchions ensemble parce que, alors, *ils* auraient envie de coucher avec nous. Mr Chris en particulier, disait-elle, nous regardait de cette manière, nous, les filles. Laura affirma qu'Annette voulait dire en réalité qu'*elle* avait envie de coucher avec Mr Chris. Nous nous tordîmes de rire parce que l'idée de coucher avec Mr Chris paraissait aussi absurde que totalement dégoûtante.

La théorie la plus proche de la vérité, à mon avis, était celle proposée par Ruth : « Ils nous parlent du sexe pour après notre départ de Hailsham, disait-elle. Ils veulent que nous le fassions correctement, avec quelqu'un qui nous plaît et sans attraper de maladies. Mais pour eux ça devra se passer après notre départ. Ils ne veulent pas qu'on le fasse ici, parce que c'est trop de tracas pour eux. »

En tout cas, je soupçonne qu'il s'en passait beaucoup moins que ce que prétendaient les gens. Beaucoup de bécotage et de pelotage, peut-être ; et des couples *laissant entendre* qu'ils avaient des rapports complets. Mais, en regardant en arrière, je me demande quelle était la part de réalité. Si tous ceux qui l'affirmaient l'avaient vraiment fait, alors on n'aurait vu que ça en se promenant dans Hailsham – des couples en train de s'ébattre à gauche, à droite et au centre.

Je me souviens que nous étions tous convenus discrètement de ne pas trop nous questionner sur ce que nous avancions. Si, par exemple, Hannah roulait des yeux quand vous étiez en train de discuter d'une autre fille et murmuriez : « Vierge » – impliquant : « Bien sûr, *nous* ne le sommes pas, mais elle si, qu'est-ce que tu crois ? » –, alors il n'était absolument pas question de lui demander : « Tu l'as fait avec qui ? Quand ?

Où ? » Non, vous vous contentiez de hocher la tête d'un air entendu. C'était comme s'il existait un univers parallèle où nous disparaissions tous lorsque nous avions ces relations sexuelles.

J'ai dû percevoir à l'époque que toutes les affirmations lancées autour de moi ne concordaient pas. Néanmoins, à mesure que cet été approchait, j'avais de plus en plus le sentiment d'être une exception. D'une certaine façon, le sexe avait pris la place occupée par la « créativité » quelques années plus tôt. On avait l'impression que si on ne l'avait pas encore pratiqué, il fallait s'y mettre, et vite. Et, dans mon cas, l'affaire se compliquait d'autant plus que deux des filles dont j'étais le plus proche l'*avaient fait* sans aucun doute. Laura avec Rob D., bien qu'ils n'eussent jamais été un vrai couple. Et Ruth avec Tommy.

Malgré tout cela, je repoussais la chose depuis une éternité, me répétant le conseil de Miss Emily : « Si vous ne trouvez pas quelqu'un avec qui vous voulez sincèrement partager cette expérience, alors *abstenez-vous* ! » Mais, vers le printemps de l'année dont je parle maintenant, je commençai à penser que je ne verrais pas d'inconvénient à coucher avec un garçon. Pas juste pour voir comment c'était, mais aussi parce qu'il m'était venu à l'esprit que j'avais besoin de me familiariser avec le sexe, et que ce serait aussi bien de m'y exercer d'abord avec un garçon dont je ne me souciais pas trop. Ensuite, plus tard, si je me trouvais avec quelqu'un de spécial, j'aurais plus de chances de tout faire comme il faut. Je veux dire que si Miss Emily avait raison et que le sexe fût une affaire vraiment importante entre les gens, alors je ne voulais pas le faire pour la première fois quand ce serait vraiment important que ça se passe bien.

J'avais donc des vues sur Harry C. Je le choisis pour un certain nombre de raisons. D'abord, je savais qu'il l'avait déjà fait, avec Sharon D. Ensuite, il ne me plaisait pas tant que ça, mais je ne le trouvais certainement pas dégoûtant. Aussi, il était discret et convenable, et donc peu susceptible de colporter des ragots si c'était un désastre complet. Et il avait laissé entendre à plusieurs reprises qu'il aimerait coucher avec moi. Bon, un tas de garçons roucoulaient à vos oreilles à cette époque, mais il était aisé à présent de distinguer une vraie proposition du baratin habituel d'un garçon.

J'avais donc choisi Harry, et je me donnai ce délai de deux mois uniquement parce que je voulais être sûre d'être parfaite physiquement. Miss Emily nous avait dit que cela pouvait être douloureux et se révéler un fiasco total si on ne mouillait pas assez, et c'était mon seul vrai souci. Ce n'était pas l'idée d'être déchirée là-dedans, ce dont nous plaisantions souvent, et ce qui était la peur secrète de bon nombre de filles. Je pensais sans arrêt : « Tant que je mouille assez vite, il n'y aura pas de problème », et je m'entraînais beaucoup toute seule juste pour m'en assurer.

Je me rends compte que ça peut porter à croire que

je virais à l'obsession, mais je me souviens que j'ai aussi consacré beaucoup de temps à relire les passages de livres où des gens couchaient ensemble, étudiant les lignes sans relâche, essayant de démêler des pistes. Le problème était que les livres dont nous disposions à Hailsham n'étaient d'aucun secours. Nous avions beaucoup de textes du dix-neuvième, par Thomas Hardy et des gens comme ça, ce qui était plus ou moins inutile. Certains ouvrages modernes, par Edna O'Brien et Margaret Drabble, entre autres, contenaient du sexe, mais ce qui se passait n'était jamais très clair parce que les auteurs supposaient toujours que vous aviez déjà beaucoup pratiqué et qu'il n'était pas nécessaire d'entrer dans les détails. Je me sentais donc frustrée par les livres, et les vidéos ne valaient guère mieux. Deux ans auparavant nous avions obtenu un magnétoscope dans la salle de billard, et disposions ce printemps d'une très bonne collection de films. Beaucoup parlaient de sexe, mais la plupart des scènes finissaient juste quand ça commençait, ou bien on ne voyait que les visages ou les dos. Et quand il y *avait* une scène utile, il était difficile de la voir autrement qu'un court moment, parce qu'il y avait habituellement une vingtaine d'autres personnes qui regardaient avec vous dans la salle. Nous avions mis au point un système pour que soient reprojetées nos scènes favorites – par exemple, le moment où l'Américain saute à vélo par-dessus le barbelé dans *La Grande Évasion*. Nous scandions : « Rembobinez ! Rembobinez !», jusqu'à ce que quelqu'un trouve la télécommande, et nous revoyions la séquence, parfois trois, quatre fois. Mais je pouvais difficilement, de mon propre chef, me mettre à réclamer qu'on rembobine juste pour revoir des scènes de sexe.

Je repoussais donc l'échéance de semaine en semaine, tout en continuant de me préparer, jusqu'au moment où vint l'été et où je décidai que j'étais aussi prête que possible. Je me sentais alors raisonnablement confiante, et je commençai à lancer des allusions à Harry. Tout allait à merveille et en accord avec mon plan, quand Ruth et Tommy rompirent et que tout s'embrouilla.

9

Quelques jours après leur rupture, je me trouvais dans la salle de dessin avec plusieurs autres filles, travaillant à une nature morte. Je me souviens qu'il faisait étouffant ce jour-là, malgré le ventilateur qui cliquetait derrière nous. Nous utilisions des fusains, et parce que quelqu'un avait réquisitionné tous les chevalets, nous devions dessiner avec nos cartons posés sur les genoux. J'étais assise à côté de Cynthia E., et nous venions de bavarder et de nous plaindre de la chaleur. Et puis, je ne sais comment, nous avons abordé le sujet des garçons, et elle a observé, sans lever les yeux de son travail :

« Et Tommy. Je savais que ça ne durerait pas avec Ruth. Bon, je suppose que tu es la remplaçante naturelle. »

Elle l'avait dit l'air de rien. Mais Cynthia était un

être perspicace, et le fait qu'elle n'était pas dans notre groupe donnait plus de poids à sa remarque. Et je ne pus m'empêcher de penser qu'elle exprimait le point de vue de toute personne ayant du recul sur la question. Après tout, j'étais l'amie de Tommy depuis des années quand toute cette histoire de couples était venue sur le tapis. Il était parfaitement possible qu'aux yeux d'un tiers j'apparaisse comme la « remplaçante naturelle » de Ruth. Je ne relevai pas, cependant, et Cynthia, qui ne recherchait pas la discussion, ne dit rien d'autre à ce sujet.

Puis, peut-être un ou deux jours plus tard, je sortais du pavillon avec Hannah quand elle me donna brusquement un coup de coude et indiqua du menton un groupe de garçons dans le terrain nord.

« Regarde, dit-elle doucement. Tommy. Il est assis tout seul. »

Je haussai les épaules, comme pour répondre : « Et alors ? » Et les choses en restèrent là. Mais après je me surpris à y songer beaucoup. Peut-être que Hannah avait simplement eu l'intention de souligner que Tommy, depuis sa rupture avec Ruth, ressemblait un peu à une pièce détachée. Mais je ne marchais pas vraiment ; je connaissais trop bien Hannah. Sa façon de me pousser du coude et de baisser la voix n'avait que trop montré qu'elle aussi exprimait une hypothèse qui circulait sans doute sur ma qualité de « remplaçante naturelle ».

Tout cela, comme je le dis, me jeta dans un certain

trouble, parce que jusqu'alors j'avais été concentrée sur mon plan avec Harry. En fait, quand je regarde maintenant en arrière, je suis sûre que j'*aurais* couché avec lui sans cette histoire de « remplaçante naturelle ». J'avais tout arrangé, et mes préparatifs s'étaient bien déroulés. Et je pense encore que Harry était un bon choix pour cette étape de ma vie. Je pense qu'il aurait été attentif et doux, et aurait compris ce que j'attendais de lui.

Je l'ai vu brièvement il y a deux ans, au centre de convalescence de Wilshire. On l'y amenait après un don. Je n'étais pas de la meilleure humeur parce que mon propre donneur avait terminé la veille. Personne ne m'en faisait reproche – l'opération avait été particulièrement bâclée –, mais, malgré cela, je ne me sentais pas brillante. J'étais restée debout une grande partie de la nuit, pour prendre toutes les dispositions nécessaires, et je me trouvais à l'accueil, prête à m'en aller, quand j'ai vu Harry entrer. Il était dans un fauteuil roulant – parce qu'il était si faible, ai-je découvert par la suite, et non parce qu'il ne pouvait pas marcher –, et je ne suis pas sûre qu'il m'ait reconnue quand je me suis approchée et que j'ai dit bonjour. Je suppose qu'il n'y a aucune raison pour que j'aie une place spéciale dans sa mémoire. Nous n'avons jamais eu grand-chose à faire ensemble en dehors de cette fois-là. Pour lui, à supposer qu'il se souvînt de moi, je resterais cette idiote qui l'avait approché une fois, lui avait demandé s'il voulait coucher avec elle, puis s'était dégonflée. Il devait être très mûr pour son âge parce qu'il ne s'était pas énervé et n'avait pas raconté partout que j'étais une allumeuse, rien de ce genre. Aussi, quand je le vis arriver ce jour-là, j'éprouvai de la reconnaissance à son égard et je regrettai de ne pas être son accompagnant. Je regardai autour de moi, mais la personne qui l'était ne se trouvait même pas là. Les garçons de salle étaient impatients de le conduire dans sa chambre, aussi je ne parlai pas long-temps avec lui. Je dis juste bonjour, que j'espérais qu'il ne tarderait pas à se sentir mieux, et il eut un sourire las. Lorsque je mentionnai Hailsham, il fit un signe de triomphe, mais je vis qu'il ne me reconnais-sait pas. Peut-être qu'un autre jour, moins fatigué ou sous une médication moins forte, il aurait essayé de me situer et se serait souvenu.

En tout cas, je parlais de cette époque : je disais comment, après la séparation de Ruth et Tommy, tous mes plans avaient été bousculés. En y réfléchissant maintenant, j'ai un peu pitié de Harry. Après toutes les allusions que j'avais faites la semaine précédente, je revenais à la charge, lui chuchotant soudain des choses pour le décourager. J'avais sans doute supposé qu'il piaffait d'impatience, que je devais me donner du mal pour le maintenir à distance. Parce que chaque fois que je le voyais, je glissais toujours un mot rapide, puis je filais sans lui laisser le temps de répondre. Beaucoup plus tard seulement, quand j'y repensai, il me vint à l'esprit qu'il n'avait peut-être eu aucune intention sexuelle. Pour autant que je sache, il eût peut-être été heureux d'oublier toute l'affaire, sauf que chaque fois qu'il me voyait, dans un couloir ou à l'extérieur, je m'approchais pour chuchoter une excuse, expliquant pourquoi je ne voulais pas coucher avec lui à ce moment précis. Vu de son côté, ça devait sembler assez bête, et s'il n'avait pas été un type aussi correct, je me serais couverte de ridicule en un rien de temps. Bon, en tout cas, ce laps de temps employé à décourager Harry dura peut-être deux semaines, puis vint la requête de Ruth.

Cet été-là, jusqu'au moment où se dissipa la chaleur, nous acquîmes cette curieuse manière d'écouter de la musique ensemble dans les champs. Les baladeurs avaient fait leur apparition dans Hailsham depuis les Ventes de l'année précédente, et cet été il y en avait au moins six en circulation. La tocade était de s'asseoir à plusieurs dans l'herbe, avec un seul baladeur, et de se passer le casque. D'accord, ça paraît vraiment stupide d'écouter de la musique comme ça, mais cela créait vraiment un bon feeling. Vous écoutiez peut-être vingt secondes, vous retiriez le casque et vous le passiez au suivant. Au bout d'un moment, à condition de jouer la même bande encore et encore, l'effet était surprenant, c'était presque comme si on l'avait entendue seul du début à la fin. Comme je le dis, la tocade prit vraiment cet été, et pendant les pauses du déjeuner on voyait ces grappes d'élèves allongés dans l'herbe autour des baladeurs. Les gardiens n'étaient pas très enthousiastes, disant que nous allions propager des infections des oreilles, mais ils nous laissaient continuer. Je ne peux évoquer ce dernier été sans penser à ces après-midi autour des baladeurs. Quelqu'un approchait et demandait : « C'est quoi ? », et si la réponse lui plaisait, il s'asseyait dans l'herbe et attendait son tour. Une bonne atmosphère régnait presque toujours dans ces séances, et je ne me souviens pas qu'on ait refusé à quiconque une part du casque.

En tout cas, c'est ce que j'étais en train de faire avec quelques autres filles quand Ruth est venue demander si nous pouvions parler. J'ai vu que c'était quelque chose d'important, aussi j'ai laissé mes amies et nous sommes parties toutes les deux jusqu'à notre dortoir. Quand nous sommes arrivées dans notre chambre, je me suis assise sur le lit de Ruth, à côté de la fenêtre – le soleil avait chauffé la couverture –, et elle s'est installée sur le mien, contre le mur du fond. Une mouche bleue bourdonnait dans la pièce, et pendant un instant nous nous sommes amusées à jouer au « tennis de mouche bleue », agitant les mains pour nous renvoyer la créature démente. Puis elle a réussi à s'échapper par la fenêtre, et Ruth a dit :

« Je veux qu'on se remette ensemble, Tommy et moi. Kathy, tu vas m'aider ? » Puis elle a demandé : « Qu'est-ce qu'il y a ?

– Rien. J'étais juste un peu étonnée, après ce qui s'est passé. Bien sûr que je vais t'aider.

– Je n'ai dit à personne d'autre que je voulais me remettre avec Tommy. Pas même à Hannah. Tu es la seule en qui j'aie confiance.

– Que veux-tu que je fasse ?

– Parle-lui. Tu as toujours eu la manière avec lui. Il t'écoutera. Et il saura que tu ne racontes pas de conneries sur moi. »

Nous restâmes là un moment, à balancer nos pieds sous les lits.

« C'est vraiment sympa de me dire ça, répondis-je enfin. Je suis sans doute la meilleure personne. Pour parler à Tommy et tout ça.

– Ce que je veux, c'est qu'on reparte de zéro. Nous sommes à peu près quittes à présent, nous avons fait tous les deux des choses idiotes juste pour nous blesser mutuellement, mais ça suffit maintenant. Putain de Martha H., je te demande bien ! Peut-être qu'il l'a fait juste pour que je rigole un bon coup. On peut dire qu'il a réussi, et on est de nouveau à égalité. Il est temps qu'on grandisse et qu'on reparte de zéro. Je sais que tu peux raisonner avec lui, Kathy. Tu vas gérer ça le mieux possible. Ensuite, s'il n'est toujours pas prêt à se montrer raisonnable, je saurai que ce n'est pas la peine de continuer avec lui. »

Je haussai les épaules. « C'est vrai, Tommy et moi, on a toujours réussi à discuter.

– Ouais, et il te respecte vraiment. Je le sais parce qu'il en a souvent parlé. De ton cran et que tu fais toujours ce que tu dis. Une fois, il m'a dit que s'il était coincé, il préférerait que ce soit toi qui viennes à la res-cousse plutôt qu'un des garçons. » Elle eut un petit rire. « Tu dois admettre que c'est un *vrai* compliment. Alors tu vois, c'est toi notre sauveur. Tommy et moi, nous étions faits l'un pour l'autre et il va t'écouter. Tu le feras pour nous, hein, Kathy ? »

Je me tus un moment. Puis je demandai : « Ruth, tu tiens vraiment à Tommy ? Je veux dire, si je le per-suade, et que vous vous remettiez ensemble, tu ne lui feras plus de mal ? »

Elle poussa un soupir d'impatience. « Bien sûr que je suis sérieuse. Nous sommes des adultes à présent. Nous allons bientôt quitter Hailsham. Ce n'est plus un jeu.

— Bon. Je vais lui parler. Tu as raison, nous allons bientôt partir. Nous ne pouvons pas nous permettre de perdre du temps. »

Après cela, je me souviens que nous sommes restées assises sur ces lits, à bavarder un moment. Ruth a voulu tout reprendre en détail, encore et encore : combien il se montrait stupide, pourquoi ils étaient vraiment faits l'un pour l'autre, qu'ils agiraient très différemment la prochaine fois, se comporteraient avec beaucoup plus de discrétion, choisiraient de meilleurs endroits et de meilleurs moments pour coucher ensemble. Nous avons parlé de tout et elle réclamait mon avis sur tout. Puis, à un moment donné, je regardais par la fenêtre les col-lines dans le lointain, et j'ai sursauté en sentant Ruth, soudain près de moi, me presser les épaules.

« Kathy, je savais qu'on pouvait compter sur toi, a-
t-elle dit. Tommy a raison. Tu es la personne vers qui
se tourner quand on est coincé. »

Pour une raison ou pour une autre, je n'eus pas
l'occasion de parler à Tommy les jours suivants. Puis,
à une pause de déjeuner, je le repérai à la lisière du
terrain sud, où il s'entraînait au foot. Auparavant,
il tapait dans le ballon avec deux autres garçons,
et maintenant il était seul, s'exerçant à jongler. Je
m'approchai et m'assis sur l'herbe derrière lui, le dos
appuyé contre un piquet de clôture. Ce ne devait pas
être très longtemps après cette fois où je lui avais
montré le calendrier de Patricia C. et où il était parti,
parce que je me souviens que nous ne savions pas très
bien où nous en étions tous les deux. Il a continué de
jongler avec une grimace de concentration – genou,
pied, tête, pied – pendant que j'étais là à arracher des
trèfles, contemplant les bois lointains qui nous
avaient tant effrayés autrefois. À la fin, je décidai de
surmonter le blocage et je dis :

« Tommy, parlons maintenant. Il y a quelque chose
dont je veux te parler. »

Dès que j'eus prononcé ces mots, il laissa le ballon
rouler au sol et vint s'asseoir près de moi. C'était tout
lui, dès qu'il savait que je voulais parler, brusquement
il n'y avait plus trace de sa mauvaise humeur ; mais
une sorte d'impatience reconnaissante qui me rappelait l'époque où nous étions chez les Juniors, quand

un gardien qui nous avait grondés redevenait normal. Il haletait un peu, et même si je savais que c'était à cause du football, cela ajoutait à l'impression générale d'impatience. En d'autres termes, avant que nous ayons échangé un seul mot, il m'avait déjà braquée. Alors, quand je lui ai dit : « Tommy, je le sais. Tu n'es pas très heureux ces derniers temps », il a répondu : « Comment ? Je suis parfaitement heureux. Vraiment. » Et il a fait un grand sourire, suivi de ce rire jovial. Ça a suffi. Des années après, quand de temps à autre je voyais un soupçon de cette comédie, je me contentais de sourire. Mais, à l'époque, ça m'énervait sérieusement. Si Tommy vous confiait : « Ça me perturbe vraiment », il se croyait obligé de faire aussitôt une tête de dix pieds de long pour appuyer ses paroles. Je ne veux pas dire qu'il faisait ça par ironie. Il croyait réellement que ça le rendait plus convaincant. Aussi, à présent, pour prouver qu'il était heureux, il s'efforçait de pétiller de bonhomie. Je l'ai dit, il viendrait un temps où je trouverais cela charmant ; mais cet été je voyais seulement que ça montrait quel enfant il était encore, et combien il était aisé de profiter de lui. Je ne savais pas grand-chose alors du monde qui nous attendait au-delà de Hailsham, mais j'avais deviné que nous aurions besoin de toute notre présence d'esprit, et quand Tommy se comportait de cette façon, j'éprouvais un sentiment proche de la panique. Jusqu'à cet après-midi, j'avais toujours laissé faire – cela paraissait trop difficile à expliquer –, mais cette fois j'explosai :

« Tommy, tu as l'air si *stupide*, à rire comme ça ! Si tu veux prétendre que tu es heureux, c'est pas la bonne manière ! Je peux te le garantir, c'est pas la bonne manière ! Vraiment pas ! Écoute, tu dois grandir. Et tu dois te ressaisir. Tout s'écroule pour toi depuis quelque temps, et nous savons tous les deux pourquoi. »

Tommy avait l'air perplexe. Quand il fut certain que j'en avais terminé, il dit : « Tu as raison. Tout s'écroule pour moi. Mais je ne vois pas de quoi tu parles, Kath. Qu'est-ce que tu veux dire par "nous savons tous les deux" ? Je ne vois pas comment tu pourrais savoir. Je ne l'ai dit à personne.

– Évidemment, je n'ai pas tous les détails. Mais nous sommes tous au courant de ta rupture avec Ruth. »

Tommy avait encore l'air perplexe. Enfin il eut un autre petit rire, mais cette fois un vrai rire. « Je vois de quoi tu parles », marmonna-t-il, puis il s'interrompit un moment pour réfléchir à quelque chose. « Pour être honnête, Kath, dit-il finalement, ce n'est pas vraiment ce qui me préoccupe. Il s'agit de tout à fait autre chose. Je n'arrête pas d'y penser. À Miss Lucy. »

C'est ainsi que je l'ai appris, que j'ai appris ce qui s'était passé entre Tommy et Miss Lucy au début de cet été. Plus tard, quand j'ai eu le loisir d'y repenser, j'ai calculé que cela avait dû se produire quelques jours à peine après le matin où j'avais vu Miss Lucy dans la salle 22, en train de gribouiller ses papiers. Et, comme je l'ai dit, je me serais flanqué des coups de pied pour ne pas l'avoir fait parler plus tôt.

Cela s'était passé l'après-midi, vers l'« heure morte » – quand les cours étaient terminés mais qu'il restait encore du temps avant le dîner. Tommy avait vu Miss Lucy sortir de la maison principale, les bras chargés de blocs de papier et de boîtes à archives, et comme elle semblait sur le point d'en laisser échapper une partie, il avait couru lui offrir son aide.

« Euh, elle m'a donné deux ou trois choses à porter et a dit que nous retournions dans son bureau avec tout ça. Même à deux, il y en avait trop et j'en ai perdu un peu en route. Puis, quand nous avons approché de l'Orangerie, elle s'est brusquement arrêtée, et j'ai cru qu'elle avait lâché autre chose. Mais elle me fixait comme ça, bien en face, très sérieuse. Alors elle dit que nous devons avoir une conversation, une vraie conversation. Je dis d'accord, et nous entrons dans l'Orangerie, dans son bureau, nous posons tout. Et elle me dit de m'asseoir, et je me retrouve exactement là où j'en étais la dernière fois, tu sais, cette fois-là, il y a des années. Et je vois qu'elle s'en souvient aussi, parce qu'elle commence à en parler comme si ça s'était passé la veille. Pas d'explications, rien, elle commence juste à raconter quelque chose du genre : "Tommy, j'ai commis une erreur quand je t'ai dit ce que je t'ai dit. Et j'aurais dû mettre les choses au point depuis longtemps." Ensuite elle dit que je devrais oublier tout ce qu'elle m'a expliqué avant.

Qu'elle m'a rendu un très mauvais service en me conseillant de ne pas me soucier d'être créatif. Que les autres gardiens avaient toujours eu raison, et qu'il n'y avait pas d'excuse pour que mon art soit aussi nul...

— Attends une minute, Tommy, elle a vraiment dit que ton art était "nul"?

— Si ce n'était pas "nul", c'était un mot du même genre. "Négligeable." Peut-être que c'était ce mot-là. Ou "incompétent". Elle a pu aussi bien dire "nul". Elle a ajouté qu'elle regrettait de m'avoir dit ce qu'elle avait dit la fois dernière parce que si elle ne l'avait pas fait, j'aurais réglé tout ça aujourd'hui.

— Tu disais quoi pendant ce temps-là?

— Je ne savais pas *quoi* dire. À la fin, elle a posé la question, en fait. Elle a demandé: "Tommy, à quoi penses-tu?" Alors j'ai répondu que je n'étais pas sûr, mais que de toute façon elle ne devait pas s'inquiéter parce que j'allais très bien maintenant. Et elle a répliqué: non, je n'allais pas bien. Mon art était nul, et c'était en partie de sa faute pour m'avoir dit ce qu'elle m'avait dit. Et je lui ai demandé: "Mais est-ce que ça a de l'importance? Je vais bien maintenant, personne ne se moque plus de moi à cause de ça." Mais elle a continué de secouer la tête en répétant: "Ça a de l'importance. Je n'aurais pas dû dire ce que j'ai dit." Alors il me vient à l'esprit qu'elle parle d'après, tu sais, quand nous serons partis d'ici. Alors je réponds: "Mais ça ira, Miss. Je suis vraiment en pleine forme, je sais m'occuper de moi-même. Quand arrivera le moment des dons, je serai capable de le faire vraiment bien." Quand je dis ça, elle se met à secouer la tête, à la secouer très fort, et je crains qu'elle ne soit prise de vertiges. Ensuite elle reprend : "Écoute, Tommy, ton art, c'est important. Et pas seulement parce que c'est une évidence. Mais pour ton propre bien. Tu en tireras beaucoup, juste pour toi."

– Attends. Elle voulait dire quoi par "évidence" ?

– Je ne sais pas. Mais elle l'a dit, absolument. Elle a dit que notre art était important, "et pas seulement parce que c'est une évidence". Dieu sait ce qu'elle entendait par là. En fait, je lui ai posé la question, quand elle a dit ça. J'ai répondu que je ne comprenais pas ce qu'elle me disait, cela avait-il un rapport avec Madame et sa galerie ? Elle a poussé un grand soupir et elle a dit : "La galerie de Madame, oui, c'est important. Beaucoup plus important que je ne le pensais autrefois. Je le vois aujourd'hui." Puis elle a dit : "Écoute, il y a toutes sortes de choses que tu ne comprends pas, Tommy, et je ne peux pas t'en parler. Des choses sur Hailsham, sur ta place dans le vaste monde, toutes sortes de choses. Mais peut-être qu'un jour tu essaieras de trouver. Ils ne te rendront pas la tâche facile, mais si tu le veux, si tu le veux vraiment, tu pourras trouver." Elle a commencé à secouer la tête après ça, mais moins fort qu'avant, et elle a ajouté : "Mais pourquoi serais-tu différent ? Les élèves qui quittent cet endroit, ils ne trouvent jamais grand-chose. Pourquoi serais-tu différent ?" Je ne savais pas de quoi elle parlait, alors je me suis contenté de répéter : "Ça ira, Miss." Elle s'est tue un moment, puis elle s'est brusquement levée et s'est un peu penchée vers moi et m'a serré dans ses bras. Pas d'une façon sexy. Plus comme ils le faisaient quand on était petits. Je suis resté le plus immobile possible. Puis elle s'est redressée et elle a répété qu'elle était désolée pour ce qu'elle m'avait dit avant. Et qu'il n'était pas trop tard, que je devais m'y mettre immédiatement, rattraper le temps perdu. Je crois que je n'ai rien répondu, et elle m'a regardé, et j'ai pensé qu'elle me serrerait encore dans ses bras. Mais au lieu de ça elle a dit : "Fais-le juste pour moi, Tommy." J'ai dit que je ferais de mon mieux, parce que, à ce moment-là, je voulais surtout m'en aller. J'étais probablement rouge comme une écrevisse, avec ses embrassades et le reste. Parce que c'est pas pareil, hein, maintenant qu'on est plus grands. »

Jusqu'à cet instant j'avais été si absorbée par l'histoire de Tommy que j'avais oublié la raison de cette conversation avec lui. Mais cette référence au fait qu'on était « plus grands » me rappela ma mission initiale.

« Écoute, Tommy, nous devrons en reparler bientôt sérieusement. C'est vraiment intéressant et je comprends que ça t'ait rendu malheureux. Mais, de toute façon, tu vas devoir te ressaisir un peu plus. Nous allons partir d'ici cet été. Tu dois remettre de l'ordre dans ta vie, et il y a une chose que tu dois régler tout de suite. Ruth m'a dit qu'elle est prête à en rester là et à te reprendre avec elle. Je crois que c'est une bonne occasion pour toi. Ne la gâche pas. »

Il resta silencieux quelques secondes, puis dit : « Je ne sais pas, Kath. Il y a toutes ces autres choses à quoi penser.

— Tommy, écoute bien. Tu as vraiment de la chance. Parmi tous les gens d'ici, tu as Ruth qui a le béguin pour toi. Quand on sera partis, si tu es avec elle, tu n'auras pas à t'inquiéter. C'est la meilleure ; tant que tu seras avec elle, tout ira bien pour toi. Elle dit qu'elle veut repartir de zéro. Alors ne fiche pas tout en l'air. »

J'attendis mais Tommy ne réagit pas, et je me sentis à nouveau submergée par quelque chose qui ressemblait à de la panique. Je me penchai en avant et je repris : « Écoute, idiot, tu ne vas pas avoir beaucoup d'autres occasions. Tu ne te rends pas compte qu'on n'a plus tellement de temps à passer ici ensemble ? »

À ma surprise, la réponse de Tommy, quand elle vint, fut calme et posée – l'aspect de sa personne qui devait émerger de plus en plus au cours des années à venir.

« J'en ai conscience, Kath. C'est exactement pour cela que je ne peux pas me précipiter pour remettre ça avec Ruth. Nous devons réfléchir avec précaution au prochain coup. » Puis il soupira et me regarda en face. « Tu l'as bien dit, Kath. Bientôt nous allons partir. Ce n'est plus un jeu. Nous devons réfléchir avec précaution. »

Brusquement, je ne sus plus quoi répondre et je restai là à arracher les trèfles. Je sentais son regard sur moi, mais je ne levai pas les yeux. Nous aurions pu continuer ainsi encore un moment, mais nous fûmes interrompus. Je pense que les garçons avec qui il avait joué au foot auparavant revinrent, ou peut-être s'agissait-il d'élèves qui se promenaient et vinrent s'asseoir avec nous. En tout cas, notre petit cœur-à-cœur touchait à sa fin, et je partis avec l'impression de n'avoir pas fait ce que j'avais eu l'intention de faire – d'avoir en quelque sorte laissé tomber Ruth.

Je ne parvins jamais à évaluer le genre d'impact qu'avait eu ma conversation avec Tommy, car le lendemain même la nouvelle éclata. C'était le milieu de la matinée et nous venions encore d'assister à un briefing culturel. C'étaient des cours où, dans un jeu de rôles, nous devions interpréter différents personnages que nous rencontrerions au-dehors – des serveurs dans des cafés, des policiers, et ainsi de suite. Chaque fois les séances nous excitaient et nous préoccupaient en même temps, aussi nous étions déjà assez tendus. Puis, à la fin du cours, tandis que nous sortions en file, Charlotte F. s'est ruée à l'intérieur de la salle et la nouvelle du départ de Miss Lucy s'est répandue parmi nous comme une traînée de poudre. Mr Chris, qui avait assuré le cours et qui devait être au courant depuis le début, s'éloigna d'un pas traînant, l'air coupable, avant que nous ayons pu lui demander quoi que ce fût. Au début nous ne savions pas avec certitude si Charlotte rapportait simplement une rumeur, mais plus elle nous en disait, et plus il devenait clair que c'était pour de vrai. Plus tôt dans la matinée, l'une des autres classes de Seniors était entrée dans la salle 12, s'attendant à une évaluation musicale avec Miss Lucy. Mais Miss Emily s'était trouvée là à sa place et leur avait appris que Miss Lucy n'était pas en mesure de venir à ce moment-là, et qu'elle se chargeait du cours. Pendant une vingtaine de minutes, tout s'était passé tout à fait normalement. Puis, tout d'un coup – au milieu d'une phrase, semble-t-il –, Miss Emily avait cessé de parler de Beethoven, pour annoncer que Miss Lucy avait quitté Hailsham et ne reviendrait pas. Ce cours avait pris fin plusieurs minutes en avance – Miss Emily s'était éclipsée avec une expression soucieuse – et la nouvelle avait commencé à circuler dès que les élèves étaient sortis.

Je partis immédiatement à la recherche de Tommy, parce que je voulais désespérément qu'il l'apprenne de ma bouche. Mais quand je m'avançai dans la cour, je vis qu'il était trop tard. Tommy se trouvait à l'autre bout, près d'un cercle de garçons, acquiesçant à ce qui se disait. Les autres étaient animés, excités peut-être, mais le regard de Tommy paraissait vide. Le soir même Tommy et Ruth se remirent ensemble, et je me souviens de Ruth venant me trouver quelques jours plus tard pour me remercier d'avoir « tout arrangé aussi bien ». Je lui dis que je n'avais sans doute pas fait grand-chose, mais elle ne voulut rien savoir. J'étais décidément dans ses petits papiers. Et il en fut plus ou moins ainsi pendant nos derniers jours à Hailsham.

Deuxième partie

10

Quelquefois je roule sur une longue route sinueuse à travers des marais, ou peut-être le long de rangées de champs labourés, sous le ciel immense et gris qui ne change jamais, kilomètre après kilomètre, et je me surprends à penser à mon essai, celui que j'étais censée écrire à l'époque, quand nous étions aux Cottages. Ce dernier été, les gardiens nous avaient parlé de nos essais par intermittence, essayant d'aider chacun de nous à choisir un sujet qui l'absorberait suffisamment pendant une durée de deux ans maximum. Mais en fait – peut-être percevions-nous quelque chose dans l'attitude des gardiens – personne ne croyait vraiment que les essais étaient si importants, et nous discutions à peine de la question entre nous. Je me souviens que lorsque je suis allée annoncer à Miss Emily que j'avais choisi les romans victoriens comme sujet, je n'y avais pas vraiment beaucoup réfléchi et j'ai vu qu'elle le savait. Mais elle m'a simplement lancé un de ses regards inquisiteurs et n'a rien dit d'autre.

Une fois que nous sommes arrivés aux Cottages, cependant, les essais ont pris une importance nouvelle. Pendant nos premiers jours là-bas, et beaucoup plus longtemps pour certains d'entre nous, on avait l'impression que chacun se cramponnait à son essai, à cette dernière tâche de Hailsham, comme si cela avait été un cadeau d'adieu des gardiens. Avec le temps, ils s'effaceraient de notre esprit, mais pendant un moment ces essais nous ont aidés à garder la tête hors de l'eau dans notre nouvel environnement.

Quand je pense à mon essai aujourd'hui, ce que je fais, c'est le reprendre en détail : je songe à une approche totalement neuve que j'aurais pu adopter, ou à d'autres auteurs et ouvrages sur lesquels j'aurais pu me concentrer. Je suis en train de boire un café dans une station-service en regardant l'autoroute par les grandes baies, et mon essai surgit dans mon esprit sans raison. Assise là, j'ai grand plaisir à le passer de nouveau entièrement en revue. Récemment, j'ai même joué avec l'idée de m'y remettre une fois que je ne serai plus accompagnante et que j'aurai le temps. Mais, en fin de compte, je suppose que je ne l'envisage pas vraiment sérieusement. C'est juste un brin de nostalgie pour passer le temps. Je pense à l'essai de la même manière que je le ferais d'un match de *rounders* à Hailsham où je me suis particulièrement distinguée, ou bien d'une discussion très ancienne où j'aurais dû dire toutes les choses intelligentes qui me viennent aujourd'hui à l'esprit. Ça se situe à ce niveau-là – dans le domaine des rêveries. Mais, comme je l'ai dit, ça ne se passait pas ainsi quand nous sommes arrivés aux Cottages.

Parmi ceux d'entre nous qui ont quitté Hailsham cet été, huit se sont retrouvés aux Cottages. D'autres sont allés au Château blanc dans les collines galloises, ou à la ferme des Peupliers dans le Dorset. Nous ignorions alors que tous ces endroits n'avaient que des liens extrêmement ténus avec Hailsham. Nous sommes arrivés aux Cottages, nous attendant à trouver une version de Hailsham pour élèves plus vieux, et je suppose que c'est ainsi que nous avons continué quelque temps à les voir. Nous ne pensions guère à notre vie au-delà des Cottages, ou à qui les dirigeait, ou comment ils s'inséraient dans le vaste monde. Aucun de nous ne pensait en ces termes à cette époque.

Les Cottages étaient le reste d'une exploitation agricole qui avait périclité des années plus tôt. Il y avait une vieille ferme et, tout autour, des granges, des remises, des étables, toutes aménagées pour que nous y vivions. Il y avait d'autres bâtiments, d'ordinaire isolés, qui tombaient pratiquement en ruine, où nous ne pouvions pas faire grand-chose, mais dont nous nous sentions vaguement responsables – surtout à cause de Keffers. C'était ce vieux type grincheux qui arrivait deux ou trois fois par semaine dans sa camionnette boueuse pour jeter un coup d'œil à l'endroit. Il n'aimait pas beaucoup nous parler, et la manière dont il se promenait en soupirant et en secouant la tête avec dégoût impliquait que nous étions loin d'en faire assez pour entretenir ce lieu. Mais ce qu'il voulait que nous fassions de plus n'était jamais clair. Il nous avait montré une liste de corvées quand nous étions arrivés, et les élèves qui se trouvaient déjà là – les « vétérans », comme Hannah les appelait – avaient depuis longtemps établi un roulement que nous respections consciencieusement. Il n'y avait vraiment pas grand-chose d'autre à faire que signaler les gouttières qui fuyaient et éponger après les inondations.

La vieille ferme – le cœur des Cottages – était dotée d'une quantité de cheminées où nous pouvions brûler les bûches fendues stockées dans les granges extérieures. Sinon nous devions nous débrouiller avec de gros appareils de chauffage disgracieux. Le problème était qu'ils fonctionnaient avec des bonbonnes de gaz et, à moins qu'il ne fît vraiment froid, Keffers n'en apportait pas un nombre suffisant. Nous lui demandions sans cesse de nous en laisser une grosse réserve, mais il secouait la tête, l'air sombre, comme si nous allions les consommer futilement ou bien provoquer une explosion. Je me rappelle donc avoir été glacée la plupart du temps, en dehors des mois d'été. Vous vous promeniez avec deux ou même trois pulls, et votre jean donnait l'impression d'être froid et raide. Il nous arrivait de garder nos Wellington toute la journée, laissant des traces de boue et d'humidité dans les pièces. Keffers le remarquait et secouait de nouveau la tête, mais quand nous lui demandions ce que nous étions censés faire d'autre, vu l'état des sols, il ne répondait pas.

J'obscurcis le tableau, mais aucun de nous ne se souciait le moins du monde du manque de confort – ça faisait partie de l'excitation de la vie aux Cottages. Pourtant, si nous avions été honnêtes, surtout dans les débuts, la plupart d'entre nous auraient reconnu que les gardiens leur manquaient. Pendant un temps, quelques-uns ont même essayé de voir Keffers comme un genre de gardien, mais il ne voulait rien savoir. Vous alliez le saluer quand il arrivait à bord de sa camionnette, et il vous regardait comme si vous étiez cinglé. Mais c'était une chose qu'on nous avait répétée encore et encore : qu'après Hailsham il n'y aurait plus de gardiens, et que nous devrions veiller les uns sur les autres. Et, globalement, je dirais que Hailsham nous avait bien préparés à cet égard.

La plupart des élèves dont j'étais proche à Hailsham se retrouvèrent aux Cottages cet été. Cynthia E. – la fille qui avait dit ce jour-là dans la salle de dessin que j'étais la « remplaçante naturelle » de Ruth – ne m'aurait pas dérangée, mais elle partit dans le Dorset avec le reste de son groupe. Et j'appris que Harry, le garçon avec qui j'avais failli coucher, était allé au pays de Galles. Mais toute notre bande était restée ensemble. Et si les autres nous manquaient quelquefois, nous pouvions nous dire que rien ne nous empêchait d'aller les voir. Malgré tous nos cours de cartographie avec Miss Emily, nous n'avions alors aucune véritable notion des distances, ni de la difficulté ou de la commodité de se rendre dans tel ou tel endroit. Nous parlions de nous faire emmener par les vétérans quand ils partaient en voyage, ou bien d'apprendre nous-mêmes à conduire le moment venu, ainsi nous pourrions les voir comme bon nous semblait.

Bien sûr, dans la pratique, surtout les premiers mois, nous franchîmes rarement les limites des Cottages. Nous ne marchions même pas dans la campagne environnante et ne nous aventurions pas non plus dans le village voisin. Je ne pense pas que nous avions exactement peur. Nous savions tous que personne ne nous retiendrait si nous partions, à condition que nous soyons de retour à la date et à l'heure où nous étions inscrits dans le registre de Keffers. L'été où nous arrivâmes, nous voyions constamment les vétérans boucler leurs valises et leurs sacs à dos, et partir deux ou trois jours d'affilée avec ce qui nous paraissait être une terrifiante nonchalance. Nous les regardions avec stupéfaction, nous demandant si l'été suivant nous ferions pareil. Bien sûr, nous l'avons fait, mais au début cela ne semblait pas possible. Vous devez vous souvenir qu'auparavant nous n'étions jamais allés au-delà des terrains de Hailsham, et que nous étions simplement affolés. Si vous m'aviez dit que, dans l'année qui suivrait, non seulement j'aurais pris l'habitude de longues prome-

nades solitaires, mais que je commencerais à apprendre
à conduire, je vous aurais crus fous.

Même Ruth parut démontée le jour ensoleillé où le
minibus nous déposa devant la ferme, contourna le
petit étang et disparut en haut de la pente. Nous dis-
tinguions des collines lointaines qui nous rappelaient
les collines lointaines de Hailsham, mais elles nous
semblaient étrangement distordues, comme quand on
fait le portrait d'un ami et qu'il est presque juste, mais
pas tout à fait, et que le visage sur la feuille vous donne
la chair de poule. Du moins c'était l'été, rien à voir
avec ce que seraient les Cottages d'ici quelques mois,
avec toutes les flaques de glace et la terre inégale gelée
en profondeur. L'endroit était beau et douillet, avec de
l'herbe trop haute partout – une nouveauté pour nous.
Nous restâmes tous les huit blottis les uns contre les
autres, regardant Keffers entrer et sortir de la ferme,
certains qu'il allait s'adresser à nous d'une minute à
l'autre. Mais il ne le fit pas, et seuls nous parvinrent ses
marmonnements discontinus de mauvaise humeur
contre les élèves qui vivaient déjà là. À un moment,
comme il allait chercher quelque chose dans sa camionnette, il nous lança un regard noir, puis retourna dans la
ferme et referma la porte derrière lui.

Avant longtemps, cependant, les vétérans, qui s'étaient
amusés à observer notre numéro pathétique – nous
ferions sensiblement la même chose l'été suivant –, sor-
tirent et nous prirent en main. En fait, en regardant en

arrière, je vois qu'ils se sont vraiment mis en quatre pour nous aider à nous installer. Même ainsi, ces premières semaines furent étranges et nous étions heureux de nous avoir. Nous nous déplacions toujours ensemble et semblions passer de grandes parties de la journée debout devant la ferme, l'air emprunté, sans savoir quoi faire.

C'est drôle d'évoquer maintenant ce que c'était au commencement, car lorsque je pense à ces deux années aux Cottages, la peur et l'affolement du début ne semblent pas cadrer du tout avec le reste du séjour. Si quelqu'un mentionne aujourd'hui les Cottages, je pense à des journées insouciantes où nous passions nonchalamment d'une chambre à l'autre, à la langueur de l'après-midi qui se fondait dans le soir, puis dans la nuit. Je songe à ma pile de vieux livres de poche aux pages tremblotantes, comme si elles avaient autrefois fait partie de la mer. Je pense à ma manière de les lire, allongée sur le ventre dans l'herbe les chauds après-midi, mes cheveux – que je laissais pousser alors – retombant toujours en travers de mes yeux. Je pense aux matins où je me réveillais dans ma chambre au sommet de la Grange noire en entendant les voix des élèves dehors, dans le champ, en train de discuter de poésie ou de philosophie ; ou aux longs hivers, aux petits déjeuners dans les cuisines embuées, aux discussions filandreuses sur Kafka ou Picasso autour de la table. C'était toujours ce genre de choses au petit déjeuner ; jamais avec qui vous aviez couché la veille, ni pourquoi Larry et Helen ne se parlaient plus.

Pourtant, quand j'y pense, demeure l'impression que cette image de nous le premier jour, blottis ensemble devant la ferme, n'est pas si incongrue après tout. Car peut-être, d'une certaine façon, nous ne l'avions pas oubliée autant que nous aurions pu le croire. Car, en profondeur, une partie de nous est restée inchangée : effrayée par le monde autour de nous et – même si nous nous méprisions pour cela – incapable d'accepter tout à fait la séparation.

Les vétérans, qui, bien entendu, ne savaient rien de l'histoire de la relation de Ruth et Tommy, les traitaient comme un couple établi de longue date, et cela semblait plaire infiniment à Ruth. Les premières semaines après notre arrivée, elle en rajouta, enlaçant constamment Tommy, le bécotant quelquefois dans le coin d'une pièce quand il y avait d'autres gens autour. Eh bien, ce genre de choses n'avait pas posé de problème à Hailsham, mais paraissait immature aux Cottages. Les couples vétérans ne faisaient jamais rien d'ostentatoire, vaquant sagement à leurs occupations, comme un père et une mère dans une famille normale.

Il y avait, entre parenthèses, un détail que je remarquai chez ces couples vétérans aux Cottages – un détail que Ruth omit de repérer, malgré toute l'attention avec laquelle elle les observait –, c'était que bon nombre de leurs tics étaient copiés sur la télévision. Ça me vint d'abord à l'esprit en regardant ce couple,

Susie et Greg – sans doute les plus vieux élèves des
Cottages, considérés généralement comme « responsables » de l'endroit. Chaque fois que Greg se lançait
dans un de ses discours sur Proust ou autre, Susie
adoptait une mimique particulière : elle nous souriait
à tous, roulait des yeux et articulait vigoureusement,
mais de manière à peine audible : « Di-eu nous aide ! »
À Hailsham l'accès à la télévision était très restreint,
et aux Cottages – bien que rien ne nous empêchât de
la regarder toute la journée – personne n'aimait beaucoup ça. Mais il y avait un vieux poste dans la ferme
et un autre dans la Grange noire, et je regardais de
temps à autre. C'est ainsi que je me rendis compte
que ce « Di-eu nous aide ! » venait d'une série américaine, une de celles où le public rit sans arrêt de tout
ce que font ou disent les gens. Il y avait un personnage – une grosse femme qui était la voisine des personnages principaux – qui faisait exactement la même
chose que Susie, et quand son mari se lançait dans un
grand laïus, le public attendait qu'elle roule des yeux
et s'écrie : « Di-eu nous aide ! » pour éclater de ce rire
énorme. Une fois que j'eus repéré cela, je commençai
à remarquer toutes sortes d'autres choses que les
couples vétérans avaient empruntées aux émissions de
télé : leur façon de se faire des signes, de s'asseoir
ensemble sur les canapés et même de se disputer et de
sortir des pièces en trombe.

En tout cas, je veux dire que Ruth ne tarda pas à se
rendre compte que son comportement avec Tommy

était entièrement déplacé aux Cottages, et qu'elle entreprit de transformer leur attitude devant les gens. Et il y eut un geste en particulier qu'elle copia sur les vétérans. À Hailsham, si un couple se séparait, même pour quelques minutes, c'était une excuse pour s'étreindre et se bécoter. Aux Cottages, en revanche, quand un couple se disait au revoir, quelques mots à peine étaient échangés, et il n'y avait ni étreintes, ni baisers. Au lieu de cela, vous frappiez légèrement le coude de votre partenaire du dos de la main, comme vous le feriez pour attirer l'attention de quelqu'un. D'ordinaire, c'était la fille qui faisait ce geste à l'instant de la séparation. Cette habitude disparut lorsque vint l'hiver, mais quand nous arrivâmes, c'était ce qui se pratiquait, et Ruth ne tarda pas à l'imposer à Tommy. Je vous assure qu'au début Tommy n'avait pas la moindre idée de ce qui se passait et il se tournait abruptement vers elle en disant : « Quoi ? », de sorte qu'elle le foudroyait du regard, comme s'il avait oublié son texte dans la pièce qu'ils jouaient. Je suppose qu'elle finit par s'expliquer avec lui, car au bout d'une semaine ou deux ils y réussissaient à la perfection, exactement comme les couples vétérans – plus ou moins.

Je n'avais pas vu la tape sur le coude à la télévision, mais je suis presque sûre que l'idée était venue de là, et tout aussi sûre que Ruth ne s'en était pas rendu compte. C'est pourquoi, l'après-midi où je lisais *Daniel Deronda* sur l'herbe et où elle m'énervait, je décidai qu'il était temps que quelqu'un lui en fît la remarque.

C'était presque l'automne et la température commençait à fraîchir. Les vétérans passaient plus de temps à l'intérieur et reprenaient généralement leur routine d'avant l'été. Mais ceux d'entre nous qui étaient arrivés de Hailsham continuèrent à s'installer dehors sur l'herbe non fauchée – désireux de maintenir le plus longtemps possible la seule routine à laquelle nous nous étions habitués. Même ainsi, cet après-midi particulier, il n'y avait peut-être que trois ou quatre personnes qui lisaient dans le pré, en dehors de moi, et comme je m'étais écartée pour trouver un coin tranquille, je suis presque sûre que personne n'entendit ce qui se passa entre Ruth et moi.

J'étais donc allongée sur un carré de vieille toile goudronnée en train de lire *Daniel Deronda* quand Ruth s'approcha en flânant et s'assit à côté de moi. Elle examina la couverture de mon livre et hocha la tête.

Puis, au bout d'une minute environ, ainsi que je m'y attendais, elle se mit à m'exposer l'intrigue de *Daniel Deronda*. Jusqu'à cet instant j'avais été de parfaite humeur et heureuse de voir Ruth, mais à présent j'étais irritée. Elle m'avait déjà fait le coup une ou deux fois, et je l'avais vue le faire aux autres. D'abord, il y avait l'attitude qu'elle prenait : une attitude nonchalante mais sincère, comme si elle s'attendait à ce que les gens lui soient vraiment reconnaissants de son aide. D'accord, même à l'époque je me rendais vaguement compte de ce que ça cachait. Ces premiers mois, nous avions acquis la conviction que notre capacité à nous adapter aux Cottages – à *faire face* – se reflétait dans le nombre de livres que nous avions lus. Ça paraît bizarre, mais voilà, c'était juste une idée qui avait fait son chemin parmi nous, les anciens de Hailsham. La notion tout entière restait volontairement dans le flou – en fait, elle rappelait assez la manière dont nous avions abordé le sexe à Hailsham. Vous pouviez laisser entendre que vous aviez lu toutes sortes de choses, acquiesçant d'un air entendu quand quelqu'un mentionnait, disons, *Guerre et Paix*, et vous étiez assuré que personne n'approfondirait votre déclaration d'une manière trop rationnelle. Vous devez vous rappeler que puisque nous ne nous étions pas quittés depuis notre arrivée aux Cottages, aucun d'entre nous n'avait pu lire *Guerre et Paix* sans que les autres le remarquent. Mais exactement comme pour le sexe à Hailsham, il existait un accord tacite tenant compte d'une dimension mystérieuse où nous disparaissions pour faire toutes ces lectures.

C'était, je l'ai dit, un petit jeu auquel nous nous adonnions tous plus ou moins. Pourtant, Ruth le poussa plus loin que les autres. C'était elle qui prétendait toujours avoir terminé les livres que tout le monde lisait ; et ce fut la seule à avoir l'idée que, pour démontrer sa supériorité dans le domaine de la lecture, il fallait aller raconter aux gens l'intrigue des romans qu'ils étaient en train de lire. C'est pourquoi, quand elle attaqua *Daniel Deronda*, bien qu'il ne me plût guère, je fermai le livre, me redressai et lui dis de but en blanc :

« Ruth, je voulais te demander. Pourquoi est-ce que tu tapes toujours sur le bras de Tommy comme ça quand tu dis au revoir ? Tu sais bien. »

Bien sûr, elle prétendit le contraire, aussi j'expliquai patiemment de quoi je parlais. Elle m'écouta jusqu'au bout, puis haussa les épaules.

« Je ne me suis pas rendu compte que je le faisais. J'ai dû simplement prendre cette habitude. »

Quelques mois plus tôt j'aurais lâché prise – ou sans doute, pour commencer, je n'aurais pas mis le sujet sur le tapis. Mais cet après-midi je continuai résolument, lui expliquant que cela venait d'une série de télévision. « Ça ne vaut pas la peine de le copier, lui dis-je. Ce n'est pas ce que les gens font vraiment là-bas, dans la vie normale, si c'est à ça que tu penses. »

Ruth, je le voyais, était maintenant en colère, mais se demandait comment se défendre. Elle détourna le regard et haussa de nouveau les épaules. « Et alors ? dit-elle. Ce n'est pas une affaire. Tout le monde le fait.

— Tu veux dire que Chrissie et Rodney le font. »

Dès que j'eus prononcé ces mots, je me rendis compte que j'avais commis une erreur ; car avant d'avoir mentionné ces deux-là je tenais Ruth, mais maintenant elle m'avait échappé. C'était comme aux échecs, quand on manœuvre une pièce et qu'à la seconde où on retire son doigt on voit l'erreur qu'on a faite, et il y a cette panique parce qu'on ne connaît pas encore l'étendue du désastre auquel on s'est exposé. En effet, je vis une lueur briller dans les yeux de Ruth, et quand elle se remit à parler, c'était d'une voix entièrement différente :

« Alors c'est ça, c'est ce qui perturbe la pauvre petite Kathy. Ruth ne lui accorde pas assez d'attention. Ruth a des grands amis tout neufs et ne joue plus aussi souvent avec la petite sœur...

— Arrête ça. En tout cas ça ne marche pas comme ça dans les vraies familles. Tu ne sais rien là-dessus.

— Oh, Kathy, la grande experte en vraies familles ! Désolée. Mais c'est bien ça, non ? Tu as encore cette idée. Nous autres, les gens de Hailsham, nous devons nous tenir les coudes, former un petit groupe compact et ne jamais nous faire de nouveaux amis.

— Je n'ai jamais dit ça. Je parle juste de Chrissie et de Rodney. Ça a l'air idiot, ta façon de copier tout ce qu'ils font.

— Mais j'ai raison, non ? poursuivit Ruth. Tu es perturbée parce que j'ai réussi à aller de l'avant, à me faire de nouveaux amis. Certains des vétérans se souviennent à peine de ton nom, et qui peut le leur reprocher ? Tu ne parles jamais à personne, sauf si on est de Hailsham. Mais tu ne peux pas espérer que je te tienne la main tout le temps. Ça fait maintenant presque deux mois qu'on est là. »

Je ne mordis pas à l'hameçon, je dis plutôt : « Je ne compte pas, Hailsham ne compte pas. Mais tu laisses tout le temps Tommy le bec dans l'eau. Je t'ai observée, tu l'as fait plusieurs fois juste cette semaine. Tu le laisses en plan, comme une pièce détachée. Ce n'est pas juste. Toi et Tommy, vous êtes censés former un couple. Ça veut dire que tu dois te soucier de lui.

— Très juste, Kathy, nous sommes un couple, comme tu dis. Et si tu dois t'en mêler, je te préviendrai. Nous en avons parlé, et nous sommes tombés d'accord. Si quelquefois il n'a pas envie de faire des choses avec Chrissie et Rodney, c'est son choix. Je ne vais pas l'obliger à faire quoi que ce soit s'il n'est pas prêt pour ça. Mais nous nous sommes mis d'accord là-dessus, il ne doit pas me retenir. C'est aimable de ta part de t'en préoccuper, malgré tout. » Puis elle ajouta d'une voix très différente : « Dis-moi, il me semble que tu n'as pas *vraiment* traîné pour te lier avec au moins *certains* des vétérans. »

Elle m'observa attentivement, puis rit, comme pour signifier : « Nous sommes toujours amies, n'est-ce pas ? » Mais je ne trouvai rien de drôle dans sa dernière remarque. Je pris mon livre et m'en allai sans un mot.

11

Je devrais expliquer pourquoi j'ai été si ennuyée par le fait que Ruth avait prononcé de telles paroles. Ces premiers mois aux Cottages avaient été une étrange période de notre amitié. Nous nous disputions à propos de toutes sortes de petits détails, mais en même temps nous nous confiions plus de choses que jamais. Nous avions en particulier ces conversations en tête à tête, le plus souvent dans ma chambre, en haut de la Grange noire, juste avant d'aller dormir. On pourrait dire que c'était une sorte de reliquat de ces conversations dans notre dortoir après l'extinction des feux. En tout cas, même si nous nous étions beaucoup disputées pendant la journée, à l'heure du coucher Ruth et moi nous retrouvions toujours assises côte à côte sur mon matelas, sirotant notre boisson chaude, échangeant nos sentiments les plus profonds sur notre nouvelle vie comme si rien ne s'était jamais interposé entre nous. Et ce qui rendait ces cœur-à-cœur possibles – on pourrait même dire ce qui rendait possible l'amitié tout entière, pendant cette période –, c'était l'assurance implicite que tout ce que nous nous racontions à ces moments-là devait être traité avec un respect attentif : que nous honorerions les confidences, et même si nous nous querellions beaucoup, nous n'utiliserions l'une contre l'autre aucun élément de nos entretiens lors de ces séances. D'accord, cela n'avait jamais été formulé clairement, mais c'était, je le répète, un accord tacite, et avant l'après-midi de l'affaire *Daniel Deronda*, aucune de nous n'avait menacé de le rompre. C'est pourquoi, quand Ruth me lança que je n'avais pas traîné à me lier avec certains vétérans, je n'étais pas seulement en colère. Pour moi, c'était une trahison. Parce que ce qu'elle impliquait par là ne faisait aucun doute ; elle se référait à quelque chose que je lui avais confié un soir à propos de moi et du sexe.

Vous l'imaginez, le sexe était différent aux Cottages de ce qu'il avait été à Hailsham. Il était sans détour – plus « adulte ». Vous ne passiez pas votre temps à colporter des ragots et à pouffer de rire à propos de qui l'avait fait avec qui. Si vous saviez que deux élèves avaient couché ensemble, vous ne commenciez pas immédiatement à vous demander s'ils allaient devenir un vrai couple. Et si un nouveau couple émergeait un jour, vous n'en parliez pas partout comme si c'était un grand événement. Vous l'acceptiez en silence, et ensuite, quand vous vous référiez à l'un, vous vous référiez aussi à l'autre, comme « Chrissie et Rodney » ou « Ruth et Tommy ». Quand quelqu'un voulait coucher avec vous, c'était aussi beaucoup plus direct. Un garçon s'approchait et demandait si vous vouliez passer la nuit dans sa chambre « pour changer », quelque chose dans ce genre, et ce n'était pas une affaire. Parfois, c'était parce qu'il s'intéressait à vous dans le but de former un couple ; d'autres fois, c'était juste pour l'aventure d'une nuit.

L'atmosphère, je l'ai dit, était beaucoup plus adulte. Mais quand je regarde en arrière, le sexe aux Cottages paraît un peu fonctionnel. Peut-être était-ce précisément parce que tous les ragots et les secrets avaient disparu. Ou peut-être était-ce à cause du froid.

Quand je me souviens du sexe aux Cottages, je me vois le faire dans des chambres glacées, dans la nuit noire, sous une montagne de couvertures. Et les couvertures n'étaient même pas des couvertures, mais un assortiment vraiment étrange – de vieux rideaux, des bouts de tapis même. Quelquefois le froid était tel que vous deviez empiler sur vous tout ce que vous trouviez, et si vous couchiez avec quelqu'un là-dessous, vous aviez l'impression qu'une montagne de literie vous martelait, de sorte que la moitié du temps vous ne saviez pas si vous le faisiez avec le garçon ou avec toutes ces choses.

En tout cas, effectivement, j'avais eu plusieurs aventures d'une nuit peu après mon arrivée aux Cottages.

Je ne l'avais pas prévu ainsi. J'avais eu le projet de prendre mon temps, peut-être de former un couple avec quelqu'un que je choisirais avec soin. Je n'avais jamais fait partie d'un couple auparavant et, surtout après avoir observé Ruth et Tommy quelque temps, j'étais très curieuse de le tenter moi-même. Je l'ai dit, tel était mon plan, et quand les aventures d'une nuit se sont succédé, ça m'a un peu déstabilisée. C'est pourquoi j'ai décidé de me confier à Ruth cette nuit-là.

C'était sous beaucoup d'aspects une séance du soir typique. Nous avions apporté nos tasses de thé, et nous étions assises dans ma chambre, côte à côte sur le matelas, la tête un peu courbée à cause des chevrons. Nous avions discuté des différents garçons des Cottages, nous demandant si l'un d'eux me conviendrait. Et Ruth avait été parfaite : encourageante, drôle, pleine de tact, avisée. C'est pourquoi je décidai de lui parler des aventures d'une nuit. Je lui racontai qu'elles s'étaient produites sans que je l'aie vraiment voulu ; et que même si nous ne pouvions pas avoir de bébés en le pratiquant, le sexe avait influé sur mes sentiments d'une drôle de façon, ainsi que Miss Emily nous en avait avertis. Puis je lui dis :

« Ruth, je voulais te demander. Est-ce qu'il t'arrive jamais de sentir que tu dois le faire absolument ? Presque avec n'importe qui ? »

Ruth haussa les épaules, puis répondit : « Je suis en couple. Alors si j'ai envie de le faire, je le fais avec Tommy.

– Je suppose que oui. Peut-être que ça a juste à voir avec moi. Peut-être que j'ai quelque chose de pas tout à fait normal, là-dedans. Parce que, quelquefois, j'ai vraiment, vraiment besoin de le faire.

– C'est curieux, Kathy. » Elle me fixa avec un regard préoccupé, qui ne fit qu'accentuer mon inquiétude.

« Alors ça ne t'arrive jamais. »

Elle haussa encore les épaules. « Pas au point de le faire avec n'importe qui. Ce que tu racontes est un peu bizarre, Kathy. Mais peut-être que ça se calmera au bout d'un moment.

– Quelquefois ça disparaît pendant un temps fou. Et puis ça revient brusquement. C'était comme ça la première fois que c'est arrivé. Il a commencé à me bécoter et je voulais juste qu'il me lâche. Et puis tout d'un coup c'est arrivé, sans raison. Il fallait que je le fasse. »

Ruth secoua la tête. « Ça paraît un peu bizarre. Mais ça passera probablement. C'est sans doute lié à la nourriture différente que nous mangeons ici. »

Elle n'avait pas été d'un grand secours, mais elle s'était montrée compréhensive, et après je me sentis un peu mieux à propos de tout ça. C'est pourquoi ce fut un tel coup quand Ruth le ramena brusquement sur le tapis au milieu de la discussion que nous avions dans le pré cet après-midi. D'accord, il n'y avait probablement personne pour nous entendre, mais, même ainsi, ce qu'elle faisait n'était pas du tout correct. Ces premiers mois aux Cottages, notre amitié était restée intacte parce que, du moins de mon côté, j'avais l'idée qu'il existait deux Ruth distinctes. Une Ruth qui essayait toujours d'impressionner les vétérans, qui n'hésitait pas à m'ignorer, moi, Tommy, n'importe lequel des autres, si elle pensait que nous la desservions. C'était la Ruth qui me déplaisait, celle que je voyais tous les jours en train de prendre des airs et de faire semblant – la Ruth qui avait pris le pli de la tape-sur-le-coude. Mais la Ruth qui s'asseyait près de moi dans ma petite chambre sous les combles à la tombée du jour, les jambes tendues sur le bord de mon matelas, tenant sa tasse fumante des deux mains, c'était la Ruth de Hailsham, et malgré ce qui avait pu se passer pendant la journée, je pouvais reprendre avec elle là où nous en étions restées la dernière fois que nous avions passé un moment comme ça ensemble. Et jusqu'à cet après-midi dans le pré, il avait été clairement entendu que les deux Ruth ne fusionnaient pas ; que celle auprès de qui je m'épanchais avant le coucher était quelqu'un en qui je pouvais avoir une confiance absolue. C'est pourquoi, quand elle a dit ça, que je n'avais « pas vraiment traîné pour me lier avec au moins certains des vétérans », j'ai été si perturbée. C'est pourquoi j'ai pris mon livre et suis partie.

Mais lorsque j'y pense aujourd'hui, je vois plus les choses du point de vue de Ruth. Je vois, par exemple, qu'elle avait pu avoir l'impression que j'avais été la première à violer un accord, et que son petit coup de patte était simplement une revanche. Cela ne m'était jamais venu à l'esprit à l'époque, mais je me rends compte maintenant que c'est une possibilité, et une explication de ce qui s'était passé. Après tout, immédiatement avant de faire cette remarque, je parlais de cette histoire de tape sur le coude. C'est maintenant un peu difficile de l'expliquer, mais une sorte d'entente s'était établie entre nous deux concernant la manière dont Ruth se comportait devant les vétérans. D'accord, elle bluffait souvent et sous-entendait toutes sortes de choses que je savais fausses. Quelquefois, elle inventait des trucs pour impressionner les vétérans à nos dépens. Mais il me semble que Ruth croyait, à un certain niveau, qu'elle faisait tout ça *pour notre bien à tous*. Et mon rôle, en tant qu'amie la plus proche, était de lui fournir un soutien silencieux, comme si j'étais au premier rang de l'orchestre et qu'elle jouait sur la scène. Elle luttait pour devenir quelqu'un d'autre, et subissait peut-être plus la pression que nous parce que, comme je l'ai dit, elle avait, en quelque sorte, endossé la responsabilité en notre nom à tous. Dans ce cas, donc, la manière dont j'avais parlé de son histoire de tape sur le coude pouvait être considérée comme une trahison, et alors elle avait pu très bien se sentir autorisée à se venger de la sorte. Cette explication ne m'est venue à l'esprit que récemment. À l'époque, je ne considérais pas la situation dans son ensemble, ni le rôle que j'y tenais. De façon générale, je suppose que je n'ai jamais apprécié alors l'effort manifeste que Ruth faisait pour progresser, grandir et laisser Hailsham derrière elle. En y pensant aujourd'hui me revient un propos qu'elle m'a tenu une fois, quand je m'occupais d'elle dans le centre de convalescence à Douvres. Nous étions assises dans sa chambre, à contempler le coucher de soleil, comme si souvent, appréciant l'eau minérale et les biscuits que j'avais apportés, et je venais de lui raconter que j'avais toujours rangé en lieu sûr, à l'intérieur du coffre en pin de mon studio, la plus grande partie de ma vieille boîte de collection de Hailsham. Puis – je n'essayais pas d'orienter la conversation, ni de défendre un argument quelconque – je lui ai dit en passant :

« Tu n'as jamais eu de collection après Hailsham, n'est-ce pas ? »

Ruth, qui était assise dans son lit, resta un long moment silencieuse, le couchant inondant le mur carrelé derrière elle. Puis elle répondit :

« Souviens-toi qu'avant notre départ les gardiens nous rappelaient sans arrêt que nous pouvions emporter nos collections avec nous. Alors j'ai tout sorti et je l'ai mis dans ce fourre-tout. Je comptais trouver une boîte en bois vraiment bien pour tout ça une fois que je serais aux Cottages. Mais quand on est arrivés, j'ai vu qu'aucun des vétérans n'avait de collection. C'était seulement nous, ce n'était pas normal. Nous avons dû tous nous en rendre compte, je n'étais pas la seule, mais nous n'en avons pas vraiment parlé, hein ? Alors je n'ai pas cherché de nouvelle boîte. Mes affaires sont restées pendant des mois dans ce fourre-tout, et à la fin je les ai jetées. »

Je la fixai. « Tu as mis ta collection dehors avec les ordures ? »

Ruth secoua la tête, et les minutes suivantes elle parut passer mentalement en revue les différents objets de sa collection. Enfin elle dit :

« Je les ai tous mis dans un sac-poubelle, mais je ne supportais pas l'idée de les sortir avec les ordures. Alors j'ai demandé au vieux Keffers, une fois où il était sur le point de partir, s'il pouvait emporter le sac dans un magasin. Je savais qu'il existait des boutiques de charité, je m'étais renseignée là-dessus. Keffers a un peu fouillé dans le sac, il ne savait pas ce que ça pouvait bien être – pourquoi l'aurait-il su ? –, et il a eu ce rire et dit qu'aucune des boutiques qu'il connaissait ne voudrait de trucs comme ça. Et j'ai dit : "Mais c'est des trucs super, vraiment super." Et il a vu que j'étais un peu émue, alors il a changé de ton. Il a dit une phrase du genre : "Très bien, mamzelle, je vais l'apporter aux gens d'Oxfam." Et puis il a fait un vrai effort et il a ajouté : "Maintenant que j'y regarde de plus près, vous avez raison, c'est *vraiment* des trucs super !" Mais il n'était pas très convaincant. Je suppose qu'il s'est contenté de l'emporter et de le jeter quelque part dans une poubelle. Du moins, je n'avais pas besoin de le savoir. » Puis elle sourit et observa : « Tu étais différente. Tu n'as jamais été embarrassée par ta collection et tu l'as gardée. Je regrette maintenant de ne pas l'avoir fait aussi. »

Ce que je veux dire, c'est que nous luttions tous pour nous ajuster à notre nouvelle vie, et je suppose que nous avons tous fait alors des choses que nous avons regrettées ensuite. Sur le moment j'avais été vraiment perturbée par la remarque de Ruth, mais il est inutile aujourd'hui d'essayer de la juger, elle ou qui que ce soit d'autre, pour la manière de se comporter ces premiers temps aux Cottages.

Quand l'automne arriva et que je me familiarisai avec notre environnement, je commençai à remarquer des choses qui m'avaient échappé auparavant. Il y avait, par exemple, l'étrange attitude à l'égard des élèves qui étaient partis récemment. Les vétérans ne mettaient jamais longtemps à rapporter des anecdotes comiques sur les personnages qu'ils avaient rencontrés lors de voyages au Château blanc ou à la ferme des Peupliers ; mais ils ne mentionnaient presque jamais les élèves qui, jusqu'à la veille de notre arrivée, avaient dû être leurs amis intimes.

Une autre chose que je remarquai – et je voyais que ça concordait –, c'était le grand silence qui enveloppait certains vétérans quand ils partaient suivre des « cours » – qui, nous le savions déjà, avaient un rapport avec la formation d'accompagnant. Ils pouvaient s'absenter quatre ou cinq jours, mais pendant ce laps de temps on les mentionnait à peine ; et quand ils revenaient, personne ne leur posait vraiment de questions. Je suppose qu'ils parlaient peut-être en privé à leurs amis les plus proches. Mais il était manifestement convenu qu'on n'évoquait pas ces voyages au grand jour. Je me souviens d'avoir un matin observé par les fenêtres embuées de notre cuisine deux vétérans en route pour un cours, et de m'être demandé si le printemps ou l'été suivants ils seraient partis pour de bon, et si nous prendrions soin de ne pas parler d'eux.

Mais c'est peut-être abusif d'affirmer que les élèves, une fois partis, étaient un réel tabou. S'il fallait les mentionner, on les mentionnait. Le plus couramment, on entendait des allusions indirectes à leur propos, en rapport avec un objet ou une corvée. Par exemple, si des réparations étaient nécessaires pour un tuyau de descente, on discutait beaucoup de « la façon dont Mike s'y prenait pour le faire ». Et devant la Grange noire il y avait une souche d'arbre que tout le monde appelait la « souche de Dave » parce que pendant trois ans, jusqu'à quelques semaines avant notre arrivée, il s'y était assis pour lire et écrire, quelquefois même sous la pluie ou dans le froid. Puis, peut-être plus mémorablement, il y avait Steve. Aucun de nous n'a jamais découvert grand-chose à propos du genre de personne que Steve avait été – sinon qu'il aimait les revues porno.

De temps à autre, aux Cottages, on tombait sur une revue porno jetée derrière un canapé ou au milieu d'une pile de vieux journaux. C'était ce qu'on appelle-rait du porno *soft*, mais nous ne connaissions pas ce genre de distinctions alors. Nous n'avions jamais rien rencontré de tel auparavant et ne savions pas quoi penser. D'habitude, les vétérans riaient quand il s'en présentait une, et la feuilletaient rapidement d'un air blasé avant de la repousser, aussi faisions-nous pareil. Quand Ruth et moi avons évoqué tout cela il y a quelques années, elle a affirmé que des douzaines de ces revues circulaient aux Cottages. « Personne ne reconnaissait que ça lui plaisait, dit-elle. Mais tu te souviens comment c'était. Si on en découvrait une quelque part, tout le monde prétendait trouver ça assommant. Une demi-heure après tu revenais dans la pièce et, à tous les coups, la revue avait disparu. »

En tout cas, je veux dire que chaque fois que se pré-sentait une de ces revues, les gens déclaraient que c'était un vestige de la « collection de Steve ». En d'autres termes, Steve était responsable de toutes les revues porno qui apparaissaient. Je le répète, nous n'avons jamais trouvé grand-chose sur Steve. Cepen-dant nous voyions même alors le côté comique de la situation, de telle sorte que quand quelqu'un tendait le doigt et disait : « Oh, regardez, l'une des revues de Steve », il le faisait avec une pointe d'ironie.

Ces revues, incidemment, rendaient fou le vieux Keffers. Le bruit courait qu'il était religieux et caté-goriquement opposé non seulement au porno, mais au sexe de façon générale. Quelquefois il se mettait dans tous ses états – sous ses favoris gris on voyait son visage marbré de fureur – et il arpentait l'endroit à pas pesants, entrant sans frapper dans les chambres, déterminé à ramasser toutes les « revues de Steve ». Nous nous efforcions de le trouver amusant en ces occasions, mais il y avait chez lui quelque chose de vraiment effrayant quand il était de cette humeur. D'abord, son grommellement constant cessait brusquement et, à lui seul, ce silence lui conférait une aura inquiétante.

Je me souviens d'une fois en particulier où Keffers avait récolté six ou sept des « revues de Steve » et avait foncé avec en direction de sa camionnette. Laura et moi l'observions depuis ma chambre, et je riais de quelque chose qu'elle venait de dire. Et puis je vis Keffers ouvrir la portière de son véhicule, et peut-être parce qu'il avait besoin de ses deux mains pour déplacer du matériel, il posa les revues sur quelques briques empilées devant la cabane de la chaufferie – des vétérans avaient essayé d'y construire un barbecue quelques mois plus tôt. La forme de Keffers, penchée en avant, continua de farfouiller pendant un temps fou, et quelque chose me dit que, malgré sa fureur de l'instant précédent, il avait maintenant oublié les revues. En effet, quelques minutes plus tard, je le vis se redresser, grimper derrière son volant, claquer la portière et démarrer.

Lorsque je fis remarquer à Laura que Keffers avait laissé les revues, elle répondit : « Eh bien, elles ne vont pas rester là longtemps. Il sera obligé de faire une autre tournée de ramassage, la prochaine fois qu'il décidera de pratiquer une purge. »

Mais quand, une demi-heure plus tard, je passai nonchalamment devant la cabane de la chaufferie, je vis que les revues n'avaient pas été touchées. Je songeai un moment à les emporter dans ma chambre, mais je voyais bien que, si on les y trouvait, je serais la cible de quolibets sans fin ; et que les gens n'avaient aucun moyen de comprendre mes raisons d'agir de la sorte. Ce fut pourquoi je pris les revues et pénétrai avec dans la chaufferie.

En fait c'était juste une grange de plus, construite vers l'extrémité de la propriété, remplie de vieilles faucheuses et fourches – du matériel qui, supposait Keffers, ne prendrait pas trop facilement feu si un jour la chaudière décidait d'exploser. Keffers y avait également un établi, aussi j'y posai les revues, repoussai des vieux chiffons et me hissai dessus pour m'asseoir. La lumière était insuffisante, mais il y avait une fenêtre crasseuse quelque part derrière moi, et quand j'ouvris la première revue, je m'aperçus que je voyais assez bien.

Il y avait des tas de photos de filles qui ouvraient les cuisses ou qui exhibaient leur derrière. Je dois reconnaître que certaines fois où j'ai regardé ce genre de photos, ça m'a excitée, bien que je n'aie jamais envisagé de le faire avec une fille. Mais ce n'était pas ça que je cherchais cet après-midi. Je parcourus rapidement les pages, ne voulant pas me laisser distraire par le bourdonnement sexuel qui en émanait. En fait, je voyais à peine les corps contorsionnés, parce que je me concentrais sur les visages. Même dans les petites annonces de vidéos ou autres reléguées sur le côté, j'examinai le visage de chaque modèle avant de poursuivre.

Alors que j'approchais de la fin de la pile, et alors seulement, j'acquis la certitude qu'il y avait quelqu'un debout devant la grange, juste à côté du seuil. J'avais laissé la porte ouverte parce qu'elle l'était en temps normal, et que je voulais la lumière ; à deux reprises déjà je m'étais surprise à lever les yeux, songeant que j'avais entendu un léger bruit. Mais il n'y avait personne, et j'avais simplement continué ce que je faisais. Maintenant j'étais sûre, pourtant, et abaissant ma revue, j'émis un gros soupir, nettement audible.

Je guettai des rires, ou peut-être l'irruption de deux ou trois élèves dans la grange, pressés de me prendre en flagrant délit avec une pile de revues porno. Mais il ne se passa rien. Je lançai donc, sur un ton que je m'efforçai de rendre las :

« Ravie de votre compagnie. Pourquoi vous montrer aussi timides ? »

Il y eut un petit gloussement, puis Tommy apparut sur le seuil. « Salut, Kath, dit-il, honteux.

— Entre donc, Tommy, viens t'amuser avec moi. »

Il vint vers moi prudemment, puis s'arrêta à quelques pas. Ensuite il jeta un coup d'œil à la chaudière et observa : « Je ne savais pas que tu aimais ces trucs-là.

— Les filles ont aussi le droit, non ? »

Je continuai de parcourir les pages, et pendant quelques secondes il resta silencieux. Puis je l'entendis qui disait :

« Je n'essayais pas de t'espionner. Mais je t'ai vue de ma chambre. Je t'ai vue entrer ici et ramasser la pile que Keffers avait laissée.

— Libre à toi d'en profiter quand j'aurai terminé. »

Il rit d'un air gêné. « C'est juste des trucs de cul. Je suppose que je les ai déjà vus. » Il eut encore un rire, mais quand je levai les yeux, je vis qu'il m'observait avec une expression sérieuse. Puis il demanda :

« Tu cherches quelque chose, Kath ?

— Qu'est-ce que tu veux dire ? Je regarde juste des photos cochonnes.

— Juste pour prendre ton pied ?

— Je suppose qu'on peut formuler ça comme ça. » Je posai une revue et commençai la suivante.

J'entendis alors les pas de Tommy s'approcher jusqu'à ce qu'il fût tout près de moi. Quand je levai de nouveau les yeux, ses mains voltigeaient nerveusement dans l'air, comme si j'exécutais une tâche manuelle compliquée et que l'envie le démangeait de m'aider.

« Kath, tu ne... Bon, si c'est pour le plaisir, on ne procède pas ainsi. Il faut regarder les photos beaucoup plus attentivement. Ça ne marche pas vraiment si tu vas aussi vite.

– Comment sais-tu ce qui marche pour les filles ? Ou peut-être que tu as regardé tout ça avec Ruth. Désolée, ça m'a échappé.

– Kath, qu'est-ce que tu cherches ? »

Je l'ignorai. J'arrivais presque au bas de la pile et je désirais maintenant en finir. Puis il dit :

« Je t'ai déjà vue faire ça une fois. »

Ce coup-ci je m'interrompis et je le regardai. « C'est quoi, cette histoire, Tommy ? Keffers t'a recruté pour sa patrouille porno ?

– Je n'essayais pas de t'espionner. Mais je t'ai vue cette fois-là, la semaine dernière, après que nous sommes tous allés dans la chambre de Charley. Il y avait une de ces revues là-bas, et tu as cru que nous étions tous partis. Mais je suis revenu chercher mon pull, et les portes de Claire étaient ouvertes, alors j'avais une vue parfaite de la chambre de Charley. C'est comme ça que je t'ai aperçue, en train de regarder la revue

– Et alors ? Nous devons tous trouver le moyen de prendre notre pied.

– Tu faisais pas ça pour prendre ton pied. Je le voyais bien, comme je le vois aujourd'hui. C'est ton visage, Kath. Cette fois-là dans la chambre de Charley, tu avais une drôle d'expression. Tu avais l'air triste, peut-être. Et un peu effrayée. »

Je sautai de l'établi, rassemblai les revues et les fourrai dans ses bras. « Tiens. Apporte ça à Ruth. Vois si ça peut l'aider. »

Je passai devant lui et quittai la grange. Je savais qu'il serait déçu. Je ne lui avais rien dit, mais à ce stade je n'avais pas examiné les choses en détail et je n'étais pas prête à en parler à quelqu'un. Cependant le fait qu'il m'avait suivie dans la chaufferie ne m'avait pas gênée. Je m'étais sentie réconfortée, presque protégée. Je finis par le lui dire, mais cela n'arriva que quelques mois plus tard, quand nous fîmes notre voyage à Norfolk.

12

Je veux parler du voyage à Norfolk, et de toutes les choses qui sont arrivées ce jour-là, mais je dois d'abord revenir un peu en arrière pour vous indiquer le contexte et expliquer pourquoi nous y sommes allés.

Notre premier hiver était alors presque achevé et nous nous sentions tous beaucoup plus installés. En dépit de tous nos petits ratés, Ruth et moi avions gardé l'habitude de terminer la journée dans ma chambre, à bavarder au-dessus de notre boisson chaude, et lors d'une de ces séances, alors que nous riions comme des folles à propos de quelque chose, elle dit brusquement :

« Je suppose que tu as entendu ce que racontent Chrissie et Rodney. »

Quand je répondis que non, elle pouffa et continua.
« Ils me font sans doute marcher. Leur idée d'une plaisanterie. Oublie que j'en ai parlé. »

Mais je voyais qu'elle voulait que je le lui arrache, alors j'insistai jusqu'à ce qu'elle dît enfin à mi-voix :

« Tu te souviens la semaine dernière, quand Chrissie et Rodney étaient absents ? Ils étaient allés dans cette ville qui s'appelle Cromer, sur la côte nord de Norfolk.

— Qu'est-ce qu'ils y fabriquaient ?

— Oh, je crois qu'ils ont un ami là-bas, quelqu'un qui vivait ici autrefois. Ce n'est pas la question. La question est qu'ils affirment avoir vu cette... personne. En train de travailler dans ce bureau paysagé. Et, euh... tu sais, ils estiment que cette personne est un *possible*. Pour moi. »

La plupart d'entre nous avaient découvert pour la première fois à Hailsham cette notion de « possibles », pourtant nous sentions que nous n'étions pas supposés en discuter, aussi nous ne l'avions pas fait — quoique cela nous eût, bien sûr, à la fois intrigués et troublés. Et, même aux Cottages, ce n'était pas un sujet qu'on pouvait évoquer avec légèreté. Toute conversation sur les « possibles » suscitait manifestement plus d'embarras que le sexe, par exemple. En même temps, on voyait que les gens étaient fascinés — obsédés, dans certains cas —, aussi ça revenait sans cesse, d'ordinaire dans des discussions solennelles, à un monde des nôtres, sur, disons, James Joyce.

L'idée fondamentale qui sous-tendait la théorie des « possibles » était simple et ne provoquait guère de discussions. En gros, c'était la chose suivante. Puisque chacun de nous avait été copié à un moment donné sur une personne normale, il devait exister pour chacun de nous, quelque part là-bas, un modèle qui vivait sa vie. Cela signifiait, du moins en théorie, que vous pouviez trouver la personne à partir de laquelle vous aviez été fabriqué. C'est pourquoi, quand vous étiez vous-même dehors – dans les villes, les centres commerciaux, les restaurants de routiers –, vous essayiez de repérer les « possibles » – les gens qui auraient pu être vos modèles et ceux de vos amis.

Au-delà de ce noyau essentiel, cependant, il n'y avait guère de consensus. D'abord, personne ne pouvait s'accorder sur quoi chercher dans cette quête des « possibles ». Certains élèves pensaient que vous deviez chercher une personne de vingt ou trente ans plus âgée que vous – à peu près l'âge d'un parent normal. Mais d'autres soutenaient que c'était un point de vue sentimental. Pourquoi y aurait-il une génération « naturelle » entre nous et nos modèles ? Ils auraient pu se servir de bébés, de vieilles personnes, quelle différence cela aurait-il fait ? D'autres répliquaient qu'ils se servaient comme modèles de gens en pleine santé, et que c'était pourquoi ils auraient vraisemblablement l'âge d'un parent normal. Mais, arrivés à ce point, nous sentions tous que nous approchions un territoire où nous ne voulions pas pénétrer, et les discussions se terminaient en queue-de-poisson.

Ensuite se posait la question de savoir pourquoi nous voulions localiser nos modèles. L'idée directrice était qu'une fois que vous l'aviez retrouvé, vous aviez un aperçu de votre avenir. Je ne veux pas dire que quelqu'un pensait vraiment que si votre modèle s'avérait être un type travaillant dans une gare, par exemple, c'était ce que vous finiriez par faire, vous aussi. Nous étions tous conscients que ce n'était pas aussi simple. Néanmoins, nous croyions tous, à divers degrés, que quand vous voyiez la personne dont vous étiez la copie, vous aviez un *certain* aperçu de qui vous étiez au fond de vous-même, et vous vous représentiez peut-être aussi une partie de ce que la vie vous réservait.

Certains pensaient que c'était de toute façon stupide de se préoccuper des «possibles». Nos modèles étaient une notion dénuée de pertinence, une nécessité technique pour nous mettre au monde, rien de plus. C'était à chacun de nous de faire de nos vies ce que nous pouvions. Ce camp, Ruth prétendait toujours le rallier, et moi aussi, sans doute. Malgré tout, chaque fois que nous avions vent d'un «possible» – quelle que fût la personne concernée –, nous ne pouvions nous empêcher d'éprouver de la curiosité.

D'après mon souvenir, les «possibles» tendaient à survenir par vagues. Des semaines pouvaient s'écouler sans que le sujet fût mentionné, puis il suffisait de signaler qu'on en avait aperçu un pour déclencher une avalanche d'autres apparitions. Pour la plupart, ça ne valait visiblement pas la peine de pousser les recherches plus avant : quelqu'un entrevu dans une voiture qui passait, des choses de ce genre. Mais, de temps à autre, une apparition semblait douée de substance – comme celle dont Ruth me parla ce soir-là.

Selon Ruth, Chrissie et Rodney étaient occupés à explorer cette ville de bord de mer où ils étaient allés, et ils s'étaient séparés un moment. Quand ils s'étaient retrouvés, Rodney était très excité et avait raconté à Chrissie qu'il avait erré dans les ruelles donnant dans la rue centrale et était passé devant un bureau avec une large vitrine. À l'intérieur se pressaient un tas de gens, certains assis à leur table de travail, d'autres se promenant en bavardant. C'est là qu'il avait repéré le « possible » de Ruth.

« Chrissie est venue me le dire dès qu'ils sont rentrés. Elle a obligé Rodney à tout décrire, et il a fait de son mieux, mais c'était impossible de tout raconter. Maintenant ils parlent sans arrêt de me conduire là-bas, mais je ne sais pas. Je ne sais pas si je devrais faire quoi que ce soit à ce sujet. »

Je ne me souviens pas exactement de ce que je lui ai dit ce soir-là, mais j'étais très sceptique alors. En fait, pour être honnête, je supposais que Chrissie et Rodney avaient tout inventé. Je ne veux pas vraiment suggérer que c'étaient de mauvaises personnes – ce serait injuste. Sous beaucoup d'aspects, je les aimais vraiment beaucoup. Mais, en tout cas, la manière dont ils nous considéraient, nous, les nouveaux venus, et Ruth en particulier, était loin d'être honnête.

Chrissie était une grande fille très belle quand elle se redressait de toute sa hauteur, mais elle ne paraissait pas s'en rendre compte et passait son temps à se recroqueviller pour être pareille à nous tous. C'est pourquoi elle ressemblait plus à la méchante sorcière qu'à une star de cinéma – une impression renforcée par son irritante manie de vous planter le doigt dans les côtes une seconde avant de vous dire quelque chose. Elle portait toujours de longues jupes plutôt que des jeans, et des petites lunettes trop enfoncées. Elle avait été l'un des vétérans qui nous avaient vraiment accueillis à notre arrivée pendant l'été, et au début elle m'avait beaucoup impressionnée et je m'étais tournée vers elle pour demander conseil. Mais à mesure que les semaines avaient passé, j'avais commencé à émettre des réserves. Il y avait quelque chose de bizarre dans sa manière de toujours mentionner le fait que nous venions de Hailsham, comme si cela pouvait expliquer presque tout ce qui nous concernait. Et elle nous posait sans arrêt des questions sur Hailsham – sur des petits détails, une attitude très semblable à celle de mes donneurs aujourd'hui –, et même si elle essayait de prétendre qu'elle n'y attachait aucune importance, je voyais qu'il y avait une tout autre dimension dans son intérêt. Un autre détail qui m'énervait, c'était qu'elle avait toujours l'air de vouloir nous séparer : prenant l'un de nous à part quand plusieurs autres faisaient quelque chose ensemble, ou bien invitant deux d'entre nous à participer à une activité en en laissant deux autres en plan – ce genre de choses.

Il était rare de voir Chrissie sans son petit ami, Rodney. Il se promenait avec les cheveux noués en queue-de-cheval, comme un musicien de rock des années soixante-dix, et parlait beaucoup de trucs tels que la réincarnation. J'ai fini par bien l'aimer, en fait, mais il était largement sous l'influence de Chrissie. Dans toute discussion on savait qu'il appuierait le point de vue de Chrissie, et si elle disait quelque chose d'assez amusant, il gloussait et secouait la tête comme s'il n'avait jamais rien entendu d'aussi drôle.

Bon, je suis peut-être un peu dure envers ces deux-là. Quand j'ai évoqué leur souvenir avec Tommy, il n'y a pas si longtemps, il a jugé que c'étaient des gens très corrects. Mais je vous raconte tout ça à présent pour expliquer pourquoi j'étais si sceptique à propos du « possible » de Ruth qu'ils prétendaient avoir aperçu. Je l'ai dit, ma première réaction fut de ne pas le croire et de supposer que Chrissie mijotait quelque chose.

L'autre détail qui me faisait douter de cette histoire avait un rapport avec la description même donnée par Chrissie et Rodney : l'image d'une femme travaillant dans un joli bureau vitré sur la rue. Pour moi, à l'époque, cela semblait trop correspondre à ce que nous savions être alors l'« avenir de rêve » de Ruth.

Je suppose que c'était surtout nous, les nouveaux venus, qui parlions des « avenirs de rêve » cet hiver, mais beaucoup de vétérans le faisaient aussi. Certains des plus âgés – surtout ceux qui avaient commencé leur formation – soupiraient sans bruit et quittaient la pièce quand ce genre de conversations commençait, mais pendant longtemps nous ne remarquâmes même pas cette réaction. Je ne sais pas ce qui nous passait par la tête pendant ces discussions. Nous savions probablement qu'elles ne pouvaient être sérieuses, mais, ici encore, je suis certaine que nous ne les considérions pas non plus comme de purs fantasmes. Peut-être que, une fois Hailsham derrière nous, juste pendant ces six mois, avant toutes les discussions sur notre futur d'accompagnants, avant les leçons de conduite, toutes ces autres choses, il fut possible d'oublier par périodes qui nous étions en réalité ; d'oublier ce que les gardiens nous avaient dit ; d'oublier l'éclat de Miss Lucy cet après-midi pluvieux au pavillon, et aussi les théories que nous avions élaborées nous-mêmes au cours des années. Ça ne pouvait pas durer, bien sûr, mais, comme je le dis, l'espace de ces quelques mois, nous réussîmes en quelque sorte à vivre dans cet état de lévitation douillette où nous pouvions méditer notre existence hors des limites habituelles. Quand je regarde maintenant en arrière, j'ai l'impression que nous avons passé des siècles dans cette cuisine embuée après le petit déjeuner, ou blottis autour de feux à demi éteints au petit jour, perdus dans des conversations sur nos projets d'avenir.

Certes, aucun d'entre nous ne poussait le bouchon *trop* loin. Je ne me souviens pas de quelqu'un disant qu'il allait devenir star de cinéma ou quelque chose dans ce genre. On parlait plutôt de devenir facteur ou de travailler dans une ferme. Quelques élèves voulaient être chauffeurs de ceci ou cela, et souvent, quand la conversation partait dans cette direction, certains vétérans commençaient à comparer des itinéraires touristiques particuliers qu'ils avaient suivis, leurs snacks favoris au bord de la route, des ronds-points difficiles, ce genre de choses. Aujourd'hui, bien sûr, je pourrais battre tous les autres sur ces sujets. Mais, à l'époque, je me contentais d'écouter, sans dire un mot, buvant leurs paroles. Quelquefois, s'il était tard, je fermais les yeux et me blottissais contre le bras d'un canapé – ou d'un garçon, si c'était pendant l'une de ces courtes phases où j'étais officiellement « avec » quelqu'un –, et je m'assoupissais par à-coups, laissant les images de routes défiler dans ma tête.

Pour revenir à mon propos, quand une discussion de ce genre avait lieu, c'était souvent Ruth qui la poussait plus loin que tous les autres surtout lorsque des vétérans étaient présents. Elle parlait de bureaux depuis le début de l'hiver, mais ce fut après le matin où nous nous étions rendues toutes les deux au village à pied que cela prit réellement forme, que cela devint son « avenir de rêve ».

C'était pendant une période de froid glacial, et nos appareils de chauffage à gaz carrés nous causaient des problèmes. Nous passions un temps fou à les allumer, enclenchant le mécanisme sans résultat, et nous étions obligés de les abandonner les uns après les autres – ainsi que les chambres qu'ils étaient censés chauffer. Keffers refusait de s'en occuper, prétendant que c'était notre responsabilité, mais à la fin, quand il s'était mis à faire vraiment froid, il nous avait tendu une enveloppe avec de l'argent et un mot indiquant un produit d'allumage que nous devions acheter. Ruth et moi avions donc proposé de marcher jusqu'au village pour nous en procurer, et c'est pourquoi nous descendions le chemin par cette matinée glacée. Nous avions atteint un endroit où les haies étaient hautes de part et d'autre, et le sol était couvert de bouses de vache gelées, quand Ruth s'arrêta brusquement à quelques pas derrière moi.

Il me fallut un moment pour m'en rendre compte, aussi, quand je me retournai, elle soufflait sur ses doigts et regardait par terre, absorbée par quelque chose qui se trouvait à ses pieds. Je pensai que c'était peut-être une malheureuse créature morte de froid, mais quand je m'approchai, je vis que c'était une revue en couleurs – pas l'une des « revues de Steve », mais un de ces machins brillants et gais qui viennent gratuitement avec les journaux. En tombant, elle s'était ouverte sur cette pub en double page, et bien que le papier glacé fût trempé et qu'il y eût de la boue sur un angle, on la voyait assez bien. Elle montrait ce bureau paysagé magnifiquement moderne, avec trois ou quatre personnes qui y travaillaient en train de plaisanter entre elles. L'endroit était étincelant et les gens aussi. Ruth fixait cette photo et, quand elle me remarqua près d'elle, observa : « *Ça*, ça serait l'endroit *idéal* où travailler. »

Puis elle se sentit embarrassée – peut-être même en colère que je l'eusse surprise ainsi – et elle se remit en route d'un pas beaucoup plus rapide qu'avant.

Mais quelques soirs après, alors que plusieurs d'entre nous étaient assis autour d'un feu dans la ferme, Ruth commença à nous parler du genre de bureau où elle travaillerait dans l'idéal, et je le reconnus immédiatement. Elle entra dans tous les détails – les plantes, l'équipement scintillant, les fauteuils avec leurs pivots et leurs roulettes – et c'était si haut en couleur que tout le monde la laissa parler sans interruption pendant une éternité. Je la regardais attentivement, mais il ne parut jamais lui venir à l'esprit que je pourrais faire le rapprochement – peut-être avait-elle elle-même oublié d'où l'image était venue. Elle raconta même à un moment donné que dans son bureau tous les employés seraient « du genre dynamique, plein d'allant », et je me rappelai clairement les mêmes mots écrits en grosses lettres en haut de la pub : « Êtes-vous du genre dynamique, plein d'allant ? » – quelque chose dans ce goût-là. Bien sûr, je ne dis rien. En fait, en l'écoutant, je commençai même à me demander si tout cela n'était pas réalisable : si un jour nous pourrions tous aller dans un endroit comme celui-là et poursuivre ensemble notre existence.

Chrissie et Rodney étaient présents, bien sûr, buvant chacune de ses paroles. Et ensuite, pendant des jours, Chrissie s'employa à faire encore parler Ruth là-dessus. Je passais devant elles, assises dans le coin d'une pièce, et Chrissie demandait : « Tu es sûre que vous n'en auriez pas marre les uns des autres, à travailler tous ensemble dans un endroit comme ça ? », juste pour que Ruth reparte sur ce sujet.

Le problème avec Chrissie – et ça s'appliquait à beaucoup des vétérans –, c'était que, en dépit de son attitude un peu paternaliste à notre égard à notre arrivée, elle était terrifiée par le fait que nous étions de Hailsham. Il me fallut longtemps pour m'en rendre compte. Prenons l'histoire du bureau de Ruth : Chrissie n'aurait jamais parlé elle-même de travailler dans un bureau *quelconque*, et encore moins dans un bureau de ce style. Mais parce que Ruth était de Hailsham, la notion même entrait dans le domaine du possible. Chrissie le voyait ainsi, et je suppose que Ruth disait de temps à autre deux ou trois choses pour encourager l'idée qu'en effet, pour une raison mystérieuse, une série de règles distinctes s'appliquait à nous, les élèves de Hailsham. Je n'ai jamais entendu Ruth mentir sciemment aux vétérans ; c'était plus une manière de ne pas nier certaines choses, d'en impliquer d'autres. Il y eut des occasions où j'aurais pu faire éclater toute l'affaire au grand jour. Mais si Ruth était quelquefois embarrassée, surprenant mon regard au milieu d'une histoire, elle paraissait certaine que je ne la dénoncerais pas. Et, bien sûr, je ne le fis pas.

C'était donc dans ce contexte que Chrissie et Rodney prétendirent avoir vu le « possible » de Ruth, et vous voyez peut-être maintenant pourquoi je m'en méfiais. Je ne tenais guère à ce que Ruth partît avec eux pour Norfolk, mais je n'aurais pas pu dire pourquoi. Et quand il devint tout à fait clair qu'elle était déterminée à y aller, je lui dis que je l'accompagnerais. Au début, elle ne parut pas très contente et laissa même entendre qu'elle ne permettrait pas non plus à Tommy de venir avec elle. Pourtant, à la fin, nous partîmes tous les cinq : Chrissie, Rodney, Ruth, Tommy et moi.

13

Rodney, qui avait un permis de conduire, avait pris des dispositions afin d'emprunter une voiture pour la journée aux ouvriers agricoles de Metchley, à trois kilomètres au bas de la route. Dans le passé, il avait régulièrement obtenu des voitures de cette manière, mais cette fois en particulier l'arrangement tomba à l'eau la veille du jour où nous devions partir. Le problème se régla assez aisément – Rodney se rendit à la ferme et reçut la promesse d'un autre véhicule –, mais la chose intéressante fut la réaction de Ruth pendant les quelques heures où il sembla que le voyage pourrait être annulé.

Jusqu'à ce moment-là, elle avait prétendu que toute l'affaire tenait de la plaisanterie, qu'à défaut d'autre chose elle s'en accommodait pour faire plaisir à Chrissie. Et elle s'était largement étendue sur le fait que nous n'explorions pas assez notre liberté depuis notre départ de Hailsham ; que de toute façon elle avait toujours voulu se rendre à Norfolk pour « trouver tous nos objets perdus ». En d'autres termes, elle s'était donné du mal pour nous apprendre qu'elle ne considérait pas très sérieusement la perspective de trouver son « possible ».

La veille de notre départ, je me souviens que Ruth et moi étions allées nous promener, et que nous étions entrées dans la cuisine de la ferme où Fiona et quelques vétérans préparaient un énorme ragoût. Et Fiona elle-même, sans lever les yeux de ce qu'elle faisait, nous apprit que le garçon de ferme était venu plus tôt avec le message. Ruth se tenait juste devant moi, aussi je ne pouvais pas voir son visage, mais sa posture se figea tout d'un bloc. Puis, sans un mot, elle fit demi-tour et me bouscula pour sortir du cottage. J'entrevis alors son expression, et je saisis à cet instant combien elle était perturbée. Fiona commença à dire une phrase du genre : « Oh, je ne savais pas... » Mais je répliquai aussitôt : « Ce n'est pas ça qui perturbe Ruth. C'est autre chose, quelque chose qui s'est passé avant. » Ce n'était pas très fort, mais je ne pouvais pas faire mieux sur le moment.

À la fin, je l'ai dit, la crise du véhicule se résolut, et tôt le lendemain matin, dans la nuit noire, nous montâmes tous les cinq à bord d'une Rover cabossée mais parfaitement décente. Nous étions assis tous les trois à l'arrière, et Chrissie à côté de Rodney à l'avant. C'était ce qui avait paru naturel, et nous avions pris place ainsi sans y réfléchir. Mais au bout de quelques minutes seulement, une fois que Rodney nous eut conduits hors des chemins sombres et sinueux pour gagner des routes convenables, Ruth, qui était au milieu, se pencha en avant, posa les mains sur les sièges et se mit à parler aux deux vétérans. Elle le fit d'une manière qui impliquait que Tommy et moi, de chaque côté, ne pouvions rien entendre de ce qu'ils disaient, et puisqu'elle se trouvait entre nous, il nous était impossible de bavarder ou même de nous voir. Quelquefois, aux rares occasions où elle se reculait, j'essayais d'engager une conversation à trois, mais Ruth ne s'y prêtait pas, et bientôt elle se courbait de nouveau vers l'avant, le visage collé entre les deux sièges.

Au bout d'une heure environ, à la première lueur du jour, nous nous arrêtâmes pour étirer nos jambes et permettre à Rodney de faire pipi. Nous nous étions garés le long d'un grand champ désert, aussi nous sautâmes par-dessus le fossé et passâmes quelques minutes à nous frotter les mains l'une contre l'autre et à regarder notre haleine s'élever dans l'air. À un moment donné, je remarquai que Ruth s'était écartée de nous et contemplait le lever du soleil, de l'autre côté du champ. Je la rejoignis et lui suggérai de changer de place avec moi, puisqu'elle voulait parler seulement aux vétérans. De cette façon elle pourrait continuer de bavarder au moins avec Chrissie, et Tommy et moi pourrions avoir un semblant de conversation pour passer le voyage. J'avais à peine fini de parler que Ruth chuchotait : « Pourquoi faut-il que tu fasses des histoires ? Spécialement aujourd'hui ! Pourquoi veux-tu créer des problèmes ? » Puis elle me força à pivoter pour que nous tournions le dos aux autres et qu'ils ne voient pas que nous commencions à discuter. Ce fut ce geste, plutôt que ses paroles, qui me permit soudain de considérer les choses de son point de vue ; je voyais que Ruth faisait un gros effort pour se présenter et nous présenter aussi comme il faut à Chrissie et Rodney ; et voilà que je menaçais de tout compromettre et de causer une scène embarrassante. Je voyais tout cela, aussi je lui effleurai l'épaule et retournai vers les autres. Et quand nous revînmes à la voiture, je veillai à ce que nous reprenions tous les trois nos places antérieures. Mais maintenant, pendant que nous roulions, Ruth restait plus ou moins silencieuse, calée au fond de son siège, et même lorsque Chrissie et Rodney nous criaient des choses depuis l'avant, elle ne répondait que par monosyllabes boudeurs.

La situation se détendit pourtant considérablement quand nous arrivâmes dans notre ville de bord de mer. Nous y parvînmes vers l'heure du déjeuner et laissâmes la Rover dans un parking, près d'un terrain de minigolf plein de drapeaux qui flottaient. La journée était fraîche et ensoleillée, et, d'après mon souvenir, pendant la première heure nous étions tous si euphoriques d'être dehors que nous n'avons guère pensé à ce qui nous avait amenés là. À un moment donné Rodney a même poussé quelques hourras, agitant les bras dans tous les sens tout en nous conduisant en haut d'une rue en pente régulière qui longeait des rangées de maisons avec ici ou là un magasin, et on sentait à l'immensité du ciel qu'on marchait vers la mer.

En fait, quand nous atteignîmes la mer, nous nous retrouvâmes sur une route creusée dans un bord de falaise. On avait l'impression que le rocher descendait à pic sur les plages de sable, mais lorsqu'on se penchait par-dessus la rambarde, on voyait sur la paroi des sentiers en zigzag conduisant au bord de mer.

Nous mourions de faim et entrâmes dans un petit restaurant perché sur la falaise à l'endroit d'où partait l'un des sentiers. Quand nous y pénétrâmes, les seules personnes présentes étaient les deux femmes potelées qui travaillaient là. Elles fumaient des cigarettes à l'une des tables, mais elles se levèrent rapidement et disparurent dans la cuisine, nous laissant seuls dans la salle.

Nous prîmes la table tout à fait au fond – c'est-à-dire celle qui se trouvait le plus près du bord de la falaise – et, une fois assis, nous eûmes l'impression d'être quasiment suspendus au-dessus de la mer. Je n'avais aucun point de comparaison à l'époque, mais je me rends compte aujourd'hui que le restaurant était minuscule, avec juste trois ou quatre petites tables. Ils avaient laissé une fenêtre ouverte – sans doute pour empêcher que les odeurs de friture n'envahissent l'endroit –, de telle sorte que de temps à autre une bourrasque traversait la salle, faisant voltiger tous les panneaux qui vantaient leurs bonnes affaires. Une pancarte en carton gribouillée avec des feutres de couleur était punaisée au-dessus du comptoir, et tout en haut il y avait le mot *look* avec un œil écarquillé dessiné à l'intérieur de chaque *o*. Je vois si souvent la même chose aujourd'hui que je n'y fais même pas attention, mais en ce temps-là je n'avais jamais vu ça. Je regardais donc la pancarte avec admiration, puis je surpris le regard de Ruth et me rendis compte qu'elle aussi la fixait avec stupéfaction, et nous éclatâmes de rire toutes les deux. Ce fut un petit moment délicieux, où nous eûmes l'impression d'avoir oublié l'animosité qui avait plané entre nous dans la voiture. Pourtant il n'y en eut aucun autre de ce genre entre Ruth et moi pendant le reste de la sortie.

Nous n'avions pas mentionné du tout le « possible » depuis notre arrivée dans la ville, et j'avais supposé qu'en nous asseyant nous discuterions enfin sérieusement de la question. Mais quand nous eûmes commencé à manger nos sandwiches, Rodney se mit à parler de leur vieil ami Martin, qui avait quitté les Cottages l'année précédente et vivait maintenant quelque part dans la ville. Chrissie prit la balle au bond, et bientôt les deux vétérans égrenèrent des anecdotes sur les hauts faits hilarants de Martin. Nous ne pouvions pas suivre grand-chose, mais Chrissie et Rodney s'amu-

saient vraiment. Ils ne cessaient d'échanger des regards
et de rire, et ils avaient beau prétendre s'adresser à
nous, il était clair que ces souvenirs ne concernaient
qu'eux. Quand j'y repense maintenant, il m'apparaît
qu'aux Cottages le quasi-tabou s'appliquant aux gens
qui étaient partis avait très bien pu les empêcher de
parler de leur ami, même entre eux, et qu'une fois au
loin ils s'étaient sentis enfin en mesure de donner libre
cours à leur envie.

Chaque fois qu'ils riaient, je riais aussi juste pour
être polie. Tommy semblait comprendre encore moins
que moi et lâchait des demi-rires hésitants qui s'éti-
raient en longueur. Ruth, quant à elle, riait et riait, et
ne cessait de ponctuer de hochements de tête tout ce
qui se disait sur Martin comme si elle aussi s'en souvenait. Puis, alors que Chrissie faisait une allusion
vraiment obscure – elle disait quelque chose comme :
« Ah oui, la fois où il a enlevé son jean ! » –, Ruth a eu
un grand rire et a fait un signe dans notre direction,
comme pour dire à Chrissie : « Vas-y, explique-leur
pour qu'ils en profitent aussi. » Je ne relevai pas, mais
quand Chrissie et Rodney commencèrent à se demander si nous devions nous rendre à l'appartement de
Martin, je dis enfin, peut-être un peu froidement :

« Que fait-il exactement ici ? Pourquoi a-t-il un
appartement ? »

Il y eut un silence, puis j'entendis Ruth pousser
un soupir exaspéré. Chrissie se pencha vers moi par-
dessus la table et dit calmement, comme si elle avait

parlé à un enfant : « Il est accompagnant. Qu'est-ce qu'il pourrait faire d'autre ici, à ton avis ? C'est un accompagnant à part entière à présent. »

Il y eut un peu de mouvement, et je repris : « C'est bien ce que je veux dire. On ne peut pas aller chez lui comme ça. »

Chrissie soupira. « D'accord. Nous ne sommes pas *censés* rendre visite aux accompagnants. Absolument pas, si on veut être tout à fait rigoureux. Ce n'est certainement pas encouragé. »

Rodney gloussa et ajouta : « Ce n'est en aucun cas encouragé. C'est vilain-vilain d'aller lui rendre visite.

— Très vilain », dit Chrissie avec un tut-tut désapprobateur.

Ruth se joignit à eux : « Kathy *déteste* être vilaine. Alors on ferait mieux de ne pas aller le voir. »

Tommy regardait Ruth, s'interrogeant visiblement sur le camp qu'elle avait choisi, et je n'en étais pas sûre non plus. Il me vint à l'esprit qu'elle ne souhaitait pas que l'expédition fût détournée de son but et se ralliait à moi à contrecœur, aussi je lui souris, mais elle ne me rendit pas mon regard. Alors Tommy demanda brusquement :

« Où est-ce que tu as vu le "possible" de Ruth, Rodney ?

— Oh... » Rodney semblait beaucoup moins intéressé par le « possible » maintenant que nous étions dans la ville, et je vis l'inquiétude traverser le visage de Ruth. Rodney dit enfin : « C'était à un croisement de la rue centrale, quelque part là-bas, à l'autre bout. Bien sûr, c'est peut-être son jour de congé. » Comme personne ne disait rien, il ajouta : « Ils ont des jours de congé, vous savez. Ils ne sont pas toujours au travail. »

Quand il prononça ces mots, la peur m'étreignit un instant à l'idée que nous avions très mal évalué la situation ; autant que nous le sachions, les vétérans parlaient souvent des « possibles » afin d'avoir un pré-texte pour partir en voyage, et ils ne comptaient pas vraiment pousser les recherches plus loin. Ruth pou-vait fort bien avoir suivi le même raisonnement, car elle semblait à présent sérieusement préoccupée, mais à la fin elle eut un petit rire, comme si Rodney avait fait une plaisanterie.

Puis Chrissie dit d'une voix différente : « Tu sais, Ruth, peut-être que dans quelques années nous vien-drons ici pour *te* rendre visite. Dans le joli bureau où tu travailleras. Je ne vois pas comment on pourrait nous empêcher de te rendre visite alors.

— C'est juste, dit rapidement Ruth. Vous pouvez tous venir me voir.

— Je suppose, observa Rodney, qu'il n'y a pas de règles pour aller rendre visite aux gens s'ils travaillent dans un bureau. Ça ne nous est pas vraiment arrivé avant.

— Il n'y aura pas de problème, reprit Ruth. Ils vous permettront de le faire. Vous pouvez tous venir me voir. Sauf Tommy, bien sûr. »

Il parut choqué. « Pourquoi je ne peux pas ?

— Parce que tu seras déjà avec moi, idiot, répliqua Ruth. Je te garde. »

Nous éclatâmes tous de rire, Tommy un peu après les autres, cette fois encore.

« J'ai entendu parler de cette fille dans le pays de Galles, dit Chrissie. Elle était de Hailsham, peut-être quelques années avant vous autres. Apparemment elle travaille à présent dans cette boutique de vêtements. Une fille vraiment dégourdie. »

Il y eut des murmures d'approbation et pendant un moment nous regardâmes tous rêveusement les nuages.

« Ça, c'est Hailsham », dit enfin Rodney, et il secoua la tête comme s'il n'en revenait pas.

« Et puis il y en a un autre (Chrissie se tourna vers Ruth), ce garçon dont tu nous parlais l'autre jour. Celui qui était deux ans avant vous et qui est maintenant gardien de parc. »

Ruth hochait la tête pensivement. L'idée me vint de lancer à Tommy un regard de mise en garde, mais quand je me tournai vers lui, il avait déjà commencé à parler.

« C'est qui ? demanda-t-il d'une voix perplexe.

— Tu sais qui c'est, Tommy », dis-je aussitôt. C'était trop risqué de lui lancer un coup de pied, ou même de prendre un ton complice : Chrissie aurait saisi en un clin d'œil. Je m'exprimai fermement, avec un peu de lassitude, comme si nous en avions tous assez que

Tommy oublie tout le temps. Ça signifiait juste qu'il n'avait toujours pas pigé.

« Quelqu'un que *nous* connaissons ?

— Tommy, on ne va pas recommencer, repris-je. Tu vas devoir te faire tester le cerveau. »

Ça fit enfin tilt, et il se tut.

Chrissie dit : « Je sais que j'ai de la chance de me trouver aux Cottages. Mais vous, les gens de Hailsham, vous êtes *vraiment* vernis. Vous savez... » Elle baissa la voix et se pencha de nouveau en avant. « Il y a quelque chose dont je voulais vous parler, à vous autres. C'est juste que là-bas, aux Cottages, c'est impossible. Tout le monde écoute toujours. »

Elle regarda autour de la table, puis posa les yeux sur Ruth. Rodney, brusquement tendu, se pencha lui aussi en avant. Et quelque chose me dit que nous arrivions, pour Chrissie et Rodney, au but principal de toute cette expédition.

« Quand Rodney et moi on était au pays de Galles, dit-elle. La fois où on a entendu parler de cette fille dans la boutique de vêtements. On a appris autre chose, quelque chose à propos des élèves de Hailsham. Ce qu'ils disaient, c'est que dans le passé certains élèves de Hailsham, dans des circonstances spéciales, avaient réussi à obtenir un sursis. Que c'était quelque chose qu'on pouvait faire si on était un élève de Hailsham. On pouvait demander que ses dons soient repoussés de trois et même quatre ans. Ce n'était pas facile, mais quelquefois on vous y autorisait. Tant que vous arriviez à les convaincre. Tant que vous remplissiez les *conditions requises*. »

Chrissie s'interrompit et regarda chacun d'entre nous, peut-être pour un effet théâtral, ou pour déceler chez nous des signes de confirmation. Tommy et moi avions sans doute l'air perplexe, mais Ruth avait l'une de ses expressions qui rendaient impossible de deviner ce qu'elle pensait.

« Ce qu'ils ont dit, poursuivit Chrissie, c'était que si vous étiez un garçon et une fille, et que vous étiez amoureux, vraiment, sérieusement amoureux, et que vous pouviez le montrer, alors les gens qui dirigent Hailsham, ils vous arrangeaient ça. Ils arrangeaient ça pour que vous passiez quelques années ensemble avant de commencer vos dons. »

Une étrange atmosphère régnait maintenant autour de la table, une sorte de frémissement circulait parmi nous.

« Quand nous étions au pays de Galles, continua Chrissie, les élèves du Manoir blanc... ils avaient entendu parler de ce couple de Hailsham, il ne restait au type que quelques semaines avant de devenir accompagnant. Et ils sont allés voir quelqu'un et ils ont tout fait retarder de trois ans. On leur a permis de continuer de vivre ensemble, au Manoir blanc, trois années de suite, ils n'avaient pas besoin de poursuivre leur formation ni rien. Trois années juste pour eux, parce qu'ils avaient pu prouver qu'ils étaient vraiment amoureux. »

Ce fut à ce moment que je remarquai Ruth qui acquiesçait avec beaucoup d'autorité. Chrissie et Rodney le remarquèrent aussi, durant quelques secondes ils la regardèrent comme hypnotisés. Et j'eus une sorte de vision de Chrissie et Rodney aux Cottages pendant les mois qui avaient conduit à cet instant, sondant et creusant le sujet entre eux. Je les voyais l'évoquer, avec beaucoup d'hésitation au début, haussant les épaules, l'écartant, le ramenant sur le tapis, jamais capables de l'abandonner vraiment. Je les voyais jouer avec l'idée de nous en parler, peaufinant la manière d'y parvenir, ce qu'ils diraient exactement. Je regardai de nouveau Chrissie et Rodney devant moi, en train de contempler Ruth, et j'essayai de déchiffrer leurs visages. Chrissie paraissait à la fois effrayée et pleine d'espoir. Rodney avait l'air tendu, comme s'il craignait de lâcher étourdiment une phrase qu'il n'aurait pas dû.

Ce n'était pas la première fois que j'avais vent de la rumeur sur les sursis. Aux Cottages, au cours des dernières semaines, j'avais surpris de plus en plus d'allusions à ce propos. C'étaient toujours des vétérans bavardant entre eux, et quand l'un de nous surgissait, ils prenaient l'air gêné et se taisaient. Mais j'en avais assez entendu pour en saisir l'essentiel ; et je savais que cela avait un rapport spécifique avec nous, les élèves de Hailsham. Même ainsi, ce fut seulement ce jour-là, dans ce restaurant de front de mer, que je compris à quel point tout cela avait pris de l'importance pour certains vétérans.

« Je suppose, continua Chrissie, la voix tremblant légèrement, que vous autres devez être au courant. Des règles, ce genre de choses. »

Elle et Rodney nous regardèrent tour à tour, puis leurs yeux se posèrent à nouveau sur Ruth.

Elle soupira et répondit : « Eh bien, on nous a dit deux ou trois trucs, évidemment. Mais (elle haussa les épaules) nous ne savons pas grand-chose là-dessus. Nous n'en avons jamais vraiment parlé. En tout cas, on devrait bientôt y aller.

— Vous allez voir qui ? demanda brusquement Rodney. Ils vous ont dit d'aller voir qui, si vous vouliez, vous savez, faire une *demande* ? »

Ruth haussa de nouveau les épaules. « Mais je vous l'ai dit. On ne parlait pas beaucoup de ça. » Presque instinctivement, elle nous regarda, Tommy et moi, pour obtenir notre soutien, ce qui était sans doute une erreur, car Tommy déclara :

« Pour être honnête, je ne sais pas de quoi vous parlez. De quelles règles s'agit-il ? »

Ruth lui lança un regard meurtrier, et je dis aussitôt : « Tu sais bien, Tommy. Tous ces bruits qui couraient à Hailsham. »

Il secoua la tête. « Je ne m'en souviens pas », répliqua-t-il d'un ton catégorique. Et cette fois je vis – et Ruth aussi – qu'il n'était pas lent du tout. « Je ne me souviens de rien de ce genre à Hailsham. »

Ruth se détourna de lui. « Ce que tu dois comprendre, dit-elle à Chrissie, c'est que même si Tommy était à Hailsham, il n'est pas comme un vrai élève de Hailsham. On le laissait à l'écart de tout et les gens se moquaient toujours de lui. Alors ça ne sert à rien de l'interroger sur un sujet de ce genre. Maintenant je veux aller trouver cette personne que Rodney a vue. »

Dans les yeux de Tommy était apparue une lueur qui me fit retenir mon souffle. Je ne l'avais pas vue depuis longtemps et elle appartenait au Tommy qu'il avait fallu barricader à l'intérieur d'une salle de classe pendant qu'il renversait nos bureaux. Puis elle s'effaça, il se tourna vers le ciel au-dehors et expira profondément.

Les vétérans n'avaient rien remarqué parce que Ruth, au même moment, s'était levée et tripotait son manteau. Il y eut ensuite un peu de confusion comme nous repoussions tous ensemble nos chaises de la petite table. J'avais été chargée de l'argent de poche, aussi j'allai payer. Les autres me suivirent à la queue leu leu, et pendant que j'attendais la monnaie, je les regardai par l'une des grandes baies embuées, traînant les pieds au soleil sans parler, regardant la mer.

14

Quand je sortis, il était visible que l'excitation du moment de l'arrivée s'était entièrement dissipée. Nous marchâmes en silence, Rodney montrant le chemin, dans de petites ruelles où le soleil pénétrait à peine, la chaussée si étroite que nous devions souvent avancer en file indienne en traînant les pieds. Ce fut un soulagement d'arriver dans la rue centrale, où le bruit rendait moins flagrante notre humeur exécrable. Comme nous traversions un passage pour piétons afin de gagner le côté le plus ensoleillé, je vis Rodney et Chrissie se consulter à propos de quelque chose et je me demandai jusqu'à quel point l'atmosphère détestable venait de ce qu'ils croyaient que nous cachions un grand secret sur Hailsham, et quelle part y jouait le coup porté à Tommy par Ruth.

Puis, une fois que nous eûmes traversé la rue cen-

trale, Chrissie annonça qu'elle et Rodney voulaient
chercher des cartes d'anniversaire. Ruth parut stupé-
faite, mais Chrissie poursuivit :

« Nous aimons en acheter en grande quantité. À long
terme c'est toujours meilleur marché. Et ainsi on en a
une sous la main quand c'est l'anniversaire de quelqu'un. » Elle indiqua l'entrée d'un magasin Woolworth's. « On y trouve des cartes très chouettes pour
pas cher du tout. »

Rodney hochait la tête, et je songeai qu'il y avait
quelque chose d'un peu ironique dans son sourire.
« Bien sûr, dit-il, on se retrouve avec un tas de cartes
semblables, mais on peut rajouter ses propres illustrations. Vous savez, les personnaliser. »

Les deux vétérans se tenaient debout au milieu de la
chaussée, laissant les gens avec des poussettes les
contourner, attendant que l'un de nous lance un défi.
Je voyais que Ruth était furieuse, mais sans la coopé-
ration de Rodney nous ne pouvions pas faire grand-
chose de toute façon.

Nous entrâmes donc dans le Woolworth's, et je me
sentis immédiatement plus gaie. Même maintenant,
j'aime ce genre d'endroit : un grand magasin avec
des tas d'allées exposant des jouets en plastique
coloré, des cartes de vœux, des tonnes de produits de
beauté, peut-être même une cabine de Photomaton.
Aujourd'hui, si je suis dans une ville et que j'aie
du temps à tuer, je vais me promener dans un lieu
comme celui-là, où on peut traîner et se distraire

sans rien acheter, et les vendeurs n'y voient aucun inconvénient.

En tout cas, une fois dedans, nous ne tardâmes pas à nous séparer pour regarder différentes allées. Rodney était resté près de l'entrée à côté d'un grand présentoir de cartes, et plus loin à l'intérieur je repérai Tommy sous une grande affiche de groupe pop, en train de fouiller dans les cassettes de musique. Au bout d'une dizaine de minutes, alors que je me trouvais vers le fond du magasin, je crus entendre la voix de Ruth et je me dirigeai vers elle. Je m'étais déjà engagée dans l'allée – remplie d'animaux en peluche et de grands puzzles en boîte – quand je me rendis compte que Ruth et Chrissie se tenaient à l'autre bout, plongées dans une sorte de tête-à-tête. Je ne savais pas quoi faire : je ne voulais pas les interrompre, mais il était temps de partir et je n'avais pas envie de faire demi-tour et de m'éloigner de nouveau. Je m'arrêtai donc là où j'étais, feignis d'examiner un puzzle et attendis qu'elles me remarquent.

Je m'aperçus alors qu'elles reparlaient de cette rumeur. Chrissie disait, d'une voix assourdie, une phrase du genre :

« Mais tout le temps où tu étais là-bas, je suis surprise que tu n'aies pas plus pensé à la manière de le faire. Qui tu irais voir, tout ça.

— Tu ne comprends pas, répondait Ruth. Si tu étais de Hailsham, alors tu verrais. Ça n'a jamais été tellement important pour nous. Je suppose que nous avons toujours su que si nous voulions un jour nous renseigner là-dessus, il nous suffirait de le faire savoir à Hailsham… »

Ruth me vit et s'interrompit. Quand je reposai le puzzle et que je me tournai vers elles, elles me fixaient toutes les deux avec colère. En même temps, c'était comme si je les avais surprises en train de faire quelque chose qu'elles n'auraient pas dû, et elles s'écartèrent d'un air embarrassé.

« Il est temps d'y aller », dis-je, feignant de n'avoir rien entendu.

Mais Ruth n'était pas dupe. Quand elles passèrent devant moi, elle me lança un regard vraiment mauvais.

Aussi, quand nous nous remîmes en route, suivant Rodney à la recherche du bureau où il avait vu le « possible » de Ruth le mois précédent, l'atmosphère entre nous était pire qu'avant. Le fait que Rodney se trompait sans arrêt de rue n'arrangea pas non plus les choses. À quatre reprises au moins, il nous conduisit sans hésiter vers un croisement avec la rue centrale, pour s'apercevoir qu'il n'y avait plus de magasins ni de bureaux, et nous dûmes rebrousser chemin. Avant longtemps, Rodney parut sur la défensive et sur le point de renoncer. Ce fut alors que nous le trouvâmes.

Nous avions une fois encore fait demi-tour et repartions vers la rue centrale quand Rodney s'immobilisa brusquement. Puis il indiqua en silence un bureau de l'autre côté de la rue.

C'était ça, sans aucun doute. Ce n'était pas exactement comme la pub de magazine que nous avions trouvée par terre ce jour-là, mais ce n'était pas non plus très différent. Il y avait une large devanture vitrée de plain-pied sur la rue, de telle sorte que n'importe quel passant pouvait voir à l'intérieur : un hall paysagé avec peut-être une douzaine de bureaux disposés en L irréguliers. Il y avait les palmiers en pot, les machines brillantes et les lampes télescopiques. Des gens allaient et venaient entre les bureaux, ou s'appuyaient contre une cloison, bavardant et échangeant des plaisanteries, tandis que d'autres avaient rapproché leurs fauteuils pivotants et dégustaient un café et un sandwich.

« Regardez, dit Tommy. C'est leur pause de déjeuner, mais ils ne sortent pas. On aurait tort de le leur reprocher. »

Nous continuâmes de regarder, et cela avait l'air d'un monde élégant, douillet, autonome. Je lançai un coup d'œil à Ruth et je remarquai qu'elle passait anxieusement en revue les visages derrière la vitre.

« Alors, Rod, dit Chrissie. Laquelle est le "possible" ? »

Elle prononça ces mots presque avec sarcasme, comme si elle était sûre que toute l'affaire allait se révéler une énorme erreur de sa part. Mais Rodney dit doucement, avec un tremblement d'excitation :

« Là-bas. Dans ce coin. En tailleur bleu. Elle est en train de parler avec la grande femme en rouge. »

Ce n'était pas flagrant, mais plus nous regardions et plus il semblait qu'il n'avait pas tort. La femme avait une cinquantaine d'années et avait conservé une belle silhouette. Ses cheveux étaient plus foncés que ceux de Ruth – mais il s'agissait peut-être d'une teinture – et elle les portait noués en une simple queue-de-cheval dans le style habituel de Ruth. Elle riait de quelque chose que disait son amie en tailleur rouge, et son visage, en particulier quand elle finit de rire en secouant la tête, avait plus d'un trait en commun avec Ruth.

Nous continuâmes tous de l'observer, sans dire un mot. Puis nous nous rendîmes compte que dans une autre partie du bureau deux autres femmes nous avaient remarqués. L'une leva la main et nous fit un signe incertain. Cela rompit le charme et nous prîmes nos jambes à notre cou en gloussant de panique.

Plus loin dans la rue nous nous arrêtâmes de nouveau, parlant avec animation tous à la fois. Sauf Ruth, en fait, qui restait silencieuse au milieu de tout ça. Il était difficile de déchiffrer son expression à ce moment-là : elle n'était certainement pas déçue, mais elle n'était pas non plus transportée de joie. Elle avait un demi-sourire, celui qu'une mère pourrait avoir dans une famille ordinaire, jugeant de la situation tandis que les enfants sautent et crient autour d'elle en lui demandant de dire oui, ils peuvent faire ceci ou cela. Nous étions donc là, à exposer tous notre point

de vue, et j'étais heureuse de pouvoir affirmer honnêtement, avec les autres, que la femme que nous avions
vue n'était en aucun cas à exclure. En vérité, nous
étions tous soulagés : sans tout à fait en prendre
conscience, nous nous étions préparés à une déception. Désormais nous pouvions rentrer aux Cottages,
Ruth puiserait un encouragement dans ce qu'elle
avait vu, et nous pourrions la conforter. Et la vie de
bureau que la femme semblait mener était aussi
proche qu'on pouvait l'espérer de celle que Ruth avait
souvent décrite pour elle-même. Malgré ce qui s'était
passé entre nous dans la journée, en notre for intérieur
aucun de nous ne souhaitait que Ruth rentrât décou-
ragée, et en cet instant nous crûmes avoir réussi.
Et c'eût été le cas, j'en suis sûre, si nous avions clos
l'affaire à ce stade.

Mais Ruth dit alors : « Asseyons-nous là, sur ce mur,
juste quelques minutes. Quand ils nous auront oubliés,
nous pourrons aller jeter un autre coup d'œil. »

Nous acceptâmes, mais comme nous nous dirigions
vers le muret entourant le petit parking que Ruth
avait indiqué, Chrissie observa, peut-être un peu trop
vivement :

« Même si nous ne parvenons pas à la revoir, nous
sommes tous d'accord que c'est un "possible". Et c'est
un joli bureau. Vraiment.

– Attendons juste quelques minutes, dit Ruth.
Ensuite on y retourne. »

Je ne m'assis pas moi-même sur le mur parce qu'il

était humide et friable, et parce que je pensais que quelqu'un pouvait surgir d'une minute à l'autre et nous crier après pour nous être mis là. Mais Ruth s'y installa, un genou de chaque côté comme si elle montait un cheval. Et aujourd'hui je revois clairement les images des dix, quinze minutes où nous attendîmes à cet endroit. Personne ne parle plus du «possible». Au lieu de cela nous faisons semblant de tuer un peu de temps devant un panorama, peut-être, pendant un voyage insouciant d'une journée. Rodney exécute une petite danse pour démontrer la bonne ambiance qui règne. Il monte sur le mur, s'avance en équilibre, puis se laisse tomber d'un geste délibéré. Tommy fait des plaisanteries sur des passants, et bien qu'elles ne soient pas très drôles, nous rions tous. Seule Ruth, au milieu, à califourchon sur le muret, reste silencieuse. Elle sourit toujours, mais bouge à peine. Une brise dérange sa coiffure, et le soleil vif d'hiver lui fait plisser les yeux, aussi on ne sait pas si elle sourit de nos singeries, ou grimace seulement à cause de la lumière. Ce sont les images que j'ai gardées de ces instants où nous avons attendu près de ce parking. Je suppose que nous attendions que Ruth décide que c'était le moment de retourner là-bas pour y regarder de plus près. Eh bien, elle n'eut jamais à prendre cette décision, à cause de ce qui se passa ensuite.

Tommy, qui avait fait l'idiot sur le mur avec Rodney, sauta brusquement à terre et s'immobilisa. Puis il dit: «C'est elle. C'est la même femme.»

Nous interrompîmes tous notre activité et regardâmes la silhouette qui venait vers nous depuis le bureau. Elle portait à présent un manteau crème et s'efforçait de fermer son attaché-case en marchant. La boucle lui résistait, et elle ne cessait de ralentir et de repartir. Nous continuâmes de l'observer dans une sorte de transe tandis qu'elle passait de l'autre côté. Puis, comme elle s'engageait dans la rue centrale, Ruth se leva d'un bond et s'écria: « Voyons où elle va. »

Nous émergeâmes de notre transe et lui emboîtâmes le pas. En fait, Chrissie dut nous dire de ralentir, car quelqu'un aurait pu nous prendre pour une bande d'agresseurs poursuivant la femme. Nous la suivîmes dans la rue centrale à une distance raisonnable, riant, évitant les passants, nous séparant pour nous rapprocher ensuite. Il devait être environ deux heures de l'après-midi, et le trottoir était noir de monde. Parfois nous la perdions presque de vue, mais nous persévérâmes, nous attardant devant les vitrines quand elle entrait dans un magasin, nous glissant entre les poussettes et les vieilles personnes quand elle ressortait.

Puis la femme quitta la rue centrale pour s'engager dans les ruelles du bord de mer. Chrissie craignait qu'elle ne nous repérât loin de la foule, mais Ruth continuait, et nous suivîmes.

Nous arrivâmes enfin dans une rue latérale étroite avec une boutique ici et là, mais surtout des maisons ordinaires. Nous dûmes à nouveau marcher en file indienne, et lorsqu'une camionnette surgit en sens inverse, il nous fallut nous plaquer contre les façades pour la laisser passer. Avant longtemps il n'y eut plus que nous et la femme dans toute la rue, et si elle avait regardé derrière elle, elle n'aurait pas pu ne pas nous remarquer. Mais elle avança encore, d'une douzaine de pas environ, puis franchit une porte – et pénétra dans les Portway Studios.

Depuis, je suis retournée bon nombre de fois aux Portway Studios. Le propriétaire a changé il y a quelques années et vend à présent toutes sortes d'objets artisanaux : pots, assiettes, animaux en argile. À l'époque, il s'agissait de deux grandes salles blanches avec juste des tableaux – magnifiquement exposés, avec beaucoup d'espace entre eux. Mais la pancarte en bois accrochée au-dessus de la porte est toujours la même. En tout cas, nous décidâmes d'entrer après que Rodney eut fait remarquer combien nous avions l'air suspect dans cette petite rue paisible. À l'intérieur du magasin, nous pourrions du moins prétendre regarder les tableaux.

Dedans, nous trouvâmes la personne que nous avions suivie en train de parler à une femme beaucoup plus âgée aux cheveux argentés, qui semblait être responsable du lieu. Elles étaient assises de chaque côté d'un petit bureau près de la porte, et en dehors d'elles la galerie était déserte. Aucune ne nous prêta vraiment attention quand nous défilâmes devant elles avant de nous disperser et de nous efforcer de paraître fascinés par les peintures.

En fait, bien que je fusse préoccupée par le « possible » de Ruth, je commençai à apprécier les tableaux et la pure tranquillité de l'endroit. On avait l'impression d'être à cent lieues de la rue centrale. Les murs et les plafonds étaient vert pâle, et ici et là on voyait un bout de filet de pêche ou un fragment pourri d'un bateau coincé en haut, près de la corniche. Les tableaux aussi – surtout des huiles dans les bleus et verts profonds – avaient des thèmes marins. Peut-être était-ce la lassitude qui nous rattrapait soudain – après tout, nous étions en route depuis l'aube –, mais je ne fus pas la seule à me laisser aller dans un genre de rêverie. Nous étions tous dispersés dans des coins différents et examinions un tableau après l'autre, lançant seulement à l'occasion une remarque à voix basse, comme : « Viens regarder ça ! » Pendant tout ce temps, nous entendions le « possible » de Ruth et la dame aux cheveux argentés bavarder sans fin. Elles ne parlaient pas particulièrement fort, mais dans ce lieu leurs voix semblaient remplir tout l'espace. Elles discutaient d'un homme qu'elles connaissaient toutes les deux, disant qu'il ne savait pas s'y prendre avec ses enfants. Et tandis que nous les écoutions, glissant par instants un coup d'œil dans leur direction, petit à petit quelque chose commença à changer. Cela se passa pour moi, et je vis que c'était pareil pour les autres. Si nous en étions restés à la femme entrevue par la devanture de son bureau, et même si nous l'avions suivie dans la ville, puis perdue, nous aurions encore pu rentrer aux Cottages excités et triomphants. Mais à présent, dans cette galerie, la femme était trop proche, beaucoup plus proche que nous ne l'avions réellement souhaité. Et plus nous l'écoutions et la regardions, moins elle ressemblait à Ruth. Ce sentiment grandit parmi nous de façon tangible, et je voyais que Ruth, absorbée par un tableau de l'autre côté de la salle, l'éprouvait autant que les autres. Ce fut sans doute pourquoi nous traînâmes aussi long-temps dans cette galerie ; nous retardions le moment où nous devrions nous consulter.

Soudain la femme était partie, et nous restâmes debout, évitant de nous regarder. Mais aucun de nous n'avait songé à la suivre, et tandis que les secondes s'écoulaient, il sembla que nous nous mettions tacite-ment d'accord sur la manière de voir la situation à présent.

Enfin la dame aux cheveux argentés quitta sa place derrière son bureau et dit à Tommy, qui se trouvait le plus près d'elle : « C'est une œuvre *particulièrement* belle. C'est l'une de mes préférées. »

Tommy se tourna vers elle et laissa échapper un rire. Puis, comme je me précipitais à son secours, la dame demanda : « Vous êtes étudiants des Beaux-Arts ? »

— Pas exactement, dis-je avant que Tommy eût répondu. Nous sommes juste, euh… intéressés. »

La dame aux cheveux argentés s'illumina et commença

à nous raconter comment l'artiste dont nous regardions l'œuvre lui était apparenté, et tout ce qui concernait sa carrière jusqu'à présent. Cela eut du moins l'effet de rompre l'état de transe où nous étions, et nous nous rassemblâmes autour d'elle pour écouter, comme nous aurions pu le faire à Hailsham quand un gardien prenait la parole. Cela stimula vraiment la dame aux cheveux argentés, et nous ne cessâmes de hocher la tête et de nous exclamer pendant qu'elle expliquait où les tableaux avaient été peints, les moments de la journée où l'artiste aimait travailler, et que certains avaient été faits sans esquisse. Puis son exposé prit fin naturellement, nous poussâmes tous un soupir, la remerciâmes et partîmes.

Dehors la rue était si étroite que nous ne pûmes pas vraiment parler avant un moment, et je pense que nous en fûmes tous soulagés. Tandis que nous nous éloignions de la galerie en file indienne, je vis Rodney, en tête, écarter théâtralement les bras, comme s'il était dans la même euphorie qu'à notre arrivée dans la ville. Mais ce n'était pas convaincant, et lorsque nous atteignîmes une rue plus large, nous fîmes tous une halte.

Nous étions de nouveau près du bord d'une falaise. Et comme avant, si on regardait par-dessus la rambarde, on voyait les sentiers zigzaguer jusqu'au front de mer, sauf que cette fois on apercevait la promenade en bas, avec des rangées de stands fermés par des planches.

Nous passâmes quelques instants à observer, nous laissant fouetter par le vent. Rodney essayait encore d'être jovial, comme s'il avait décidé que cette affaire ne gâcherait en rien une belle sortie. Il montrait à Chrissie quelque chose dans la mer, là-bas, à l'horizon. Mais elle se détourna de lui et dit :

« Bon, je pense qu'on est d'accord, non ? Ce *n'est pas* Ruth. » Elle eut un petit rire et posa une main sur l'épaule de Ruth. « Je suis désolée. Nous sommes tous désolés. Mais nous ne pouvons pas vraiment blâmer Rodney. Ce n'était pas une idée si folle. Tu dois reconnaître, quand nous l'avons vue derrière ces vitres, on aurait dit… » Sa voix se perdit, puis elle toucha encore l'épaule de Ruth.

Ruth ne dit rien, mais eut un petit haussement d'épaules, presque comme pour écarter ce contact. Elle regardait au loin, louchant vers le ciel plutôt que vers l'eau. Je voyais qu'elle était troublée, mais quelqu'un qui ne la connaissait pas bien aurait pu supposer qu'elle était pensive.

« Désolé, Ruth », dit Rodney, et lui aussi lui tapota l'épaule. Mais le sourire qu'il arborait montrait qu'il ne s'attendait pas une seule seconde à être blâmé de quelque chose. C'était ainsi que les gens s'excusaient quand ils avaient essayé de vous rendre service et que ça n'avait pas marché.

En observant Chrissie et Rodney à cet instant, je me souviens d'avoir pensé que oui, ils étaient corrects. Ils étaient gentils à leur façon et essayaient de remonter le moral de Ruth. Au même moment, pourtant, je me souviens d'avoir éprouvé à leur égard – même si c'étaient eux qui parlaient, tandis que Tommy et moi gardions le silence – une sorte de ressentiment au nom de Ruth. Car si sympathiques qu'ils fussent, je voyais qu'au fond d'eux-mêmes ils étaient soulagés. Ils étaient soulagés que les choses eussent tourné ainsi ; d'être en position de réconforter Ruth, au lieu d'être rejetés en arrière, dans le sillage de la vertigineuse envolée de ses espoirs. Ils étaient soulagés de ne pas avoir à affronter, plus violemment que jamais, l'idée qui les fascinait, les travaillait et les terrifiait : cette idée qu'il existait toutes sortes de possibilités ouvertes aux élèves de Hailsham, c'est-à-dire nous, mais qui ne leur étaient pas ouvertes, à eux. Je me souviens d'avoir pensé combien Chrissie et Rodney étaient en réalité différents de nous trois.

Puis Tommy dit : « Je ne vois pas quelle différence ça fait. C'était juste une partie de rigolade.

– Une partie de rigolade pour toi, peut-être, Tommy, répliqua Ruth d'un ton froid, regardant toujours fixement devant elle. Tu ne le penserais pas si c'était *ton* "possible" que nous cherchions.

– Je crois que si, dit Tommy. Je ne vois pas en quoi c'est important. Même si tu trouvais ton "possible", le vrai modèle d'après lequel ils t'ont fabriquée. Même dans ce cas, je ne vois pas en quoi ça changerait quoi que ce soit.

— Merci pour ta profonde contribution, Tommy, fit Ruth.

— Mais je pense que Tommy a raison, dis-je. C'est idiot de supposer que tu auras le même genre de vie que ton modèle. Je suis d'accord avec Tommy. C'est juste une partie de rigolade. Nous ne devrions pas prendre ça tellement au sérieux. »

Je tendis, moi aussi, la main pour toucher Ruth à l'épaule. Je voulais qu'elle sente le contraste avec l'instant où Chrissie et Rodney l'avaient touchée, et je choisis délibérément le même endroit. Je m'attendais à une réaction, un signal indiquant qu'elle acceptait la compassion que Tommy et moi lui offrions d'une manière qu'elle déniait aux vétérans. Mais elle ne m'accorda rien en échange, pas même le haussement d'épaules adressé à Chrissie.

Quelque part derrière moi j'entendais Rodney faire les cent pas, émettant des bruits pour suggérer qu'il commençait à avoir froid dans ce vent violent. « Et si on allait maintenant rendre visite à Martin ? dit-il. Son appartement est juste là, derrière ces maisons. »

Ruth soupira brusquement et se tourna vers nous. « Pour être honnête, dit-elle, j'ai toujours su que c'était stupide.

— Ouais, répondit Tommy avec empressement. Juste une partie de rigolade. »

Ruth lui lança un regard irrité. « Tommy, boucle-la, s'il te plaît, avec ton histoire de "rigolade". Personne n'écoute. » Puis, se tournant vers Chrissie et Rodney, elle continua : « Je ne voulais pas le dire quand vous m'en avez parlé la première fois. Mais vous voyez, il n'en a jamais été question. Ils ne se servent jamais, *jamais*, de gens comme cette femme. Pensez-y. Pourquoi le voudrait-elle ? Nous le savons tous, alors pourquoi ne pas l'admettre ? Nous ne sommes pas modelés sur ce genre de...

– Ruth, la coupai-je d'un ton ferme. Ruth, non. »

Mais elle poursuivit : « Nous le savons tous. Nous sommes modelés sur la racaille. Les drogués, les prostituées, les poivrots, les clochards. Les prisonniers, peut-être, tant qu'ils ne sont pas psychopathes. C'est de là que nous venons. Nous le savons tous, alors pourquoi ne pas le dire ? Une femme comme celle-là ? Allons donc ! Ouais, Tommy, t'as raison. Une partie de rigolade. On va s'amuser à faire semblant. Cette autre femme là-bas, son amie, la vieille dans la galerie. Des étudiants des *Beaux-Arts*, c'est ce qu'elle a cru que nous étions. Tu crois qu'elle nous aurait parlé de cette façon si elle avait su ce que nous étions en réalité ? Qu'est-ce que tu crois qu'elle aurait dit si nous lui avions demandé : "Excusez-nous, mais est-ce que vous pensez que votre amie a été un modèle de clone ?" Elle nous aurait jetés dehors. Nous le savons, alors nous pourrions aussi bien le reconnaître. Si vous voulez chercher des "possibles", si vous voulez le faire correctement, alors regardez dans le caniveau. Regardez dans les poubelles. Regardez dans la cuvette des toilettes, c'est là que vous trouverez d'où nous venons.

— Ruth (la voix de Rodney était ferme et contenait un avertissement), oublions ça et allons voir Martin. Il est en congé cet après-midi. Il va te plaire, il est vraiment drôle. »

Chrissie entoura Ruth de son bras. « Allons, Ruth. Faisons ce que dit Rodney. »

Ruth se leva et Rodney se mit à marcher.

« Bon, allez-y, vous autres, dis-je calmement. Moi, je n'y vais pas. »

Ruth se retourna et m'examina attentivement. « Eh bien, qu'est-ce qui te prend ? Qui est contrarié maintenant ?

— Je ne suis pas contrariée. Mais quelquefois tu racontes des conneries, Ruth.

— Oh, regardez qui est contrarié à présent. Pauvre Kathy ! Elle n'aime pas le langage cru.

— Ça n'a rien à voir avec ça. Je ne veux pas rendre visite à un accompagnant. Nous ne sommes pas censés le faire et je ne connais même pas ce type. »

Ruth haussa les épaules et échangea un regard avec Chrissie. « Bon, dit-elle, il n'y a pas de raison pour qu'on se balade tout le temps ensemble. Si la petite mademoiselle ne veut pas se joindre à nous, elle n'est pas obligée de le faire. Qu'elle aille de son côté. » Puis elle se pencha vers Chrissie et lui confia en aparté : « C'est toujours la meilleure solution quand Kathy fait la gueule. On la laisse seule et elle se calme en marchant.

— Rendez-vous à la voiture à quatre heures, me dit

Rodney. Autrement tu devras rentrer en stop. » Puis il eut un rire. « Allons, Kathy, ne fais pas la mauvaise tête. Viens avec nous.

– Non. Allez-y, vous. Je n'en ai pas envie. »

Rodney haussa les épaules et se remit en route. Ruth et Chrissie suivirent, mais Tommy ne bougea pas. Quand Ruth le fixa, il dit :

« Je reste avec Kath. Si nous nous séparons, alors je reste avec Kath. »

Ruth lui lança un coup d'œil furieux, puis se détourna et s'éloigna à grands pas. Chrissie et Rodney regardèrent Tommy d'un air embarrassé et se remirent, eux aussi, à marcher.

15

Tommy et moi nous appuyâmes sur la rambarde et contemplâmes la vue jusqu'à ce que les autres eussent disparu.

« C'est juste des paroles », observa-t-il enfin. Puis après une pause : « C'est juste ce que disent les gens quand ils s'apitoient sur leur sort. C'est juste des paroles. Les gardiens ne nous ont jamais rien raconté de ce genre. »

Je commençai à marcher – dans le sens opposé aux autres – et laissai Tommy me rattraper.

« Ça ne vaut pas la peine de s'en faire à cause de ça, poursuivit-il. Ruth fait toujours des trucs comme ça maintenant. C'est sa façon de se défouler. En tout cas, comme on le lui disait, même si c'est vrai, même un tout petit peu vrai, je ne vois pas quelle différence ça fait. Nos modèles, à quoi ils ressemblaient, ça n'a rien à voir avec nous, Kath. Ça ne vaut vraiment pas la peine de s'en faire.

— D'accord, dis-je, et je cognai délibérément mon épaule contre la sienne. D'accord, d'accord. »

J'avais l'impression que nous marchions en direction du centre-ville, mais je n'en étais pas sûre. J'essayais de trouver un moyen de changer de sujet quand Tommy me devança :

« Tu sais, quand on était dans ce Woolworth's, tout à l'heure ? Quand tu étais au fond avec les autres ? J'essayais de trouver quelque chose. Quelque chose pour toi.

— Un cadeau ? » Je le regardai, surprise. « Je ne suis pas sûre que Ruth approuverait ça. Sauf si tu lui en offrais un plus beau.

— Une sorte de cadeau. Mais je n'ai pas réussi à le trouver. Je ne voulais pas t'en parler, mais maintenant, euh... j'ai une autre occasion de le dénicher. Sauf que tu devras peut-être m'aider. Je ne suis pas très doué pour le shopping.

— Tommy, de quoi parles-tu ? Tu veux m'offrir un cadeau, mais tu veux que je t'aide à le choisir...

— Non, je sais ce que c'est. C'est juste que... » Il rit et haussa les épaules. « Oh, je ferais aussi bien de te le dire. Dans ce magasin où nous étions, il y avait cette étagère avec une montagne de disques et de cassettes. Alors je cherchais celle que tu avais perdue cette fois-là. Tu te souviens, Kath ? Sauf que je n'arrivais plus à me souvenir de ce que c'était.

– Ma cassette ? Je ne savais même pas que tu étais au courant, Tommy.

– Oh si. Ruth demandait aux gens de la chercher et disait que tu étais vraiment contrariée de l'avoir perdue. Alors j'ai essayé de la trouver. Je ne te l'ai jamais dit à l'époque, mais j'ai vraiment essayé. Je pensais qu'il y avait des endroits où je pouvais chercher où toi, tu ne pouvais pas. Dans les dortoirs des garçons, des trucs comme ça. Je me souviens d'avoir cherché pendant un temps fou, mais je ne l'ai pas trouvée. »

Je le regardai et sentis que mon humeur massacrante s'évaporait. « Je ne l'ai jamais su, Tommy. C'était vraiment gentil de ta part.

– Eh bien, ça n'a pas servi à grand-chose. Mais je voulais vraiment te la retrouver. Et à la fin, quand j'ai eu l'impression que ça n'arriverait pas, je me suis dit simplement : un jour j'irai à Norfolk et je la lui trouverai là-bas.

– Le coin perdu d'Angleterre, dis-je en regardant autour de moi. Et nous y sommes ! »

Tommy aussi regarda autour de lui, et nous nous arrêtâmes. Nous étions dans une autre rue latérale, pas aussi étroite que celle de la galerie. Un moment nous lançâmes tous les deux un coup d'œil théâtral autour de nous, puis nous pouffâmes.

« Alors ce n'était pas une idée aussi idiote, dit Tommy. Dans ce Woolworth's tout à l'heure, on vendait toutes ces cassettes, alors j'ai pensé qu'ils avaient sûrement la tienne. Mais je ne crois pas qu'elle y était.

– Tu ne le *crois* pas ? Oh, Tommy, tu veux dire que tu n'as même pas regardé comme il faut !

– Si, Kath. C'est juste que, euh… c'est vraiment embêtant, mais je n'arrivais pas à me souvenir comment elle s'appelait. Tout ce temps à Hailsham, j'ouvrais les coffres de collection des garçons et tout ça, et maintenant je ne m'en souviens plus. C'était Julie Bridges ou quelque chose…

– Judy Bridgewater. *Chansons après la tombée de la nuit.* »

Tommy secoua la tête d'un air solennel. « Ils n'avaient absolument pas ça. »

Je ris et lui lançai un coup de poing dans le bras. Il parut intrigué, alors je dis : « Tommy, ils ne doivent pas avoir ce genre de choses chez Woolworth's. Ils ont les derniers tubes. Judy Bridgewater, ça date d'il y a très longtemps. Je suis tombée dessus à l'une des Ventes. Il n'y a aucune chance pour qu'elle soit aujourd'hui chez Woolworth's, pauvre idiot !

– Euh… comme je l'ai dit, je ne connais rien à ces choses. Mais il y avait tellement de cassettes…

– Ils en avaient *certaines*, Tommy. Oh, ça ne fait rien. C'était une idée adorable. Je suis vraiment touchée. C'était une idée géniale. Nous sommes à Norfolk, après tout. »

Nous recommençâmes à marcher et il reprit en hésitant : « Euh… c'est pour ça qu'il fallait que je t'en parle. Je voulais te surprendre, mais c'est inutile. Je ne sais pas où chercher, même si je connais le nom du disque. Maintenant que je te l'ai dit, tu peux m'aider. Nous allons chercher ensemble.

— Tommy, qu'est-ce que tu racontes ? » J'essayais de prendre un ton de reproche, mais je ne pouvais pas m'empêcher de rire.

« Eh bien, nous avons plus d'une heure. C'est une vraie chance.

— Tommy, pauvre idiot. Tu y crois vraiment, hein ? Toutes ces histoires de coin perdu ?

— Pas nécessairement. Mais on pourrait aussi bien jeter un coup d'œil pendant qu'on est ici. Je veux dire : ça te ferait plaisir de la retrouver, non ? Qu'avons-nous à perdre ?

— Très bien. Tu es un parfait idiot, mais très bien. » Il ouvrit les bras d'un geste impuissant. « Alors, Kath, où allons-nous ? Comme je l'ai dit, je suis nul pour le shopping.

— Nous devons chercher dans les boutiques d'occasion, déclarai-je après un moment de réflexion. Des endroits pleins de vieux habits, de vieux livres. Ils ont quelquefois une boîte remplie de disques et de cassettes.

— D'accord. Mais où sont ces boutiques ? »

Quand je songe aujourd'hui à ce moment, debout avec Tommy dans la petite rue latérale, sur le point d'entamer nos recherches, je sens une chaleur m'envahir. Tout paraissait soudain parfait : une heure à part, une longue heure devant nous, et il n'y avait pas de meilleure manière de la passer. Je dus vraiment me retenir de rire stupidement ou de sauter en l'air sur le trottoir comme une petite gosse. Il n'y a pas long-temps, quand je m'occupais de Tommy et que j'ai évoqué notre voyage à Norfolk, il m'a confié qu'il avait éprouvé exactement la même chose. L'instant où nous avions décidé de partir en quête de ma cassette perdue, nous avions l'impression que tous les nuages s'étaient brusquement dissipés et que nous n'avions devant nous que rire et plaisir.

Au début nous n'entrâmes que dans les mauvais endroits : des librairies d'occasion ou des magasins pleins de vieux aspirateurs, mais pas du tout de musique. Au bout d'un moment Tommy décréta que je n'étais pas plus douée que lui et annonça qu'il allait montrer le chemin. En fait, par un vrai coup de chance, il découvrit tout de suite une rue avec quatre boutiques exactement du genre que nous cherchions, pratiquement les unes à côté des autres. Leurs devan-tures étaient remplies de robes, de sacs à main, d'al-bums pour enfants et, quand on entrait, d'une odeur douceâtre de renfermé. Il y avait des piles de livres de poche froissés, de boîtes poussiéreuses pleines de cartes postales ou de colifichets. Un magasin se spé-cialisait dans les trucs hippies, tandis qu'un autre ven-dait des médailles de guerre et des photos de soldats dans le désert. Mais tous avaient quelque part une ou deux grandes boîtes en carton avec des 33-tours et des cassettes. Nous fouillâmes dans chacun et, en toute honnêteté, après les premières minutes je pense que

Judy Bridgewater nous était plus ou moins sortie de l'esprit. Nous avions juste du plaisir à examiner ensemble toutes ces choses ; nous éloignant l'un de l'autre pour nous retrouver de nouveau côte à côte, nous disputant peut-être le même carton de bric-à-brac dans un coin poussiéreux éclairé par un rayon de soleil.

Puis, bien sûr, je la trouvai. J'étais en train de passer en revue une rangée de boîtiers de cassettes, l'esprit ailleurs, quand elle fut là brusquement, sous mes doigts, exactement pareille à ce qu'elle avait été des années auparavant : Judy, sa cigarette, son regard aguicheur vers le barman, les palmiers flous en arrière-fond.

Je ne m'exclamai pas, comme je l'avais fait quand j'avais trouvé d'autres objets qui m'avaient moyennement emballée. Je restai là, immobile, fixant le boîtier en plastique, ne sachant si j'éprouvais ou non de la joie. Une seconde, cela m'apparut même inopportun. La cassette avait été la parfaite excuse pour tous ces bons moments et, maintenant qu'elle avait surgi, nous devions nous arrêter. Ce fut peut-être pourquoi, à ma propre surprise, je restai d'abord silencieuse ; pourquoi je songeai à prétendre ne jamais l'avoir vue. Et maintenant qu'elle était là devant moi, il y avait quelque chose de vaguement embarrassant à propos de la cassette, comme un enfantillage que j'aurais dû surmonter. J'allai jusqu'à la repousser d'une chiquenaude et laisser sa voisine retomber sur elle. Mais la tranche du boîtier était tournée vers moi, et à la fin j'appelai Tommy.

«C'est ça?» Il semblait sincèrement sceptique, peut-être parce que je n'en faisais pas une histoire. Je la sortis et la lui tendis des deux mains. Puis j'éprouvai soudain un énorme plaisir – et autre chose, un sentiment plus compliqué qui menaçait de me faire éclater en sanglots. Mais je contins mon émotion, et j'exerçai une pression sur le bras de Tommy.

«Oui, c'est ça, dis-je, et pour la première fois je souris, tout excitée. C'est incroyable, non? Nous l'avons vraiment trouvée!

– Tu crois que ça pourrait être la même? Je veux dire, la *vraie*? Celle que tu as perdue?»

Tandis que je la retournais entre mes doigts, je m'aperçus que je me souvenais de tous les détails du graphisme au dos, des titres des chansons, de tout.

«Pour autant que je sache, c'est possible, répondis-je. Mais je dois te dire, Tommy, qu'il y en a peut-être des milliers qui vadrouillent.»

Je remarquai à mon tour que Tommy n'était pas aussi triomphant qu'il aurait pu l'être.

«Tommy, tu n'as pas l'air très content pour moi, lançai-je, quoique sur un ton de plaisanterie indéniable.

– Je suis content pour toi, Kath. C'est juste que, bon, j'aurais voulu la trouver, moi.» Puis il eut un petit rire et continua: «Autrefois, quand tu l'as perdue, je pensais à ça, dans ma tête, à ce que ce serait si je la retrouvais et si je te l'apportais. Ce que tu dirais, ton visage, tout ça. »

Sa voix était plus douce que d'habitude et il gardait les yeux fixés sur le boîtier en plastique dans ma main. Et tout d'un coup je pris conscience du fait que nous étions les seules personnes dans le magasin, à l'exception du vieux type derrière son comptoir à l'entrée, plongé dans sa paperasse. Nous étions tout à fait au fond de la boutique, sur une plate-forme surélevée où il faisait plus sombre, où on était plus à l'écart, comme si le vieux ne voulait pas penser aux marchandises de notre coin et l'avait mentalement masqué derrière un rideau. Quelques secondes, Tommy resta dans une sorte de transe, probablement en train de repasser dans son esprit un de ces vieux fantasmes de me rendre ma cassette perdue. Puis il m'arracha brusquement le boîtier de la main.

« Eh bien, je peux au moins te l'*acheter* ! » s'écria-t-il avec un rire, et avant que j'aie pu l'arrêter, il s'était élancé vers l'avant du magasin.

Je jetai encore un coup d'œil dans le fond de la boutique pendant que le vieux type cherchait la cassette qui allait avec le boîtier. Je ressentais une pointe de regret que nous l'ayons trouvée si vite, et ce fut seulement plus tard, après notre retour aux Cottages, quand je fus seule dans ma chambre, que j'appréciai vraiment d'avoir de nouveau la cassette – et cette chanson – en ma possession. Même alors c'était surtout une affaire de nostalgie, et aujourd'hui, s'il m'arrive de la prendre et de la regarder, cela m'évoque autant les souvenirs de cet après-midi à Norfolk que notre vie à Hailsham.

Lorsque nous ressortîmes de cette boutique, j'étais impatiente de recouvrer l'humeur insouciante, presque bête, de l'heure d'avant. Mais quand je fis quelques petites plaisanteries, Tommy était perdu dans ses pensées et ne réagit pas.

Nous commençâmes à gravir un chemin en pente raide, et nous apercevions – à une centaine de mètres plus haut, peut-être – un genre de belvédère sur le bord de la falaise, avec des bancs face à la mer. En été, c'eût été un endroit agréable pour le pique-nique d'une famille ordinaire. À présent, malgré le vent glacé, nous montions dans cette direction, mais alors qu'il nous restait encore de la distance à parcourir, Tommy ralentit, adoptant un pas nonchalant, et me dit :

« Chrissie et Rodney, ils sont vraiment obsédés par cette idée. Tu sais, à propos des gens qui font reporter leurs dons s'ils sont vraiment amoureux. Ils sont convaincus que nous savons tout à ce sujet, mais personne n'a rien dit de ce genre à Hailsham. Du moins, je n'ai jamais rien entendu de la sorte. Et toi, Kath ? Non, c'est juste un truc qui circule ces derniers temps parmi les vétérans. Et les gens comme Ruth, ils l'entretiennent. »

Je le regardai attentivement, mais il était difficile de déterminer s'il s'était exprimé avec une affection malicieuse ou bien une sorte de dégoût. Je voyais en tout cas qu'il avait autre chose en tête, sans aucun rapport avec Ruth, aussi je me tus et j'attendis. Enfin, il s'arrêta complètement et de la pointe du pied se mit à jouer avec une tasse en carton écrasée sur le sol.

«En fait, Kath, dit-il, j'y réfléchis depuis un moment. Je suis sûr que nous avons raison, on ne parlait pas de ça quand nous étions à Hailsham. Mais il y avait alors beaucoup de choses qui étaient dénuées de sens. Et je me suis dit : si c'est vrai, cette rumeur, alors ça pourrait en expliquer un bon paquet. Des trucs qu'on cherchait à comprendre.

— Qu'est-ce que tu veux dire ? Quel genre de trucs ?

— La Galerie, par exemple. » Tommy avait baissé la voix et je m'approchai, comme si nous étions encore à Hailsham, en train de bavarder dans la queue du dîner ou près de l'étang. «Nous ne sommes jamais allés au fond de cette question, à quoi servait la Galerie. Pourquoi Madame emportait toutes les meilleures œuvres. Mais à présent je pense que je sais. Kath, tu te souviens de cette fois où tout le monde discutait à propos des jetons ? Si on devait en recevoir ou non en compensation des œuvres que Madame nous avait prises ? Et Roy J. qui est allé voir Miss Emily à ce propos ? Eh bien, il y a quelque chose qu'elle a dit alors, quelque chose qui lui a échappé, et c'est ce qui m'a fait réfléchir. »

Deux femmes passaient avec des chiens en laisse, et bien que ce fût totalement stupide, nous cessâmes tous les deux de parler, reprenant une fois qu'elles furent plus haut sur la pente et hors de portée de voix. Je dis alors :

« Quoi, Tommy ? Qu'est-ce qui lui a échappé ?

— Quand Roy lui a demandé pourquoi Madame emportait nos œuvres. Tu te souviens de ce qu'elle est censée avoir répondu ?

— Je me souviens qu'elle a dit que c'était un privilège, et que nous devrions être fiers…

— Mais ce n'était pas tout. » La voix de Tommy n'était plus qu'un chuchotement. « Ce qu'elle a dit à Roy, ce qu'elle a laissé échapper, ce qu'elle n'avait probablement pas l'intention de laisser échapper, tu t'en souviens, Kath ? Elle a dit à Roy que les choses comme les tableaux, la poésie, tous ces trucs-là, elle a dit qu'ils *révélaient ce qu'on était à l'intérieur*. Elle a dit qu'ils *révélaient votre âme*. »

Quand il prononça ces mots, je me rappelai soudain un dessin que Laura avait fait une fois de ses intestins et je ris. Mais quelque chose me revenait.

« C'est juste, dis-je. Je m'en souviens. Alors tu en conclus quoi ?

— Voilà ce que je pense, prononça lentement Tommy. Suppose que ce soit vrai, ce que racontent les vétérans. Suppose qu'une disposition particulière ait été prise pour les élèves de Hailsham. Suppose que deux personnes disent qu'elles s'aiment vraiment, et qu'elles veuillent du temps en plus pour être ensemble. Alors tu vois, Kath, il doit y avoir un moyen de juger si elles

disent vraiment la vérité. Qu'elles ne disent pas simplement qu'elles s'aiment juste pour retarder les dons.
Tu vois comme ce serait difficile d'en décider ? Ou bien
un couple pourrait croire vraiment s'aimer, mais ce
serait juste une histoire de sexe. Ou un béguin. Tu vois
ce que je veux dire, Kath ? Ce sera vraiment difficile à
juger, et c'est sans doute impossible de tomber juste à
chaque fois. Mais quel que soit celui qui prend la décision, Madame ou un autre, la question est qu'*ils ont
besoin de quelque chose à quoi s'accrocher.* »

Je hochai lentement la tête. « Alors c'est pour ça
qu'ils emportaient nos dessins…

— C'est possible. Madame a quelque part une galerie remplie des travaux des élèves depuis qu'ils sont
tout petits. Imagine que deux personnes se présentent
et disent qu'elles s'aiment. Elle peut trouver les dessins qu'ils ont faits pendant des années et des années.
Elle peut voir si ça va ensemble. Si ça s'accorde. N'oublie pas, Kath, ce qu'elle a révèle nos âmes. Elle pourrait décider elle-même si c'est une union sérieuse ou
une stupide passade. »

Je me remis à marcher lentement, regardant à peine
devant moi. Tommy m'emboîta le pas, attendant ma
réaction.

« Je ne suis pas sûre, prononçai-je enfin. Ce que tu dis
pourrait certainement expliquer Miss Emily, ce qu'elle a
répondu à Roy. Et je suppose que ça explique aussi pourquoi les gardiens ont toujours pensé que c'était si important pour nous d'être capables de peindre et tout ça.

– Exactement. Et c'est pourquoi… » Tommy soupira et continua avec un certain effort : « C'est pourquoi Miss Lucy a dû admettre qu'elle s'était trompée en m'assurant que ça n'avait pas vraiment d'importance. Elle l'avait dit parce qu'elle avait pitié de moi à l'époque. Mais au fond d'elle-même elle savait que c'était *important*. Ce qu'il y avait de particulier, quand on était de Hailsham, c'était cette chance spéciale qu'on avait. Et si rien de ce qu'on faisait n'était pris dans la galerie de Madame, on pouvait estimer que cette chance était gâchée. »

Après qu'il eut prononcé ces mots, je saisis soudain, avec un réel frisson, où il voulait en venir. Je m'arrêtai et me tournai vers lui, mais avant que je n'eusse ouvert la bouche, Tommy se mit à rire.

« Si j'ai bien compris, hein, on dirait que j'ai fichu ma chance en l'air.

– Tommy, est-ce qu'un de tes dessins a *jamais* été pris dans la Galerie ? Peut-être quand tu étais beaucoup plus jeune ? »

Déjà il secouait la tête. « Tu sais à quel point j'étais incapable. Et puis il y a eu cette histoire avec Miss Lucy. Je sais qu'elle me voulait du bien. Elle avait pitié de moi et elle souhaitait m'aider. J'en suis sûr. Mais si ma théorie est juste, euh…

– Ce n'est qu'une théorie, Tommy. Tu sais ce que valent tes théories. »

J'avais voulu rendre les choses un peu plus légères, mais je ne trouvai pas le ton juste, et il devait être visible que je pensais encore sérieusement à ce qu'il venait de dire. « Peut-être qu'ils ont toutes sortes de façons de juger, dis-je au bout d'un moment. Peut-être que l'art n'est qu'un moyen parmi tant d'autres. »

Tommy secoua de nouveau la tête. « Comme quoi ? Madame n'a jamais eu l'occasion de nous connaître. Elle ne se souviendrait pas de nous individuellement. D'ailleurs, Madame n'est sans doute pas seule à décider. Il y a sans doute des gens plus haut placés, des gens qui n'ont jamais mis les pieds à Hailsham. J'y ai beaucoup réfléchi, Kath. Tout concorde. C'est pourquoi la Galerie était si importante, et pourquoi les gardiens voulaient que nous travaillions si dur notre art et notre poésie. Kath, qu'est-ce que tu en penses ? »

En effet, je m'étais un peu laissé emporter par ma rêverie. En fait, je pensais à cet après-midi où j'étais seule dans notre dortoir, passant la cassette que nous venions de retrouver ; où j'oscillais lentement, un coussin serré contre ma poitrine, et où Madame m'avait observée depuis le seuil, les larmes aux yeux. Même cet épisode, pour lequel je n'ai jamais trouvé d'explication convaincante, semblait cadrer avec la théorie de Tommy. Dans ma tête, j'avais imaginé que je tenais un bébé, mais, bien sûr, Madame n'avait eu aucun moyen de le savoir. Elle avait dû supposer que je tenais un amant dans mes bras. Si la théorie de Tommy était juste, si Madame était liée à nous dans le seul but de reporter nos dons quand, plus tard, nous tomberions amoureux, alors il était logique – en dépit de son habituelle froideur envers nous – qu'elle fût vraiment émue en tombant sur une scène de ce genre. Tout cela défilait dans mon esprit, et j'étais sur le point de le révéler étourdiment à Tommy. Mais je me contins parce que je voulais à présent dédramatiser sa théorie.

« Je réfléchissais à ce que tu as dit, c'est tout, répondis-je. On devrait rentrer maintenant. Ça peut prendre un moment pour retrouver le parking. »

Nous commençâmes à redescendre la pente, mais nous savions qu'il nous restait du temps et ne nous hâtions pas.

« Tommy, demandai-je quand nous eûmes marché un moment, tu as parlé de tout ça à Ruth ? »

Il secoua la tête et poursuivit son chemin. Enfin il dit : « Le problème, c'est que Ruth croit à tout ça, à tout ce que racontent les vétérans. D'accord, elle aime prétendre qu'elle en sait beaucoup plus que ce qu'elle sait en réalité. Mais elle y croit. Et, tôt ou tard, elle va vouloir mener ça plus loin.

– Tu veux dire, elle va vouloir…

– Ouais. Elle va vouloir postuler. Mais elle n y a pas encore vraiment réfléchi. Pas comme nous venons de le faire.

– Tu ne lui as jamais parlé de ta théorie sur la Galerie ? »

Il secoua de nouveau la tête, mais se tut.

« Si tu lui exposes ta théorie, dis-je, et qu'elle marche… Eh bien, elle va être furieuse. »

Tommy parut pensif, mais il ne disait toujours rien.

Il ne se remit à parler que lorsque nous fûmes revenus dans les étroites rues transversales, et sa voix avait alors brusquement pris un ton penaud.

« En fait, Kath, dit-il, j'ai *fait* des choses. Au cas où. Je ne l'ai confié à personne, pas même à Ruth. Ce n'est qu'un début. »

Ce fut la première fois que j'entendis parler de ses animaux imaginaires. Quand il commença à décrire ce qu'il avait fait – en réalité je ne vis rien avant plusieurs semaines –, j'eus de la peine à manifester beaucoup d'enthousiasme. Je dois l'admettre, cela me rappela le dessin original de l'éléphant-sur-l'herbe qui avait déclenché tous les problèmes de Tommy à Hailsham. L'inspiration, expliqua-t-il, était venue d'un vieux livre pour enfants, dont la quatrième de couverture avait disparu, qu'il avait trouvé derrière l'un des canapés aux Cottages. Il avait ensuite persuadé Keffers de lui donner l'un des petits carnets noirs où il griffonnait ses chiffres, et depuis il avait terminé au moins une douzaine de ces créatures fantastiques.

« Voilà, je les fais vraiment petits. Minuscules. Je n'y avais jamais pensé à Hailsham. Si tu les fais d'une taille minuscule, et tu y es obligé parce que les pages ne sont pas plus grandes que ça, alors tout change. C'est comme s'ils prenaient vie tout seuls. Tu dois réfléchir à leur façon de se protéger, à leur façon d'atteindre les choses. Honnêtement, Kath, ça n'a rien à voir avec quoi que ce soit que j'ai fait à Hailsham. »

Il se mit à décrire ses préférés, mais je n'arrivais pas

vraiment à me concentrer ; plus il s'excitait en me parlant de ses animaux, plus j'étais mal à l'aise. « Tommy, voulais-je lui dire, tu vas encore te couvrir de ridicule. Des animaux imaginaires ? Qu'est-ce qui te prend ? » Mais je ne le fis pas. Je me contentai de le regarder prudemment et répétai : « Ça a vraiment l'air super, Tommy. »

Puis il dit, à un moment donné : « Comme je l'ai dit, Kath, Ruth n'est pas au courant pour les animaux. » Et quand il dit cela, il parut se souvenir de tout le reste, et de la raison pour laquelle nous avions parlé de ses animaux au départ, et l'énergie disparut de son visage. Puis nous marchâmes de nouveau en silence, et quand nous débouchâmes dans la rue centrale, j'observai :

« Eh bien, même s'il y a du vrai dans ta théorie, Tommy, nous avons encore beaucoup d'autres choses à découvrir. D'abord, comment un couple est-il censé postuler ? Qu'est-il censé faire ? On ne peut pas dire que les formulaires traînent partout.

— Je me suis aussi interrogé là-dessus. » Sa voix était de nouveau calme et solennelle. « Autant que je puisse en juger, il existe une seule manière évidente d'avancer. C'est de trouver Madame. »

J'y réfléchis, puis je dis : « Ça risque de ne pas être aussi facile. Nous ne savons vraiment rien à son sujet. Nous ne connaissons même pas son nom. Et tu te souviens comment elle était ? Elle n'aimait même pas qu'on s'approche d'elle. Même si nous finissons par la retrouver, je ne crois pas qu'elle sera d'un grand secours. »

Tommy soupira. « Je sais, répondit-il. Eh bien, je suppose que nous avons du temps. Aucun de nous n'est particulièrement pressé. »

Quand nous fûmes de retour au parking, l'après-midi s'était chargé de nuages et avait nettement fraîchi. Il n'y avait aucune trace des autres, aussi Tommy et moi nous appuyâmes contre notre véhicule et regardâmes en direction du terrain de minigolf. Personne ne jouait et les drapeaux flottaient dans le vent. Je ne voulais plus parler de Madame, de la Galerie ni du reste, c'est pourquoi je sortis la cassette de Judy Bridgewater de son sachet et l'examinai attentivement.

« Merci de me l'avoir achetée », dis-je.

Tommy sourit. « Si j'avais fouillé cette boîte de cassettes pendant que tu regardais les 33-tours, je l'aurais trouvée le premier. Pas de chance pour ce pauvre vieux Tommy.

— Ça ne fait aucune différence. Nous l'avons trouvée uniquement parce que tu as proposé de la chercher. J'avais oublié toute cette histoire de coin perdu. Après la comédie de Ruth, j'étais d'une sale humeur. Judy Bridgewater. Ma vieille copine. C'est comme si elle n'avait jamais disparu. Je me demande qui l'a volée autrefois. »

Nous nous tournâmes un moment vers la rue, guettant les autres.

« Tu sais, reprit Tommy, quand Ruth a dit ce qu'elle a dit tout à l'heure, et que j'ai vu combien tu étais perturbée…

— Laisse tomber, Tommy. C'est oublié maintenant. Et je ne lui en reparlerai pas quand elle reviendra.

— Non, ce n'est pas ça que je voulais dire. » Il soulagea la voiture de son poids, se tourna et appuya un pied contre le pneu avant comme pour le tester. « Ce que je voulais dire, c'est que j'ai alors compris, quand Ruth a sorti tout ça, j'ai alors compris pourquoi tu regardes sans arrêt ces revues porno. Bon, je n'ai pas *compris*. C'est juste une théorie. Une autre de mes théories. Mais quand Ruth a dit ce qu'elle a dit tout à l'heure, ça a fait tilt. »

Je savais qu'il me fixait, mais je continuai de regarder droit devant moi et ne fis aucune réponse.

« Mais je ne comprends pas vraiment, Kath, dit-il enfin. Même si ce que raconte Ruth est vrai, et je ne le crois pas, pourquoi cherches-tu tes "possibles" dans de vieilles revues porno ? Pourquoi ton modèle serait-il une de ces filles ? »

Je haussai les épaules, toujours sans le regarder. « Je ne prétends pas que ça soit logique. C'est juste un truc que je fais. » Mes yeux se remplissaient de larmes et j'essayai de les dissimuler à Tommy. Mais ma voix tremblait quand je dis : « Si ça t'irrite à ce point, alors je ne le ferai plus. »

Je ne sais pas si Tommy vit les larmes. En tout cas, j'étais parvenue à les contenir quand il s'approcha de moi et étreignit mes épaules. C'était un geste qu'il faisait de temps en temps, ce n'était rien de spécial ni de neuf. Mais pour une raison ou pour une autre je me sentis mieux et j'eus un petit rire. Il me lâcha alors, mais nous restâmes ainsi, nous touchant presque, de nouveau côte à côte, le dos à la voiture.

« Bon, c'est absurde, dis-je. Mais nous le faisons tous, non ? Nous nous interrogeons tous sur notre modèle. Après tout, c'est pour ça que nous sommes venus aujourd'hui. Nous le faisons tous.

— Kath, tu sais, bien sûr, que je n'ai rien dit à personne. À propos de cette fois dans la baraque de la chaufferie. Ni à Ruth, ni à personne. Mais je pige pas. Je pige pas de quoi il retourne.

— Très bien, Tommy. Je vais te l'expliquer. Ça ne sera pas forcément plus clair une fois que tu m'auras écoutée, mais tu peux l'entendre de toute manière. C'est juste que quelquefois, de temps à autre, j'ai ces pulsions vraiment fortes quand j'ai envie de coucher avec quelqu'un. Quelquefois ça m'envahit et pendant une heure ou deux c'est effrayant. En fait, je pourrais finir par le faire avec le vieux Keffers, c'est à ce point. C'est pourquoi… c'est la seule raison pour laquelle je l'ai fait avec Hughie. Et avec Oliver. Ça ne correspondait à rien de profond. Ils ne me plaisent même pas vraiment. Je ne sais pas ce que c'est, et après, quand c'est passé, c'est juste effrayant. C'est pourquoi j'ai commencé à penser, euh… que ça doit venir de quelque part. Ça doit avoir un rapport avec ce que je suis. » Je m'interrompis, mais comme Tommy se taisait, je repris : « Alors j'ai pensé que si je tombais sur sa photo dans l'une de ces revues, au moins, ça me l'expliquerait. Je ne voudrais pas aller la trouver, ni rien. Ça m'expliquerait juste, tu sais, en quelque sorte, pourquoi je suis comme ça.

— Moi aussi, ça me prend quelquefois, dit Tommy. Quand j'ai vraiment envie de le faire. Je suppose que c'est le cas de tout le monde, si on est honnête. Je ne crois pas qu'il y ait quoi que ce soit de particulier chez toi, Kath. En fait, ça me prend vraiment souvent… » Il s'interrompit et rit, mais je ne me joignis pas à lui.

« Je parle de quelque chose de différent, dis-je. J'ai observé les autres gens. L'envie leur vient, mais ce n'est pas pour ça qu'ils font des trucs. Ils ne font jamais ce que j'ai fait, sortir avec des types comme ce Hughie… »

J'aurais pu de nouveau fondre en larmes, parce que je sentais le bras de Tommy se poser une nouvelle fois sur mes épaules. Troublée comme je l'étais, je restai consciente de l'endroit où nous étions, et je m'assurai intérieurement que si Ruth et les autres remontaient la rue, même s'ils nous voyaient à ce moment, aucune méprise ne serait possible. Nous étions encore côte à côte, nous appuyant contre la voiture, et ils verraient que j'étais perturbée par quelque chose et que Tommy me consolait. Puis je l'entendis qui disait :

« Je ne pense pas que ce soit nécessairement mauvais. Une fois que tu trouveras quelqu'un, Kath, quelqu'un avec qui tu veux vraiment être, alors ça peut être vraiment bien. Tu te rappelles ce que nous disaient les gardiens ? Si c'est avec la bonne personne, tu te sens vraiment bien. »

Je fis un mouvement de l'épaule pour me dégager de son bras, puis je pris une profonde inspiration. « Oublions ça. En tout cas, j'arrive beaucoup mieux à contrôler ces pulsions quand elles arrivent. Alors oublions ça.

— Quand même, Kath, c'est stupide de regarder ces revues.

— C'est stupide, d'accord. Tommy, laissons ça. Je vais bien maintenant. »

Je ne me souviens pas de quoi nous avons encore parlé jusqu'à ce que les autres reviennent. Nous cessâmes de discuter de ces sujets sérieux, et si les autres perçurent quelque chose qui planait dans l'air, ils n'en firent pas la remarque. Ils étaient de bonne humeur, et Ruth en particulier semblait décidée à rattraper la scène désagréable qui s'était déroulée plus tôt. Elle s'approcha et me toucha la joue, faisant une plaisanterie quelconque, et une fois que nous fûmes dans la voiture, elle fit en sorte de maintenir cette humeur joviale. Elle et Chrissie avaient trouvé tout comique chez Martin et se délectaient de l'occasion de rire de lui ouvertement maintenant qu'elles avaient quitté son appartement. Rodney semblait désapprouver, et je me rendis compte que Ruth et Chrissie en faisaient toute une histoire surtout pour le taquiner. Ça semblait plutôt bon enfant. Mais, remarquai-je, alors qu'avant Ruth avait profité de l'occasion pour nous laisser, Tommy et moi, en dehors de toutes les plaisanteries et allusions, pendant le trajet de retour elle ne cessa de se tourner vers moi pour expliquer avec soin tout ce dont elles parlaient. En fait cela devint un peu lassant au bout d'un moment parce que ça donnait l'impression que tout ce qui se disait dans la voiture l'était spécialement dans notre intérêt – ou du moins dans le mien. Mais j'étais contente que Ruth fasse tout ce cinéma. Je comprenais – ainsi que Tommy – qu'elle avait reconnu s'être mal comportée auparavant, et que c'était sa façon de le reconnaître. Nous étions assis avec elle au milieu, exactement comme à l'aller, mais à présent elle passait tout son temps à me parler, se tournant parfois de l'autre côté pour exercer une petite pression sur le bras de Tommy ou lui donner un baiser. C'était une bonne atmosphère, et personne n'évoqua le «possible» de Ruth ni rien de la sorte. Et je ne mentionnai pas la cassette de Judy Bridgewater que Tommy m'avait offerte. Je savais que Ruth le découvrirait tôt ou tard, mais je ne voulais pas qu'elle s'en aperçût encore. Lors de ce retour, avec l'obscurité qui s'étendait sur ces longues routes désertes, nous avions l'impression d'être de nouveau proches tous les trois et je voulais que rien ne vînt rompre cette sensation.

16

La chose étrange à propos de notre voyage à Norfolk fut qu'une fois de retour nous en parlâmes à
peine. À tel point que pendant quelque temps toutes
sortes de bruits coururent au sujet de ce que nous
avions fait. Même alors, nous demeurâmes silencieux,
jusqu'au moment où les gens perdirent tout intérêt
pour cette histoire.

Je ne sais toujours pas pourquoi cela se passa ainsi.
Peut-être sentions-nous que cela dépendait de Ruth, que
c'était à elle de décider ce qu'il faudrait révéler, et que
nous attendions pour lui emboîter le pas. Et Ruth, pour
une raison ou une autre – peut-être était-elle embarrassée par la manière dont les choses avaient tourné avec
son «possible», peut-être appréciait-elle le mystère –,
était restée complètement fermée sur le sujet. Même
entre nous, nous évitions de parler du voyage.

L'atmosphère de secret me permit plus facilement de ne pas dire à Ruth que Tommy m'avait acheté la cassette de Judy Bridgewater. Je n'allai pas jusqu'à cacher l'objet. Il se trouvait toujours là, dans ma collection, dans l'une de mes petites piles près de la plinthe. Mais je prenais toujours soin de ne pas le laisser au sommet d'une pile. Il y avait des fois où je voulais vraiment le lui dire, où je voulais que nous évoquions le souvenir de Hailsham avec la cassette qui passait en arrière-fond. Mais plus le voyage à Norfolk s'éloignait dans le temps, alors que je n'avais encore rien dit, et plus cela donnait l'impression d'être un secret coupable. Bien sûr, elle finit par repérer la cassette, beaucoup plus tard, et le moment où elle la découvrit fut probablement bien pire, mais c'est ainsi que la chance tourne parfois.

Avec la venue du printemps il semblait que de plus en plus de vétérans s'en allaient pour commencer leur formation, et même s'ils partaient habituellement sans histoires, leur nombre croissant les rendait impossibles à ignorer. Je ne sais pas très bien quels étaient nos sentiments, en assistant à ces départs. Je suppose que dans une certaine mesure nous enviions les gens qui partaient. L'impression était qu'ils abordaient un monde plus vaste, plus excitant. Mais, bien sûr, sans l'ombre d'un doute, leur départ nous mettait de plus en plus mal à l'aise.

Puis, je crois que c'était vers avril, Alice F. devint la première de notre groupe de Hailsham à partir, et peu après ce fut le tour de Gordon C. Ils avaient tous les deux demandé à commencer leur formation et s'en allèrent avec des sourires joyeux, mais, après cela, du moins pour notre bande, l'atmosphère des Cottages changea pour toujours.

Beaucoup de vétérans semblaient, eux aussi, affectés par la rafale de départs, et la conséquence directe en fut peut-être la recrudescence des rumeurs dont Chrissie et Rodney avaient parlé à Norfolk. On rapportait que, dans un autre endroit du pays, des élèves avaient obtenu des sursis parce qu'ils avaient montré qu'ils s'aimaient – à présent, en quelques occasions, il s'agissait d'élèves qui n'avaient pas de lien avec Hailsham. Ici encore, les cinq d'entre nous qui étaient allés à Norfolk reculaient quand on abordait ce sujet : même Chrissie et Rodney, qui avaient autrefois été au cœur de ce genre de conversations, regardaient ailleurs avec embarras quand ces rumeurs circulaient.

L'« effet Norfolk » nous atteignit même, Tommy et moi. J'avais supposé qu'une fois de retour nous aurions des petites occasions, chaque fois que nous serions seuls, d'échanger plus d'idées sur sa théorie à propos de la Galerie. Mais pour quelque raison – et ça ne venait pas plus de lui que de moi – cela ne se produisit jamais vraiment. La seule exception, je suppose, fut cette fois dans le hangar des oies, le matin où il me montra ses animaux imaginaires.

La grange que nous appelions le hangar des oies se trouvait à la lisière des Cottages et, parce que le toit fuyait sérieusement et que la porte était en permanence sortie de ses gonds, elle ne servait pas à grand-chose, sinon à procurer aux couples un endroit où s'éclipser pendant les mois les plus chauds. J'avais alors pris l'habitude de longues promenades solitaires, et je pense que je m'apprêtais à en faire une, et venais de passer devant le hangar des oies, quand j'entendis Tommy m'appeler. Je me tournai pour le voir pieds nus, perché maladroitement sur un morceau de terre sèche encerclé par une énorme mare, une main sur la paroi de la grange pour se maintenir en équilibre.

« Où sont passées tes Wellies, Tommy ? » demandai-je. En dehors de ses pieds nus, il était vêtu de son gros chandail et de son jean habituels.

« J'étais, tu sais, en train de *dessiner...* » Il rit et leva un petit carnet noir semblable à ceux avec lesquels Keffers se promenait toujours. Plus de deux mois s'étaient alors écoulés depuis le voyage à Norfolk, mais dès que je vis le carnet, je compris de quoi il s'agissait. Pourtant j'attendis qu'il dise :

« Si tu veux, Kath, je vais te montrer. »

Sautillant sur le sol irrégulier, il me montra le chemin pour entrer dans le hangar des oies. Je m'étais attendue à ce qu'il fît sombre à l'intérieur, mais le soleil se déversait par les lucarnes. Contre un mur étaient repoussés différents éléments de mobilier, transbahutés sans doute au cours de l'année précédente – des tables cassées, des vieux frigos, ce genre de choses. Tommy paraissait avoir traîné au milieu du plancher un canapé à deux places avec de la bourre qui sortait du plastique noir, et je devinai qu'il y était assis pour dessiner quand j'étais passée. Tout près, ses Wellington étaient couchées sur le côté, ses chaussettes de foot dépassant du bord.

Tommy retomba d'un bond sur le canapé, se tenant le gros orteil. «Désolé, j'ai les pieds qui puent un peu. J'ai tout enlevé sans m'en rendre compte. Je pense que je viens de me couper. Kath, tu veux voir ceux-là? Ruth les a regardés la semaine dernière, et depuis ce moment-là j'avais l'intention de te les montrer. Personne ne les a vus en dehors de Ruth. Jette un coup d'œil, Kath.»

Ce fut la première fois où je vis ses animaux. Quand il m'en avait parlé à Norfolk, j'avais imaginé des versions réduites de ce que nous faisions lorsque nous étions petits. Je fus donc décontenancée par la densité de détails de chacun d'eux. En fait, il me fallut un moment pour voir que c'étaient vraiment des animaux. La première impression était celle qu'on aurait en retirant l'arrière d'un poste de radio: minuscules canaux, tendons filandreux, vis et roues miniatures étaient tous dessinés avec une précision obsessionnelle, et ce n'était que lorsqu'on tenait la page à distance qu'on découvrait une sorte de tatou, par exemple, ou d'oiseau.

« C'est mon deuxième volume, dit Tommy. Pas question que quelqu'un regarde le premier ! Ça m'a pris un moment pour me mettre en route. »

Il s'appuyait maintenant contre le dossier du canapé, tirant une chaussette sur son pied et essayant de paraître indifférent, mais je savais qu'il attendait anxieusement ma réaction. Pourtant, pendant un moment, je ne pus exprimer des éloges sans réserve. Peut-être était-ce en partie mon inquiétude que tout travail artistique fût susceptible de le mettre de nouveau en difficulté. Mais aussi, ce que je regardais était si différent de tout ce que les gardiens nous avaient appris à faire à Hailsham. Je ne savais pas comment le juger. Je dis quelque chose du genre :

« Mon Dieu, Tommy, il doit falloir une sacrée concentration. Je suis surprise que tu y voies assez clair ici pour faire des trucs aussi minuscules. » Puis, tandis que je feuilletais les pages, peut-être parce que je m'efforçais encore de trouver les mots justes, je déclarai : « Je me demande ce que Madame dirait si elle les voyait. »

J'avais pris le ton de la plaisanterie et Tommy réagit avec un petit ricanement, mais il planait dans l'air quelque chose qui n'y était pas avant. Je continuai de tourner les pages du carnet — rempli jusqu'au quart environ — sans le regarder, souhaitant n'avoir jamais mentionné Madame. Enfin je l'entendis dire :

« Je suppose que je devrais m'améliorer beaucoup avant de pouvoir *lui* en montrer. »

Je me demandai si c'était une façon de m'encourager à m'exclamer sur la qualité des dessins, mais à présent je commençais à être vraiment captivée par les créatures fantastiques sous mes yeux. Malgré leur structure chargée, métallique, il y avait en elles une douceur, et même une vulnérabilité. Je me souvins de lui me disant à Norfolk qu'il se souciait, alors même qu'il les créait, de la façon dont elles se protégeraient ou parviendraient à atteindre et saisir les choses, et, en les regardant maintenant, j'éprouvais le même type de préoccupations. Même ainsi, pour une raison qui m'échappait, quelque chose me retenait encore de prononcer des éloges. Tommy dit alors :

« En tout cas, ce n'est pas seulement à cause de ça que je fais les animaux. J'aime les faire, c'est tout. Je me demandais, Kath, si je devrais continuer de garder ça secret. Je pensais : peut-être qu'il n'y a aucun mal à ce que les gens sachent que je les dessine. Hannah peint toujours ses aquarelles, beaucoup de vétérans font des trucs. Je ne veux pas dire que je vais exactement me mettre à les *montrer* à tout le monde. Mais je me disais : bon, il n'y a aucune raison pour que je garde ça secret plus longtemps. »

Je parvins enfin à le regarder et à déclarer avec conviction : « Tommy, il n'y a aucune raison, absolument aucune raison. Ces dessins sont bons. Vraiment, vraiment bons. En fait, si c'est pour ça que tu te caches ici, c'est vraiment bête. »

Il ne fit aucune réponse, mais une sorte de petit sourire narquois apparut sur son visage, comme s'il s'amusait d'une blague qu'il ne partageait qu'avec lui-même, et je sus combien je l'avais rendu heureux. Je ne pense pas que nous ayons dit grand-chose d'autre après ça. Je crois qu'il ne tarda pas à remettre ses Wellington, et que nous quittâmes tous les deux le hangar des oies. Je l'ai dit, ce fut à peu près la seule fois où Tommy et moi évoquâmes directement sa théorie ce printemps-là.

Puis vint l'été, et le cap d'un an après notre arrivée. Une fournée de nouveaux élèves arriva en minibus, à peu près comme nous l'avions fait, mais aucun d'eux ne venait de Hailsham. Ce fut, sous certains aspects, un soulagement : je pense que nous avions tous craint qu'un nouveau groupe d'élèves de Hailsham ne compliquât les choses. Mais, pour moi du moins, cette non-apparition d'élèves de Hailsham ajouta simplement au sentiment que Hailsham était maintenant loin dans le passé, et que les liens soudant notre ancien groupe s'effilochaient maintenant. Ce n'était pas seulement le fait que des gens comme Hannah parlaient toujours de suivre l'exemple d'Alice et de commencer leur formation ; d'autres, comme Laura, avaient trouvé des petits amis qui n'étaient pas de Hailsham et on pouvait presque oublier qu'ils n'avaient jamais eu grand-chose à voir avec nous.

Et puis il y avait le comportement de Ruth, qui fei-
gnait constamment d'oublier des choses sur Hailsham.
D'accord, c'étaient des choses très insignifiantes, mais
elle m'irritait de plus en plus. Il y eut la fois, par
exemple, où nous étions assis autour de la table de la
cuisine après un long petit déjeuner, Ruth, moi et
quelques vétérans. L'un d'eux venait d'observer que
manger du fromage tard le soir perturbait le sommeil,
et je m'étais tournée vers Ruth pour dire une phrase du
genre : « Tu te souviens que Miss Geraldine nous le
répétait toujours ? » C'était un aparté sans importance,
et il aurait suffi à Ruth de sourire ou de hocher la tête.
Mais elle prit soin de me dévisager d'un air absent,
comme si elle ne saisissait pas du tout de quoi je parlais. Quand je dis aux vétérans, en guise d'explication :
« Un de nos gardiens », Ruth acquiesça alors en fron-
çant le sourcil, comme si elle venait de s'en souvenir à
l'instant.

Je la laissai tranquille cette fois-là. Mais il y eut
une autre occasion où je ne le fis pas – le soir où nous
étions assises dans l'Abribus en ruine. Je me mis
alors en colère parce que c'était une chose que de
jouer à ce jeu devant les vétérans ; mais tout à fait
une autre quand nous étions toutes les deux, au
milieu d'une conversation sérieuse. Je m'étais référée,
juste en passant, au fait qu'à Hailsham le raccourci
pour se rendre à l'étang par le carré de rhubarbe était
interdit. Quand elle prit son air perplexe, je renonçai
à l'argument que j'essayais de défendre et je dis :

« Ruth, tu ne peux pas l'avoir oublié. Alors arrête ton cinéma. »

Peut-être que si je ne l'avais pas reprise aussi vivement – peut-être que si j'avais juste tourné la chose en plaisanterie et continué –, elle aurait vu combien c'était absurde et ri. Mais parce que je l'avais rembarrée, Ruth me foudroya du regard et répliqua :

« Qu'est-ce que ça fait de toute façon ? Quel rapport y a-t-il entre le carré de rhubarbe et tout ça ? Poursuis donc ce que tu disais. »

L'heure avançait, le soir d'été s'estompait, et une sensation de moisi et d'humidité émanait du vieil Abribus après un récent orage. Aussi je n'avais pas la tête à expliquer pourquoi cela comptait autant. Je laissai tomber et poursuivis la discussion que nous avions, mais l'atmosphère s'était refroidie et n'aurait guère pu nous aider à résoudre le difficile problème en question.

Mais pour expliquer de quoi nous parlions ce soir-là, je dois revenir un peu en arrière. En fait, il faut que je revienne plusieurs semaines en arrière, à la première partie de l'été. J'avais eu une relation avec l'un des vétérans, un garçon du nom de Lenny, qui, pour être honnête, avait été surtout fondée sur le sexe. Et puis il avait brusquement choisi de commencer sa formation et était parti. Cela m'avait un peu déstabilisée, et Ruth avait été formidable, veillant sur moi sans en faire une histoire, toujours prête à m'égayer si je semblais mélancolique. Elle m'aidait aussi constamment, me préparant des sandwiches ou assumant certains travaux ménagers inscrits sur mon tableau de service.

Puis, environ quinze jours après le départ de Lenny, nous étions toutes les deux assises dans ma chambre sous les combles un peu après minuit, à bavarder au-dessus de nos tasses de thé, et Ruth m'avait vraiment fait rire à propos de Lenny. Il n'était pas un si mauvais garçon, mais quand je commençai à raconter à Ruth certaines des choses les plus intimes sur lui, il sembla que tout ce qui le concernait fût hilarant, et nous ne cessions de rire et de rire encore. À un moment donné, Ruth glissa le doigt sur les cassettes empilées en petits tas le long de ma plinthe. Elle le faisait d'une manière distraite tout en riant, mais plus tard je traversai une phase où je soupçonnai que ce n'était pas du tout un hasard ; qu'elle l'avait peut-être remar-quée là des jours auparavant, et l'avait peut-être même examinée pour s'en assurer, puis avait attendu le meilleur moment pour la « découvrir ». Des années après j'y fis une gentille allusion devant Ruth, mais elle ne parut pas savoir de quoi je parlais, aussi peut-être m'étais-je trompée. En tout cas, nous étions là, riant et riant encore chaque fois que je fournissais un détail de plus sur le malheureux Lenny, et brusque-ment ce fut comme si une prise avait été débranchée. Ruth était allongée sur le flanc en travers de mon tapis, examinant les tranches des cassettes sous la faible clarté, et la cassette de Judy Bridgewater se retrouva entre ses mains. Après ce qui parut être une éternité, elle dit :

« Alors, depuis combien de temps tu l'as récupérée ? »

Je lui racontai, du ton le plus neutre possible, comment Tommy et moi l'avions dénichée ce jour-là, pendant qu'elle était partie avec les autres. Elle continua de la regarder attentivement, puis lança :

— Alors c'est Tommy qui te l'a trouvée.

— Non. Je l'ai trouvée la première.

— Vous ne m'en avez informée ni l'un ni l'autre. » Elle haussa les épaules. « Du moins, si vous l'avez fait, je ne l'ai jamais entendu.

— C'était vrai, ce qu'on disait sur Norfolk, repris-je. Tu sais, que c'était le coin perdu d'Angleterre. »

L'idée que Ruth feindrait de ne pas se rappeler cette référence me traversa brièvement l'esprit, mais elle hocha pensivement la tête.

« J'aurais dû m'en souvenir à ce moment-là, observat-elle. J'aurais pu retrouver mon écharpe rouge. »

Nous rîmes toutes deux et le malaise parut se dissiper. Mais à la manière dont Ruth remit la cassette à sa place sans plus de discussion, quelque chose me fit penser que je n'en avais pas encore terminé avec ça.

Je ne sais pas si le tour que prit ensuite la conversation fut orienté par Ruth à la lumière de sa découverte, ou si nous nous dirigions de toute manière dans ce sens, auquel cas elle se rendit compte après coup seulement qu'elle pouvait en faire ce qu'elle en a fait.

Nous recommençâmes à discuter de Lenny, en particulier d'un tas de trucs sur sa façon de baiser, et nous
riions encore comme des folles. À ce moment, je
pense que j'étais juste soulagée qu'elle eût enfin
trouvé la cassette et n'eût pas fait une énorme scène,
aussi n'étais-je peut-être pas assez prudente. Car bientôt nous ne riions plus de Lenny, mais de Tommy. Au
début tout cela avait paru plutôt bon enfant, comme
si nous nous montrions juste affectueuses à son égard.
Mais ensuite nous avons ri de ses animaux.

Donc, je n'ai jamais su avec certitude si Ruth ramena
délibérément la conversation sur ce sujet. Pour être
juste, je ne peux même pas affirmer péremptoirement
qu'elle fut la première à mentionner les animaux.
Et quand nous eûmes commencé, je riais autant
qu'elle – de l'un qui avait l'air de porter un caleçon,
de l'autre qui devait avoir été inspiré par un hérisson
écrasé. Je suppose que j'aurais dû dire à un moment
donné que les animaux étaient réussis, qu'il avait
vraiment bien travaillé pour être arrivé à ce résultat.
Mais je ne le fis pas. C'était en partie à cause de la cassette ; et peut-être, si je dois être honnête, parce que
j'aimais l'idée que Ruth ne prenait pas les animaux
au sérieux, ni tout ce que cela impliquait. Je pense
que, quand nous nous séparâmes enfin pour la nuit,
nous nous sentions plus proches que jamais auparavant. Elle me toucha la joue en sortant et dit :
« C'est vraiment bien que tu gardes toujours le moral,
Kathy. »

Je n'étais donc pas préparée du tout à ce qui se passa dans le cimetière quelques jours plus tard. Cet été-là, Ruth avait découvert à environ un kilomètre des Cottages une vieille église ravissante, derrière laquelle il y avait un terrain irrégulier avec de très anciennes stèles inclinées dans l'herbe. Tout était envahi par les mauvaises herbes, mais c'était vraiment paisible, et Ruth avait pris l'habitude de faire une grande partie de ses lectures à cet endroit, près de la grille du fond, sur un banc sous un grand saule. Au début je n'avais guère apprécié ce changement, me souvenant que l'été précédent nous restions tous assis ensemble sur l'herbe devant les Cottages. Néanmoins, si je me dirigeais par là lors de l'une de mes promenades, sachant que Ruth risquait de s'y trouver, je franchissais le portail bas en bois et prenais le sentier envahi de hautes herbes qui longeait les tombes. Cet après-midi le temps était chaud et immobile, et je descendais le sentier d'une humeur rêveuse, lisant les noms sur les stèles, quand je vis non seulement Ruth mais Tommy, sur le banc sous le saule.

En fait, Ruth était assise sur le banc, tandis que Tommy se tenait debout, un pied posé sur le bras rouillé, faisant un exercice d'étirement tandis qu'ils parlaient. Ils ne semblaient pas avoir une conversation d'une quelconque importance et je n'hésitai pas à m'approcher d'eux. Peut-être aurais-je dû percevoir un détail à leur façon de m'accueillir, mais je suis sûre qu'il n'y avait rien de flagrant. J'avais appris un ragot que je mourais d'envie de leur rapporter – à propos de l'un des nouveaux venus –, et un moment je fus seule à jacasser pendant qu'ils hochaient la tête et posaient une question ici et là. Il me fallut un peu de temps pour me rendre compte qu'il y avait un problème, et même alors, quand je marquai une pause et demandai : « J'ai interrompu quelque chose ? », je le fis sur le mode de la plaisanterie.

Mais Ruth déclara : « Tommy m'a exposé sa grande théorie. Il dit qu'il t'en a déjà parlé. Il y a une éternité. Mais maintenant, très aimablement, il me permet d'en profiter. »

Tommy poussa un soupir et s'apprêtait à répliquer, mais Ruth ajouta, feignant de chuchoter : « La grande théorie de Tommy sur la Galerie ! »

Ils me regardaient désormais tous les deux, comme si j'étais à présent responsable de tout et que la suite dépendait de moi.

« Ce n'est pas une mauvaise théorie, dis-je. Elle est peut-être juste, je n'en sais rien. Qu'est-ce que tu en penses, Ruth ?

– J'ai dû vraiment l'extirper de notre Gentil Garçon. T'étais pas très chaud pour me la révéler, hein, gueule d'amour ? Ce n'est que quand je l'ai pressé de me dire ce qu'il y avait derrière tout cet *art*.

– Je ne le fais pas juste pour ça », répondit Tommy d'un air maussade. Son pied était toujours posé sur le bras du banc et il continuait de s'étirer. « Tout ce que j'ai dit, c'est que si c'était *vrai* à propos de la Galerie, alors je pourrais toujours essayer de proposer les animaux...

— Tommy, chéri, ne te ridiculise pas devant notre amie. Fais-le avec moi, ça ne compte pas. Mais pas devant notre chère Kathy.

— Je ne vois pas pourquoi c'est tellement drôle, dit Tommy. C'est une théorie qui en vaut une autre.

— Ce n'est pas la *théorie* que les gens vont trouver drôle, gueule d'amour. Il est fort possible qu'ils gobent la théorie, en effet. Mais l'idée que tu vas y arriver en montrant tes petits animaux à Madame... » Ruth sourit en secouant la tête.

Tommy se tut et poursuivit ses étirements. Je voulus venir à son secours, et j'essayai de trouver le mot juste pour lui remonter le moral sans mettre Ruth encore plus en colère. Mais Ruth choisit ce moment pour dire ce qu'elle dit. Ce fut assez affreux sur le moment, mais dans le cimetière ce jour-là je n'imaginais pas que les répercussions auraient une portée aussi considérable. Voici ce qu'elle dit :

« Ce n'est pas que moi, amour. Kathy, ici présente, trouve tes animaux absolument tordants. »

Mon premier mouvement fut de nier, et de rire tout simplement. Mais il émanait une réelle autorité du ton des paroles de Ruth, et nous nous connaissions suffisamment bien tous les trois pour savoir que ses mots devaient reposer sur quelque chose. En fin de compte je gardai donc le silence, pendant que mon esprit fouillait frénétiquement dans le passé et qu'avec une horreur glacée, il s'arrêta à cette soirée dans ma chambre avec nos tasses de thé. Puis Ruth dit :

« Tant que les gens pensent que tu fais ces petites créatures en manière de plaisanterie, ça ne compte pas vraiment. Mais ne crie pas sur les toits que tu prends ça au sérieux. Je t'en prie. »

Tommy avait cessé de s'étirer et me fixait d'un œil interrogatif. Brusquement, il était de nouveau comme un enfant, plein de candeur, et je voyais aussi quelque chose de sombre et de troublant s'amasser derrière ses yeux.

« Écoute, Tommy, tu dois comprendre, poursuivit Ruth. Si Kathy et moi rigolons un bon coup à ton sujet, ça n'a pas vraiment d'importance. Parce que ce n'est que nous. Mais je t'en prie, ne mettons pas tous les autres au parfum. »

J'ai songé encore et encore à ces moments. J'aurais dû trouver quelque chose à dire. J'aurais pu nier simplement, mais Tommy ne m'aurait sans doute pas crue. Et essayer d'expliquer l'histoire avec sincérité aurait été trop compliqué. Mais j'aurais pu faire quelque chose. J'aurais pu défier Ruth, lui rétorquer qu'elle déformait les choses, que même si j'avais pu rire, ce n'était pas de la manière qu'elle insinuait. J'aurais même pu aller vers Tommy et le serrer dans mes bras, juste devant Ruth. Cette idée m'est venue des années plus tard, et ce n'était sans doute pas une option possible à l'époque, vu la personne que j'étais alors, et le comportement que nous avions tous les trois les uns vis-à-vis des autres. Mais cela aurait pu réussir, là où les mots n'auraient fait que nous enfoncer encore.

Mais je ne dis ni ne fis rien. C'était en partie, je suppose, parce que j'étais si désorientée par le fait que Ruth avait joué un tour pareil. Je me souviens d'avoir été envahie par une grande lassitude, une sorte de léthargie face à cet inextricable gâchis. C'était comme si on vous posait un problème de maths quand votre cerveau est à bout, et vous savez qu'il existe une lointaine solution, mais vous n'arrivez pas à rassembler assez d'énergie, même pour tenter le coup. Quelque chose en moi renonça simplement. Une voix répétait : « Très bien, qu'il pense absolument le pire. Qu'il le pense, qu'il le pense. » Et je suppose que je l'ai regardé avec résignation, l'air de dire : « Oui, c'est vrai, tu t'attendais à quoi d'autre ? » Et je me souviens aujourd'hui, comme si c'était hier, du visage de Tommy, de la colère qui s'estompait pour le moment, remplacée par une expression frôlant l'émerveillement, comme si j'avais été un papillon rare qu'il avait découvert sur un piquet de clôture.

Ce n'était pas que je craignais d'éclater en sanglots, de me mettre en colère ou autre chose de ce genre. Mais je décidai juste de faire demi-tour et de m'en aller. Même plus tard ce jour-là, je me rendis compte que c'était une grave erreur. Tout ce que je peux dire, c'est que sur le moment j'avais redouté par-dessus tout que l'un ou l'autre ne s'éloignât avec raideur, me laissant avec celui qui restait. Je ne sais pas pourquoi, mais il ne semblait pas possible que, de nous trois, il y en eût plus d'un qui partît en furie, et je voulais m'assurer que ce serait moi. Je tournai donc les talons et m'en allai là d'où j'étais venue, dépassant les stèles pour gagner le portail bas en bois, et, quelques minutes, j'eus l'impression d'avoir triomphé ; car à présent qu'ils se retrouvaient en tête à tête, ils subissaient le sort qu'ils méritaient.

17

Comme je l'ai dit, ce ne fut que longtemps après – longtemps après mon départ des Cottages – que je compris exactement combien notre petite rencontre dans le cimetière avait été révélatrice. Sur le moment j'avais été perturbée, oui. Mais je ne croyais pas qu'il s'agissait de quelque chose de différent des autres prises de bec que nous avions eues. Il ne m'était jamais venu à l'esprit que nos vies, jusqu'alors aussi intimement mêlées, pouvaient se défaire et se désunir pour une raison comme celle-là.

Mais je suppose qu'en fait de puissants courants œuvraient pour nous séparer, et qu'il suffisait d'un incident de ce genre pour achever la tâche. Si nous l'avions compris alors – qui sait ? –, peut-être que nous aurions gardé des liens plus forts.

D'abord, de plus en plus d'élèves partaient pour

devenir accompagnants, et dans notre ancien groupe de Hailsham grandissait le sentiment que c'était la voie normale à suivre. Nous avions encore nos essais à terminer, mais tout le monde savait que nous n'avions pas besoin de les finir si nous choisissions de commencer notre formation. Les premiers temps aux Cottages, l'idée de ne pas terminer nos essais eût été impensable. Mais plus Hailsham s'éloignait, moins les essais paraissaient importants. À l'époque j'avais l'idée – sans doute à juste titre – que si notre sentiment que les essais étaient importants en arrivait à se diluer, ce serait aussi le cas de ce qui nous unissait en tant qu'élèves de Hailsham. C'est pourquoi j'essayai quelque temps de maintenir notre enthousiasme pour toutes les lectures et prises de notes. Mais sans la moindre raison de supposer que nous reverrions un jour nos gardiens, et avec tous ces élèves qui s'en allaient, cela ne tarda pas à faire l'effet d'une cause perdue.

Les jours qui suivirent cette conversation dans le cimetière, je fis en tout cas ce que je pus pour l'oublier. Je me comportai à l'égard de Tommy et de Ruth comme s'il ne s'était rien passé de particulier, et ils agirent à peu près de la même manière. Mais il demeurait quelque chose, et ce n'était pas entre eux et moi. Ils avaient beau jouer au couple – se donnant encore une tape-sur-le-bras quand ils se séparaient –, je les connaissais assez bien pour voir qu'ils s'étaient beaucoup éloignés l'un de l'autre.

Bien sûr, tout cela m'ennuyait, surtout pour les animaux de Tommy. Cependant ce n'était plus aussi simple que d'aller le voir pour m'excuser et expliquer ce qu'il en était vraiment. Quelques années, et même six mois plus tôt, cela aurait pu fonctionner ainsi. Tommy et moi en aurions discuté et nous aurions résolu le problème. Mais ce deuxième été, pour une raison ou pour une autre, la situation était différente. Peut-être à cause de cette relation avec Lenny, je ne sais pas. En tout cas, ce n'était plus si facile de parler à Tommy. En surface, du moins, c'était à peu près comme avant, mais nous ne mentionnions jamais les animaux ni ce qui s'était passé dans le cimetière.

Voici donc ce qui s'était produit juste avant que j'aie cette conversation avec Ruth dans le vieil Abribus, quand cela m'énerva autant qu'elle prétendît avoir oublié le carré de rhubarbe à Hailsham. Comme je l'ai dit, je ne me serais sans doute pas mise autant en colère si ce n'était pas arrivé au milieu d'une conversation aussi sérieuse. D'accord, nous en avions déjà terminé avec le plus important, mais, malgré tout, même si nous étions en train de nous défendre et de bavarder à ce moment-là, cela faisait encore partie de notre tentative de régler les problèmes entre nous, et il n'y avait pas de place pour une comédie de ce genre.

Ça s'est passé ainsi. Bien qu'il y ait eu un pas de fait entre Tommy et moi, je n'en étais pas tout à fait à ce point avec Ruth — ou, du moins, c'était ce que je croyais –, et je décidai qu'il était temps de lui parler de ce qui s'était produit dans le cimetière. Nous avions connu une de ces journées d'été de pluie et d'orages, et nous étions restées enfermées malgré l'humidité. Aussi, quand le temps parut se dégager pour la soirée, avec un joli coucher de soleil rose, je suggérai à Ruth de prendre un peu l'air. J'avais découvert un sentier escarpé qui longeait le bord de la vallée, et à l'endroit où il débouchait sur la route se trouvait un vieil Abribus. Les bus avaient cessé de venir depuis une éternité, le panneau de l'arrêt de bus avait été enlevé, et sur le mur au fond de l'abri il ne restait que le cadre de ce qui avait dû être autrefois un panneau vitré indiquant tous les horaires. Mais l'abri lui-même – qui ressemblait à une hutte en bois construite avec amour, un côté ouvert sur les champs qui descendaient sur le flanc de la vallée – était encore debout et avait même conservé son banc intact. Ruth et moi étions donc assises là pour reprendre notre souffle, regardant les toiles d'araignée sur les chevrons et le soir d'été au-dehors. Puis je dis une phrase du genre :

« Tu sais, Ruth, nous devrions essayer de régler tout ça, ce qui s'est passé l'autre jour. »

J'avais pris un ton conciliant, et elle réagit. Elle dit aussitôt que c'était vraiment bête qu'on se dispute tous les trois sur les sujets les plus stupides. Elle évoqua d'autres occasions où nous nous étions querellés et cela nous fit rire un peu. Mais je ne voulais pas qu'elle enterre la chose de cette façon, et je dis, de la voix la moins provocatrice que je pus :

« Ruth, tu sais, je pense quelquefois que quand on est en couple, on ne voit pas les choses aussi clairement que quelqu'un de l'extérieur. Juste quelquefois. »

Elle acquiesça : « C'est sans doute vrai.

— Je ne veux pas interférer. Mais à plusieurs reprises, ces derniers temps, je pense que Tommy a été très perturbé. Tu sais. Par certaines choses que tu as faites ou dites. »

Je craignais qu'elle ne se mît en colère, mais elle acquiesça et soupira. « Je pense que tu as raison, finit-elle par dire. J'y ai beaucoup songé, moi aussi.

— Alors peut-être que je n'aurais pas dû en parler. J'aurais dû savoir que tu verrais ce qui se passait. Ce ne sont pas vraiment mes affaires.

— Mais si, Kathy. Tu es vraiment des nôtres, aussi ce sont toujours tes affaires. Tu as raison, ce n'était pas bien. Je sais ce que tu veux dire. Cette histoire l'autre jour, à propos de ses animaux. Ce n'était pas bien. Je lui ai dit que je regrettais.

— Je suis heureuse que vous en ayez parlé. Je ne savais pas si tu l'avais fait. »

Ruth grattait des écailles de bois moisi sur le banc, et un moment elle parut complètement absorbée par cette tâche. Puis elle dit :

« Écoute, Kathy, c'est une bonne chose que nous parlions maintenant de Tommy. Je voulais te dire quelque chose, mais je n'ai jamais su exactement comment, ni quand. Kathy, promets de ne pas te mettre trop en colère contre moi. »

Je la regardai et répondis : « Tant qu'il ne s'agit pas encore de ces T-shirts.

— Non, sérieusement. Promets que tu ne vas pas trop t'énerver. Parce qu'il faut que je te le dise. Je ne me le pardonnerais pas si je me taisais plus long-temps.

— Bon, c'est quoi ?

— Kathy, ça fait un moment que j'y pense. Tu n'es pas idiote, et tu vois que moi et Tommy, on ne sera peut-être pas un couple pour toujours. Ce n'est pas une tragédie. On se convenait autrefois. Est-ce que ça sera toujours ainsi, qui peut le savoir ? Et maintenant il y a toutes ces discussions sur les couples qui obtiendraient des sursis s'ils peuvent prouver, tu sais, qu'ils sont vraiment sincères. Bon, écoute, Kathy, voilà ce que je voulais te dire. Ce serait parfaitement naturel que tu te demandes, tu sais, ce qui se passe-rait si Tommy et moi, on décidait de ne plus être ensemble. On n'est pas sur le point de rompre, comprends-moi bien. Mais je trouverais tout à fait normal que tu t'interroges au moins là-dessus. Eh bien, Kathy, tu dois prendre conscience que Tommy ne te voit pas comme ça. Il t'aime vraiment, vrai-ment bien, il te trouve vraiment super. Mais je sais qu'il ne te voit pas comme, tu sais, une petite amie convenable. D'ailleurs… » Elle s'interrompit, puis soupira. «D'ailleurs, tu sais comment il est. Tommy peut être tatillon. »

Je la regardai fixement. «Ça signifie quoi ?

— Tu sais ce que j'entends par là. Tommy n'aime pas les filles qui ont été avec… euh… tu sais, avec un tel et un tel. C'est juste un truc chez lui. Je suis désolée, Kathy, mais ça ne serait pas correct de ne pas t'en avoir informée. »

J'y réfléchis, puis je répondis : «C'est toujours bien de savoir ces choses. »

Je sentis que Ruth me touchait le bras. «J'étais sûre que tu prendrais ça bien. Mais ce que tu dois comprendre, c'est qu'il te trouve formidable. Vraiment. »

Je voulais changer de sujet, mais j'avais la tête vide. Je suppose que Ruth dut s'en apercevoir, car elle étira ses bras et eut une sorte de bâillement, disant :

«Si j'apprends un jour à conduire, je vous emmènerai en balade dans un endroit sauvage. À Dartmoor, par exemple. On ira tous les trois, et peut-être aussi Hannah et Laura. J'adorerais voir les tourbières et tout ça. »

Nous passâmes les quelques minutes suivantes à parler de ce que nous ferions pendant un voyage comme celui-là si nous l'entreprenions un jour. Je demandai où nous dormirions, et Ruth dit que nous pourrions emprunter une grande tente. Je fis remarquer que le vent pouvait devenir vraiment violent dans des endroits comme ça et que notre tente risquait fort de s'envoler dans la nuit. Rien de tout cela n'était sérieux. Mais ce fut à ce moment-là que je me souvins de la fois, à Hailsham, où nous étions encore des Juniors, et où nous faisions un pique-nique au bord de l'étang avec Miss Geraldine. James B. avait été envoyé à la maison principale pour chercher le gâteau que nous avions préparé auparavant, mais, tandis qu'il le rapportait, une forte bourrasque avait emporté toute la couche supérieure de biscuit de Savoie, la projetant dans les feuilles de rhubarbe. Ruth répondit qu'elle ne se souvenait que vaguement de l'incident, et je dis, essayant de provoquer un déclic dans sa mémoire :

« Voilà, il s'est fait attraper parce que ça prouvait qu'il était passé par le carré de rhubarbe. »

À ce moment-là, Ruth me regarda et déclara : « Pourquoi ? Quel mal y avait-il à ça ? »

C'était juste sa façon de le dire, son ton brusquement si faux que même un spectateur, s'il y en avait eu un, aurait vu clair dans son jeu. Je soupirai avec irritation et je lançai :

« Ruth, arrête ça. Tu ne peux pas avoir oublié. Tu sais que ce chemin était interdit. »

Peut-être que je m'étais montrée un peu vive dans ma façon de lui parler. Mais Ruth ne céda pas. Elle continua de prétendre qu'elle ne se souvenait de rien, et j'en fus d'autant plus irritée. Et c'est alors qu'elle dit :

« Quelle importance, de toute façon ? Que vient faire ici le carré de rhubarbe ? Continue ce que tu étais en train de raconter. »

Après cela je crois que nous avons recommencé à parler plus ou moins amicalement, et bientôt nous avons repris le sentier des Cottages, dans la semi-obscurité. Mais l'atmosphère ne se rétablit jamais tout à fait, et quand nous nous souhaitâmes bonne nuit devant la Grange noire, nous nous séparâmes sans les petites tapes habituelles sur les bras et les épaules.

Ce fut peu après que je pris ma décision, et une fois que je l'eus prise, je ne revins jamais dessus. Je me levai un matin et je dis à Keffers que je voulais commencer ma formation pour devenir accompagnante. Ce fut étonnamment facile. Il traversait la cour, ses Wellington maculées de boue, grommelant tout seul, un bout de tuyau à la main. Je m'approchai pour le lui dire, et il me regarda comme si j'avais réclamé du bois de chauffage en plus. Puis il marmonna que je devrais venir le voir plus tard dans l'après-midi pour remplir les formulaires. C'était aussi simple que ça.

Cela prit encore quelque temps, bien sûr, mais le processus s'était mis en route, et brusquement je considérai tout l'environnement – les Cottages, tous les gens ici – sous un jour différent. J'étais désormais l'un de ceux qui partaient, et très vite tout le monde fut au courant. Ruth crut peut-être que nous passerions des heures à parler de mon avenir, elle crut peut-être que son influence jouerait sur ma décision dans un sens ou dans l'autre. Mais je me tins à une certaine distance d'elle, et de Tommy aussi. Nous n'eûmes pas d'autre conversation sérieuse et en un rien de temps je me retrouvai en train de faire mes adieux.

TROISIÈME PARTIE

18

Dans l'ensemble, être accompagnante me convenait parfaitement. On aurait même pu dire que cela me montrait sous mon meilleur jour. Mais certains ne sont simplement pas taillés pour ça, et pour eux l'entreprise devient un vrai combat. Ils commencent de manière assez positive, mais ensuite vient tout ce temps passé si près de la souffrance et de l'inquiétude. Et tôt ou tard un donneur ne s'en tire pas, bien que ce soit seulement le deuxième don et que personne n'ait anticipé de complications. Quand un donneur termine ainsi, sans prévenir, ce que les infirmières vous disent ensuite n'y change rien, pas plus que la lettre déclarant que vous avez certainement fait tout votre possible et qu'il faut continuer ce bon travail. Pendant un moment au moins, vous êtes démoralisé. Certains d'entre nous apprennent très vite à gérer cela.

Mais d'autres – Laura par exemple – n'y parviennent jamais.

Et puis il y a la solitude. Vous grandissez entouré d'une foule de gens, vous n'avez jamais connu autre chose, et brusquement vous êtes accompagnant. Heure après heure, vous êtes seul, roulant à travers le pays, d'un centre à l'autre, d'un hôpital à l'autre, dormant dans des hôtels pour la nuit, sans personne à qui parler de vos soucis, personne avec qui rire. De temps à autre vous tombez sur un élève que vous reconnaissez – un accompagnant ou un donneur que vous avez fréquenté autrefois –, mais le temps vous manque. Vous êtes toujours pressé, ou bien vous êtes trop épuisé pour avoir une vraie conversation. Bientôt les longues heures, les trajets, le sommeil haché s'insinuent dans votre être et font partie de vous, et tout le monde le voit, dans votre posture, votre regard, votre façon de vous mouvoir et de parler.

Je n'affirme pas avoir été à l'abri de tout cela, mais j'ai appris à vivre avec. S'agissant de certains accompagnants, pourtant, leur attitude tout entière les dessert. Beaucoup d'entre eux, vous le voyez, exécutent simplement les gestes, attendant le jour où on leur dira qu'ils peuvent arrêter et devenir des donneurs. Ça me fait vraiment quelque chose aussi de voir tant d'entre eux se « crisper » dès l'instant où ils pénètrent dans un hôpital. Ils ne savent pas quoi dire aux blouses blanches, ils se montrent incapables de parler en faveur de leur donneur. Ce n'est pas étonnant qu'ils finissent par se sentir frustrés et par se blâmer si ça tourne mal. J'essaie de ne pas me rendre insupportable, mais j'ai trouvé le moyen de me faire entendre quand je veux. Et lorsque ça se passe mal, je suis perturbée, bien sûr, mais du moins je sens que j'ai fait tout mon possible et je relativise les choses.

Même la solitude, j'ai fini par vraiment l'apprécier. Ça ne veut pas dire que je n'espère pas un peu plus de compagnie à la fin de l'année, quand j'en aurai fini avec tout ça. Mais j'aime la sensation d'entrer dans ma petite voiture, de savoir que pendant les deux heures suivantes je n'aurai pour compagnie que les routes, le grand ciel gris et mes rêveries. Et si je suis quelque part dans une ville avec plusieurs minutes à tuer, j'ai du plaisir à regarder les vitrines des magasins. Ici, dans mon studio, j'ai ces quatre lampes de bureau, toutes de couleurs différentes mais conçues selon le même design – avec ce long pied strié qu'on peut recourber comme on veut. Je pourrais donc chercher une boutique exposant une lampe de ce style en vitrine – pas pour l'acheter, mais juste pour la comparer avec celles que j'ai chez moi.

Quelquefois je suis si absorbée par ma propre compagnie que, si je rencontre inopinément une personne de connaissance, c'est un peu un choc et il me faut un moment pour m'adapter. Ça m'a fait cet effet le matin où je traversais le parking balayé par le vent de la station-service et où j'ai repéré Laura, assise au volant de l'un des véhicules garés, fixant l'autoroute d'un air absent. J'étais encore assez loin et, l'espace d'une seconde, bien que nous ne nous soyons pas croisées depuis les Cottages, sept ans plus tôt, j'ai été tentée de l'ignorer et de continuer à marcher. Une curieuse réaction, je sais, considérant qu'elle avait été l'une de mes amies les plus proches. Je l'ai dit, c'était peut-être en partie parce que je n'aimais pas qu'on m'arrache à mes rêveries. Mais aussi, je suppose, quand j'ai vu Laura avachie dans sa voiture de cette façon, j'ai su immédiatement qu'elle était devenue l'un de ces accompagnants que je viens de décrire, et une partie de moi se refusait simplement à en découvrir beaucoup plus là-dessus.

Mais, bien sûr, j'allai la saluer. J'avançai contre le vent glacial pour rejoindre son coupé, garé à l'écart des autres véhicules. Laura portait un anorak bleu informe, et ses cheveux – beaucoup plus courts qu'avant – étaient plaqués sur son front. Quand je tapai à sa vitre, elle ne sursauta pas, ni ne parut même surprise de me voir après tout ce temps. C'était presque comme si elle était restée là à m'attendre, ou peut-être pas moi précisément, du moins quelqu'un de mon espèce, une vieille connaissance. Et maintenant que j'étais apparue, sa première pensée sembla être: « Enfin! » Car je vis ses épaules s'affaisser en une sorte de soupir, et, sans plus de cérémonie, elle tendit le bras pour m'ouvrir la portière.

Nous parlâmes environ vingt minutes: je ne partis qu'au dernier moment. La conversation tourna surtout autour d'elle, si épuisée, l'un de ses donneurs était si difficile, elle haïssait tant cette infirmière ou ce médecin. J'attendis de voir resurgir la Laura d'autrefois, avec son rire malicieux et son inévitable boutade, mais rien de tout cela ne se produisit. Elle parlait plus vite qu'avant, et bien qu'elle parût contente de me voir, j'eus par instants l'impression que cela n'aurait guère eu d'importance si quelqu'un d'autre s'était trouvé à ma place, tant qu'elle pouvait parler.

Peut-être sentions-nous toutes les deux qu'il y avait du danger à évoquer le passé, car pendant un bon moment nous évitâmes d'y faire la moindre allusion. À la fin, pourtant, nous nous mîmes à parler de Ruth, que Laura avait rencontrée quelques années plus tôt dans une clinique où elle était encore accompagnante. Je commençai à lui demander comment elle l'avait trouvée, mais elle se montra si réservée que je finis par lui dire :

« Écoute, vous avez bien dû parler de *quelque chose*. »

Laura poussa un long soupir. « Tu sais ce que c'est, répondit-elle. On était toutes les deux pressées. » Puis elle ajouta : « De toute manière, nous ne nous étions pas séparées très bonnes amies, aux Cottages. Alors peut-être que nous n'étions pas si ravies de nous revoir.

— J'ignorais que tu t'étais, toi aussi, brouillée avec elle », dis-je.

Elle haussa les épaules. « Ça n'a pas été terrible. Tu te souviens comment elle était alors. Après ton départ, elle est devenue encore pire. Tu sais, disant toujours à tout le monde quoi faire. Donc je l'ai évitée, rien de plus. On n'a jamais eu de grosse dispute ni rien. Alors tu ne l'as pas revue depuis ?

— Non. C'est drôle, mais je ne l'ai même jamais aperçue.

— Ouais, c'est drôle. On aurait pensé se croiser beaucoup plus souvent, nous tous. J'ai vu Hannah plusieurs fois. Et aussi Michael H. » Puis elle dit : « J'ai eu vent de la rumeur, il paraît que Ruth a eu un premier don vraiment difficile. Juste une rumeur, mais je l'ai entendue plus d'une fois.

— Moi aussi.

— Pauvre Ruth. »

Nous restâmes un moment silencieuses. Puis Laura demanda : « C'est vrai, Kathy ? Qu'on te laisse choisir tes donneurs maintenant ? »

Elle n'avait pas posé la question du ton accusateur que les gens ont quelquefois, aussi je hochai la tête et je répondis : « Pas toutes les fois. Mais j'ai réussi avec quelques donneurs, alors oui, j'ai mon mot à dire de temps à autre.

— Si tu peux choisir, reprit Laura, pourquoi ne deviens-tu pas l'accompagnante de Ruth ? »

Je haussai les épaules. « J'y ai pensé. Mais je ne suis pas sûre que ce soit une idée géniale. »

Laura parut intriguée. « Mais toi et Ruth, vous étiez si proches.

— Ouais, je le suppose. Mais comme avec toi, Laura.

Elle et moi n'étions plus de si grandes amies à la fin.

— Oh, mais c'était il y a longtemps. Elle a passé des moments difficiles. Et j'ai appris qu'elle avait eu des problèmes aussi avec ses accompagnants. Ils ont dû les lui changer très souvent.

— Ce n'est pas vraiment étonnant, dis-je. Tu imagines ? Être l'accompagnant de Ruth ? »

Laura éclata de rire, et une seconde la lueur de ses yeux me fit penser qu'elle allait enfin lancer une boutade. Mais l'éclair disparut, et elle resta assise là, l'air fatigué.

Nous parlâmes encore un peu de ses problèmes — en particulier d'une certaine infirmière chef qui semblait avoir une dent contre elle. Puis le moment vint pour moi de partir, je tendis la main vers la portière et lui dis que nous devrions bavarder plus la prochaine fois que nous nous verrions. Mais nous avions alors très présent à l'esprit un sujet que nous n'avions pas encore mentionné, et je crois que nous sentions que ce serait une erreur de nous séparer de cette façon. En fait, je suis presque sûre qu'à cet instant précis nous pensions exactement à la même chose. Elle reprit :

« C'est bizarre. De se dire que tout a disparu maintenant. »

Je me tournai sur mon siège pour lui faire face de nouveau. « Ouais, c'est vraiment étrange, dis-je. Je ne peux pas vraiment croire que ce ne soit plus là.

« — C'est si bizarre, poursuivit Laura. Je suppose que ça ne devrait faire aucune différence pour moi à présent. Mais ça en fait une malgré tout.

— Je sais ce que tu veux dire. »

Ce fut cet échange, lorsque nous mentionnâmes enfin la fermeture de Hailsham, qui nous rapprocha brusquement, et nous nous étreignîmes spontanément, pas tant pour nous réconforter que comme une manière de soutenir Hailsham, le fait qu'il existait encore dans nos deux mémoires. Puis je dus me hâter de regagner ma propre voiture.

J'avais commencé à entendre des rumeurs sur la fermeture de Hailsham environ une année avant cette rencontre avec Laura dans le parking. Je parlais à un donneur ou à un accompagnant et ils l'évoquaient en passant, comme s'ils s'attendaient à ce que je sache tout à ce sujet. « Vous étiez à Hailsham, n'est-ce pas ? Alors c'est vraiment vrai ? » Ce genre de choses. Puis un jour, je sortais d'une clinique du Suffolk et je suis tombée sur Roger C., qui avait été de l'année au-dessous, et il m'a dit avec une absolue certitude que ça allait arriver. Hailsham devait fermer d'un jour à l'autre, et il était question de vendre la maison et les terrains à une chaîne d'hôtels. Je me souviens de ma première réaction quand il me dit cela. Je m'écriai : « Mais que va-t-il arriver à tous les élèves ? » Roger pensa visiblement que je parlais de ceux qui y étaient encore, des petits dépendant de leurs gardiens, et il prit un air préoccupé et se demanda tout haut s'il faudrait les transférer dans d'autres maisons à travers le pays, bien que certaines fussent très éloignées de Hailsham. Mais, bien sûr, je voulais dire tout autre chose. Je voulais parler de *nous*, tous les élèves qui avaient grandi avec moi et étaient à présent éparpillés dans le pays, accompagnants et donneurs, tous séparés aujourd'hui mais encore liés d'une certaine manière par l'endroit d'où nous venions.

Cette même nuit, essayant de trouver le sommeil dans un hôtel, je ne cessai de penser à une chose qui m'était arrivée quelques jours plus tôt. Je me trouvais dans une ville côtière du nord du pays de Galles. Il avait plu très fort toute la matinée, mais après le déjeuner la pluie avait cessé et le soleil avait un peu percé. Je retournais vers l'endroit où j'avais garé ma voiture, longeant l'une de ces longues routes droites de bord de mer. Il n'y avait pratiquement personne, aussi je voyais une ligne ininterrompue de pavés mouillés s'allongeant devant moi. Puis, au bout d'un moment, une camionnette se gara, à peut-être trente mètres de moi, et un homme vêtu comme un clown en descendit. Il ouvrit l'arrière du véhicule et en sortit une grappe de ballons gonflés à l'hélium, une douzaine environ, et un moment il les tint d'une main pendant qu'il se penchait pour fouiller de l'autre. Quand je m'approchai, je vis que les ballons avaient des visages et des oreilles en relief, et ressemblaient à une minuscule tribu, sautillant dans l'air au-dessus de leur propriétaire, et l'attendant. Puis le clown se redressa, ferma sa camionnette et se mit à marcher dans la même direction que moi, une petite valise dans une main, les ballons dans l'autre. Le bord de mer continuait sur une longue droite, et j'avançai derrière lui pendant ce qui me parut une éternité. Parfois je me sentais embarrassée, et je pensai même que le clown risquait de se retourner et de dire quelque chose. Mais comme c'était mon chemin, je ne pouvais pas faire grand-chose d'autre. Alors nous continuâmes simplement de marcher, le clown et moi, encore et encore, le long de la chaussée déserte encore mouillée par la pluie du matin, et tout ce temps les ballons s'entrechoquaient et me souriaient. De temps à autre, je voyais le poing de l'homme, où convergeaient toutes les ficelles des ballons, et je voyais qu'il les avait solidement nouées et les retenait avec fermeté. Malgré tout, je craignais sans cesse que l'une des ficelles ne se dénouât et qu'un ballon solitaire s'envolât dans ce ciel nuageux.

Couchée tout éveillée cette nuit-là, après ce que Roger m'avait dit, je revoyais sans arrêt ces ballons. Je pensai à la fermeture de Hailsham, qui m'évoquait l'image de quelqu'un arrivant avec une paire de cisailles et coupant les ficelles de ballons à l'endroit précis où elles s'entortillaient, au-dessus du poignet de l'homme. Une fois ce geste accompli, il n'y aurait plus de raison véritable pour que ces ballons gardent un lien entre eux. Tout en m'apprenant cette nouvelle sur Hailsham, Roger avait fait une remarque, disant qu'il supposait que cela ne changerait pas grand-chose pour les gens comme nous. Et, sous certains aspects, il avait peut-être vu juste. Mais c'était déconcertant, de penser que les choses ne continuaient plus là-bas comme avant ; que des gens tels que Miss Geraldine, par exemple, ne conduisaient plus de groupes de Juniors sur le terrain nord.

Pendant les mois suivant cette conversation avec Roger, je continuai de penser beaucoup à la ferme-ture de Hailsham et à toutes les implications. Et il me vint à l'esprit, je suppose, que j'avais toujours cru avoir largement assez de temps pour faire bon nombre de choses, et que je devrais sans doute m'en occuper sans tarder ou, sinon, y renoncer à jamais. Je ne commençais pas exactement à paniquer. Mais il semblait évident que la disparition de Hailsham avait tout changé autour de nous. C'est pourquoi ce que Laura m'avait dit ce jour-là, me suggérant de devenir l'accompagnante de Ruth, avait eu sur moi un tel impact, malgré la réponse évasive que je lui avais faite sur le moment. J'eus presque l'impression qu'une partie de moi avait déjà pris la décision, et que les paroles de Laura avaient simplement écarté le voile qui la masquait.

J'arrivai au centre de convalescence de Douvres – le bâtiment moderne avec des murs carrelés de blanc – à peine quelques semaines après cette conver-sation avec Laura. Deux mois environ s'étaient écoulés depuis le premier don de Ruth – qui, ainsi que l'avait indiqué Laura, ne s'était pas bien passé du tout. Quand j'entrai dans sa chambre, elle était assise en chemise de nuit sur le bord de son lit et me fit un grand sourire. Elle se leva pour me serrer dans ses bras, mais se rassit presque aussitôt. Elle me dit que j'avais une mine superbe, et que ma coiffure m'allait vraiment bien. Je dis aussi de gentilles choses sur elle, et pendant la demi-heure suivante je pense que nous étions sincèrement ravies d'être ensemble. Nous parlâmes de toutes sortes de choses – Hailsham, les Cottages, ce que nous avions fait depuis –, et il semblait que nous pouvions parler et parler sans fin. Donc c'était un début vraiment encourageant – mieux que ce que j'avais osé espérer.

Même ainsi, cette première fois, nous ne dîmes rien sur la façon dont nous nous étions séparées. Peut-être que si nous avions abordé le sujet les choses se seraient passées autrement, qui sait ? En tout cas, nous l'avons évité, et après que nous eûmes bavardé un moment, il sembla que nous avions décidé d'un commun accord de faire comme si rien de tout cela n'était jamais arrivé.

En ce qui concernait cette première rencontre, ça n'avait sans doute guère d'importance. Mais quand je devins officiellement son accompagnante, et que je commençai à la voir régulièrement, la sensation de trouble s'intensifia de plus en plus. Je pris l'habitude de venir trois ou quatre fois par semaine en fin d'après-midi, avec de l'eau minérale et un paquet de ses biscuits préférés, et cela aurait dû être merveilleux, mais au début c'était tout sauf ça. Nous commencions à parler de quelque chose, de quelque chose de totalement innocent, et sans raison apparente nous nous interrompions. Ou si nous parvenions à poursuivre une conversation, plus nous avancions et plus le ton devenait guindé et réservé.

Puis, un après-midi, j'arrivais dans son couloir pour la voir et j'entendis quelqu'un dans la salle d'eau, en face de sa porte. Je devinai que c'était elle, aussi je pénétrai dans sa chambre et je restai debout à l'attendre, regardant par sa fenêtre la vue sur les toits. Environ cinq minutes s'écoulèrent, puis Ruth entra enveloppée dans une serviette. Soyons justes, elle ne m'attendait pas avant une heure, et je suppose que nous nous sentons tous un peu vulnérables après une douche, avec juste une serviette sur nous. Même ainsi, l'expression affolée qui traversa son visage me prit au dépourvu. Je dois donner une petite explication. Bien sûr, je m'attendais à ce qu'elle fût un peu surprise. Mais en fait, une fois qu'elle eut compris et vu que c'était moi, il y eut une bonne seconde, plus peut-être, où elle continua de me fixer sinon avec de la peur, du moins avec une réelle méfiance. C'était comme si elle s'était préparée de longue date à ce que je lui fasse quelque chose, et pensait que ce moment était venu.

L'expression disparut aussitôt de son visage et nous

continuâmes comme d'habitude, mais l'incident nous donna un choc à toutes les deux. Je compris alors que Ruth n'avait pas confiance en moi, et, pour autant que je sache, peut-être ne s'en était-elle pas pleinement rendu compte avant. En tout cas, après ce jour-là, l'atmosphère empira. On aurait dit que nous avions révélé quelque chose au grand jour et que, loin de purifier l'air, cela nous avait rendues plus conscientes encore de tout ce qui s'était passé entre nous. Ça en arriva au stade où, avant d'aller la voir, j'attendais plusieurs minutes dans ma voiture, me préparant à l'épreuve. Après une séance en particulier, où nous avions effectué tous les examens dans un silence à couper au couteau et étions restées là sans briser la glace, je fus sur le point de leur rapporter que ça n'avait pas marché, que je devais cesser d'être l'accompagnante de Ruth. Puis tout changea à nouveau, et ce fut à cause du bateau.

Dieu sait comment ces choses fonctionnent. Parfois c'est une plaisanterie, ou bien une rumeur. Elle circule d'un centre à l'autre, traverse le pays en quelques jours à peine, et, brusquement, tous les donneurs en parlent. Eh bien, cette fois il s'agissait du bateau. J'avais appris son existence par deux de mes donneurs dans le nord du pays de Galles. Puis, quelques jours plus tard, Ruth aussi se mit à en parler. J'étais soulagée que nous ayons trouvé un sujet de conversation, et je l'encourageai à poursuivre.

« Ce garçon à l'étage du dessus, dit-elle. En fait, son accompagnant est allé le voir. Il raconte que ce n'est pas loin de la route, alors n'importe qui peut y accéder sans grande difficulté. Ce bateau, il est juste là, échoué dans les marais.

— Comment il est arrivé là ? demandai-je.

— Comment le saurais-je ? Peut-être que son propriétaire, il voulait s'en débarrasser. Ou peut-être qu'une fois où tout était inondé, il a dérivé et s'est échoué là. Qui sait ? C'est censé être un vieux bateau de pêche. Avec une petite cabine où deux pêcheurs peuvent se serrer par mauvais temps. »

Les fois suivantes où je lui rendis visite, elle réussissait toujours à remettre le bateau sur le tapis. Puis un après-midi, quand elle commença à me raconter que l'accompagnant de l'un des autres donneurs du centre l'avait emmené pour le voir, je répondis :

« Écoute, ce n'est pas particulièrement près. Ça prendrait une heure, peut-être une heure et demie par la route.

— Je ne suggérais rien du tout. Je sais qu'il y a d'autres donneurs dont tu dois te soucier.

— Mais ça te plairait de le voir. Ça te plairait de le voir, n'est-ce pas, Ruth ?

— Je suppose que oui. Je suppose que ça me ferait plaisir. Jour après jour, tu restes clouée ici. Ouais, ce serait bien de voir quelque chose comme ça.

— Et tu crois (je prononçai ces mots doucement, sans un soupçon de sarcasme) que si on faisait tout ce trajet, on devrait penser à rendre visite à Tommy? Puisque son centre se trouve tout près de l'endroit où le bateau est censé être?»

Ruth ne laissa rien paraître au début. «Je suppose qu'on pourrait l'envisager», répondit-elle. Puis elle rit et ajouta: «Honnêtement, Kathy, ce n'est pas pour cette seule raison que j'ai parlé du bateau. Je veux le voir, juste pour le plaisir. Tout ce temps passé à rentrer à l'hôpital, à en sortir. Et ensuite tu te retrouves cloîtrée ici. Des choses comme ça comptent plus qu'autrefois. Mais d'accord, je le savais. Je savais que Tommy se trouvait au centre Kingsfield.

— Tu es sûre de vouloir le voir?

— Oui, dit-elle sans hésitation, me regardant bien en face. Oui, je le veux.» Puis elle ajouta doucement: «Je n'ai pas vu ce garçon depuis longtemps. Depuis les Cottages.»

Alors, enfin, nous parlâmes de Tommy. Nous n'abordâmes pas les questions de fond et je n'appris pas grand-chose que je ne sache déjà. Mais je pense que nous nous sentîmes mieux toutes les deux d'avoir enfin évoqué son sujet. Ruth me dit que quand elle avait quitté les Cottages, l'automne après mon départ, elle et Tommy s'étaient plus ou moins éloignés l'un de l'autre.

«Comme de toute façon nous allions dans des lieux différents pour faire notre formation, dit-elle, il n'a pas semblé utile de se séparer vraiment. Alors on est restés ensemble jusqu'à ce que je parte.»

Et, à ce stade, nous ne dîmes pas grand-chose de plus là-dessus.

Quant à la balade jusqu'au bateau, je ne l'acceptai ni ne la rejetai, cette première fois où nous en discutâmes. Mais au cours des deux semaines suivantes, Ruth ne cessa d'en reparler, et nos plans se précisèrent peu à peu, jusqu'au jour où j'envoyai un message à l'accompagnant de Tommy par un contact, annonçant que, sauf si Tommy y voyait une objection, nous arriverions au Kingsfield un certain après-midi de la semaine d'après.

19

À cette époque je n'étais jamais allée au centre
Kingsfield, aussi Ruth et moi dûmes consulter la
carte un certain nombre de fois pendant le trajet, et
nous arrivâmes tout de même plusieurs minutes
en retard. Il n'est pas très bien aménagé comme
centre de convalescence, et sans les associations qu'il
m'évoque aujourd'hui, ce n'est pas un endroit où je
me réjouirais de séjourner. C'est isolé et difficile d'accès, et pourtant, une fois qu'on y est, on n'y sent ni
paix ni calme véritables. On entend toujours la circulation sur les grandes routes de l'autre côté de la clôture, et il s'en dégage l'impression globale qu'ils n'ont
jamais vraiment terminé la conversion du lieu. Il y a
beaucoup de chambres de donneurs auxquelles on ne
peut accéder avec un fauteuil roulant, ou bien elles
sont trop mal aérées ou trop pleines de courants d'air.

Le nombre de salles de bains est loin d'être suffisant, et celles qui existent sont malaisées à nettoyer, glaciales en hiver, et se trouvent généralement trop loin des chambres des donneurs. En d'autres termes, le Kingsfield est bien inférieur au centre de Ruth à Douvres, avec ses carreaux étincelants et ses fenêtres à double vitrage qui se ferment en tournant une poignée.

Plus tard, après que le Kingsfield fut devenu un lieu familier et précieux, je me trouvais dans l'un des bâtiments administratifs et je suis tombée sur une photographie en noir et blanc encadrée de l'endroit tel qu'il était avant sa transformation, quand c'était encore un camp de vacances pour familles ordinaires. La photo avait sans doute été prise à la fin des années cinquante ou au début des années soixante, et montre une grande piscine rectangulaire avec tous ces gens joyeux – enfants, parents – en train de barboter et de s'amuser comme des petits fous. Il y a du béton tout autour, mais les gens ont installé des chaises longues et des lits de plage, et ils ont des grands parasols qui leur font de l'ombre. Quand je l'ai vue la première fois, j'ai mis un moment à comprendre que je regardais ce que les donneurs appellent maintenant « la Place », l'endroit où on pénètre en voiture quand on arrive au centre. Bien sûr, la piscine est comblée à présent, mais le contour subsiste, et à une extrémité se dresse encore – à l'image de cette atmosphère inachevée – la charpente métallique du grand plongeoir. Lorsque j'ai vu la photographie, j'ai saisi alors ce qu'était cette structure et pourquoi elle se trouvait là, et aujourd'hui, chaque fois que je la vois, je ne peux m'empêcher d'imaginer un nageur plongeant d'en haut pour s'écraser sur le béton.

J'aurais sans doute eu de la peine à reconnaître la Place sur la photo sans les bâtiments blancs à deux étages à l'allure de bunker, en arrière-fond, sur trois côtés visibles de la zone de la piscine. Ce devait être là que les familles avaient leurs appartements de vacances, et bien que l'intérieur ait beaucoup changé, j'imagine, l'extérieur est très similaire. Sous certains aspects, je suppose, la Place aujourd'hui n'est guère différente de ce qu'était autrefois la piscine. C'est le pivot social de l'endroit, où les donneurs sortent de leurs chambres pour prendre un peu l'air et bavarder. Il y a autour de la Place quelques bancs de pique-nique en bois, mais – surtout quand le soleil est trop chaud, ou s'il pleut – les donneurs préfèrent se rassembler sous le toit plat en surplomb de la salle de jeux, à l'autre bout, derrière la vieille charpente du plongeoir.

L'après-midi où Ruth et moi nous rendîmes au Kingsfield, le temps était couvert et un peu froid, et quand nous pénétrâmes sur la Place, elle était déserte, à l'exception de six ou sept silhouettes obscures sous ce toit. Lorsque je stoppai la voiture quelque part au-dessus de l'ancienne piscine – ce que j'ignorais alors, bien sûr –, une forme se détacha du groupe et vint vers nous, et je vis que c'était Tommy. Il portait un haut de survêtement vert passé et paraissait avoir pris six kilos depuis la dernière fois où je l'avais vu.

À côté de moi Ruth, l'espace d'une seconde, eut l'air de paniquer. «On fait quoi? demanda-t-elle. On sort? Non, non, on ne sort pas. Ne bouge pas, ne bouge pas.»

Je ne sais pas ce que j'avais l'intention de faire, mais quand Ruth dit cela, pour une raison quelconque, sans vraiment y penser, je descendis simplement de voiture. Ruth resta là où elle était, et ce fut pourquoi, lorsque Tommy arriva près de nous, il me vit d'abord et me serra dans ses bras la première. Je sentis sur lui une légère odeur de médicament que je ne pus identifier. Puis, bien que nous n'eussions pas échangé une parole, nous sentîmes tous les deux que Ruth nous observait depuis la voiture et nous nous écartâmes.

Beaucoup de ciel se reflétait dans le pare-brise, aussi je ne la distinguais pas très bien. Mais j'eus l'impression que Ruth avait un air sérieux, presque figé, comme si Tommy et moi étions des personnages dans une pièce qu'elle regardait. Il y avait quelque chose de bizarre dans son expression et cela me mit mal à l'aise. Puis Tommy passa devant moi pour aller vers la voiture. Il ouvrit une portière arrière, se glissa sur le siège, et ce fut mon tour de les observer, à l'intérieur du véhicule, en train d'échanger des paroles, puis de petits baisers polis sur les joues.

De l'autre côté de la Place, les donneurs sous le toit regardaient aussi, et bien que je ne ressentisse rien d'hostile à leur égard, j'eus brusquement envie de quitter très vite cet endroit. Mais je me forçai à ne pas me dépêcher de remonter dans la voiture, afin de laisser à Tommy et à Ruth un peu plus de temps pour eux.

Nous commençâmes par rouler sur des voies étroites et tortueuses. Puis nous débouchâmes dans une campagne dégagée et dénuée de caractère, et poursuivîmes le voyage sur une route presque déserte. De cette partie du trajet jusqu'au bateau, je me rappelle que pour la première fois depuis une éternité le soleil se mit à briller faiblement à travers la grisaille ; et chaque fois que je lançais un coup d'œil à Ruth, à côté de moi, elle avait un petit sourire paisible. Quant au sujet de notre conversation, nous nous comportâmes, d'après mon souvenir, comme si nous nous étions vus régulièrement, et il nous suffisait donc de parler de ce que nous avions directement sous les yeux. Je demandai à Tommy s'il était déjà allé voir le bateau, et il répondit que non, il ne l'avait pas fait, mais beaucoup des autres donneurs du centre s'étaient rendus là-bas. Il avait eu plusieurs opportunités, mais n'en avait pas profité.

« Ce n'était pas que je ne *voulais* pas y aller, dit-il, se penchant vers l'avant. Je n'en avais pas vraiment envie. Je devais y aller un jour, mais je me suis mis à saigner un peu et je n'ai pas pu. C'était il y a très longtemps. Je n'ai plus ce genre de problèmes. »

Puis, un peu plus loin, tandis que nous continuions de rouler à travers la campagne déserte, Ruth se retourna sur son siège pour faire face à Tommy, et le fixa simplement. Elle avait toujours son petit sourire, mais elle ne dit rien, et je voyais dans mon rétroviseur que Tommy paraissait nettement mal à l'aise. Il regardait par la vitre latérale, puis la regardait, elle, puis se tournait de nouveau vers la vitre. Au bout d'un moment, sans le quitter des yeux, Ruth se lança dans une anecdote décousue sur je ne sais qui, un donneur du centre, quelqu'un dont nous n'avions jamais entendu parler, et tout le temps elle continuait de regarder Tommy, son doux sourire sur le visage. Peut-être parce que son anecdote commençait à m'ennuyer, ou par souci d'aider Tommy, j'intervins au bout d'une minute ou deux :

« Ouais, d'accord, nous n'avons pas besoin de tout savoir sur elle. »

Je le dis sans aucune méchanceté, et je n'avais aucune idée derrière la tête. Mais avant même que Ruth s'interrompît, alors que j'avais à peine achevé ma phrase, Tommy émit un rire soudain, une sorte d'explosion, un bruit que je n'avais jamais entendu dans sa bouche. Et il s'écria :

« C'est exactement ce que j'allais dire. J'ai perdu le fil depuis un moment. »

Mes yeux étaient posés sur la route, aussi je ne savais

pas avec certitude s'il s'adressait à moi ou à Ruth. En tout cas, Ruth cessa de parler et se tourna lentement sur son siège pour se trouver de nouveau face à l'avant. Elle ne semblait pas particulièrement troublée, mais le sourire s'était envolé, et ses yeux semblaient lointains, fixés quelque part sur le ciel devant nous. Mais je dois être honnête : à cet instant je ne pensais pas vraiment à Ruth. Mon cœur avait fait un léger bond, car d'un seul coup, avec ce petit rire d'approbation, j'avais l'impression que Tommy et moi étions redevenus proches après toutes ces années.

Je trouvai l'embranchement qu'il nous fallait vingt minutes environ après notre départ du Kingsfield. Nous descendîmes une étroite route à virages enfouie sous des haies, et je me garai à côté d'un bosquet de sycomores. Je les conduisis jusqu'à l'entrée des bois, mais une fois là, me trouvant face à trois sentiers distincts dans les arbres, je dus m'arrêter pour consulter la feuille d'indications que j'avais apportée. Tandis que j'essayais de déchiffrer l'écriture de la personne, je fus brusquement consciente du fait que Ruth et Tommy se tenaient derrière moi sans parler, attendant presque comme des enfants qu'on leur dît quel chemin prendre.

Nous pénétrâmes dans les bois, et bien qu'il fût très facile de marcher, je remarquai que la respiration de Ruth était de plus en plus laborieuse. Tommy, par contraste, ne semblait éprouver aucune difficulté, bien qu'un léger boitement fût sensible dans sa démarche.

Puis nous arrivâmes à une clôture en barbelés penchée et rouillée, le barbelé même arraché partout. Quand Ruth vit ça, elle s'arrêta brutalement.

«Oh non!» s'écria-t-elle anxieusement. Puis elle se tourna vers moi. «Tu n'as rien dit à ce sujet. Tu n'as pas dit qu'on devrait franchir des barbelés!

– Ça ne sera pas difficile, répondis-je. On peut passer dessous. Il suffit qu'on le tienne pour les autres.»

Mais Ruth avait l'air vraiment perturbée et ne bougeait pas. Et ce fut alors, tandis qu'elle se tenait là, ses épaules se soulevant et s'abaissant au rythme de sa respiration, que Tommy parut s'apercevoir pour la première fois à quel point elle était frêle. Peut-être l'avait-il remarqué avant et n'avait-il pas voulu l'enregistrer. Mais à présent il la fixa plusieurs bonnes minutes. Et je crois qu'ensuite – bien sûr, je ne peux pas en être certaine – Tommy et moi nous rappelâmes l'incident dans la voiture, quand nous nous étions plus ou moins liguées contre elle. Et, presque d'instinct, nous allâmes vers elle tous les deux. Je pris un bras, Tommy lui soutint le coude de l'autre côté, et nous commençâmes doucement à la guider vers la clôture.

Je ne lâchai Ruth que pour franchir la barrière moi-même. Puis je soulevai le barbelé le plus haut possible, et Tommy et moi l'aidâmes à passer. À la fin ce ne fut pas si difficile pour elle: c'était plus une question d'assurance, et grâce à notre soutien elle parut oublier sa peur de la clôture. En fait, de là où elle était, elle essaya de m'aider à soulever le barbelé pour Tommy. Il traversa sans aucun problème, et Ruth lui dit :

« C'est juste de me courber comme ça. Quelquefois je ne suis pas si habile. »

Tommy paraissait honteux, et je me demandai s'il était embarrassé par ce qui venait de se produire ou s'il se souvenait encore de la façon dont nous nous étions ligués contre elle dans la voiture. De la tête il indiqua les arbres devant nous et dit :

« Je suppose que c'est par là. C'est ça, Kath ? »

Je jetai un coup d'œil à ma feuille et je me remis à les guider. Plus loin dans les arbres, il faisait très sombre et le sol devenait de plus en plus marécageux.

« J'espère qu'on ne va pas se perdre », dit Ruth à Tommy avec un rire, mais j'apercevais une clairière tout près. Et maintenant que j'avais le temps de réfléchir, je compris pourquoi j'étais si préoccupée par ce qui s'était produit dans la voiture. Ce n'était pas simplement que nous nous étions ligués contre Ruth : c'était la façon dont elle avait réagi. Autrefois, il eût été inconcevable qu'elle laissât passer une chose de ce genre sans rendre les coups. Quand j'en arrivai à cette conclusion, je m'interrompis sur le sentier, j'attendis que Ruth et Tommy me rattrapent, et je posai le bras sur les épaules de Ruth.

Ce geste ne parut pas si bébête ; plutôt une réaction d'accompagnant, sembla-t-il, car maintenant sa démarche *avait* quelque chose d'incertain, et je me demandai si j'avais gravement sous-estimé l'état de faiblesse où elle était encore. Sa respiration devenait très laborieuse, et tandis que nous marchions ensemble, elle tombait de temps en temps vers moi. Mais une fois les arbres franchis, nous fûmes dans la clairière et nous vîmes le bateau.

En réalité, nous n'étions pas vraiment entrés dans une clairière ; ou plutôt, les bois clairsemés que nous avions traversés avaient pris fin, et devant nous s'étendaient des marais, à perte de vue. Le ciel pâle semblait immense et se reflétait ici et là dans les taches d'eau émaillant la terre. Il n'y avait pas si longtemps, les bois avaient dû se déployer plus loin, car on voyait par endroits des troncs morts fantomatiques jaillir du sol, le plus souvent brisés à une hauteur d'un ou deux mètres. Et au-delà des troncs morts, peut-être à soixante mètres de là, se trouvait le bateau, échoué dans les marais sous le faible soleil.

« Oh, c'est exactement ce que m'a décrit mon amie, dit Ruth. C'est vraiment beau. »

Nous étions environnés par le silence, et quand nous commençâmes à avancer vers le bateau, on entendait le bruit de succion sous nos chaussures. Bientôt je remarquai que mes pieds s'enfonçaient sous les touffes d'herbe, et je criai : « C'est bon, on ne peut pas aller plus loin. »

Les deux autres, qui étaient derrière moi, n'élevèrent pas d'objection, et quand je regardai par-dessus mon épaule, je vis que Tommy tenait de nouveau Ruth par le bras. Il était cependant évident que c'était juste pour la retenir. Je fis de longues enjambées pour gagner le tronc d'arbre mort le plus proche, où le sol était plus ferme, et je m'y tins en équilibre. Suivant mon exemple, Tommy et Ruth se frayèrent un chemin jusqu'à un autre tronc d'arbre, creux et plus émacié, un peu en arrière, sur ma gauche. Ils se perchèrent sur chaque bord et parurent se stabiliser. Puis nous contemplâmes le bateau échoué. Je voyais maintenant que sa peinture se craquelait, et que la charpente en bois de la petite cabine s'effritait. Elle avait été bleu ciel autrefois, mais maintenant elle paraissait presque blanche sous le ciel.

« Je me demande comment il est arrivé là », dis-je. J'avais élevé la voix pour qu'elle porte jusqu'aux autres, et m'étais attendue à un écho. Mais le son était étonnamment proche, comme si j'avais été dans une pièce capitonnée.

Puis j'entendis Tommy dire derrière moi : « Peut-être que c'est à ça que ressemble Hailsham maintenant. Tu crois pas ?

— Pourquoi ressemblerait-il à ça ? » Ruth paraissait sincèrement intriguée. « Ça ne va pas se transformer en marécage juste parce que c'est fermé.

— Je suppose que non. Je parlais sans réfléchir. Mais je vois toujours Hailsham comme ça maintenant. Ça n'a rien de logique. En fait, c'est assez proche de l'image dans ma tête. Sauf qu'il n'y a pas de bateau, bien sûr. Ça ne serait pas si mal si c'était comme ça maintenant.

– C'est drôle, dit Ruth, parce que j'ai eu ce rêve l'autre matin. Je rêvais que j'étais dans la salle 14. Je savais que tout l'endroit avait été fermé, mais j'étais là, dans la salle 14, et je regardais par la fenêtre, et dehors tout était inondé. Juste un lac géant. Et je voyais des ordures flotter devant ma fenêtre, des cartons de boissons vides, de tout. Mais il n'y avait aucun sentiment de panique ni rien de ce genre. C'était joli et tranquille, exactement comme ici. Je savais que je ne courais aucun danger, que c'était juste comme ça parce que ç'avait fermé.

– Vous savez, dit Tommy, Meg B. a passé quelque temps dans notre centre. Elle est partie maintenant quelque part dans le Nord, pour son troisième don. Je n'ai jamais su comment elle s'en est sortie. Et vous, vous savez quelque chose ? »

Je secouai la tête, et comme je n'entendais aucune réponse de la part de Ruth, je me tournai pour la regarder. Au début je crus qu'elle contemplait encore le bateau, puis je vis que ses yeux suivaient le sillage de vapeur d'un avion au loin, s'élevant lentement dans le ciel. Puis elle déclara :

« Je vais vous dire quelque chose que j'ai appris. J'ai appris pour Chrissie. J'ai appris qu'elle avait terminé pendant son deuxième don.

– Moi aussi, je l'ai appris, répondit Tommy. Ça doit être vrai. J'ai entendu dire exactement la même chose.

Une honte. Seulement son deuxième, par-dessus le marché. Je suis heureux que ça ne me soit pas arrivé.

– Je pense que ça arrive beaucoup plus qu'on veut bien nous le dire, reprit Ruth. Mon accompagnante ici présente. Elle sait probablement que c'est vrai. Mais elle ne le dira pas.

– Il n'y a pas de grande conspiration autour de ça, répliquai-je, me retournant vers le bateau. Quelquefois ça arrive. C'était vraiment triste pour Chrissie. Mais ce n'est pas courant. Ils font vraiment attention ces temps-ci.

– Je parie que ça arrive beaucoup plus qu'ils nous le disent, recommença Ruth. C'est une raison pour laquelle ils nous font sans cesse changer d'endroit entre les dons.

– Une fois je suis tombée sur Rodney, dis-je. Ce n'était pas longtemps après que Chrissie avait terminé. Je l'ai vu dans cette clinique, dans le nord du pays de Galles. Ça allait.

– Pourtant je parie qu'il avait le moral à zéro pour Chrissie », dit Ruth. Puis, à Tommy : « Ils ne t'en racontent pas la moitié, tu vois ?

– En fait, repris-je, il n'était pas trop mal à cause de ça. Il était triste, évidemment. Mais ça allait. De toute façon ils ne s'étaient pas vus depuis deux ans. Il a dit qu'il pensait que ça n'aurait pas trop ennuyé Chrissie. Et je suppose qu'il devait le savoir.

– Pourquoi le saurait-il ? s'écria Ruth. Comment aurait-il pu savoir ce que Chrissie éprouvait ? Ce qu'elle aurait voulu ? Ce n'était pas lui sur cette table, qui essayait de se cramponner à la vie. Comment l'aurait-il su ? »

Cet éclat de colère ressemblait plus à la Ruth d'avant et me fit me retourner vers elle. Peut-être était-ce juste la fureur dans ses yeux, mais elle parut me rendre mon regard avec une expression dure, sévère.

« Ça n'est sûrement pas bon, fit Tommy. De terminer au deuxième don. Ça n'est sûrement pas bon.

— Je ne peux pas croire que Rodney ait pris ça bien, dit Ruth. Tu ne lui as parlé que quelques minutes. Comment peux-tu en tirer une conclusion ?

— Ouais, reprit Tommy, mais si, comme le dit Kath, ils avaient déjà rompu...

— Ça n'aurait fait aucune différence, le coupa Ruth. Sous certains aspects ç'aurait pu empirer les choses.

— J'ai vu beaucoup de gens dans la position de Rodney, dis-je. Ils s'en accommodent.

— Comment le saurais-tu ? s'écria Ruth. Comment pourrais-tu le savoir ? Tu es encore accompagnante.

— Je vois un tas de choses comme accompagnante. Un nombre incroyable de choses.

— Elle ne peut pas le savoir, hein, Tommy ? Pas ce que c'est vraiment. »

Un moment nous fixâmes Tommy toutes les deux, mais il continua de regarder le bateau. Puis il dit :

« Il y avait ce type dans mon centre. Il craignait toujours de ne pas se remettre du deuxième. Il racontait qu'il le sentait dans ses os. Mais tout s'est bien passé. Il vient de subir le troisième à présent, et il va parfaitement bien. » Il leva une main pour abriter ses yeux. « Je ne valais pas grand-chose comme accompagnant. Je n'ai même jamais appris à conduire. Je pense que c'est pourquoi mon premier m'a été notifié si tôt. Je sais que ce n'est pas censé fonctionner comme ça, mais je suppose que c'est ce qui s'est passé. Ça ne m'a pas vraiment dérangé. Je suis un assez bon donneur, mais j'étais nul comme accompagnant. »

Personne ne parla pendant un moment. Puis Ruth observa, la voix plus sereine à présent :

« Je pense que j'étais une accompagnante assez correcte. Mais cinq ans, ça m'a paru suffisant. J'étais comme toi, Tommy. J'étais vraiment prête quand je suis devenue donneur. Ça paraissait bien. Après tout, c'est ce que nous sommes *censés* faire, non ? »

Je ne savais pas si elle attendait que je réagisse à ça. Elle ne l'avait pas dit d'une manière tendancieuse, et il est parfaitement possible qu'elle ait fait cette déclaration juste par habitude – c'est le genre de choses qu'on entend les donneurs se répéter tout le temps entre eux. Quand je me tournai de nouveau vers eux, Tommy abritait toujours ses yeux de la main.

« Dommage qu'on ne puisse pas s'approcher du bateau, dit-il. Un jour quand il fera plus sec, on devrait peut-être revenir.

– Je suis heureuse de l'avoir vu, dit doucement

Ruth. C'est vraiment joli. Mais je crois que je veux rentrer maintenant. Ce vent est très froid.

– Au moins nous l'avons vu à présent », dit Tommy.

Nous bavardâmes beaucoup plus librement pendant le trajet jusqu'à la voiture que dans l'autre sens. Ruth et Tommy comparaient des impressions sur leurs centres – la nourriture, les serviettes, ce genre de choses –, et je faisais toujours partie de la conversation parce qu'ils ne cessaient de m'interroger sur les autres centres, demandant si ceci ou cela était normal. La démarche de Ruth était maintenant beaucoup plus assurée, et quand nous arrivâmes à la clôture et que je soulevai le barbelé, elle hésita à peine.

Nous montâmes dans la voiture, avec Tommy à l'arrière, et un moment il régna entre nous un sentiment tout à fait harmonieux. En y repensant, peut-être percevait-on une tension dans l'atmosphère, mais il est possible que je le croie aujourd'hui seulement à cause de ce qui s'est produit ensuite.

La façon dont ça a commencé, c'était un peu une répétition de ce qui s'était passé avant. Nous étions de nouveau sur la longue route presque déserte, et Ruth fit une remarque sur une affiche que nous dépassions. Je ne me souviens même pas de l'affiche aujourd'hui, c'était juste une de ces énormes images publicitaires au bord de la route. Elle fit la remarque presque pour elle-même, visiblement sans y attacher beaucoup d'importance. Du genre : « Mon Dieu, regardez ça. On pourrait espérer qu'ils *essaient* au moins de trouver une idée neuve. »

Mais Tommy dit depuis l'arrière : « En fait j'aime bien celle-ci. Elle a aussi paru dans les journaux. Je trouve qu'elle a quelque chose. »

Peut-être que je cherchais de nouveau cette sensation, ce rapprochement entre Tommy et moi. Car bien que la promenade jusqu'au bateau eût été agréable en soi, je commençais à sentir qu'en dehors de notre première étreinte, et de ce moment dans la voiture à l'aller, Tommy et moi n'avions pas eu vraiment d'échange. En tout cas je me surpris à dire :

« Moi aussi, elle me plaît. Ça demande beaucoup plus d'efforts qu'on ne croit, de fabriquer ces affiches.

— C'est vrai, reprit Tommy. Quelqu'un m'a raconté qu'il faut des semaines et des semaines pour mettre au point ce genre de choses. Des mois même. Quelquefois les gens y travaillent toute la nuit, ils recommencent encore et encore, jusqu'à ce qu'ils aient trouvé la solution.

— C'est trop facile, dis-je, de critiquer quand on ne fait que passer en voiture.

— La chose la plus facile au monde », observa Tommy.

Ruth se tut et continua de regarder la route vide devant nous. Puis je dis :

« Puisqu'on parle des affiches. Il y en a une que j'ai remarquée à l'aller. On devrait la voir sous peu. Elle sera de notre côté cette fois. Elle apparaîtra d'une seconde à l'autre maintenant.

– C'est sur quoi ? demanda Tommy.

– Tu verras. Ça va arriver bientôt. »

Je lançai un coup d'œil à Ruth, à côté de moi. Il n'y avait pas de colère dans ses yeux, seulement une sorte de défiance. Il y avait même, pensai-je, l'espoir que lorsque l'affiche surgirait elle serait parfaitement inoffensive – quelque chose qui nous rappellerait Hailsham, une image de ce genre. Je voyais tout cela sur son visage, à cette façon de ne pas s'arrêter à une seule expression, mais d'hésiter timidement. Tout ce temps, son regard resta fixé devant elle.

Je ralentis et me garai, grimpant sur les mottes d'herbe du bas-côté.

« Pourquoi on s'arrête, Kath ? demanda Tommy.

– Parce qu'on la voit mieux d'ici. De plus près, il faut trop lever la tête. »

J'entendis Tommy remuer derrière nous, essayant de mieux voir. Ruth ne bougea pas, et je n'étais même pas sûre qu'elle regardait l'affiche.

« Bon, ce n'est pas exactement la même, dis-je au bout d'un moment. Mais ça m'y a fait penser. Le bureau paysagé, les gens élégants, souriants. »

Ruth resta silencieuse, mais Tommy dit derrière : « J'y suis. Tu parles de l'endroit où nous sommes allés cette fois-là.

– Pas seulement ça, repris-je. Ça ressemble beaucoup à cette pub. Celle que nous avons trouvée par terre. Tu te souviens, Ruth ?

– Je n'en suis pas sûre, répondit-elle doucement.

— Allons donc ! Tu t'en souviens. Nous l'avons trouvée dans un magazine, sur un chemin. Près d'une flaque. Tu étais vraiment fascinée. Ne fais pas semblant de ne pas t'en souvenir.

— Je crois que oui. » La voix de Ruth était maintenant presque un chuchotement. Un camion passa, faisant vibrer notre voiture et obscurcissant quelques secondes notre vision du panneau. Ruth courba la tête, comme si elle espérait que le camion eût effacé l'image pour toujours, et quand nous la vîmes de nouveau distinctement, elle ne leva pas les yeux.

« C'est drôle, dis-je, de se rappeler tout cela aujourd'hui. Tu te souviens que tu en parlais sans arrêt ? Tu disais qu'un jour tu travaillerais dans un bureau comme celui-là.

— Ah, ouais, c'est pourquoi on y est allés ce jour-là ! s'écria Tommy, comme s'il venait de se le rappeler à la seconde. Quand on a été à Norfolk. On est allés chercher ton "possible". Elle travaillait dans un bureau.

— Tu ne crois pas quelquefois, dis-je à Ruth, que tu aurais dû chercher plus loin ? Bien sûr, tu aurais été la première. La première dont quiconque d'entre nous aurait su qu'elle avait fait un truc pareil. Mais tu aurais peut-être réussi. Tu ne te demandes pas quelquefois ce qui se serait passé si tu avais essayé ?

— Comment aurais-je pu essayer ? » La voix de Ruth était à peine audible. « C'est juste quelque chose dont j'ai rêvé autrefois. C'est tout.

– Mais si au moins tu t'étais renseignée. Comment le sais-tu ? Ils auraient pu te laisser faire.

– Ouais, Ruth, dit Tommy. Peut-être que tu aurais dû au moins essayer. Après en avoir tellement parlé. Je pense que Kath a touché juste.

– Je n'en ai pas *tellement* parlé, Tommy. Du moins, je ne me souviens pas d'en avoir tellement parlé.

– Mais Tommy a raison. Tu aurais dû au moins essayer. Alors tu pourrais voir une affiche comme celle-là, et te souvenir que c'est ce que tu voulais autrefois, et te dire qu'au moins tu avais pris des renseignements...

– Comment aurais-je pu me renseigner ? » Pour la première fois la voix de Ruth s'était durcie, mais elle poussa alors un soupir et baissa de nouveau les yeux. Puis Tommy dit :

« Tu n'arrêtais pas de parler comme si tu avais droit à un traitement spécial. Et, si c'est ce que tu penses, tu aurais pu l'obtenir. Tu aurais dû demander au moins.

– D'accord, répondit Ruth. Tu dis que j'aurais dû me renseigner. Comment ? Où serais je allée ? Il n'existe aucun moyen de se renseigner.

– Tommy a quand même raison, repris-je. Si tu te croyais spéciale, tu aurais au moins dû demander. Tu aurais dû aller voir Madame et demander. »

Dès que j'eus prononcé ces mots – dès que j'eus mentionné Madame –, je me rendis compte que j'avais commis une erreur. Ruth leva les yeux vers moi et je crus voir un éclair de triomphe traverser son visage. Ça arrive quelquefois dans les films, quand une personne pointe un revolver sur une autre, et qu'elle lui fait faire toutes sortes de choses. Puis, brusquement, il y a une erreur, une bagarre, et le revolver se retrouve entre les mains de l'autre personne. Et l'autre personne regarde la première avec une lueur dans l'œil, une expression du genre j'y-crois-pas-quelle-chance, qui promet toutes sortes de vengeances. Eh bien, ce fut ainsi que Ruth me fixa brusquement, et si je n'avais rien dit à propos des sursis, j'avais mentionné Madame, et je savais que nous avions fait irruption dans un domaine entièrement nouveau.

Ruth vit ma panique et se retourna sur son siège pour me faire face. Je me préparais donc à l'attaque ; m'appliquant à me dire que, quelle que fût sa stratégie, les choses étaient différentes maintenant, elle n'arriverait pas à ses fins comme par le passé. Je me répétais tout cela, et c'est pourquoi je n'étais pas du tout prête à ce qu'elle déclara alors :

« Kathy, dit-elle, je ne m'attends pas vraiment à ce que tu me pardonnes un jour. Je ne vois même pas pourquoi tu le devrais. Mais je vais te le demander quand même. »

Je fus si déconcertée par ces mots que je ne trouvai rien d'autre à répondre qu'un assez faible : « Te pardonner pour quoi ?

— Me pardonner pour quoi ? Eh bien, d'abord, il y a la façon dont je t'ai toujours menti à propos de tes pulsions. Quand tu me racontais alors que lorsque ça te prenait, quelquefois tu avais envie de le faire avec pratiquement n'importe qui. »

Tommy bougea de nouveau derrière nous, mais Ruth se penchait en avant, les yeux fixés sur moi, comme si à ce moment Tommy ne s'était pas du tout trouvé dans la voiture avec nous.

« Je savais combien ça t'inquiétait, dit-elle. J'aurais dû te le dire. J'aurais dû dire que c'était pareil pour moi, exactement comme tu le décrivais. Tu te rends compte de tout cela à présent, je le sais. J'aurais dû te dire que même si j'étais avec Tommy, je ne pouvais pas m'empêcher de le faire quelquefois avec d'autres gens. Au moins trois autres quand nous étions aux Cottages. »

Elle prononça ces mots toujours sans regarder dans la direction de Tommy. Non qu'elle l'ignorât, mais elle s'efforçait plutôt de m'atteindre, si intensément que tout le reste s'était brouillé.

« J'ai failli te le dire plusieurs fois, poursuivit-elle. Mais je ne l'ai pas fait. Même alors, à cette époque, je me suis rendu compte que tu regarderais en arrière, que tu réaliserais et me le reprocherais. Pourtant je ne t'ai rien dit. Il n'y a pas de raison pour que tu me pardonnes jamais ça, mais je veux le demander maintenant parce que… » Elle s'arrêta brusquement.

« Parce que quoi ? » répétai-je.

Elle rit et répondit : « Parce que rien. J'aimerais que tu me pardonnes, mais je ne m'attends pas à ce que tu le fasses. Dieu, je me suis dit tout cela dans ma tête tant de fois, je ne peux pas croire que ça arrive vraiment. Ç'aurait dû être vous deux. Je ne vais pas faire semblant et prétendre ne pas l'avoir toujours su. Bien sûr que je le savais, aussi loin que je m'en souvienne. Mais je vous ai séparés. Je ne vous demande pas de me pardonner pour ça. Ce n'est pas ce que je recherche juste maintenant. Ce que je veux, c'est que vous y mettiez bon ordre. Que vous mettiez bon ordre dans ce que j'ai gâché pour vous.

— Qu'est-ce que tu veux dire, Ruth ? demanda Tommy. Qu'est-ce que tu veux dire par "mettre bon ordre" ? » Sa voix était douce, pleine d'une curiosité puérile, et je pense que c'est ce qui déclencha mes sanglots.

« Kathy, écoute, dit Ruth. Toi et Tommy, vous devez essayer d'obtenir un sursis. Si c'est vous deux, il doit y avoir une chance. Une vraie chance. »

Elle avait tendu une main et la posa sur mon épaule, mais je me dégageai brutalement et lui lançai un regard furieux à travers mes larmes.

« C'est trop tard pour ça. Beaucoup trop tard.

— Ce n'est pas trop tard. Kathy, écoute, ce n'est pas trop tard. Bon, Tommy a effectué deux dons ; qui dit que ça doit faire une différence ?

— C'est trop tard pour tout ça maintenant. » Je m'étais remise à sangloter. « C'est stupide même d'y penser. Aussi stupide que de vouloir travailler dans ce bureau là-haut. Nous sommes bien au-delà de tout ça maintenant. »

Ruth secouait la tête. «Ce n'est pas trop tard. Tommy, dis-le-lui.»

Je m'appuyais sur le volant, aussi je ne voyais pas du tout Tommy. Il émit une sorte de fredonnement perplexe, mais ne dit rien.

«Écoutez, reprit Ruth, tous les deux. Je voulais que nous fassions tout ce voyage parce que je voulais vous dire ce que je viens de vous dire. Mais je le voulais aussi parce que je désirais vous donner quelque chose.» Elle fouillait dans les poches de son anorak et tendit un morceau de papier froissé. «Tommy, tu ferais mieux de prendre ça. Veille dessus. Puis, quand Kathy changera d'avis, vous l'aurez.»

Tommy se pencha entre les sièges et prit le papier. «Merci, Ruth», dit-il, comme si elle lui avait donné une barre de chocolat. Puis, au bout de quelques secondes, il s'exclama: «C'est quoi? Je ne comprends pas.

— C'est l'adresse de Madame. C'est comme tu me le disais à l'instant. Vous devez au moins essayer.

— Comment tu l'as trouvée? demanda Tommy.

— Ça n'a pas été facile. Ça m'a pris longtemps, et j'ai couru quelques risques. Mais à la fin je l'ai obtenue, et je l'ai obtenue pour vous deux. Maintenant c'est à vous de la trouver et d'essayer.»

J'avais cessé de sangloter et je mis le contact. «Assez avec tout ça! dis-je. Nous devons ramener Tommy. Ensuite nous devons nous-mêmes rentrer.

— Mais vous allez y penser tous les deux, hein?

— Maintenant je veux rentrer, dis-je.

— Tommy, tu garderas cette adresse en lieu sûr ? Au cas où Kathy change d'avis.

— Je la garderai », répondit Tommy. Puis, beaucoup plus solennellement qu'auparavant : « Merci, Ruth.

— Nous avons vu le bateau, dis-je, mais à présent nous devons rentrer. Ça peut prendre plus de deux heures pour arriver à Douvres. »

Je repris la route et, si je me souviens bien, nous n'avons pas dit grand-chose de plus pendant le trajet de retour jusqu'au Kingsfield. Il y avait encore un petit groupe de donneurs blottis sous le toit quand nous entrâmes sur la Place. Je fis demi-tour avant de laisser Tommy descendre. Aucune de nous ne l'étreignit ni ne l'embrassa, mais, quand il s'éloigna en direction de ses collègues donneurs, il s'arrêta pour nous adresser un grand sourire et un signe de la main.

Ça pourrait paraître curieux, mais pendant le voyage de retour au centre de Ruth nous ne discutâmes pas vraiment de ce qui venait de se passer. C'était en partie parce que Ruth était épuisée – cette dernière conversation sur le bord de la route semblait l'avoir vidée. Mais aussi, nous nous rendions compte, je pense, que nous avions assez parlé de choses sérieuses pour la journée, et que si nous insistions encore, cela tournerait mal. Je ne sais pas ce qu'éprouva Ruth pendant ce trajet, mais pour moi, une fois que les fortes émotions se furent apaisées, que la nuit commença à tomber et que les lumières s'allumèrent le long de la route, je me sentis bien. C'était comme si quelque chose qui avait pesé sur moi pendant longtemps avait disparu, et même si tout était loin d'être réglé, j'avais l'impression que, du moins, il y avait à présent une porte ouverte sur un horizon meilleur. Je ne dis pas que j'étais transportée de joie, rien de ce genre. Tout ce qui se passait entre nous trois semblait vraiment délicat et je me sentais tendue, mais ce n'était pas une tension entièrement désagréable.

Nous ne discutâmes même pas de Tommy, sinon pour dire qu'il paraissait en forme et nous demander combien de kilos il avait pris. Puis nous passâmes une grande partie du trajet à fixer ensemble la route, en silence.

Ce fut seulement quelques jours plus tard que je pris conscience du changement produit par ce voyage. Toute la réserve, tous les soupçons entre Ruth et moi s'évaporèrent, et nous parûmes nous souvenir de tout ce que nous avions représenté l'une pour l'autre autrefois. Et ce fut le début de cette époque, avec l'été qui approchait, et la santé de Ruth qui, au moins, s'était stabilisée, quand je venais le soir avec des biscuits et de l'eau minérale et que nous restions assises côte à côte devant sa fenêtre, à regarder le soleil descendre sur les toits, à parler de Hailsham, des Cottages, de tout ce qui nous passait par la tête. Quand je pense aujourd'hui à Ruth, bien sûr, je suis triste qu'elle soit partie ; mais je suis aussi vraiment reconnaissante de cette période que nous avons connue à la fin.

Même alors, il y avait un sujet dont nous ne discutions jamais vraiment, et ça concernait ce qu'elle avait dit au bord de la route ce jour-là. Juste de temps à autre, Ruth y faisait allusion. Elle lançait des phrases du genre :

« Tu as repensé à devenir l'accompagnante de Tommy ? Tu sais que tu pourrais organiser ça si tu voulais. »

Bientôt, ce fut cette idée – que je devienne l'accompagnante de Tommy – qui en arriva à remplacer tout le reste. Je lui disais que j'y songeais, que de toute manière ce n'était pas aussi simple, même pour moi, d'organiser ce genre de choses. D'habitude, nous laissions tomber le sujet. Mais je sentais que ce n'était jamais loin de l'esprit de Ruth, et c'est pourquoi, la toute dernière fois où je la vis, bien qu'elle ne fût plus capable de parler, je sus que c'était ce qu'elle voulait me dire.

C'était trois jours après son deuxième don, quand, au petit matin, ils me laissèrent enfin entrer pour la voir. Elle avait une chambre pour elle seule, et il semblait qu'ils avaient fait tout ce qu'ils pouvaient pour elle. Il était alors devenu évident à mes yeux, à la façon dont se comportaient les médecins, le coordinateur, les infirmières, qu'ils pensaient qu'elle ne s'en sortirait pas. Je lui jetai un regard sur ce lit d'hôpital, sous la lumière terne, et je reconnus sur son visage l'expression que j'avais déjà vue assez souvent chez des donneurs. C'était comme si elle voulait que ses propres yeux voient à l'intérieur d'elle-même, afin d'y patrouiller et de circonscrire d'autant mieux les zones de douleur de son corps – de la même manière, peut-être, qu'un accompagnant anxieux pourrait se partager entre trois ou quatre donneurs souffrants, courant d'une région à l'autre. Elle était, à proprement parler, encore consciente, mais elle ne m'était pas accessible tandis que je me tenais là, à côté de son lit en métal. Néanmoins, je tirai une chaise et m'assis, sa main dans les miennes, exerçant une pression chaque fois qu'une nouvelle vague de douleur la faisait se détourner de moi.

Je restai ainsi auprès d'elle aussi longtemps qu'ils me le permirent, trois heures, peut-être plus. Et, comme je le dis, pendant presque tout ce temps elle demeura très loin en elle-même. Mais juste une fois, alors qu'elle se contorsionnait d'une manière qui semblait effroyablement anormale, et que j'étais sur le point de demander encore des calmants aux infirmières, l'espace de quelques secondes, pas plus, elle me fixa droit dans les yeux et sut exactement qui j'étais. Ce fut l'un de ces îlots de lucidité que les donneurs atteignent parfois au milieu de leurs horribles combats, et elle me regarda, juste un moment, et bien qu'elle ne parlât pas, je sus ce que signifiait son regard. Aussi je lui dis : « C'est d'accord, je vais le faire, Ruth. Je vais devenir l'accompagnante de Tommy dès que je le pourrai. » Je le dis tout bas, parce que je ne pensais pas qu'elle entendrait les mots, même si je les criais. Mais j'avais l'espoir que, durant ces quelques secondes où nos regards se croisèrent, elle avait déchiffré mon expression comme j'avais déchiffré la sienne. Puis le moment prit fin, et elle s'absenta à nouveau. Bien sûr, je ne le saurai jamais avec certitude, mais je pense qu'elle avait compris. Et même dans le cas contraire, il me vient aujourd'hui à l'esprit qu'elle avait probablement toujours su, même avant moi, que je deviendrais l'accompagnante de Tommy, et que nous « essaierions », ainsi qu'elle nous avait dit de le faire ce jour-là dans la voiture.

20

Je devins l'accompagnante de Tommy presque un an jour pour jour après ce voyage pour voir le bateau. Ce n'était pas longtemps après le troisième don de Tommy, et bien qu'il se remît au mieux, il avait encore besoin de beaucoup de temps pour se reposer, et il se trouva que c'était une façon pas mauvaise du tout d'entamer ensemble cette phase nouvelle. Avant longtemps je m'habituai au Kingsfield, finissant même par l'apprécier.

Au Kingsfield la plupart des donneurs obtiennent leur propre chambre après le troisième don, et Tommy reçut l'une des plus grandes du centre. Certaines personnes ont supposé ensuite que j'avais arrangé ça pour lui, mais ce n'était pas le cas ; c'était juste un coup de chance, et de toute façon ce n'était pas une chambre si géniale. Je pense que ç'avait été une salle de bains à l'époque du camp de vacances, parce que l'unique fenêtre était en verre dépoli et se situait vraiment haut, près du plafond. Pour regarder dehors il fallait monter sur une chaise et tenir la vitre ouverte, et on apercevait juste le massif d'arbustes touffus. La pièce était en forme de L, ce qui signifiait qu'on pouvait y faire rentrer, en plus du lit, de la chaise et de l'armoire habituels, un petit pupitre d'écolier avec un couvercle – un meuble qui se révéla très précieux, comme je l'expliquerai.

Je ne veux pas donner une fausse idée de cette période au Kingsfield. Pour une bonne part, elle fut vraiment détendue, presque idyllique. J'arrivais habituellement après le déjeuner, et je montais pour trouver Tommy allongé sur son lit étroit – toujours tout habillé parce qu'il ne voulait pas « ressembler à un patient ». Je m'asseyais sur la chaise et lui lisais différents livres de poche que j'apportais, des bouquins comme l'*Odyssée* et *Les Mille et Une Nuits*. Autrement nous parlions simplement, parfois du bon vieux temps, parfois d'autre chose. Il s'assoupissait souvent à la fin de l'après-midi, pendant que je mettais à jour mes rapports sur son pupitre d'écolier. C'était stupéfiant, la manière dont les années semblaient s'effacer, et nous étions si à l'aise ensemble.

Évidemment, tout n'était pas comme avant. D'abord, Tommy et moi nous étions enfin mis à coucher ensemble. Je ne sais pas à quel point il y avait pensé avant que nous commencions. Après tout, il était

encore convalescent, et ce n'était peut-être pas sa première préoccupation. Je ne voulais pas le lui imposer,
mais d'un autre côté il m'était venu à l'esprit que si
nous laissions ça de côté trop longtemps, au moment
précis où nous démarrions sur de nouvelles bases, il
deviendrait de plus en plus difficile d'en faire un élément naturel de notre relation. Et mon autre idée, je
suppose, était que si nos plans allaient dans le sens
que Ruth avait voulu, et que nous nous retrouvions
en position de demander un sursis, le fait que nous
n'ayons jamais couché ensemble pourrait être un réel
désavantage. Je ne veux pas dire que, selon moi, ils
nous interrogeraient nécessairement là-dessus. Mais je
craignais que cela ne transparaisse à travers une sorte
de manque d'intimité.

Je décidai donc de commencer un après-midi dans
cette chambre, de manière qu'il ait toute latitude
d'accepter ou refuser. Il était allongé sur le lit comme
d'habitude, fixant le plafond pendant que je lisais
pour lui. Quand j'eus terminé, je m'approchai, m'assis
sur le bord du lit et glissai une main sous son T-shirt.
Très vite je suis arrivée à ses parties intimes, et il lui a
fallu un moment pour bander, mais j'ai vu tout de
suite que ça lui faisait plaisir. Cette première fois,
nous devions encore nous préoccuper de ses points de
suture, et, en tout cas, après toutes ces années où nous
nous étions connus sans coucher ensemble, c'était
comme s'il nous fallait une étape intermédiaire avant
de nous y mettre à fond. Alors, au bout d'un moment

je le lui ai fait avec mes mains, et il est resté couché là sans chercher à me peloter en retour, sans même émettre de sons, mais avec un air paisible.

Pourtant, même cette première fois, il planait quelque chose, un sentiment mêlé à l'impression que c'était un début, une porte que nous franchissions. Longtemps je refusai de le reconnaître, et même lorsque je le fis, j'essayai de me persuader que cela disparaîtrait avec ses divers maux et souffrances. Car dès cette première fois il y eut dans l'attitude de Tommy une arrière-pensée teintée de tristesse, qui semblait dire : « Oui nous faisons cela à présent et je m'en réjouis. Mais quel dommage que nous ayons tant attendu ! »

Et les jours qui suivirent, quand nous couchâmes vraiment ensemble et que cela nous rendit réellement heureux, le même sentiment tenace persistait toujours. Je faisais tout pour l'éloigner. Je nous entraînais dedans à fond la caisse, tout devenait flou, délirant, et il n'y avait plus de place pour autre chose. S'il était sur moi, je pliais les genoux pour lui ; quelle que fût la position que nous prenions, je disais, faisais tout ce que je croyais pouvoir rendre ça meilleur, plus passionné, mais ce sentiment ne se dissipait jamais complètement.

Peut-être que cela avait un rapport avec cette chambre, avec l'inclinaison du soleil à travers le verre dépoli qui, même au début de l'été, donnait l'impression d'une lumière d'automne. Ou peut-être était-ce parce que les sons épars qui nous arrivaient parfois tandis que nous étions couchés là venaient des donneurs qui se pressaient aux alentours, vaquant à leurs occupations dans le parc, et non d'élèves assis dans l'herbe d'un pré, discutant de romans et de poésie. Ou peut-être était-ce parce que parfois, même après l'avoir fait vraiment bien, alors que nous étions dans les bras l'un de l'autre, des fragments de nos étreintes flottant encore dans nos têtes, Tommy disait quelque chose du genre: « J'étais capable de le faire deux fois d'affilée, tranquille. Mais je ne peux plus. » Alors ce sentiment resurgissait et je devais poser la main sur sa bouche chaque fois qu'il disait ce genre de choses, juste pour que nous puissions reposer là paisiblement. Je suis sûre que Tommy le ressentait aussi, parce que nous nous tenions très fort après ces moments-là, comme si cela pouvait nous aider à écarter ce sentiment.

Les premières semaines après mon arrivée, nous évoquâmes à peine Madame ou cette conversation avec Ruth dans la voiture ce fameux jour. Mais le seul fait que je fus devenue son accompagnante servait à nous rappeler que nous n'étions pas là pour passer le temps. Et aussi, bien sûr, les dessins d'animaux de Tommy.

Je me suis souvent interrogée sur ses animaux au cours des années, et même le jour où nous étions allés voir le bateau, j'avais été tentée de lui poser la question. Les dessinait-il encore ? Avait-il gardé ceux des Cottages ? Mais tout leur historique m'avait rendu la tâche difficile.

Puis un après-midi, peut-être un mois environ après que j'eus commencé, je montai dans sa chambre et le trouvai devant son pupitre d'écolier, concentré sur un dessin, touchant presque le papier avec son visage. Il m'avait répondu d'entrer quand j'avais frappé, mais il ne redressa pas la tête et ne s'interrompit pas, et un simple coup d'œil m'indiqua qu'il travaillait à l'une de ses créatures imaginaires. Je m'arrêtai sur le seuil en hésitant, mais il finit par lever les yeux et il ferma son calepin – qui, remarquai-je, semblait identique aux carnets noirs qu'il avait obtenus de Keffers tant d'années auparavant. J'entrai alors et nous commençâmes à parler de tout à fait autre chose, et au bout d'un moment il posa son carnet sans que nous l'ayons mentionné. Mais après ça, en arrivant je le trouvais souvent posé sur le bureau ou jeté près de l'oreiller.

Un jour, nous étions dans sa chambre avec plusieurs minutes à tuer avant d'aller faire des examens, et je remarquai quelque chose de curieux dans son attitude : une fausse timidité et une détermination qui me firent penser qu'il avait un désir sexuel. Mais il déclara :

« Kath, je veux juste que tu me dises. Dis-moi honnêtement. »

Le calepin noir surgit de son pupitre, et il me montra trois croquis distincts d'une sorte de grenouille – sauf qu'elle avait une longue queue comme si une partie de son corps était restée un têtard. Du moins, ça ressemblait à ça quand on les tenait à distance. De près, chaque croquis était une masse de détails minuscules, très semblable aux créatures que j'avais vues des années plus tôt.

« J'ai fait ces deux-là en pensant qu'ils étaient en métal, dit-il. Tu vois, tout a une surface brillante. Mais celui-ci, j'ai pensé : je vais essayer de le rendre caoutchouteux. Tu vois ? Presque pâteux. Je veux en faire une version convenable, vraiment bonne, mais je n'arrive pas à me décider. Kath, honnêtement, tu en penses quoi ? »

Je ne me rappelle pas ce que j'ai répondu. Ce que je me rappelle, c'est le puissant mélange d'émotions qui m'engloutit à cet instant. Je me rendis compte immédiatement que c'était la façon de Tommy de mettre derrière nous tout ce qui s'était passé aux Cottages à propos de ses dessins, et j'éprouvai du soulagement, de la gratitude, un pur enchantement. Mais j'étais aussi consciente de la raison pour laquelle les animaux avaient resurgi, et de tout ce qui pouvait se cacher derrière la requête en apparence anodine de Tommy. Du moins il me montrait qu'il n'avait pas oublié, bien que nous ayons à peine abordé ouvertement la moindre discussion ; il me disait qu'il n'était pas insouciant et s'employait à mener à bien sa part des préparatifs.

Mais j'éprouvai encore autre chose en regardant ces étranges grenouilles. Car ce sentiment planait de nouveau, flou et lointain au début, mais allant croissant, de sorte qu'après je ne cessai plus d'y penser. Tandis que je regardais ces pages, je ne pus empêcher cette idée de me traverser l'esprit, alors même que j'essayais de l'écarter. Il m'apparut que les dessins de Tommy n'étaient plus si originaux maintenant. D'accord, sous maints aspects ces grenouilles ressemblaient beaucoup à ce que j'avais vu aux Cottages. Mais quelque chose avait manifestement disparu, et les dessins paraissaient laborieux, presque comme s'ils avaient été copiés. Et ce sentiment resurgit, malgré mes efforts pour le chasser : à savoir que nous faisions tout cela trop tard ; qu'il y avait eu un temps pour ça mais que nous l'avions laissé passer, et qu'il y avait quelque chose de ridicule, de répréhensible même, dans la manière dont nous l'envisagions et le planifions désormais.

Maintenant que j'y repense, il me vient à l'esprit qu'il pouvait y avoir une autre raison expliquant notre lenteur à nous parler ouvertement de nos plans. Il était certain qu'aucun des autres donneurs du Kingsfield n'avait jamais entendu parler des sursis ni de rien de semblable, et nous étions sans doute vaguement gênés, presque comme si nous avions partagé un secret honteux. Nous avions peut-être même peur de ce qui pourrait arriver si les autres l'apprenaient.

Mais voilà, je ne veux pas peindre un tableau trop sombre de cette époque au Kingsfield. Pour une grande part, surtout après le jour où il m'interrogea sur ses animaux, aucune ombre du passé ne semblait avoir subsisté, et nous nous installâmes réellement en compagnie l'un de l'autre. Et bien qu'il ne me demandât plus jamais de conseils à propos de ses œuvres, il était heureux d'y travailler devant moi, et nous passions souvent nos après-midi ainsi : moi sur le lit, lisant peut-être à voix haute, Tommy au bureau, en train de dessiner.

Peut-être aurions-nous été heureux si les choses étaient restées ainsi beaucoup plus longtemps ; si nous avions pu passer d'autres après-midi à bavarder, coucher ensemble, lire à voix haute et dessiner. Mais avec l'été qui touchait à sa fin, Tommy qui reprenait des forces et l'éventualité de la notification de son quatrième don se profilant de plus en plus nettement, nous savions que nous ne pouvions pas continuer à repousser les choses indéfiniment.

Cela avait été une période inhabituellement chargée pour moi, et je n'étais pas venue au Kingsfield depuis près d'une semaine. Ce jour-là j'arrivai le matin, et je me souviens qu'il pleuvait à seaux. La chambre de Tommy était presque dans l'obscurité, et on entendait une gouttière ruisseler près de sa fenêtre. Il était descendu dans la salle principale pour le petit déjeuner avec ses collègues donneurs, mais était remonté et se trouvait maintenant assis sur son lit, l'air hébété, sans rien faire. J'entrai épuisée – je n'avais pas eu une bonne nuit de sommeil depuis une éternité –, et je venais de m'écrouler sur son lit étroit, le repoussant contre le mur. Je restai ainsi allongée quelques instants, et j'aurais pu facilement m'endormir si Tommy ne s'était obstiné à glisser un orteil sur mes genoux. Enfin je m'assis à côté de lui et je dis :

« Tommy, j'ai vu Madame hier. Je ne lui ai pas parlé, ni rien. Mais je l'ai vue. »

Il me regarda, mais resta silencieux.

« Je l'ai vue arriver dans la rue et entrer chez elle. Ruth a donné les bonnes infos. La bonne adresse, la bonne porte, tout. »

Puis je lui racontai que la veille, puisque je me trouvais de toute façon sur la côte sud, j'étais allée à Littlehampton à la fin de l'après-midi, et que, exactement comme les deux fois précédentes, j'avais pris cette longue rue près du bord de mer, dépassant les rangées de maisons mitoyennes avec des noms tels que « Crête de vague » et « Vue sur la mer », jusqu'au banc public près de la cabine téléphonique. Et je m'étais assise et j'avais attendu – comme je l'avais fait auparavant –, les yeux fixés sur la maison de l'autre côté de la rue.

« C'était un vrai boulot de détective. Les fois d'avant, je m'étais assise là pendant plus d'une demi-heure à chaque coup, et rien, absolument rien. Mais quelque chose me disait que j'aurais de la chance cette fois. »

J'étais si fatiguée que j'avais failli piquer du nez sur le banc. Et puis j'avais levé les yeux et je l'avais vue qui venait vers moi dans la rue.

«Ça donnait vraiment la chair de poule, dis-je, parce qu'elle n'avait pas du tout changé. Peut-être que son visage avait un peu vieilli. Mais, sinon, il n'y avait pas de vraie différence. Les mêmes vêtements. Ce costume gris élégant.

— Ça ne pouvait pas *littéralement* être le même costume.

— Je ne sais pas. Ça en avait l'air.

— Alors tu n'as pas essayé de lui parler?

— Bien sûr que non, idiot. Une étape à la fois. Elle n'a jamais été spécialement sympa avec nous, souviens-toi.»

Je lui racontai qu'elle était passée juste devant moi sur le trottoir d'en face, sans regarder dans ma direction; que l'espace d'une seconde je crus qu'elle allait aussi dépasser la porte que je surveillais – que Ruth avait la mauvaise adresse. Mais Madame avait tourné brusquement au portillon, franchi la minuscule allée en deux ou trois pas, et avait disparu à l'intérieur.

Quand j'eus terminé, Tommy se tut quelque temps. Puis il dit:

«Tu es sûre que tu ne vas pas avoir d'ennuis? En allant toujours dans des endroits où tu n'es pas censée te trouver?

— Pourquoi crois-tu que je sois aussi fatiguée? J'ai travaillé vingt-quatre heures sur vingt-quatre pour arriver à tout faire. Mais du moins nous l'avons trouvée maintenant. »

Dehors, la pluie continuait de ruisseler. Tommy se tourna sur le flanc et posa la tête sur mon épaule.

« Ruth s'est bien occupée de nous, dit-il doucement. Elle a trouvé les bonnes infos.

— Oui, elle s'est bien débrouillée. Mais maintenant c'est à nous de jouer.

— Alors c'est quoi, le plan, Kath ? On en a un ?

— On va là-bas. On y va et on lui pose la question. La semaine prochaine, quand je t'emmènerai au labo pour les analyses. Je t'obtiendrai une permission pour la journée. Ensuite on pourra aller à Littlehampton sur le chemin du retour. »

Tommy poussa un soupir et enfonça encore sa tête dans mon épaule. Quelqu'un observant la scène aurait pu croire qu'il manquait d'enthousiasme, mais je savais ce qu'il éprouvait. Nous pensions depuis si longtemps aux sursis, à la théorie sur la Galerie, à tout ça – et maintenant, tout d'un coup, ça prenait forme. Ça donnait un peu la frousse.

« Si nous y arrivons, dit-il enfin. Suppose seulement que ça marche. Suppose qu'elle nous accorde trois ans, disons, juste pour nous. Qu'est-ce qu'on va faire ? Tu vois de quoi je parle, Kath ? Où on va ? On ne peut pas rester ici, c'est un centre.

— Je ne sais pas, Tommy. Peut-être qu'elle nous dira de retourner aux Cottages. Mais ce serait mieux ailleurs. Le Manoir blanc, peut-être. Ou peut-être qu'ils ont un autre endroit. Un endroit à part pour les gens comme nous. On verra bien ce qu'elle dit. »

Nous restâmes allongés tranquillement sur le lit encore quelques minutes, écoutant la pluie. À un moment, je me mis à le titiller de l'orteil, comme il l'avait fait avec moi plus tôt. Il finit par riposter et repoussa mes pieds hors du lit.

« Si on y va vraiment, dit-il, on doit décider pour les animaux. Tu sais : choisir les meilleurs pour les emporter. Peut-être six ou sept. Il faudra le faire avec beaucoup de soin.

– D'accord. » Je me levai et étirai mes bras. « On pourrait en prendre plus. Quinze, vingt même. Ouais, on va aller la voir. Qu'est-ce qu'elle peut nous faire ? On va aller lui parler. »

21

Pendant des jours avant ce voyage, j'eus à l'esprit cette image de moi et Tommy debout devant cette porte, rassemblant le courage d'appuyer sur la sonnette, puis contraints d'attendre là, le cœur battant. En fin de compte, nous eûmes de la chance et cette épreuve particulière nous fut épargnée.

Nous méritions que la chance nous sourît enfin, parce que la journée ne s'était pas bien passée du tout. La voiture avait fait des siennes à l'aller et nous avions une heure de retard pour les analyses de Tommy. Ensuite, en raison d'une confusion à la clinique, Tommy avait dû en refaire trois. Ça l'avait laissé très vaseux et à la fin de l'après-midi, quand nous prîmes enfin la route de Littlehampton, il commença à avoir mal au cœur et nous dûmes nous arrêter sans cesse pour lui permettre de faire quelques pas.

Nous arrivâmes enfin juste avant six heures du soir. Nous garâmes la voiture derrière le hall de bingo, prîmes dans le coffre le sac de sport contenant les carnets de Tommy et partîmes en direction du centre-ville. Ç'avait été une belle journée, et même si les magasins étaient tous en train de fermer, beaucoup de gens traînaient devant les pubs, bavardant et buvant. Avec la marche, Tommy commença à se sentir mieux, il se souvint finalement qu'il avait dû sauter le déjeuner à cause des analyses et déclara qu'il devait manger avant d'affronter ce qui nous attendait. Nous cherchions donc un endroit où acheter un sandwich à emporter quand il me saisit brusquement le bras, si fort que je crus qu'il avait un genre d'attaque. Mais alors il murmura doucement à mon oreille :

« C'est elle, Kath. Regarde. Elle passe devant le salon de coiffure. »

Et c'était bien elle qui avançait sur le trottoir d'en face, vêtue de son tailleur gris impeccable, exactement pareil à ceux qu'elle avait toujours portés.

Nous nous mîmes à suivre Madame à une distance raisonnable, d'abord dans la zone piétonne, puis le long de la rue centrale presque déserte. Je pense que cela nous rappela à tous les deux le jour où nous avions suivi le « possible » de Ruth dans une autre ville. Mais cette fois les choses se passèrent beaucoup plus simplement, car bientôt elle nous entraîna dans cette longue rue du bord de mer.

Étant donné que la rue était tout à fait droite, et parce que le couchant l'éclairait jusqu'au bout, nous nous aperçûmes que nous pouvions laisser Madame prendre de l'avance – jusqu'à ce qu'elle ne fût plus qu'un point minuscule – sans courir le moindre risque de la perdre. En fait, nous ne cessâmes jamais d'entendre l'écho de ses talons, et le choc sourd et cadencé du sac de Tommy contre sa jambe semblait être un genre de réponse.

Nous continuâmes ainsi un long moment, dépassant des rangées de maisons identiques. Puis les maisons du trottoir d'en face disparurent, remplacées par des zones de gazon plates, et on put voir, au-delà des pelouses, le haut des cabines de bain bordant la plage. L'eau même n'était pas visible, mais on savait qu'elle était là, au ciel immense et aux cris des mouettes.

Mais les maisons de notre côté défilaient sans changement, et au bout d'un moment je dis à Tommy :

« Ce n'est plus très loin. Tu vois ce banc là-bas ? C'est celui où je m'assieds. La maison est juste en face. »

Avant que j'eusse prononcé ces mots, Tommy avait été assez calme. Mais à présent une mouche parut le piquer et il se mit à accélérer le pas, comme s'il voulait la rattraper. Maintenant il n'y avait plus personne entre Madame et nous, et Tommy était en train de combler le vide qui nous séparait d'elle, aussi dus-je lui saisir le bras pour qu'il ralentisse. Je craignais tout le temps qu'elle ne se retournât pour nous regarder, mais elle ne le fit pas et franchit son petit portillon. Elle s'arrêta devant sa porte pour trouver ses clés dans son sac à main, et nous étions là, debout près du portillon, l'observant. Elle ne se retournait toujours pas, et j'eus l'impression qu'elle avait été consciente de notre présence depuis le début et nous ignorait délibérément. Je pensai aussi que Tommy était sur le point de lui crier quelque chose, et que ce serait une gaffe. Ce fut pourquoi j'appelai depuis le portillon aussi rapidement et sans hésitation.

Ce n'était qu'un poli « Excusez-moi ! », mais elle fit volte-face comme si je lui avais jeté quelque chose. Et quand son regard nous toisa, un frisson me traversa, très semblable à celui que j'avais ressenti des années auparavant, cette fois où nous l'avions assaillie devant la maison principale. Ses yeux étaient aussi froids, et son visage peut-être un peu plus sévère que dans mon souvenir. Je ne sais pas si elle nous reconnut à ce moment ; mais sans aucun doute elle vit et décida en une seconde *ce que nous étions*, parce qu'elle se raidit visiblement – comme si un couple de grosses araignées s'apprêtait à ramper sur elle.

Puis quelque chose changea dans son expression. Elle ne se radoucit pas exactement. Mais la révulsion fut mise de côté, et elle nous examina avec attention, plissant les yeux dans le couchant.

« Madame, dis-je, me penchant par-dessus le portillon. Nous ne voulons pas vous choquer, ni rien. Mais nous étions à Hailsham. Je suis Kathy H., peut-être que vous vous en souvenez. Et voici Tommy D. Nous ne sommes pas venus pour vous causer des ennuis. »

Elle s'avança vers nous de quelques pas. « De Hailsham, répéta-t-elle, et un petit sourire éclaira son visage. Eh bien, c'est une surprise. Si vous n'êtes pas là pour me causer des ennuis, alors pourquoi êtes-vous ici ? »

Soudain Tommy dit : « Nous devons parler avec vous. J'ai apporté des choses… » Il souleva son sac. « Des choses que vous voudriez peut-être pour votre galerie. Nous devons parler avec vous. »

Madame restait là, bougeant à peine sous le soleil bas, la tête inclinée comme si elle écoutait un son venu du bord de mer. Puis elle sourit de nouveau, bien que le sourire ne parût pas nous être destiné, mais s'adresser à elle.

« Très bien alors. Entrez. Ensuite nous verrons de quoi vous souhaitez parler. »

Quand nous entrâmes, je remarquai que la porte de devant avait des panneaux vitrés de couleur, et lorsque Tommy l'eut refermée, tout devint très sombre. Nous étions dans un couloir si étroit qu'on avait l'impression de pouvoir toucher les murs de chaque côté juste en tendant les coudes. Madame s'était arrêtée devant nous et se tenait immobile, nous tournant le dos, de nouveau comme si elle écoutait. Glissant un coup d'œil, je vis que le couloir, si étroit qu'il fût, se divisait plus loin : à gauche, un escalier montait au premier ; à droite, un passage plus étroit encore conduisait au fond de la maison.

Suivant l'exemple de Madame, j'écoutai aussi, mais le silence régnait dans la maison. Puis, quelque part en haut peut-être, il y eut un léger choc. Ce petit bruit parut signifier quelque chose pour elle, car elle se tourna vers nous et, indiquant l'obscurité du passage, dit :

« Entrez là et attendez-moi. Je redescends tout de suite. »

Elle se mit à gravir l'escalier, puis, voyant notre hésitation, se pencha par-dessus la rampe et indiqua encore l'obscurité.

« Par là », dit-elle, et elle disparut en haut.

Tommy et moi avançâmes en hésitant et nous retrouvâmes dans ce qui avait dû être la pièce de devant. On avait l'impression qu'un quelconque domestique avait préparé l'endroit pour la nuit, puis était parti : les rideaux étaient tirés et de pâles lampes de table étaient allumées ; je sentais l'odeur des vieux meubles, probablement victoriens. La cheminée était condamnée par une planche, et à la place du feu se trouvait le tableau, tissé comme une tapisserie, d'un étrange oiseau à l'allure de hibou qui vous regardait fixement. Tommy me toucha le bras et indiqua une peinture encadrée accrochée dans un angle au-dessus d'une petite table ronde.

« C'est Hailsham », chuchota-t-il.

Nous nous en approchâmes, cependant je n'en étais

pas aussi sûre. Je voyais que c'était une assez jolie aquarelle, mais la lampe de table posée dessous avait un abat-jour de travers couvert de traces de toiles d'araignée, et au lieu d'éclairer le tableau, elle projetait juste un éclat brillant sur le verre terne, aussi on pouvait à peine la distinguer.

«C'est le coin derrière l'étang des canards, dit Tommy.

— Qu'est-ce que tu racontes? chuchotai-je. Il n'y a pas d'étang. C'est juste un bout de paysage.

— Non, l'étang est derrière toi.» Tommy semblait étonnamment irrité. «Tu dois être capable de t'en souvenir. Si tu es derrière et que tu tournes le dos à l'étang, et que tu regardes vers le terrain nord...»

Nous nous tûmes de nouveau parce que nous entendions des voix quelque part dans la maison. Cela ressemblait à une voix d'homme, venant peut-être d'en haut. Puis nous distinguâmes clairement la voix de Madame descendant l'escalier, disant: «Oui, tu as tout à fait raison. Tout à fait.»

Nous attendîmes que Madame entrât, mais ses pas dépassèrent la porte et se dirigèrent vers le fond de la maison. Je pensai un instant qu'elle allait préparer du thé et des scones, et apporter le tout sur une table roulante, mais je décidai alors que c'était absurde, qu'elle nous avait vraisemblablement oubliés, et qu'elle allait maintenant se souvenir tout d'un coup et nous dire de partir. Puis une voix d'homme au ton bourru, si étouffée qu'elle aurait pu venir de deux étages au-dessus, cria quelque chose d'en haut. Les pas de Madame revinrent dans le couloir, et elle cria à son tour : « Je vous ai dit quoi faire. Faites comme je l'ai expliqué. »

Tommy et moi attendîmes quelques minutes de plus. Puis le mur du fond se mit à bouger. Je vis presque aussitôt que ce n'était pas vraiment un mur, mais deux portes coulissantes dont on pouvait se servir pour isoler la moitié avant de ce qui aurait été autrement une longue pièce. Madame avait repoussé les portes seulement en partie, et elle se tenait là, nous regardant. J'essayai de voir derrière elle, mais il n'y avait que l'obscurité. Je pensai que peut-être elle attendait que j'explique pourquoi nous étions ici, mais à la fin elle dit :

« Vous m'avez déclaré que vous étiez Kathy H. et Tommy D. Je me trompe ? Et vous étiez à Hailsham il y a combien de temps ? »

Je le lui dis, mais il n'y avait aucun moyen de savoir si elle se souvenait de nous ou pas. Elle continua simplement de se tenir là, sur le seuil, comme si elle hésitait à entrer. Mais Tommy parla alors à nouveau :

« Nous ne voulons pas vous prendre votre temps. Mais il y a quelque chose dont nous devons vous parler.

— Vous l'avez déjà dit. Très bien. Vous feriez mieux de vous installer confortablement. »

Elle tendit les bras et posa les mains sur les dossiers de deux fauteuils assortis, juste devant elle. Il y avait quelque chose d'étrange dans son attitude, comme si elle ne nous avait pas vraiment proposé de nous asseoir. Je sentis que si nous faisions ce qu'elle suggérait et nous asseyions dans ces fauteuils, elle continuerait simplement de se tenir derrière nous, sans même retirer ses mains des dossiers. Mais quand nous fîmes un mouvement vers elle, elle s'avança elle aussi et – peut-être l'imaginai-je – rentra fortement les épaules lorsqu'elle passa entre nous. Quand nous nous tournâmes pour nous asseoir, elle se trouvait près des fenêtres, devant les lourds rideaux de velours, nous foudroyant du regard, comme si nous avions été des élèves en classe et elle le professeur. Du moins, ce fut l'impression que j'eus à ce moment. Après, Tommy dit qu'il avait cru qu'elle était sur le point de se mettre à chanter tout d'un coup, et que ces rideaux derrière elle allaient s'ouvrir, et qu'au lieu de la rue et de la pelouse plate qui rejoignait le bord de mer, il y aurait cette grande scène, comme celle que nous avions à Hailsham, avec même un rang de danseurs pour l'épauler. C'était drôle quand il le dit ensuite, et je la revis alors, les mains croisées, les coudes sortis, comme si elle s'apprêtait effectivement à chanter. Mais je doute que Tommy ait vraiment pensé cela à cet instant. Je me souviens d'avoir remarqué combien il était tendu, et d'avoir craint qu'il ne lâche quelque chose de tout à fait stupide. Ce fut pourquoi j'intervins aussitôt, lorsqu'elle nous demanda, non sans gentillesse, ce que nous voulions.

Au début cela parut sans doute assez confus, mais au bout d'un moment, quand je fus presque certaine qu'elle m'écouterait jusqu'au bout, je me calmai et devins beaucoup plus claire. J'y avais réfléchi pendant ces longs trajets en voiture, et quand j'étais assise à des tables tranquilles, dans les cafés des stations-service. Cela avait paru si difficile alors, et j'avais finalement recouru à un plan : j'avais mémorisé mot pour mot quelques phrases clés, puis tracé une carte mentale de la marche à suivre, point par point. Mais maintenant qu'elle était là en face de moi, l'essentiel de ce que j'avais préparé paraissait soit inutile, soit complètement absurde. Curieusement – et Tommy fut d'accord quand nous en discutâmes ensuite –, alors qu'à Hailsham elle avait été cette inconnue hostile du dehors, à présent que nous l'avions en face de nous, bien qu'elle n'eût rien dit ni fait pour suggérer la moindre sympathie à notre égard, Madame m'apparaissait comme une intime, quelqu'un de beaucoup plus proche de nous que toute personne nouvelle rencontrée au cours des dernières années. C'est pourquoi tout ce que j'avais élaboré dans ma tête s'envola, et que je lui parlai honnêtement et simplement, presque comme j'aurais pu le faire des années plus tôt avec un gardien. Je lui dis ce que nous avions entendu, les rumeurs sur les élèves de Hailsham et les sursis ; que nous nous rendions compte que les rumeurs n'étaient peut-être pas fondées, et que nous ne comptions sur rien.

« Et même si c'est vrai, dis-je, nous savons que vous devez en avoir assez de tous ces couples qui viennent vous voir et affirment s'aimer. Tommy et moi, nous ne serions jamais venus vous ennuyer si nous n'avions pas été vraiment sûrs.

– Sûrs ? » C'était la première fois qu'elle parlait depuis un long moment et tous les deux nous eûmes un petit sursaut de surprise. « Vous dites que vous êtes *sûrs* ? Comment le savez-vous ? Vous pensez que l'amour est si simple ? Alors vous êtes amoureux. Profondément amoureux. C'est ce que vous êtes en train de me dire ? »

Sa voix semblait presque sarcastique, mais je vis alors, avec une sorte de choc, de petites larmes dans ses yeux tandis qu'elle nous regardait tour à tour.

« Vous croyez cela ? que vous êtes profondément amoureux ? Donc vous êtes venus me voir pour ce… ce sursis ? Pourquoi ? Pourquoi êtes-vous venus me voir ? »

Si elle avait demandé cela d'une certaine manière, comme si toute l'idée était complètement folle, alors je suis sûre que ça m'aurait fait un coup terrible. Mais elle ne l'avait pas dit tout à fait comme ça. Elle l'avait demandé presque comme si c'était une question test dont elle connaissait la réponse ; comme si, même, elle avait déjà de nombreuses fois conduit d'autres couples au travers d'une routine identique. C'était ce qui me donnait de l'espoir. Mais Tommy avait dû devenir anxieux, car il intervint brusquement :

« Nous sommes venus vous voir à cause de votre galerie. Nous pensons savoir à quoi sert votre galerie.

– Ma galerie ? » Elle s'appuya contre le rebord de la fenêtre, faisant osciller les rideaux derrière elle, et prit une lente inspiration. « Ma galerie. Vous devez parler de ma collection. Tous ces tableaux, ces poèmes, toutes ces œuvres de vous que j'ai réunies au cours des années. C'était une tâche ardue, mais j'y croyais, nous y croyions tous à l'époque. Alors vous pensez que vous savez à quoi elle servait, pourquoi nous l'avons créée. Eh bien, c'est très intéressant à entendre. Parce que je dois dire, c'est une question que je me pose tout le temps. » Soudain elle quitta Tommy des yeux pour me regarder. « Je vais trop loin ? » demanda-t-elle.

Je ne savais pas quoi répondre et dis simplement : « Non, non.

– Je vais trop loin, reprit-elle. Je regrette. Je vais souvent trop loin à ce sujet. Oubliez ce que je viens de dire. Jeune homme, vous alliez me parler de ma galerie. Je vous en prie, continuez.

– C'est pour que vous puissiez savoir, répondit Tommy. Pour que vous ayez quelque chose sur quoi vous appuyer. Sinon comment sauriez-vous quand les élèves viennent vous voir et disent qu'ils s'aiment ? »

Le regard de Madame était revenu sur moi, mais j'avais l'impression qu'elle fixait quelque chose sur mon bras. En fait, je jetai un coup d'œil pour voir s'il y avait un caca d'oiseau ou autre chose sur ma manche. Puis je l'entendis dire :

« Et c'est pourquoi vous croyez que j'ai rassemblé toutes ces choses que vous faisiez. Ma *galerie*, comme vous l'appeliez tous. J'ai ri la première fois quand j'ai appris que vous l'appeliez comme ça. Ma galerie. Maintenant, pourquoi, jeune homme, expliquez-le-moi. Pourquoi ma galerie aurait-elle aidé à déterminer lesquels d'entre vous étaient vraiment amoureux ?

— Parce que ça aurait aidé à vous montrer ce que nous étions, dit Tommy. Parce que... »

Madame l'interrompit brusquement : « Parce que, bien sûr, votre art révélera votre être profond ! C'est ça, n'est-ce pas ? Parce que votre art exposera votre *âme* ! » Soudain elle se tourna de nouveau vers moi et lança : « Je vais trop loin ? »

Elle l'avait déjà dit, et j'eus de nouveau l'impression qu'elle fixait une tache sur ma manche. Pourtant à ce moment un léger soupçon que j'avais depuis la première fois qu'elle avait demandé « Je vais trop loin ? » avait commencé à grandir. Je fixai attentivement Madame, mais elle parut sentir mon insistance et se tourna encore vers Tommy.

« Très bien. Continuons. Que me disiez-vous ?

— Le problème, répondit Tommy, c'est que j'étais un peu embrouillé à cette époque.

— Vous disiez quelque chose sur votre art. Que l'art met à nu l'âme de l'artiste.

— Eh bien, ce que j'essaie d'expliquer, persista Tommy, c'est que j'étais si embrouillé à cette époque qu'en réalité je n'ai pas vraiment créé grand-chose. Je n'ai rien fait. Je sais que j'aurais dû, mais j'étais embrouillé. Alors vous n'avez rien de moi dans votre galerie. Je sais que c'est ma faute, et je sais que c'est probablement beaucoup trop tard, mais j'ai apporté des choses avec moi aujourd'hui. » Il souleva son sac et commença à ouvrir la fermeture Éclair. « Une partie a été faite récemment, mais il y a des choses qui datent d'il y a très longtemps. Vous devriez déjà avoir les œuvres de Kath. Elle en a un paquet dans la Galerie. N'est-ce pas, Kath ? »

Pendant un moment, ils me regardèrent tous les deux. Puis Madame dit, de manière à peine audible :

« Pauvres créatures. Que vous avons-nous fait ? Avec tous nos plans et nos projets... » Elle laissa cette phrase en suspens, et je crus voir de nouveau des larmes dans ses yeux. Puis elle se tourna vers moi et demanda : « Nous poursuivons cette conversation ? Tu souhaites continuer ? »

Ce fut quand elle prononça ces mots que la vague idée qui m'était venue auparavant devint quelque chose de plus substantiel. « Je vais trop loin ? » Et maintenant : « Nous poursuivons ? » Je me rendis compte, avec un petit frisson, que ces questions ne nous avaient jamais été adressées, à moi ni à Tommy, mais à quelqu'un d'autre – quelqu'un qui écoutait derrière nous, dans la moitié obscure de la pièce.

Je me retournai très lentement et je regardai dans l'obscurité. Je ne voyais rien, mais j'entendis un son, un son mécanique, étonnamment éloigné – la maison semblait s'enfoncer beaucoup plus avant dans le noir que je ne l'avais cru. Puis je parvins à distinguer une forme s'approchant de nous, et une voix de femme déclara : « Oui, Marie-Claude. Poursuivons. »

Je regardais encore dans l'obscurité quand j'entendis Madame émettre une sorte de reniflement, et elle passa devant nous, s'avançant dans le noir à grandes enjambées. Il y eut d'autres sons mécaniques, et Madame émergea en poussant une silhouette dans un fauteuil roulant. Elle repassa entre nous, et pendant un moment encore, parce que le dos de Madame bloquait la vue, je ne pus voir la personne dans le fauteuil roulant. Mais ensuite Madame le fit pivoter face à nous et dit :

« Parle-leur, toi. C'est à toi qu'ils sont venus parler.

— Je suppose que oui. »

La forme dans le fauteuil roulant était frêle et contorsionnée, et ce fut la voix plus qu'autre chose qui m'aida à la reconnaître.

« Miss Emily, fit Tommy, très doucement.

— Parle-leur, toi », dit Madame, comme si elle se lavait les mains de tout. Mais elle resta debout derrière le fauteuil roulant, dardant son regard sur nous.

22

« Marie-Claude a raison, dit Miss Emily. C'est à moi que vous devriez parler. Marie-Claude a travaillé dur pour notre projet. Et la façon dont tout s'est terminé l'a laissée un peu désillusionnée. En ce qui me concerne, malgré les déceptions, je n'en suis pas trop mécontente. Je pense que ce que nous avons accompli mérite le respect. Regardez-vous, tous les deux. Vous avez réussi. Je suis sûre que vous avez beaucoup de choses à me dire qui me rendraient fière. Comment vous appelez-vous déjà ? Non, non, attendez. Je pense que ça va me revenir. Tu es le garçon au mauvais caractère. Un mauvais caractère, mais un grand cœur. Tommy. C'est ça ? Et toi, bien sûr, tu es Kathy H. Tu as bien réussi comme accompagnante. Nous avons beaucoup entendu parler de toi. Je m'en souviens, vous voyez. J'ose dire que je me souviens de vous tous.

— À quoi cela t'avance-t-il, toi ? Et eux ? demanda Madame, puis elle s'éloigna à grands pas du fauteuil roulant, nous dépassant tous les deux pour s'enfoncer dans l'obscurité, sans doute pour occuper l'espace où s'était trouvée Miss Emily auparavant.

— Miss Emily, dis-je, c'est un plaisir de vous revoir.

— Comme c'est gentil de ta part ! Je t'ai reconnue, mais toi, tu ne m'as peut-être pas reconnue. En fait, Kathy H., une fois, il n'y a pas très longtemps, je suis passée devant toi alors que tu étais assise sur ce banc-là dehors, et à ce moment-là tu ne m'as certainement pas reconnue. Tu as regardé George, le grand Nigérian qui me poussait. Oh oui, tu l'as bien regardé, et lui aussi. Je n'ai pas dit un mot, et tu ne savais pas que c'était moi. Mais ce soir, dans ces murs, nous nous connaissons. Vous avez tous les deux l'air plutôt choqués par ma vue. J'ai été souffrante ces derniers temps, mais j'espère que ce machin n'est pas un appareillage permanent. Malheureusement, mes chers enfants, je ne vais pas pouvoir vous recevoir aussi longtemps que je le souhaiterais maintenant, car dans un petit moment des hommes viennent pour emporter mon meuble de chevet. C'est un objet tout à fait magnifique. George l'a enveloppé de rembourrage de protection, mais j'ai insisté pour l'accompagner moi-même malgré tout. On ne sait jamais avec ces hommes. Ils le manipulent brutalement, ils le projettent sans ménagements dans leur véhicule, et ensuite leur employeur prétend qu'il était comme ça au départ. Ça nous est déjà arrivé, alors cette fois j'ai insisté pour l'accompagner. C'est un bel objet, je l'avais avec moi à Hailsham, aussi je suis décidée à en tirer un bon prix. Alors, quand ils arriveront, je crains de devoir vous laisser. Mais je vois, mes petits, que vous êtes venus pour une mission chère à votre cœur. Je dois dire que votre présence me réjouit. Et cela réjouit aussi Marie-Claude, bien que ça soit impossible à deviner si on la regarde. N'est-ce pas, chérie ? Oh, elle prétend que non, mais c'est la vérité. Elle est touchée que vous soyez venus nous trouver. Oh, elle fait la tête, ignorez-la, les élèves, ignorez-la. Bon, je vais essayer de répondre à vos questions du mieux que je pourrai. J'ai entendu cette rumeur d'innombrables fois. Quand nous avions encore Hailsham, chaque année deux ou trois couples essayaient de venir nous parler. Un nous a même écrit. Je suppose que ce n'est pas si difficile de trouver un grand domaine comme celui-là si on a l'intention d'enfreindre les règles. Alors vous voyez, cette rumeur existait longtemps avant votre époque. »

Elle s'interrompit, et je dis : « Ce que nous voulons savoir maintenant, c'est si la rumeur est vraie ou non. »

Elle continua de nous considérer un moment, puis inspira profondément. « À l'intérieur de Hailsham même, chaque fois que cette conversation démarrait, je faisais en sorte de l'étouffer comme il faut. Mais quant à ce que les élèves disaient après nous avoir quittés, qu'est-ce que j'y pouvais ? À la fin, j'ai fini par croire – et Marie-Claude le croit aussi, n'est-ce pas, chérie ? – que cette rumeur, ce n'est pas une rumeur isolée. Ce que je veux dire, c'est que je pense qu'elle est créée à partir de zéro, encore et encore. Vous allez à la source, vous l'étouffez, vous ne l'empêcherez pas de resurgir ailleurs. J'en suis arrivée à cette conclusion et j'ai cessé de m'en inquiéter. Marie-Claude ne s'est jamais inquiétée. Son point de vue était : "S'ils sont aussi idiots, eh bien, qu'ils y croient donc." Oh oui, ne prends pas cette mine renfrognée. C'est ce que tu penses depuis le début. Après beaucoup d'années de rumeur, je ne suis pas arrivée exactement au même point de vue. Mais je me suis mise à penser : eh bien, peut-être que je ne devrais pas m'inquiéter. Ce n'est pas mon œuvre, après tout. Et pour les quelques couples qui ont été déçus, le reste ne la mettra jamais à l'épreuve de toute manière. C'est quelque chose dont ils peuvent rêver, un petit fantasme. Quel mal y a-t-il à cela ? Mais pour vous deux, je vois que ça ne s'applique pas. Vous êtes sérieux. Vous avez prudemment réfléchi. Vous avez prudemment *espéré*. Pour des élèves comme vous j'éprouve du regret. Ça ne me procure absolument aucun plaisir de vous décevoir. Mais c'est comme ça. »

Je ne voulais pas regarder Tommy. Je me sentais étonnamment calme, et bien que les paroles de Miss Emily eussent été censées nous accabler, elles induisaient quelque chose de plus, quelque chose de caché, qui suggérait que nous n'avions pas encore atteint le fond de la question. Il y avait même la possibilité qu'elle ne dît pas la vérité.

« Donc les sursis n'existent pas ? Il n'y a rien que vous puissiez faire ? »

Elle secoua lentement la tête de droite à gauche. « Il n'y a rien de fondé dans cette rumeur. Je suis désolée. Je le suis sincèrement. »

Brusquement, Tommy demanda : « Est-ce qu'elle a été vraie autrefois, pourtant ? Avant que Hailsham ferme ? »

Miss Emily continua de secouer la tête. « Ça n'a jamais été vrai. Même avant le scandale Morningdale, même à l'époque où Hailsham était considéré comme un flambeau, un exemple de l'attitude plus humaine, meilleure, à laquelle nous pourrions tendre pour faire les choses, même alors ce n'était pas vrai. Il est préférable d'être clair là-dessus. Une rumeur oublieuse des réalités. Ça n'a jamais été autre chose. Oh mon Dieu, ce sont les hommes qui viennent pour le meuble ? »

La sonnette avait retenti, et des pas descendirent l'escalier pour répondre. On entendit des voix masculines dans l'étroit couloir, et Madame surgit de l'obscurité derrière nous, traversa la pièce et sortit. Miss Emily se pencha en avant sur son fauteuil roulant, écouta intensément. Puis elle dit :

« Ce n'est pas eux. C'est cet horrible type de la société de décoration. Marie-Claude va s'en occuper.

Alors, mes petits, il nous reste encore quelques minutes. Y avait-il autre chose dont vous souhaitiez me parler ? Tout cela est strictement interdit par les règlements, bien sûr, et Marie-Claude n'aurait jamais dû vous inviter à entrer. Et, naturellement, j'aurais dû vous congédier à la seconde où j'ai su que vous étiez là. Mais Marie-Claude ne se soucie guère de leurs règlements ces temps-ci, et moi non plus, je dois dire. Donc, si vous désirez rester un peu plus, vous êtes les bienvenus.

— Si la rumeur n'a jamais été vraie, dit Tommy, alors pourquoi avez-vous emporté toutes nos œuvres ? La Galerie n'existait pas non plus ?

— La Galerie ? Eh bien, il y avait du vrai dans cette rumeur-là. Il y avait une galerie. Et, si l'on peut dire, il y en a toujours une. Désormais elle se trouve ici, dans cette maison. J'ai dû l'élaguer, ce que je regrette. Mais il n'y avait pas de place pour la totalité ici. Pourquoi avons-nous emporté votre travail ? C'est ce que vous demandez, n'est-ce pas ?

— Pas seulement ça, dis-je doucement. Pourquoi avons-nous fait tout ce travail, pour commencer ? Pourquoi nous former, nous encourager, nous faire produire tout cela ? Si nous allons juste faire des dons, de toute manière, et puis mourir, pourquoi tous ces cours ? Pourquoi tous ces livres et ces discussions ?

— Pourquoi Hailsham tout court ? » Madame avait dit cela depuis le vestibule. Elle passa de nouveau entre nous et retourna dans la section obscure de la pièce. «C'est une bonne question. »

Les yeux de Miss Emily la suivirent et restèrent un moment fixés derrière nous. J'eus envie de me retourner pour voir quels signes étaient échangés, mais c'était presque comme si nous étions de retour à Hailsham et devions continuer de regarder droit devant nous avec une totale attention. Puis Miss Emily dit :

«Oui, pourquoi Hailsham tout court ? Marie-Claude aime beaucoup poser cette question ces temps-ci. Mais il n'y a pas si longtemps, avant le scandale Morningdale, elle n'aurait pas imaginé poser une question comme celle-là. Ça ne lui serait jamais passé par la tête. Tu sais que c'est vrai, ne me regarde pas comme ça ! Il n'y avait qu'une personne à cette époque qui aurait posé ce genre de questions, et c'était moi. Longtemps avant Morningdale, depuis le tout début, je l'ai posée. Et ça a facilité la tâche aux autres, Marie-Claude, tous les autres, ils ont pu continuer sans s'en soucier. Vous tous aussi, les élèves. Je m'inquiétais et je posais des questions pour vous tous. Et tant que je tenais bon, aucun doute ne vous traversait l'esprit, à aucun d'entre vous. Mais tu as posé tes questions, cher garçon. Répondons à la plus simple, et peut-être répondra-t-elle à tout le reste. Pourquoi avons-nous pris vos œuvres d'art ? Pourquoi l'avons-nous fait ? Tu as dit une chose intéressante tout à l'heure, Tommy. Quand tu discutais de ça avec Marie-Claude. Tu as dit que c'était parce que ton art révélerait ce que tu étais.

Ce que tu étais à l'intérieur. C'est ce que tu as dit, n'est-ce pas ? Eh bien, tu n'étais pas loin de la vérité. Nous avons emporté vos œuvres car nous pensions que cela révélerait votre âme. Ou, pour l'exprimer plus subtilement, nous l'avons fait pour *prouver que vous aviez une âme.* »

Elle s'interrompit, et Tommy et moi échangeâmes un regard pour la première fois depuis un temps fou. Puis je demandai :

« Pourquoi deviez-vous prouver une telle chose, Miss Emily ? Quelqu'un croyait que nous n'avions pas d'âme ? »

Un mince sourire apparut sur son visage. « C'est touchant, Kathy, de te voir si déconcertée. Ça démontre, d'une certaine manière, que nous avons bien fait notre travail. Comme tu le dis, pourquoi quelqu'un aurait-il douté que vous ayez une âme ? Mais je dois te dire, mon petit, que c'était une idée courante au début, il y a tant d'années, quand nous avons commencé. Et bien que nous ayons fait du chemin depuis, ce n'est pas une notion universellement admise, même aujourd'hui. Vous, les élèves de Hailsham, même après que vous êtes sortis dans le monde ainsi, vous n'en connaissez pas la moitié. Dans tout le pays, en ce moment même, des élèves sont élevés dans des conditions déplorables, des conditions que vous, les élèves de Hailsham, vous pouvez à peine imaginer. Et maintenant que nous n'existons plus, les choses vont aller en s'empirant. »

Elle s'interrompit de nouveau et, un moment, elle parut nous examiner attentivement, plissant les yeux. Enfin elle poursuivit :

« À défaut d'autre chose, nous avons au moins veillé à ce que vous tous, dont nous avions la garde, grandissiez dans un merveilleux environnement. Et nous avons aussi veillé, après que vous nous avez quittés, à ce que vous soient épargnées les pires de ces horreurs. Nous avons au moins pu faire ça pour vous. Mais ce rêve que vous avez, ce rêve de pouvoir *reporter*. Jamais nous n'aurions eu le pouvoir d'accorder une telle chose, même au sommet de notre influence. Je suis désolée, je vois que ce que je dis ne vous est pas agréable. Mais vous ne devez pas être découragés. J'espère que vous êtes en mesure d'apprécier tout ce que nous avons *pu* vous procurer. Regardez-vous maintenant ! Vous avez eu des vies de qualité, vous êtes instruits et cultivés. Je regrette que nous n'ayons pas pu vous procurer plus, mais vous devez comprendre qu'autrefois les choses étaient bien pires. Quand nous avons démarré, Marie-Claude et moi, il n'existait aucun endroit comme Hailsham. Nous avons été les premières, avec la maison Glenmorgan. Puis, quelques années plus tard, est arrivé le cartel Saunders. Ensemble nous avons constitué un mouvement restreint mais qui faisait beaucoup de bruit, et nous avons remis en question toute la manière dont le programme de dons était géré. Plus important encore, nous avons démontré au monde que si les élèves étaient élevés dans un environnement humain, cultivé, il leur était possible de devenir aussi sensibles et intelligents que n'importe quel être humain. Avant cela, tous les clones – ou les *élèves*, comme nous préférions vous appeler – n'existaient que pour suppléer à la science médicale. Dans les premiers temps, après la guerre, c'est *grosso modo* ce que vous étiez pour la plupart des gens. Des objets obscurs dans des éprouvettes. Tu n'es pas d'accord, Marie-Claude ? Elle est très silencieuse. D'habitude on ne peut plus l'arrêter sur ce sujet. Votre présence, mes petits, semble l'avoir laissée sans voix. Très bien. Donc, pour répondre à ta question, Tommy : c'est pour cela que nous avons collectionné vos œuvres. Nous avons sélectionné les meilleures et mis sur pied des expositions spéciales. À la fin des années soixante-dix, à l'apogée de notre influence, nous organisions d'importants événements à travers le pays. Il y avait des ministres siégeant au Cabinet, des évêques, toutes sortes de gens célèbres qui venaient y assister. Il y avait des discours, des promesses de fonds importants. "Voilà, regardez ! pouvions-nous dire. Regardez cet **art** ! Comment osez-vous prétendre que ces enfants ne sont pas complètement humains ?" Ah oui, notre mouvement était largement soutenu alors, la chance était de notre côté. »

Pendant les quelques minutes suivantes, Miss Emily continua d'évoquer différents événements de cette époque, mentionnant un tas de gens dont les noms ne nous disaient rien. En fait, un moment, ce fut presque comme si nous l'avions de nouveau écoutée lors de l'une de ses assemblées du matin, quand elle partait dans des digressions qu'aucun de nous ne pouvait suivre. Elle semblait s'amuser, cependant, et un doux sourire éclairait ses yeux. Puis, brusquement, elle en émergea et dit sur un nouveau ton :

« Mais nous n'avons jamais tout à fait perdu contact avec la réalité, n'est-ce pas, Marie-Claude ? Pas comme nos collègues du cartel Saunders. Même aux moments les plus favorables, nous avons toujours su dans quel difficile combat nous étions engagées. Et, bien entendu, l'affaire Morningdale a éclaté, puis une ou deux autres choses, et en un rien de temps tout notre dur labeur a été détruit.

— Mais ce que je ne comprends pas, pour commencer, dis-je, c'est pourquoi les gens voudraient que les élèves soient aussi mal traités.

— Dans ton optique actuelle, Kathy, ta stupéfaction est parfaitement raisonnable. Mais tu dois essayer de le voir dans une perspective historique. Après la guerre, au début des années cinquante, quand les grandes percées de la science se sont succédé si rapidement, on n'avait pas le temps de faire le point, de poser les questions sensées. Tout d'un coup il y avait toutes ces possibilités qui s'offraient à nous, toutes ces manières de guérir tant de maladies auparavant incurables. C'était ce que le monde remarquait avant tout, voulait le plus. Et pendant longtemps les gens ont préféré croire que ces organes surgissaient de nulle part, ou, au mieux, qu'ils se développaient dans une sorte de vide. Oui, il y avait des discussions. Mais quand les gens ont commencé à se préoccuper des... des *élèves*, quand ils en sont venus à se pencher sur la manière dont on vous élevait, à se demander si vous auriez dû être créés, il était déjà trop tard. Il n'y avait aucun moyen d'inverser le processus. Comment demander à un monde qui en est arrivé à considérer le cancer comme guérissable, comment demander à un tel monde d'écarter cette guérison, de retourner à l'époque noire ? Il n'y avait pas de retour en arrière. Même si les gens se sentaient mal à l'aise à cause de votre existence, leur principal souci était que leurs propres enfants, épouses, parents, amis ne meurent pas du cancer, de la sclérose latérale amyotrophique, d'une maladie du cœur. Pendant longtemps vous avez été tenus dans l'ombre, et les gens s'efforçaient de ne pas penser à vous. Et si cela leur arrivait, ils essayaient de se convaincre que vous n'étiez pas vraiment comme nous. Que vous étiez moins qu'humains, aussi ça ne comptait pas. Et les choses en sont restées là jusqu'à la naissance de notre petit mouvement. Mais vous voyez à quoi nous nous mesurions ? Nous cherchions pratiquement à résoudre la quadrature du cercle. Le monde était là, à exiger que les élèves fassent des dons. Tant que cela resterait le cas, il y aurait toujours une barrière empêchant de vous considérer comme vraiment humains. Eh bien, nous avons mené ce combat de nombreuses années, et ce que nous avons obtenu pour vous, du moins, c'étaient de multiples améliorations, mais, bien sûr, vous n'étiez que de rares élus. Et le scandale Morningdale a alors éclaté, puis d'autres choses, et en un rien de temps le climat a tout à fait changé. Personne ne voulait plus avoir l'air de nous soutenir, et notre petit mouvement, Hailsham, Glenmorgan, le cartel Saunders, tous, nous avons été balayés.

— C'était quoi, le scandale Morningdale que vous mentionnez constamment, Miss Emily ? demandai-je. Vous devez nous le dire, car nous ne savons rien là-dessus.

— Eh bien, je suppose qu'il n'y a pas de raison que vous le sachiez. Ça n'a jamais été une si grande affaire dans le vaste monde. Ça concernait un scientifique du nom de James Morningdale, très talentueux à sa manière. Il a continué son travail dans un coin reculé d'Écosse, où il croyait, je suppose, attirer moins l'attention. Ce qu'il voulait, c'était offrir aux gens la possibilité d'avoir des enfants avec des caractéristiques poussées à l'extrême. Une intelligence supérieure, des capacités d'athlète supérieures, ce genre de choses. Bien sûr, il y a eu d'autres gens avec des ambitions similaires, mais ce Morningdale, il a poussé ses recherches beaucoup plus loin que quiconque avant lui, bien au-delà des limites légales. Bon, on l'a découvert, on a mis fin à ses travaux, et ça a paru réglé. Sauf que, bien sûr, pour nous ça ne l'était pas. Je l'ai dit, ce n'est jamais devenu une énorme affaire. Mais ça a créé une certaine atmosphère, vous voyez. Ça a rappelé aux gens... ça a réveillé une peur qu'ils avaient toujours eue. C'est une chose de créer des élèves tels que vous, pour le programme de dons. Mais une génération d'enfants créés qui prendraient leur place dans la société ? Des enfants manifestement *supérieurs* au reste d'entre nous ? Oh non. Cela effrayait les gens. Ils reculaient devant cela.

— Mais, Miss Emily, dis-je, quel rapport tout cela avait-il avec nous ? Pourquoi Hailsham a dû fermer à cause d'une chose comme ça ?

— Nous n'avons pas vu non plus de lien direct, Kathy. Pas tout de suite. Et je pense souvent, maintenant, que nous étions à blâmer pour ne pas l'avoir vu. Si nous avions été plus vigilants, moins absorbés par nous-mêmes, si nous avions travaillé très dur au stade où les nouvelles de Morningdale ont éclaté la première fois, nous aurions pu l'éviter. Oh, Marie-Claude n'est pas d'accord. Elle pense que ça serait arrivé de toute façon, et elle a peut-être raison. Après tout, il n'y avait pas que Morningdale. Il se passait d'autres choses à ce moment-là. Cette horrible série télévisée, par exemple. Toutes ces choses ont contribué au renversement de tendance. Mais je suppose que quand on y réfléchit bien, c'était ça le défaut principal. Notre petit mouvement, nous avons toujours été trop fragiles, toujours trop dépendants des caprices de nos supporters. Tant que le climat penchait en notre faveur, tant qu'une entreprise ou un politicien voyait un avantage à nous soutenir, nous pouvions nous maintenir à flot. Mais cela avait toujours été un combat, et après Morningdale, après que le climat avait changé, nous n'avions aucune chance. Le monde ne voulait pas qu'on lui rappelle comment le programme de dons fonctionnait en réalité. Il ne voulait pas penser à vous, les élèves, ni aux conditions dans lesquelles vous étiez élevés. En d'autres termes, mes petits, on voulait vous renvoyer dans l'ombre. Dans l'ombre où vous étiez avant que des gens comme Marie-Claude et moi arrivent. Et toutes ces personnes influentes qui avaient autrefois été si désireuses de nous aider, elles se sont, bien entendu, évanouies dans la nature. En un peu plus d'une année, nous avons perdu nos sponsors, les uns après les autres. Nous avons tenu aussi longtemps que nous avons pu, nous avons tenu deux ans de plus que Glenmorgan. Mais à la fin, comme vous le savez, nous avons été obligés de fermer, et aujourd'hui il ne reste pratiquement pas trace du travail que nous avons accompli. Vous ne trouverez nulle part dans le pays quelque chose comme Hailsham. Tout ce que vous trouverez, comme toujours, ce sont ces vastes "foyers" d'État, et même s'ils se sont un peu amélio-rés, je peux vous dire, mes petits, que vous ne dormi-riez pas pendant des jours si vous voyiez ce qui se passe encore dans certains de ces endroits. Quant à Marie-Claude et moi, nous sommes là, nous nous sommes retirées dans cette maison, et en haut nous avons une montagne de vos œuvres. C'est ce qu'il nous reste pour nous rappeler ce que nous avons fait. Et une montagne de dettes aussi, bien que ce soit nettement moins bienvenu. Et les souvenirs de vous tous, je suppose. Et le fait de savoir que nous vous avons donné des vies meilleures que celles que vous auriez eues autrement.

— N'essaie pas de leur demander de te remercier, dit la voix de Madame derrière nous. Pourquoi seraient-ils reconnaissants ? Ils sont venus ici en espérant beaucoup plus. Ce que nous leur avons donné, toutes les années, tous les combats menés en leur nom, qu'est-ce qu'ils savent de tout cela ? Ils croient que c'est un don de Dieu. Jusqu'à leur arrivée ici, ils n'en savaient rien. Ils n'éprouvent maintenant que de la déception, parce que nous ne leur avons pas donné tout ce qui était possible. »

Pendant un moment, personne ne parla. Puis il y eut du bruit à l'extérieur et la sonnette retentit à nouveau. Madame sortit de l'obscurité et alla dans le vestibule.

« Cette fois ça *doit* être les hommes, dit Miss Emily. Je vais devoir me préparer. Mais vous pouvez rester un peu plus. Ils ont deux étages à descendre avec le meuble. Marie-Claude va s'assurer qu'ils ne l'abîment pas. »

Tommy et moi ne pouvions tout à fait croire que c'était terminé. Nous ne nous levâmes ni l'un ni l'autre, et de toute manière personne n'apparut pour aider Miss Emily à quitter son fauteuil. Je me demandai un instant si elle allait essayer de se mettre debout seule, mais elle resta immobile, se penchant comme avant, écoutant intensément. Puis Tommy dit :

« Alors il n'y a absolument rien. Pas de sursis, rien de ce genre.

— Tommy », murmurai-je, et je lui lançai un regard sévère.

Mais Miss Emily répondit avec douceur :

« Non, Tommy. Il n'y a rien de ce genre. Votre vie doit maintenant suivre la voie qui lui a été tracée.

— Donc, ce que vous voulez dire, Miss, reprit Tommy, c'est que tout ce que nous avons fait, les cours, tout ça, c'était juste pour ce que vous venez de nous expliquer ? Il n'y avait rien de plus que ça ?

— Je comprends, répondit Miss Emily, que ça peut donner l'impression que vous étiez simplement des pions sur l'échiquier. On peut certainement voir ça comme ça. Mais réfléchissez bien. Vous étiez des pions chanceux. Il y avait un certain climat et maintenant c'est fini. Vous devez accepter que quelquefois c'est ainsi que les choses arrivent dans ce monde. Les opinions des gens, leurs sentiments, ils vont dans un sens, puis dans l'autre. Il se trouve juste que vous avez grandi à un certain stade de ce processus.

— Peut-être qu'il s'agissait seulement d'un courant éphémère, dis-je. Mais pour nous, c'est notre vie.

— Oui, c'est vrai. Mais pensez-y. Vous étiez mieux lotis que beaucoup de ceux qui sont venus avant vous.

Et qui sait à quoi devront faire face ceux qui viendront après ? Je regrette, les élèves, mais je dois vous laisser à présent. George ! George ! »

Il y avait beaucoup de bruit dans le vestibule, et peut-être cela avait-il empêché George d'entendre, parce qu'il n'y eut aucune réponse. Tommy demanda brusquement :

« C'est pour ça que Miss Lucy est partie ? »

Pendant un moment, je crus que Miss Emily, dont l'attention était tournée vers ce qui se passait dans le vestibule, ne l'avait pas entendu. Elle s'appuya de nouveau contre le dossier de son fauteuil roulant et commença à le déplacer progressivement vers la porte. Il y avait tant de petites tables basses et de chaises qu'il ne semblait pas y avoir de passage. J'étais sur le point de me lever pour dégager la voie quand elle s'arrêta brusquement.

« Lucy Wainright, dit-elle. Ah oui. Nous avons eu un petit problème avec elle. » Elle s'interrompit, puis ajusta son fauteuil roulant pour se trouver face à Tommy. « Oui, nous avons eu un petit problème avec elle. Un désaccord. Mais pour répondre à ta question, Tommy, le désaccord avec Lucy Wainright n'avait rien à voir avec ce que je viens de te dire. Pas directement, du moins. Non, c'était plutôt, disons, une affaire interne. »

Je crus qu'elle allait en rester là, aussi je demandai : « Miss Emily, si ça ne vous ennuie pas, nous aimerions le savoir, savoir ce qui s'est passé avec Miss Lucy. »

Miss Emily haussa les sourcils. « Lucy Wainright ? Elle comptait pour vous ? Pardonnez-moi, chers élèves, j'oublie encore. Lucy n'est pas restée longtemps avec nous, aussi pour nous ce n'est qu'un personnage périphérique dans notre souvenir de Hailsham. Et un souvenir qui n'est pas entièrement heureux. Mais je comprends bien, si vous étiez là pendant ces années... » Elle rit toute seule et parut se rappeler quelque chose. Dans le vestibule, Madame attrapait les hommes vraiment fortement, mais à présent Miss Emily semblait ne plus s'y intéresser. Elle fouillait dans ses souvenirs avec une expression concentrée. Enfin elle dit : « Lucy Wainright, c'était une assez gentille fille. Après avoir passé quelque temps parmi nous, elle s'est mise à avoir ces idées. Elle pensait que vous, les élèves, deviez être plus informés. Plus informés de ce qui vous attendait, de qui vous étiez, de ce pour quoi vous existiez. Elle croyait qu'il fallait vous dresser un tableau aussi complet que possible. Que si nous faisions moins que cela, ce serait vous tromper, d'une certaine manière. Nous avons étudié son point de vue et conclu qu'elle se trompait.

— Pourquoi ? demanda Tommy. Pourquoi l'avez-vous pensé ?

— Pourquoi ? Elle était bien intentionnée, j'en suis sûre. Je vois que vous l'aimiez bien. Elle avait l'étoffe d'un excellent gardien. Mais ce qu'elle voulait faire, c'était trop *théorique*. Nous dirigions Hailsham depuis de nombreuses années, nous savions ce qui pouvait marcher, ce qui valait mieux pour les élèves à long terme, au-delà de Hailsham. Lucy Wainright était idéaliste, rien de mal à ça. Mais elle n'avait pas le sens des réalités pratiques. Vous voyez, nous avons pu vous donner quelque chose, quelque chose que même aujourd'hui personne ne vous enlèvera, et nous avons pu le faire principalement en vous *protégeant*. Hailsham n'aurait pas été Hailsham si nous n'y avions pas veillé. Très bien, quelquefois cela signifiait que nous vous cachions des choses, que nous vous mentions. Oui, sous beaucoup d'aspects nous vous avons *bernés*. Je suppose qu'on pourrait même dire ça. Mais nous vous avons protégés pendant ces années, et nous vous avons donné vos enfances. Lucy était assez bien intentionnée. Mais si elle avait obtenu ce qu'elle voulait, votre bonheur à Hailsham aurait volé en éclats. Regardez ce que vous êtes aujourd'hui tous les deux ! Je suis si fière de vous voir. Vous avez bâti vos vies sur ce que nous vous avons donné. Vous ne seriez pas qui vous êtes à présent si nous ne vous avions pas préservés. Vous ne vous seriez pas absorbés dans vos cours, vous ne vous seriez pas perdus dans votre art et votre écriture. Pourquoi l'auriez-vous fait, sachant quel sort était réservé à chacun de vous ? Vous nous auriez dit que tout ça ne rimait à rien, et comment aurions-nous pu vous prouver le contraire ? Alors elle a dû partir. »

Nous entendions maintenant Madame crier après les hommes. Elle n'avait pas exactement perdu son sang-froid, mais son ton était d'une sévérité terrifiante, et les voix des hommes, qui avaient jusque-là discuté avec elle, se turent.

« Peut-être qu'il vaut mieux que je sois restée ici avec vous, dit Miss Emily. Marie-Claude est beaucoup plus efficace pour ce genre de choses. »

Je ne sais pas ce qui me poussa à le dire. Peut-être était-ce parce que je savais que la visite n'allait pas tarder à prendre fin ; peut-être étais-je curieuse de savoir ce que pensaient exactement Miss Emily et Madame l'une de l'autre. En tout cas, je lui dis, baissant la voix en indiquant le seuil du menton :

« Madame ne nous a jamais aimés. Elle a toujours eu peur de nous. Comme les gens qui ont peur des araignées et de ces trucs-là. »

J'attendis de voir si Miss Emily allait se mettre en colère, mais ça m'était à peu près égal. En effet, elle se tourna vivement vers moi, comme si je lui avais jeté une boulette de papier, et ses yeux étincelèrent d'une façon qui me rappela son époque à Hailsham. Mais sa voix était posée et douce quand elle répondit :

« Marie-Claude a *tout* donné pour vous. Elle a travaillé, travaillé et travaillé. Ne t'y trompe pas, mon enfant, Marie-Claude est de votre côté et le sera toujours. Est-ce qu'elle a peur de vous ? Nous avons *tous* peur de vous. Moi-même, j'ai dû combattre la terreur que vous m'inspiriez tous presque chaque jour à Hailsham. Certaines fois, je vous regardais depuis la fenêtre de mon bureau et j'éprouvais une telle répulsion... » Elle s'arrêta, puis une étincelle brilla à nouveau dans ses yeux. «Mais j'étais déterminée à ne pas laisser de tels sentiments m'empêcher de faire ce qui était bien. J'ai combattu ces sentiments et j'ai gagné. Maintenant, si vous voulez avoir la gentillesse de m'aider à sortir de là, George devrait attendre avec mes béquilles. »

Soutenue par nous de chaque côté, elle gagna prudemment le vestibule, où un grand homme en uniforme d'infirmier sursauta, affolé, et présenta aussitôt une paire de béquilles.

La porte de devant était ouverte sur la rue et je fus surprise de voir qu'il faisait encore jour. La voix de Madame résonnait dehors, parlant plus calmement aux hommes. Cela parut être le bon moment pour nous éclipser, Tommy et moi, mais ce type, George, aidait Miss Emily à enfiler son manteau, tandis qu'elle se tenait fermement entre ses béquilles ; nous n'avions aucun moyen de passer, alors nous attendîmes. Je suppose aussi que nous attendions de dire au revoir à Miss Emily ; peut-être qu'après tout nous souhaitions la remercier, mais je n'en suis pas sûre. Elle était maintenant préoccupée par son meuble. Elle commença à donner une instruction urgente aux hommes dehors, puis elle partit avec George, sans se retourner vers nous.

Tommy et moi restâmes dans le vestibule un moment encore, ne sachant que faire. Quand nous nous aventurâmes enfin à l'extérieur, je remarquai que les réverbères s'étaient allumés jusqu'au bout de la longue rue, bien que le ciel ne fût pas encore sombre. Le moteur d'une camionnette blanche se mit en marche. Juste derrière se trouvait une grosse Volvo, avec Miss Emily sur le siège du passager. Madame était accroupie près de la fenêtre, hochant la tête à quelque chose que disait Miss Emily, tandis que George fermait le coffre et faisait le tour jusqu'à la portière du chauffeur. Puis la camionnette blanche démarra, et la voiture de Miss Emily suivit.

Madame regarda longtemps les véhicules qui s'éloignaient. Puis elle se tourna comme pour rentrer dans la maison, et nous voyant là, sur le trottoir, elle s'arrêta abruptement, reculant presque.

« Nous partons maintenant, fis-je. Merci de nous avoir parlé. S'il vous plaît, dites au revoir à Miss Emily pour nous. »

Je voyais qu'elle m'examinait à la lumière déclinante. Puis elle dit :

« Kathy H. Je me souviens de vous. Oui, je m'en souviens. » Elle se tut, mais continua de me regarder.

« Je crois que je sais à quoi vous pensez, dis-je enfin. Je crois que je peux deviner.

— Très bien. » Sa voix était rêveuse et son regard s'était légèrement brouillé. « Très bien. Vous lisez dans les pensées. Dites-le-moi.

— Il y a eu cette fois où vous m'avez vue, un après-midi, dans les dortoirs. Il n'y avait personne d'autre alentour, et je passais cette cassette, cette musique. Je dansais les yeux fermés, et vous m'avez vue.

— C'est étonnant. Vous lisez dans les pensées. Vous devriez vous produire sur scène. Je viens juste de vous reconnaître. Mais oui, je me souviens de cette fois-là. J'y songe encore de temps en temps.

— C'est drôle. Moi aussi.

— Je vois. »

Nous aurions pu mettre alors un terme à la conversation. Nous aurions pu dire au revoir et nous en aller. Mais elle se rapprocha de nous, sans cesser de fixer mon visage.

« Vous étiez beaucoup plus jeune alors, dit-elle. Mais oui, c'est bien vous.

— Vous n'êtes pas obligée de me répondre si vous n'en avez pas envie. Mais ça m'a toujours intriguée. Je peux vous le demander ?

— Vous lisez dans mes pensées. Mais je ne peux pas lire dans les vôtres.

— Eh bien, vous étiez... troublée ce jour-là. Vous m'observiez, et quand je m'en suis rendu compte, et que j'ai ouvert les yeux, vous me regardiez et je pense que vous pleuriez. En fait, j'en suis sûre. Vous m'observiez en pleurant. Pourquoi ça ? »

L'expression de Madame ne changea pas et elle continua de fixer mon visage. « Je pleurais, dit-elle enfin, très bas, comme si elle craignait d'être entendue par les voisins, parce que, lorsque je suis entrée, j'ai entendu votre musique. J'ai cru qu'un stupide élève avait laissé son appareil branché. Mais lorsque je suis entrée dans votre dortoir, je vous ai vue toute seule, une petite fille, en train de danser. Comme vous le décrivez, les yeux fermés, très loin ailleurs, avec une expression de nostalgie. Vous dansiez avec tant de compassion. Et la musique, la chanson. Il y avait quelque chose dans les paroles. Elle était pleine de tristesse.

— La chanson, dis-je, s'appelait *Auprès de moi toujours*. » Puis je chantai doucement, à voix basse, pour elle : « *Auprès de moi toujours. Oh, bébé, mon bébé. Auprès de moi toujours...* »

Elle hocha la tête comme pour approuver. « Oui, c'était cette chanson. Je l'ai entendue une ou deux fois depuis. À la radio, à la télévision. Et elle m'a ramenée vers cette petite fille qui dansait toute seule.

— Vous dites que vous ne lisez pas dans les pensées. Mais peut-être que vous l'avez fait ce jour-là. C'est peut-être pour ça que vous avez fondu en larmes quand vous m'avez vue. Je ne savais pas de quoi parlait vraiment la chanson, mais dans ma tête, pendant que je dansais, j'avais ma propre version. Vous voyez, j'imaginais qu'il s'agissait de cette femme à qui on avait dit qu'elle ne pouvait pas avoir d'enfants. Et puis elle en avait eu un, et elle était si contente, et elle le serrait très fort contre sa poitrine, elle avait très peur que quelque chose les sépare, et elle disait : "Bébé, mon bébé, auprès de moi toujours." Ce n'est pas du tout le thème de la chanson, mais c'est ce que j'avais dans ma tête cette fois-là. Peut-être que vous lisiez dans mes pensées, et c'est pourquoi vous avez trouvé ça si triste. Moi, je ne trouvais pas ça si triste à l'époque, mais maintenant, quand j'y repense, ça paraît un peu triste. »

Je m'étais adressée à Madame, mais je sentais Tommy remuer près de moi, je percevais la texture de ses vêtements, le moindre détail. Puis Madame dit :

« C'est très intéressant. Mais je ne lisais pas plus dans les pensées alors qu'aujourd'hui. Je pleurais pour une raison tout à fait différente. Quand je vous ai regardée danser ce jour-là, j'ai vu autre chose. J'ai vu un monde nouveau arriver rapidement. Plus scientifique, efficace, oui. Plus de traitements pour les anciennes maladies, très bien. Mais un monde dur, cruel. Et j'ai vu une petite fille, les yeux hermétiquement fermés, tenant contre sa poitrine le vieux monde généreux qui – elle le savait au fond de son cœur – ne pourrait pas demeurer, et elle le tenait et suppliait : auprès de moi toujours. C'est ce que j'ai vu. Ce n'était pas vraiment vous, ni ce que vous faisiez, je le sais. Mais je vous ai vue et ça m'a brisé le cœur. Et je n'ai jamais oublié. »

Puis elle s'avança, pour ne s'arrêter qu'à un ou deux pas de nous. « Vos histoires, ce soir, elles m'ont touchée aussi. » Elle regarda Tommy et posa de nouveau les yeux sur moi. « Pauvres créatures. J'aimerais pouvoir vous aider. Mais maintenant vous êtes tout seuls. »

Elle tendit la main, sans cesser de fixer mon visage, et la posa sur ma joue. Je sentais un tremblement parcourir son corps, mais elle laissa sa main là où elle était, et je vis de nouveau des larmes apparaître dans ses yeux.

« Pauvres créatures que vous êtes », répéta-t-elle, presque en un murmure. Puis elle se tourna et rentra dans sa maison.

Pendant le trajet du retour nous discutâmes à peine de notre rencontre avec Miss Emily et Madame. Ou, si nous le fîmes, nous parlâmes seulement des choses les moins importantes, par exemple combien nous les avions trouvées vieillies, ou l'intérieur de leur maison.

Je pris les routes écartées les plus obscures que je connaissais, où seuls nos phares troublaient la nuit. Nous croisions parfois d'autres phares, et j'avais alors l'impression qu'ils appartenaient à d'autres accompagnants, rentrant seuls chez eux, ou peut-être comme moi, avec un donneur à leur côté. Je me rendais compte, bien sûr, que d'autres personnes utilisaient ces routes ; mais, ce soir-là, il me semblait que ces sombres voies n'existaient dans le pays que pour les gens comme nous, alors que les grandes autoroutes scintillantes avec leurs énormes panneaux et leurs super-cafés étaient réservées à tous les autres. Je ne sais pas si Tommy pensait quelque chose de similaire. Peut-être que oui, car à un moment donné il remarqua :

« Kath, tu connais vraiment des routes bizarres. »

Il eut un petit rire quand il dit cela, mais ensuite il parut se plonger dans ses pensées. Puis, comme nous descendions un chemin particulièrement sombre au fond de nulle part, il dit brusquement :

« Je pense que Miss Lucy avait raison. Pas Miss Emily. »

Je ne parviens pas à me souvenir si j'ai répondu à ça. Si je l'ai fait, ce n'était certainement pas une réflexion très profonde. Mais ce fut à ce moment que je remarquai pour la première fois quelque chose dans sa voix, ou peut-être son comportement, qui déclencha de lointaines sonnettes d'alarme. Je me rappelle avoir quitté des yeux la route en zigzag pour le regarder, mais il était assis là tranquillement, fixant la nuit devant lui.

Quelques minutes plus tard, il dit brusquement :

« Kath, on peut s'arrêter ? Je suis désolé, j'ai besoin de sortir une minute. »

Pensant qu'il avait de nouveau mal au cœur, je me garai presque immédiatement, tout contre une haie. L'endroit était complètement sombre, et même avec les phares allumés je craignais qu'un autre véhicule n'arrivât au virage et ne nous rentrât dedans. C'est pourquoi, lorsque Tommy sortit et disparut dans l'obscurité, je n'allai pas avec lui. Aussi, il y avait eu dans sa manière de sortir une détermination laissant entendre que, même s'il se sentait malade, il préférait gérer ça tout seul. Bref, c'est pourquoi j'étais encore dans la voiture, me demandant si je devais l'avancer un peu plus haut dans la pente, quand j'entendis le premier cri.

Au début, je ne pensai même pas que c'était lui, mais plutôt un maniaque tapi dans les buissons. J'étais déjà dehors quand vinrent le deuxième et le troisième cri, et je sus alors que c'était Tommy, bien que cela diminuât à peine ma précipitation. Un instant je faillis paniquer, n'ayant aucune idée de l'endroit où il se trouvait. Je ne voyais vraiment rien du tout, et lorsque j'essayai de me diriger vers les cris, j'en fus empêchée par un fourré impénétrable. Puis je trouvai une issue et, traversant un fossé, je me trouvai face à une clôture. Je parvins à l'escalader et j'atterris dans une boue molle.

Je voyais maintenant beaucoup mieux les alentours. J'étais dans un champ qui descendait à pic un peu plus loin, et, tout en bas dans la vallée, je voyais les lumières d'un village. Le vent ici était vraiment violent, et une bourrasque m'entraîna avec une telle force que je dus me retenir au piquet de la clôture. La lune n'était pas tout à fait pleine, mais elle était assez lumineuse, et je distinguais au second plan, près de l'endroit où le champ commençait à descendre, la silhouette de Tommy, déchaîné, hurlant, brandissant les poings et lançant des coups de pied.

J'essayai de courir vers lui, mais la boue aspirait mes jambes. La boue le gênait aussi, car, alors qu'il lançait un coup de pied, il glissa et disparut dans le noir. Mais ses jurons indistincts continuèrent sans interruption, et je pus l'atteindre juste au moment où il se remettait debout. J'entrevis son visage au clair de lune, maculé de boue et déformé par la rage, puis j'attrapai ses bras qui battaient l'air et je le maintins fermement. Il essaya de se dégager, mais je tins bon, jusqu'à ce qu'il cesse de crier et que je sente sa résistance l'abandonner. Puis je me rendis compte que lui aussi me tenait dans ses bras. Et nous restâmes ainsi embrassés, au sommet de ce champ, pour ce qui parut une éternité, sans rien dire, cramponnés l'un à l'autre, tandis que le vent ne cessait de souffler et de souffler contre nous, arrachant nos habits, et un moment il me sembla que nous nous accrochions l'un à l'autre parce que c'était la seule façon de nous empêcher d'être balayés dans la nuit.

Lorsque enfin nous nous séparâmes, il marmonna : « Je suis vraiment désolé, Kath. » Puis il eut un rire incertain et ajouta : « Un coup de chance qu'il n'y ait pas eu de vaches dans le champ. Elles auraient eu une belle peur. »

Je voyais qu'il faisait de son mieux pour m'assurer que tout allait bien maintenant, mais sa poitrine se soulevait encore et ses jambes tremblaient. Nous retournâmes ensemble à la voiture, essayant de ne pas glisser.

« Tu pues la bouse de vache, dis-je enfin.

— Oh, mon Dieu, Kath. Comment je vais expliquer ça ? Il va falloir qu'on rentre en douce par-derrière.

— Tu dois encore signer le registre.

— Mon Dieu », dit-il, et il rit encore.

Je trouvai des chiffons dans la voiture et nous nettoyâmes le gros de la boue. Mais pendant que je cherchais les chiffons, j'avais sorti du coffre le sac de sport contenant ses dessins d'animaux, et quand nous repartîmes, je remarquai que Tommy l'avait pris avec lui.

Nous roulâmes quelque temps, sans dire grand-chose, le sac sur ses genoux. J'attendais qu'il fasse un commentaire sur les dessins ; il me vint même à l'esprit qu'il allait de nouveau se mettre en rage, et les jeter tous par la fenêtre. Mais il tenait le sac des deux mains, d'un geste protecteur, et continuait de fixer la route sombre qui se déroulait devant nous. Après une longue période de silence, il dit :

« Je regrette ce qui vient de se passer, Kath. Vraiment. Je suis un imbécile fini. » Puis il ajouta : « À quoi penses-tu, Kath ?

— Je pensais, répondis-je, à cette époque, à Hailsham, où tu piquais des crises comme ça, et nous n'y comprenions rien. Nous ne comprenions pas comment tu pouvais te mettre dans un état pareil. Et j'avais juste cette idée, juste une idée comme ça. Je me disais que si tu te mettais dans cet état, c'était peut-être parce que, à un certain niveau, tu avais toujours *su*. »

Tommy y réfléchit, puis il secoua la tête. « Ne pense pas ça, Kath. Non, c'était seulement moi. Moi qui faisais l'imbécile. Rien d'autre. » Puis, au bout d'un moment, il eut un petit rire et dit : « Mais c'est une drôle d'idée. Peut-être que je savais, quelque part au fond de moi. Quelque chose que vous autres ne saviez pas. »

23

Rien ne parut beaucoup changer pendant environ une semaine après le voyage. Cependant je ne m'attendais pas à ce que ça dure, et effectivement, début octobre, je commençai à remarquer de petites différences. D'abord, bien que Tommy continuât ses dessins d'animaux, il n'aimait pas y travailler en ma présence. Nous n'en étions pas tout à fait revenus à la situation de départ, quand j'étais devenue son accompagnante et que l'ombre des Cottages planait encore sur nous. Mais on avait l'impression qu'il avait réfléchi, et pris une décision : il continuerait ses animaux quand l'envie lui en prendrait, mais si j'entrais, il s'interrompait et les rangeait. Je n'en fus guère blessée. En fait, sous beaucoup d'aspects, ce fut un soulagement : ces animaux nous fixant dans le blanc des yeux lorsque nous étions ensemble n'auraient fait que rendre les choses plus difficiles encore.

Mais il y avait d'autres changements que je trouvais moins faciles. Je ne veux pas dire que nous ne passions pas encore de bons moments dans sa chambre. Nous couchions même ensemble de temps à autre. Mais je ne pouvais m'empêcher de remarquer que, de plus en plus, Tommy tendait à s'identifier aux autres donneurs du centre. Si, par exemple, nous étions tous les deux en train d'évoquer les anciens de Hailsham, il orientait tôt ou tard la conversation sur l'un de ses amis donneurs actuels qui avait peut-être dit ou fait quelque chose de similaire à ce dont nous parlions. Une fois en particulier, j'arrivai au Kingsfield après un long voyage et je descendis de ma voiture. La Place faisait un peu penser au jour où j'étais venue au centre avec Ruth avant d'aller voir le bateau. C'était un après-midi d'automne couvert, et il n'y avait personne, en dehors d'un groupe de donneurs rassemblés sous le toit en surplomb de la salle de jeux. Je vis que Tommy était avec eux – il se tenait debout, une épaule appuyée contre un pilier – et écoutait un donneur accroupi sur le perron de l'entrée. Je fis quelques pas vers eux, puis je m'arrêtai et attendis dehors, sous le ciel gris. Mais Tommy, qui m'avait pourtant vue, continua d'écouter son ami et finit par éclater de rire avec tous les autres. Même alors, il resta là à écouter et à sourire. Il prétendit ensuite qu'il m'avait fait signe d'approcher, mais si c'était le cas, ça n'avait rien d'évident. Je notai seulement qu'il souriait vaguement dans ma direction, puis tournait de nouveau son attention vers ce que disait son ami. D'accord, il était occupé, et au bout d'une minute ou deux il se détacha du groupe et nous montâmes tous les deux dans sa chambre. Mais c'était très différent de la manière dont les choses se seraient passées auparavant. Et ça ne tenait pas juste au fait qu'il m'avait laissée attendre sur la Place. Ça ne m'aurait pas autant dérangée. Ce fut plutôt que, ce jour-là, je perçus pour la première fois chez lui un sentiment proche de l'animosité à l'idée de devoir me suivre, et quand nous nous retrouvâmes dans sa chambre, l'ambiance n'était pas terrible.

Pour être juste, c'était peut-être autant de mon fait que du sien. Lorsque j'étais restée là à les regarder tous bavarder et rire, j'avais éprouvé un petit pince-ment inattendu ; car il y avait quelque chose dans le demi-cercle inégal formé par ces donneurs, quelque chose dans leur posture, assise ou debout, décontrac-tée de manière presque délibérément calculée, comme pour annoncer au monde à quel point chacun savou-rait la compagnie des autres, qui me rappela la façon dont notre petite bande s'asseyait ensemble autour de notre pavillon. Cette comparaison, je l'ai dit, réveilla un tourment en moi, et peut-être que lorsque nous fûmes tous les deux dans sa chambre je ressentis, autant que lui, de l'animosité.

J'éprouvais cette même petite pointe de ressentiment chaque fois qu'il me disait que je ne comprenais pas telle ou telle chose parce que je n'étais pas encore un donneur. Mais, à part une fois en particulier, dont je parlerai dans un moment, cela se limitait à une petite pointe. D'habitude, il me disait ces choses en plaisantant à moitié, presque affectueusement. Et même quand c'était plus profond, comme lorsqu'il me demanda de cesser de porter son linge sale à la buanderie parce qu'il pouvait le faire lui-même, ça ne donnait guère matière à une dispute. Cette fois-là, je lui répondis :

« Quelle différence cela fait-il que ce soit l'un ou l'autre qui descende les serviettes ? Je passe par là de toute façon. »

À quoi il secoua la tête et dit : « Écoute, Kath, je m'occupe de mes propres affaires. Si tu étais un donneur, tu comprendrais. »

D'accord, ça m'a blessée, mais c'était quelque chose que je pouvais oublier assez facilement. Mais, comme je l'ai dit, il y a eu cette fois où il a remis ça sur le tapis, le fait que je n'étais pas un donneur, et où ça m'a vraiment mise en boule.

C'est arrivé environ une semaine après la notification de son quatrième don. Nous nous y attendions et nous en avions déjà discuté en long et en large. En fait, nous avions eu au sujet du quatrième don l'une de nos conversations les plus intimes depuis le voyage à Littlehampton. J'ai vu des donneurs réagir de toutes sortes de manières à leur quatrième don. Certains veulent en parler tout le temps, sans fin et sans raison. D'autres prennent ça à la plaisanterie, tandis que d'autres encore refusent carrément d'en discuter. Et puis il existe chez les donneurs cette curieuse tendance à considérer un quatrième don comme digne de félicitations. Un donneur «au quatrième», même s'il a été très impopulaire jusqu'alors, est traité avec un respect particulier. Même les médecins et les infirmières jouent le jeu : un donneur au quatrième va subir un contrôle et sera accueilli par des blouses blanches souriantes qui lui serreront la main. Bon, Tommy et moi, nous avions parlé de tout cela, parfois sur un ton léger, d'autres fois avec sérieux et prudence. Nous avions discuté des différentes manières dont les gens essayaient de le gérer et de celles qui étaient les plus raisonnables. Une fois où nous étions couchés côte à côte sur le lit avec la nuit qui venait, il dit :

« Tu sais pourquoi, Kath, tout le monde s'inquiète autant à propos du quatrième ? C'est parce qu'ils ne sont pas sûrs qu'ils vont vraiment terminer. Si tu savais avec certitude que tu terminerais, ça serait plus facile. Mais ils ne nous le disent jamais précisément. »

Je me demandais depuis quelque temps si ce sujet serait abordé, et j'avais réfléchi à la manière d'y répondre. Mais quand cela se produisit, je ne trouvai pas grand-chose à dire. Alors j'observai simplement : « C'est juste un tas de bêtises, Tommy. Juste des paroles, des paroles absurdes. Ça ne vaut même pas la peine d'y penser. »

Mais Tommy devait savoir que je n'avais rien pour confirmer mes dires. Il devait aussi savoir qu'il soulevait des questions auxquelles les médecins eux-mêmes n'avaient pas de réponses sûres. Vous aurez entendu le même discours. À savoir que peut-être, après le quatrième don, même si vous avez techniquement terminé, vous êtes encore conscient d'une certaine manière ; que vous découvrez alors qu'il y a d'autres dons, une foule de dons, de l'autre côté de cette ligne ; qu'il n'y a plus de centres de convalescence, plus d'accompagnants, plus d'amis ; qu'il n'y a rien à faire sinon veiller sur vos dons restants jusqu'à ce qu'ils vous débranchent. C'est comme dans un film d'horreur, et la plupart du temps les gens ne veulent pas y penser. Ni les blouses blanches, ni les accompagnants – ni les donneurs, habituellement. Mais de temps à autre un donneur l'évoque, comme Tommy ce soir-là, et je regrette aujourd'hui que nous n'en ayons pas parlé. En fait, après que j'eus éludé le problème, le qualifiant de bêtise, nous nous tînmes à l'écart de ce domaine. Du moins, je sus ensuite que Tommy était préoccupé par ça, et je fus heureuse qu'il se fût au moins ouvert à moi là-dessus. Ce que je veux dire, c'est que, tout compte fait, j'avais l'impression qu'ensemble nous gérions très bien le quatrième don, et c'est pourquoi je fus si déstabilisée par ce qu'il révéla le jour où nous fîmes le tour du champ.

Le Kingsfield ne dispose pas de grand-chose en matière de parcs. La Place est le point de rencontre incontestable et les quelques espaces derrière les bâtiments ressemblent plus à des terrains vagues. La zone la plus large, que les donneurs appellent « le Champ », est un rectangle de mauvaises herbes et de chardons enfermé par une clôture grillagée. On parlait toujours de le transformer en une pelouse convenable pour les donneurs, mais ils ne l'ont pas encore fait, même aujourd'hui. Ça ne serait peut-être pas si tranquille, même s'ils réussissent à la créer, à cause de la grand-route toute proche. Néanmoins, quand les donneurs sont agités et ont besoin de se calmer par la marche, c'est là qu'ils ont tendance à aller, se frayant un chemin parmi toutes les orties et les ronces. Le matin particulier dont je parle, le temps était vraiment brumeux, et je savais que le Champ serait détrempé, mais Tommy avait insisté pour que nous allions y faire une promenade. Nous y étions les seuls, ce qui n'avait rien d'étonnant – et ce qui arrangeait sans doute parfaitement Tommy. Après avoir enjambé les buissons pendant quelques minutes, il s'arrêta près de la barrière et fixa le brouillard opaque de l'autre côté. Puis il dit :

« Kath, je ne veux pas que tu prennes ça mal. Mais j'y ai beaucoup réfléchi. Kath, je pense qu'il vaut mieux que je prenne un autre accompagnant. »

Les quelques secondes après cette déclaration, je me rendis compte que ça ne me surprenait pas du tout ; que d'une curieuse manière je m'y étais attendue. Mais j'étais tout de même en colère et je ne répondis rien.

« Ce n'est pas seulement parce que le quatrième don approche, poursuivit-il. Ce n'est pas juste pour ça. C'est à cause de ce qui s'est passé la semaine dernière. Quand j'ai eu tous ces problèmes de reins. Il va y avoir beaucoup plus de soucis de ce genre à l'avenir.

– C'est pour ça que je suis venue te trouver, dis-je. C'est exactement pour ça que je suis venue t'aider. Pour ce qui commence à présent. Et c'est ce que Ruth voulait elle aussi.

– Ruth voulait l'autre chose pour nous, reprit Tommy. Elle n'aurait pas nécessairement tenu à ce que tu sois mon accompagnante pendant cette dernière phase.

– Tommy, dis-je, et je suppose que j'étais maintenant furieuse mais je gardai une voix calme et contrôlée, c'est moi qui peux t'aider. C'est pour ça que je suis venue te retrouver.

– Ruth voulait l'autre chose pour nous, répéta Tommy. Tout ça, c'est pas pareil. Kath, je ne veux pas être dans cet état devant toi. »

Il fixait le sol, une paume appuyée contre le grillage de la clôture, et un moment il parut écouter intensément le bruit de la circulation quelque part au-delà

du brouillard. Ce fut alors qu'il le dit, secouant légèrement la tête :

« Ruth aurait compris. Elle était donneur, donc elle
aurait compris. Je ne dis pas qu'elle aurait nécessairement voulu la même chose pour elle. Si elle l'avait pu,
peut-être qu'elle t'aurait voulue comme accompagnante jusqu'à la fin. Mais elle aurait compris que je
veuille procéder différemment. Kath, quelquefois tu
ne saisis pas, tout simplement. Tu ne saisis pas parce
que tu n'es pas un donneur. »

Quand il fit cette sortie, je tournai les talons et m'en
allai. En effet, j'étais presque préparée à entendre ça,
sur le fait qu'il ne voulait plus de moi comme accompagnante. Mais ce qui m'avait vraiment touchée au
vif, venant après toutes ces autres petites choses,
comme la fois où il m'avait fait attendre debout sur la
Place, c'était ce qu'il avait dit alors, la manière dont il
m'avait isolée une fois encore, non pas seulement des
autres donneurs, mais de lui et Ruth.

Pourtant cela ne dégénéra jamais en grosse dispute.
Lorsque je partis avec raideur, je ne pouvais pas faire
grand-chose d'autre que remonter dans sa chambre, et
ensuite il fit de même, plusieurs minutes après. Je
m'étais alors calmée et lui aussi, et nous parvînmes à
avoir une meilleure conversation à ce sujet. C'était un
peu guindé, mais nous fîmes la paix et abordâmes même
certains des détails pratiques du changement d'accompagnant. Puis, tandis que nous étions assis sous la
lumière terne, côte à côte au bord de son lit, il me dit :

« Je ne veux plus qu'on se dispute, Kath. Mais je désirais énormément te demander ça. Je veux dire, tu n'en as pas assez d'être accompagnante ? Nous autres, on est devenus des donneurs depuis un temps fou. Tu fais ça depuis des années. Tu n'as pas envie quelquefois, Kath, qu'ils se dépêchent de t'envoyer ta notification ? »

Je haussai les épaules. « Ça m'est égal. En tout cas, c'est important qu'il y ait de bons accompagnants. Et je suis une bonne accompagnante.

— Mais est-ce vraiment si important ? D'accord, c'est vraiment agréable d'avoir un bon accompagnant. Mais à la fin, est-ce vraiment si important ? Les donneurs feront tous des dons, exactement de la même façon, et puis ils termineront.

— Bien sûr que c'est important. Un bon accompagnant, ça fait une grosse différence dans ce qu'est réellement la vie d'un donneur.

— Mais cette course perpétuelle. Tout ça, l'épuisement, la solitude. Je t'ai observée. Ça t'exténue. Tu dois sûrement, Kath, tu dois quelquefois souhaiter qu'on te dise que tu peux arrêter. Je ne sais pas pourquoi tu n'as pas une discussion avec eux, pour leur demander pour quelle raison ça dure aussi longtemps. » Puis, comme je me taisais, il ajouta : « Je le dis, c'est tout. Ne nous disputons pas de nouveau. »

Je posai la tête contre son épaule et je répondis : « Ouais, très bien. Peut-être qu'il n'y en a plus pour longtemps de toute façon. Mais, pour l'instant, je dois continuer. Même si tu ne veux plus de moi, il y en a d'autres qui sont d'accord.

– Je suppose que tu as raison, Kath. Tu es *vraiment* une bonne accompagnante. Tu serais parfaite pour moi si tu n'étais pas toi. » Il eut un rire et m'entoura de son bras, bien que nous soyons assis côte à côte. Puis il dit : « Je pense toujours à cette rivière quelque part, avec cette eau qui coule vraiment vite. Et tous ces gens dans l'eau, qui essaient de se raccrocher les uns aux autres, qui s'accrochent aussi fort qu'ils peuvent, mais à la fin c'est trop difficile. Le courant est trop puissant. Ils doivent lâcher prise, se laisser emporter chacun de son côté. Je pense que c'est ce qui nous arrive, à nous. C'est dommage, Kath, parce que nous nous sommes aimés toute notre vie. Mais, à la fin, nous ne pouvons pas rester ensemble pour toujours. »

Quand il dit cela, je me souvins comment je m'étais cramponnée à lui cette nuit-là dans le champ balayé par le vent, en revenant de Littlehampton. Je ne sais pas s'il y pensait, lui aussi, ou s'il pensait encore à ses rivières et aux puissants courants. En tout cas, nous restâmes assis ainsi sur le bord du lit pendant un long moment, perdus dans nos pensées. Puis, à la fin, je lui dis :

« Je regrette de t'avoir engueulé tout à l'heure. Je vais leur parler. Je vais essayer de veiller à ce que tu aies quelqu'un de vraiment bien.

— C'est dommage, Kath », dit-il encore. Et je crois que nous n'en parlâmes plus ce matin.

Je me rappelle que les quelques semaines qui vinrent ensuite – les dernières semaines avant que le nouvel accompagnant prît le relais – furent étonnamment tranquilles. Peut-être que Tommy et moi faisions un effort spécial pour être gentils l'un avec l'autre, mais le temps semblait s'écouler presque avec insouciance. Vous pourriez penser qu'il y avait une note d'irréalité dans notre comportement, mais ça ne paraissait pas étrange à l'époque. J'étais très occupée par deux de mes autres donneurs dans le nord du pays de Galles, et cela m'éloignait du Kingsfield plus que je ne l'aurais voulu, mais je parvenais tout de même à venir trois ou quatre fois par semaine. Le temps se refroidit, mais resta sec et parfois ensoleillé, et nous passâmes les heures dans sa chambre, couchant parfois ensemble, parlant simplement le plus souvent, ou Tommy m'écoutant lire. Une ou deux fois, il sortit même son carnet et griffonna de nouvelles idées d'animaux pendant que je lisais sur le lit.

Puis j'entrai un jour et ce fut la dernière fois. J'arrivai juste après une heure, un après-midi revigorant de décembre. Je montai dans sa chambre, m'attendant à moitié à un changement – je ne sais pas quoi. Peut-être pensais-je qu'il avait mis des décorations dans sa chambre ou quelque chose dans ce genre. Mais, bien sûr, tout était normal et, somme toute, ce fut un soulagement. Tommy ne semblait pas différent non plus, mais quand nous commençâmes à parler, il fut difficile de prétendre que c'était simplement une visite de plus. Là encore, nous en avions amplement discuté les semaines précédentes, ce n'était pas comme s'il y avait eu quelque chose en particulier à *régler* absolument. Et je pense que nous répugnions à entamer une nouvelle conversation que nous regretterions de ne pas pouvoir achever convenablement. C'est pourquoi il y eut ce jour-là une sorte de vide dans nos paroles.

Juste une fois, cependant, après que j'eus erré un moment sans but dans sa chambre, je lui demandai :

« Tommy, tu es heureux que Ruth ait terminé avant de découvrir tout ce que nous avons trouvé à la fin ? »

Il était allongé sur son lit et continua de fixer le plafond un moment avant de dire : « C'est drôle, parce que je pensais à la même chose l'autre jour. À propos de Ruth, rappelle-toi que, chaque fois qu'on abordait ce genre de sujets, elle était toujours différente de nous. Toi et moi, depuis le début, même quand nous étions petits, nous essayions toujours de découvrir des choses. Tu te souviens, Kath, de toutes ces conversations secrètes que nous avions ? Mais Ruth n'était pas comme ça. Elle voulait toujours croire aux choses. C'était Ruth. Alors ouais, en quelque sorte, je pense qu'il vaut mieux que ça se soit passé de cette façon. » Puis il ajouta : « Bien sûr, ce que nous avons trouvé, Miss Emily, tout ça, ça ne change rien à propos de

Ruth. Elle voulait le meilleur pour nous à la fin. Elle voulait vraiment le meilleur pour nous. »

Je ne désirais pas entrer dans une grande discussion sur Ruth à ce stade, aussi je me contentai d'acquiescer. Mais maintenant que j'ai plus de temps pour y réfléchir, je ne suis pas sûre de mes sentiments. Une partie de moi persiste à souhaiter que nous ayons pu d'une manière ou d'une autre partager avec Ruth tout ce que nous avions découvert. Bon, peut-être que ça l'aurait ennuyée ; ça lui aurait fait voir que le tort qu'elle avait pu nous causer autrefois n'était pas aussi facile à réparer qu'elle l'avait espéré. Et peut-être, si je suis honnête, est-ce une petite partie de mon souhait qu'elle ait su tout cela avant de terminer. Mais à la fin je pense qu'il s'agit de quelque chose d'autre, de quelque chose de beaucoup plus profond que mon esprit de vengeance et ma méchanceté. Car, comme le dit Tommy, elle voulait le meilleur pour nous à la fin, et bien qu'elle ait affirmé ce jour-là dans la voiture que je ne lui pardonnerais jamais, elle se trompait. Je n'éprouve plus de colère à son égard aujourd'hui. Quand je dis que j'aurais voulu qu'elle connaisse toute l'histoire, c'est plus parce que je me sens triste à l'idée qu'elle ait fini différente de moi et de Tommy. En fait, c'est comme s'il y avait une ligne avec nous d'un côté et Ruth de l'autre, et une fois que tout est dit et fait, ça me rend triste, et je pense qu'elle le serait aussi si elle pouvait le voir.

Tommy et moi, nous ne fîmes pas de grand numéro

d'adieu ce jour-là. Quand ce fut l'heure, il descendit l'escalier avec moi, ce qu'il ne faisait pas habituellement, et nous traversâmes ensemble la Place jusqu'à la voiture. À cause de la période de l'année, le soleil se cachait déjà derrière les bâtiments. Il y avait, comme à l'ordinaire, quelques silhouettes obscures sous le toit en surplomb, mais la Place même était déserte. Tommy resta silencieux jusqu'à la voiture. Puis il eut un petit rire et dit :

« Tu sais, Kath, quand je jouais au foot à Hailsham. Il y avait un truc secret que je faisais. Quand je marquais un but, je me retournais comme ça (il leva triomphalement les deux bras), et je revenais en courant vers mes partenaires. Je ne devenais pas enragé ni rien, je revenais juste en courant avec les bras en l'air, comme ça. » Il s'interrompit un moment, les bras toujours levés. Puis il les baissa et sourit. « Dans ma tête, Kath, quand je revenais en courant, j'imaginais toujours que je pataugeais dans l'eau. Rien de profond, juste de l'eau aux chevilles, au maximum. C'est ce que j'imaginais chaque fois. Floc, floc, floc. » Il me regarda et eut un autre petit rire. « Tout ce temps, je n'ai jamais rien dit à personne. »

Je ris aussi et dis : « T'es dingue, Tommy. »

Après ça, nous nous sommes embrassés – juste un petit baiser –, puis je suis entrée dans la voiture. Tommy est resté là debout, pendant que je faisais demi-tour. Puis, quand je me suis éloignée, il a souri et agité la main. Je l'ai observé dans mon rétroviseur, et il est resté là presque jusqu'au dernier moment. Tout à la fin, je l'ai vu lever encore vaguement la main et se détourner en direction du toit en surplomb. Puis la Place a disparu du miroir.

Il y a quelques jours je parlais à l'un de mes donneurs qui se plaignait que les souvenirs, même les plus précieux, s'estompent à une rapidité surprenante. Mais je ne suis pas d'accord avec ça. Les souvenirs auxquels je tiens le plus, je ne les vois jamais s'estomper. J'ai perdu Ruth, ensuite j'ai perdu Tommy, mais je ne perdrai pas mes souvenirs d'eux.

Je suppose que j'ai aussi perdu Hailsham. Vous entendez encore des histoires sur un ex-élève de Hailsham essayant de le trouver, ou plutôt de trouver l'endroit où il était. Et de temps à autre circule une rumeur sur ce qu'est devenu Hailsham aujourd'hui – un hôtel, une école, une ruine. Quant à moi, malgré tous mes trajets en voiture, je n'ai jamais cherché à le trouver. Ça ne m'intéresse pas vraiment de le voir, quelle que soit sa forme actuelle.

Notez, j'ai beau dire que je ne cherche jamais Hailsham, je m'aperçois que quelquefois, quand je roule, je crois soudain en avoir repéré un bout. Je vois un pavillon de sport dans le lointain et je suis sûre que c'est le nôtre. Ou bien une rangée de peupliers sur l'horizon, près d'un gros chêne laineux, et une seconde je suis convaincue que je m'approche du terrain sud par l'autre côté. Une fois, par un matin gris, sur un long fragment de route dans le Gloucestershire, j'ai dépassé une voiture en panne sur une aire de stationnement, et j'étais sûre que la fille qui se tenait devant, fixant d'un regard vide les véhicules en sens inverse, était Susanna C., une élève qui était deux années au-dessus de nous, une des surveillantes des Ventes. Ces moments m'assaillent quand je m'y attends le moins, quand je conduis avec tout à fait autre chose en tête. Alors peut-être qu'à un certain niveau je *suis* en quête de Hailsham.

Mais, comme je le dis, je ne vais pas à sa recherche, et de toute façon, à la fin de l'année, je ne circulerai plus comme ça sur les routes. Alors il y a des chances pour que je ne tombe jamais dessus maintenant, et, réflexion faite, je suis heureuse qu'il en soit ainsi. C'est comme pour mes souvenirs de Tommy et de Ruth. Une fois que je pourrai mener une vie plus calme, dans le centre où ils m'enverront, peu importe lequel, j'aurai Hailsham avec moi, en sécurité dans ma tête, et cela, personne ne pourra me l'enlever.

Le seul acte complaisant de ma part s'est produit, juste une fois, il y a deux semaines, après que j'ai appris que Tommy avait terminé, quand j'ai roulé jusqu'à Norfolk sans réel besoin. Je ne cherchais rien en particulier, et je ne suis pas allée jusqu'à la côte. Peut-être que j'avais juste envie de regarder tous ces champs plats de néant et l'énorme ciel gris. À un moment donné je me suis retrouvée sur une route que je n'avais jamais prise, et pendant une demi-heure je n'ai plus su où j'étais et ça m'était égal. Je dépassais un champ plat, anonyme, après un autre, quasiment sans le moindre changement, sauf quand parfois un vol d'oiseaux, entendant mon moteur, jaillissait des sillons. Puis je repérai enfin quelques arbres au loin, près du bas-côté, aussi je roulai jusque-là, m'arrêtai et sortis.

Je me retrouvai face à des hectares de terre labourée. Une clôture m'empêchait de m'avancer dans le champ, avec deux rangées de barbelés, et je voyais que cette clôture et le bouquet de trois ou quatre arbres au-dessus de moi étaient les seuls obstacles contre le vent sur des kilomètres. Le long de la clôture, surtout sur le rang de barbelés le plus bas, toutes sortes de détritus s'étaient accrochés et enchevêtrés. C'était comme les débris qu'on trouve au bord de la mer : le vent avait dû en charrier une partie sur des kilomètres et des kilomètres avant de se heurter enfin à ces arbres et à ces deux rangées de barbelés. Je voyais aussi dans les branches des morceaux de plastique déchiré et des bouts de vieux sacs qui claquaient. Ce fut l'unique fois où, me tenant là, regardant ces étranges ordures, sentant le vent souffler à travers ces champs vides, je me laissai aller à une petite fantaisie de mon imagination, car c'était Norfolk après tout, et je l'avais perdu depuis deux semaines à peine. Je pensais aux détritus, au plastique qui claquait dans les branches, au littoral de curieux objets accrochés le long de la clôture, et je fermai à demi les yeux pour imaginer que c'était l'endroit où tout ce que j'avais perdu depuis mon enfance s'était échoué, et que je me tenais là devant à présent, et que si j'attendais assez longtemps, une minuscule silhouette apparaîtrait à l'horizon de l'autre côté du champ et grossirait peu à peu jusqu'à ce que je voie que c'était Tommy, et il agiterait le bras, et crierait peut-être. Le fantasme n'alla pas plus loin — je ne le permis pas —, et si les larmes coulaient sur mon visage, je ne sanglotai pas et je ne perdis pas le contrôle. J'attendis juste un moment, puis je retournai à la voiture, pour repartir là où j'étais censée me trouver.

DU MÊME AUTEUR

Aux Éditions des Deux Terres

AUPRÈS DE MOI TOUJOURS, 2006.

Aux Éditions Calmann-Lévy

QUAND NOUS ÉTIONS ORPHELINS, 2001 (1ʳᵉ parution, Belfond, 1994).
LES VESTIGES DU JOUR, 2001.
L'INCONSOLÉ, 1997.

Aux Éditions Presses de la Renaissance

UN ARTISTE DU MONDE FLOTTANT, 1987.
LUMIÈRE PÂLE SUR LES COLLINES, 1984.

Ouvrage reproduit
par procédé photomécanique.
Impression Bussière
à Saint-Amand (Cher), le 2 janvier 2008.
Dépôt légal : janvier 2008.
Numéro d'imprimeur : 073339/1.

ISBN 978-2-07-034192-4./Imprimé en France.

J. Jeffs Gustave
242 - 241
06 - 72 - 97 . 82 - 04 .